히어로즈 저니

히어로즈 저니

1판 1쇄 발행 2018년 4월 23일
1판 2쇄 발행 2018년 5월 17일

지 은 이 스티브 비홀링
옮 긴 이 김지윤
감   수 김종윤(김닛코)
펴 낸 이 하진석
펴 낸 곳 ART NOUVEAU
주   소 서울시 마포구 독막로 3길 51
전   화 02-518-3919
I S B N 979-11-87824-24-4 04840

ROAD TO AVENGERS: INFINITY WAR
MARVEL
AVENGERS
INFINITY WAR
THE HEROES' JOURNEY
히어로즈 저니
스티브 비흘링 지음 김지윤 옮김

차 례

1

"뭐 좀 안 드실래요?"

"배 안 고파."

"뭐라도 좀 드셔야죠."

"난 아무것도 안 해도 돼. 부자니까. 그게 부자의 가장 좋은 점이지. 하기 싫은 건 안 해도 되거든."

해피 호건은 엄청나게 큰 작업실 문 쪽에 서서 연신 길고 커다란 한숨을 내쉬었다. 작업실은 아주 깨끗하고 밝았으며, 올림픽 수영 경기장도 거뜬히 들어갈 정도로 컸다. 그곳에는 최첨단 컴퓨터들과 팔을 움직이는 로봇 그리고 향후 십 년 혹은 이십 년 동안 이 방 밖에서는 볼 수 없을 것 같은 기술들이 가득 차 있었고, 방 중앙에는 염소수염을 기르고 검은 머리를 짧게 자른 남자가 붉은색과 황금색이 섞인 티타늄 갑옷을 입고 있었다.

"사장님, 이렇게 아무것도 안 드시면 몸이 더 이상 못 버틸 거예요." 해피는 방 안으로 천천히 걸어오면서 말했다. 그는 한쪽 손에 기름자국이 묻은 갈색 종이봉투를, 다른 한 쪽에는 '포장'이라고 크게 적힌 컵을 들고 있었다. 컵의 뚜껑에는 붉은 빨대가 꽂혀 있었다. "사장님은 정말 어린애 같아요. 제가 아빠가 된 기분이라고요."

"그럼 내가 사탕을 어디 숨겼는지 말하면 안 되겠네." 토니가 여전히 앞에 있는 홀로그램에서 눈을 떼지 않은 채 말했다. 그는 또다른 아이언맨 슈트를 보고 있었다. 그 슈트는 여전히 미완성이었다. 사실 아이언맨 슈트는 끝이 없는 프로젝트였다. 토니는 처음 슈트를 만든 이후부터 끊임없이 슈트를 업그레이드해왔다. 개선에 개선을 더하고 보완을 거듭하면서 기술의 최첨단을 달리는 지구의 수호자 아이언맨을 만들기 위해 계속해서 노력해왔던 것이다.

해피는 토니 쪽으로 걸어가 그가 일하는 테이블 옆에 종이봉투와 컵을 내려놓았다. "치즈버거예요."

"피클은?"

"뺐죠."

"셰이크는?"

"딸기."

"정말? 딸기?"

"딸기 좋아하시잖아요."

토니는 해피를 바라보고 재빨리 고개를 끄덕였다. "그렇지." 그는 또박또박 말했다. "그래서 자네가 내 옆에서 일하는 거야." 그는 컵을 들어 셰이크를 열심히 들이켰다.

"오늘은 무슨 일이죠?" 해피가 물었다. 토니는 자신의 오랜 친구이자 보디가드를 바라보았다. 그는 먼지 한 점 묻지 않은 잘 빠진 검정 양복을 입고 있었지만, 딸기 셰이크를 들고 있던 자리에는 커다란 분홍색 얼룩이 묻어 있었다.

토니가 해피에게 냅킨을 건넸다. "자, 이제 누가 아빠지?"

두 남자는 많은 일을 함께 겪었다. 토니는 해피가 보여준 우정과 희생 그리고 그가 해준 모든 것들에 감사하고 있었다. 가끔은 자신이 해피에게 감사하고 있다는 사실을 그가 알고 있을지 궁금하기도 했다.

"진짜 뭘 하고 있는 거예요? 새 슈트를 만드는 건가요?" 해피가 물었다.

"옛날 거랑 같은 거야, 옛날 거랑." 토니가 컵을 내려놓고 홀로그램 화면 앞으로 향했다. 그는 오른손으로 공중에 떠 있는 흰색과 푸른색이 섞인 아이언맨 갑옷의 도면을 잡아서 펼쳤다. 갑옷이 회전했다. "업그레이드."

"슈트는 업그레이드를 너무 많이 했잖아요. 그 업그레이드도 업그레이드됐겠어요."

토니는 고개를 돌리고 목을 소리 내며 꺾었다. "지금 그거 개그라고 한 거야? 그렇다면 타이밍이 완전 엉망이었어. 내가 친구니까 이 정도로만 말하는 거라고."

"벌써 이틀째 여기 계셨잖아요." 해피는 토니의 비꼬는 말에도 아랑곳하지 않았다. "지금은 국제적인 문제가 없어요. 어벤져스도 할 일이 없다고요. 닉 퓨리가 부른 것도 아니고, 뭐가 그렇게 중요하다는 거예요? 왜 그렇게 자신을 몰아붙―."

"내가 날 몰아붙이지 않으면 사람들이 죽어." 토니는 해피의 말을 끊으며 말했다. "아주 간단하지."

2

그것은 토니 스타크에게는 결코 간단한 일이 아니었다. 토니가 사람들을 구하는 일을 하지 않았던 시절이 있었다. 그는 그저 사업가였다.

토니는 돈을 벌었다…. 자신만을 위해….

…하지만 그 시절에 토니는 삶의 이유를 찾을 수 없었다.

토니는 어릴 때부터 매우 똑똑하고 엄청나게 이해력이 좋은 아이였다. 거의 천재라고 할 수 있었다. 또래 친구들이 보조바퀴가 없는 자전거를 타는 법을 배우는 동안 토니는 자전거를 만들었다. 그것도 엔진을 단 자전거를. 토니는 17살 때 M.I.T.를 수석으로 졸업했다. 그는 위대한 일을 하기 위해 태어난 것 같았고, 아버지의 뒤를 이어 스타크 인더스트리를 물려받을 적법한 후계자로 자랐다.

토니의 아버지 하워드 스타크는 천재적인 사람이었다. 그는 2차 세계대전이라는 암울한 시기에 스타크 인더스트리의 창시자로 명성을 날리고 부를 축적했다. 체스터 필립스 대령은 하워드 스타크를 극비 부서인 전략과학부에 채용했는데, 전략과학부는 당시 레드 스컬이라 알려진 괴기스럽고 사악한 요원이 이끄는 히드라를 막는 임무를 맡고 있었다. 하워드 스타크는 전쟁에서 이기겠다는 일념으로 자신의 천재성을 발휘하여 최첨단 무기와 기기들을 만들었고, 연합군이 전세를 뒤집는 데 큰 도움을 주었다.

하워드 스타크는 전략과학부에서 일하는 동안 '재생 프로젝트'라고 불리는, 전쟁에서 가장 중요한 실험에 관여했다. 이 실험은 아브라함 어스킨 박사가 만든 혈청으로 '슈퍼 솔져'를 양성하여 어떤 임무도 모두 해낼 수 있는 군대, 좀 더 안전한 세상을 만들 군대를 양성하는 프로젝트였다. 하지만 어스킨 박사의 발명품인 슈퍼 솔져 혈청 실험은 스티브 로저스라는 말라깽이 청년을 대상으로 단 한 차례밖에 실시하지 못했다. 실험이 성공한 직후 어스킨 박사는 암살자가 쏜 총에 맞아 세상을 떠났기 때문이다. 이제 슈퍼 솔져는 캡틴 아메리카 단 한 사람뿐이었다.

토니는 어릴 때 아버지에게 들었던 캡틴 아메리카에 대한 이야기를 기억하고 있었다. 그의 아버지는 자신이 어떻게 신화 속의 인물이자 전설적인 남자, 진정한 사나이 스티브 로저스와 친구가 되었는지 끊임없이 이야기했다. 캡틴 아메리카는 전쟁이 끝날 무렵, 대서양 어딘가에서 사라졌다고 했다. 히드라의 공격을 막아내기 위해 비행기를 탈취한 후 바다에 추락한 것이다. 토니는 이 이야기를 듣고 또 들었다. 그는 대부분의 아이들이 동화를 아는 것보다 캡틴 아메리카의 이야기를 더 잘 알고 있었다.

토니는 그 이야기를 듣는 것이 지겨웠다. 그리고 캡틴 아메리카에게 질투를 느꼈다.

스티브 로저스는 토니가 가지지 못한 것을 갖고 있었다. 자신은 절대 가지지 못할 아버지와의 시간, 아버지와의 우정.

하워드 스타크는 너무나 바쁜 아버지였다. 그 탓에 토니는 자라면서 늘 외로웠다. 집사였던 에드윈 자비스가 하워드를 대신해서 토니를 키우다시피 했고, 토니는 그런 자비스를 사랑했다. 아주 많이. 그래서 토니는 자신을 다방면으로 도와줄 인공지능의 이름을 지을 때, 자신의 생물학적 아버지보다 더 많은 시간을 함께 보내고 더 아버지 같았던 남자의 이름을 따서 '자비스'라고 지었던 것이다.

하워드 스타크는 토니가 스물한 살이 되었을 때 롱아일랜드에서 의문의 자동차 사고로 갑작스럽게 세상을 떠났다. 그리고 1년 후, 토니는 포춘지가 선정하는 500개 기업의 가장 어린 CEO가 되었다.

스타크 가문의 가업은 기본적으로 미국의 육군과 공군, 해군의 무기를 생산하는 것이었다. 이미 회사가 엄청난 성공을 거두고 있었기 때문에, 토니는 CEO가 되었을 때 굳이 회사 정책을 바꿀 필요성을 느끼지 못했다. 아버지를 도와 회사를 경영했던 오베디아 스텐도 같은 생각이었다. 스텐은 하워드 스타크의 죽음 이후에도 토니의 멘토로서 그를 도와 함께 회사를 경영하고 있었다.

더 크고 더 나쁜 무기를 만들도록.

토니는 자신이 하는 일의 의미에 대해 고민한 적이 없었다. 그의 회사가 만든 무기가 세상에 어떤 영향을 끼치는지 생각해본 적이 없었던 것이다. 토니는 제품을 만들어 팔면 그만이었고, 그 무기가 어떻게 쓰이는지는… 사실 그가 상관할 바가 아니었다.

하지만 토니가 스타크 인더스트리의 최신 무기인 제리코 미사일을 소개하기 위해 아프가니스탄을 여행하던 그날, 모든 것이 바뀌었다.

"최고의 무기는 발사할 필요가 없는 무기라고들 하죠." 토니는 아프가니스탄의 사막에서 미 공군에 둘러싸여 이렇게 말했다. "저는 그 말에 정중하게 반대합니다. 저는 단 한 번만 발사하면 되는 무기가 최고라고 생각합니다. 그게 제 아버지의 방식이었고 지금 미국의 방식입니다. 그리고 지금까지는 효과가 꽤 좋았습니다. 거두절미하고 저는 감히 이것만 있다면 나쁜 놈들이 동굴에서 나올 생각조차 할 수 없을 것이라고 장담합니다. 제리코 미사일을 소개합니다."

제리코 미사일이 발사되었다. 미사일은 공중에서 여러 개의 탄두로 분리되었다. 각각의 탄두는 개별적 지도와 추적 시스템을 탑재하고 있었다. 탄두는 토니의 뒤쪽의 산에 있는 동굴을 격추했고 엄청난 폭발과 함께 연기가 일었다.

만일 토니가 그 무기가 어떻게 사용되는지 그 무기가 잘못된 자들의 손에 떨어지면 어떤 일이 일어날지에 대해 생각해보았다면, 그는 그 운명의 날에 아프가니스탄으로 가지 않았을지도 모른다. 하지만 그가 아프가니스탄에 가지 않았다면, 아이언맨이 세상에 등장하지 못했을 것이다.

그랬다면 아이언맨이 캡틴 아메리카를 만나는 일 역시 없었을 것이다.

PART
1
캡틴 아메리카

1

독일 베를린
현재

"설명 좀 해줘. 대체 왜 그런 거지? 그러니까, 정말 이해가 안 되거든."

에버렛 로스는 합동 테러 대책본부 안에 있는 회의실 문에 기대어 서 있었다. 회의실은 창문도 없었고 문은 잠겨 있었다. 로스는 드레스 셔츠의 빳빳한 칼라를 잡아당기면서 넥타이를 느슨하게 고쳐 맸다. 그러고는 재킷을 벗어서 오른쪽 어깨에 걸쳤다. 회의실의 열기 때문에 눈썹 위로 땀방울이 맺혔다. 그는 재킷 가슴팍 주머니에서 가지런히 접힌 손수건을 꺼내어 땀을 닦은 다음, 한숨을 쉬며 다시 말을 꺼냈다.

"가장 정확한 요원이, 실수라고는 하지 않는 당신이, 어떻게 그 두 수배자들을 그냥 보내줄 수 있었던 거지?" 로스는 고개를 저으면서 말을 이었다. "아, 그 '두 수배자'가 스티브 로저스와 제임스 뷰캐넌 반즈라는 건 알고 있지? 캡틴 아메리카와 윈터 솔져 말이야."

"나도 누군지 알아."

로스는 체중을 오른쪽에서 왼쪽으로 바꿔 실으면서 작은 테이블 너머를 똑바로 응시했다. 그의 시선이 멈춘 곳에는 나타샤 로마노프가 앉아 있었다.

블랙 위도우.

여자는 검정색 셔츠와 바지에 짙은 파란색 재킷을 입고 있었다. 붉은 머리칼이 여자의 얼굴을 감싸고 있었다. 로스를 바라보는 여자의 표정에서 감정이라고는 찾아볼 수 없었다.

로스가 다시 입을 열었다. "방이 더운 건 사과하지." 그는 미안한 듯이 말을 이었다. "에어컨이 고장 났거든. 고쳐달라고 계속 얘기했는데, 당신도 알잖아. 공무원들이 어떤지."

나타샤의 붉은 입술은 알 수 없는 미소를 띠었다. 그녀는 아주 오래전부터 자신의 생각을 겉으로 드러내선 안 된다는 것을 알고 있었다. 나타샤에게 얼굴은 그저 무기 중 하나일 뿐이었다. 나타샤의 미모는 다른 사람들의 주의를 돌리고 현혹시켜 그녀가 진짜 무슨 생각을 하는지를 알아보지 못하도록 하는 도구였다.

"난 괜찮아." 나타샤는 여전히 미소를 지으며 말했다. "당신도 이 정도로 중요한 작전이라면 시설이 좀 더 좋을 거라고 생각했겠지."

로스는 어깨를 으쓱했다. "우린 예산이 별로 없어. 우리는 쉴드가 아니니까. 아니, 참, 이제 쉴드도 더 이상 쉴드가 아니잖아, 안 그래?"

나타샤는 눈썹을 치켜 올렸다. 로스의 빈정거리는 말에 동요한 것처럼 보이기 위해서였다. 하지만 나타샤는 로스의 말에 당황하지 않았다. 그것이 사실이었기 때문이다. 히드라가 수십 년간 쉴드 내부에서 사건을 조작하고, 세계가 '안전'을 위해 자유를 포기하게 만들려고 했다는 것이 알려졌을 때, 쉴드, 즉 '대테러 국토안보국 집행국'은 근본적으로 무너져버렸다.

　나타샤에게는 먼 옛날 일이었다. 나타샤는 자신이 어떻게 하지 못했던 일들을 마음에 두거나 미련을 가지면 안 된다는 것을 알고 있었다. 그녀와 같은 사람들에게는 자칫 생명을 위태롭게 할 수도 있는 일이기 때문이다. 로스가 그녀를 당황하게 만들어서 평정심을 무너뜨리고자 했다면 이보다는 더 잘했어야 했다. 훨씬 더. '난 전문가에게 취조당한 적도 있었는데.' 나타샤는 생각했다. '에어컨은 이것과 비교도 안 될 정도로 안 좋았지.'

　"공항에서 어떤 일이 있었는지 알고 싶다고 했지." 마침내 나타샤가 침묵을 깨고 로스를 자극하기 시작했다.

　로스가 박수를 쳤다. "그래! 공항. 공항에서 무슨 일이 있었던 거지?"

　"난 명령에 따랐어." 나타샤는 냉정하게 대답했다.

　"명령이라. 로저스와 반즈를 체포하라는 명령이었겠지." 로스가 날카롭게 말했다.

　"그건 토니가 받은 명령이었고." 나타샤가 로스의 말을 바로잡았다. "나에게 내려진 명령은 그들이 격납고에 가지 못하게 막으라는 거였어. 난 그 명령을 수행했고."

로스는 나타샤를 뚫어지게 쳐다보며 말했다. "정말 그렇게 생각하는 거야?"

나타샤의 한쪽 눈썹이 아치를 그렸다.

"그래, 당신은 그들이 격납고에 도착하지 못하도록 막았어. 그러고는 한쪽으로 물러나 있었지. 덕분에 로저스와 반즈가 다시 격납고에 들어갈 수 있었어. 그런데 당신은 그 이후에 로저스와 반즈가 퀸젯을 타고 떠나게 했어. 그들은 추격도 다 따돌리고 도망갔다고."

"원하는 대답이 그거라면 그래, 내가 그들을 보내줬어." 나타샤가 진술했다.

로스는 아랫입술을 깨물었다. "'막는다'가 도대체 무슨 뜻이라고 생각한 거지?"

나타샤는 고개를 한쪽으로 기울인 채 로스를 바라보았다. 그녀는 여전히 미소를 짓고 있었다.

2

격납고에서 로저스와 반즈를 보내주기로 결정한 순간부터 나타샤는 대가가 뒤따를 것임을 알고 있었다.

모든 일에는 대가가 따르기 마련이다.

어벤져스는 이를 힘들게 터득했다. 뉴욕에서 치타우리족의 공습을 막아냈을 때도, 지구에서 인류를 없애버리려던 인공지능 악당 울트론을 막았을 때도 언제나 무거운 대가를 치러야 했다.

뉴욕에서는 많은 사람이 죽고 도시가 파괴되었다.

울트론에게 맞섰던 소코비아에서도 마찬가지였다.

대가.

다른 일들도 있었다. 히드라 출신인 브록 럼로우가 나이지리아 라고스의 연구소에서 생화학 무기를 탈취하지 못하도록 막는 임무를 수행했을 때도 그랬다. 어벤져스는 럼로우를 막아냈지만, 자신의 엄청난 힘을 제어하지 못했던 완다 맥시모프 때문에 많은 시민들이 죽거나 다치고 말았다.

이런 사건들, 특히 소코비아와 나이지리아에서의 사건 때문에 세계 각국 정부가 행동에 나서게 되었다. 그들은 너무 많은 생명이 희생되었기 때문에 어벤져스가 감시나 감독 없이 독단적으로 움직이는 것을 더 이상 내버려두어서는 안 된다고 결정했다.

너무나 많은 대가.

그래서 탄생한 것이 소코비아 합의안이었다. 117개국이 서명한 그 법률 문서에 의하면 어벤져스는 더 이상 독립적으로 움직여서는 안 되었다. 국제연합(UN)의 감시를 받으며 오직 UN이 필요하다고 판단하는 경우에만 움직일 수 있게 된 것이었다.

토니 스타크, 즉 아이언맨은 이에 동의했다. 그는 어벤져스가 함께하려면 이 정도는 감수할 수 있다고 생각했다. 세상은 안전을 위해 어벤져스를 간절히 필요로 했기 때문에 토니는 합의를 기꺼이 받아들일 수 있었다. 그리고 어벤져스의 다른 동료들도 이 상황을 이해하고 받아들이기를 바랐다.

하지만 캡틴 아메리카로 알려진 슈퍼 히어로 스티브 로저스의 생각은 달랐다. 그는 누가 적이고 누가 적이 아닌지는 어벤져스 스스로 결정해야 한다고 믿었다. 합의에 서명한다면, 어벤져스는 사람들을 지키겠다고 맹세했는데도 불구하고 UN의 명령에 따라 정치적인 문제를 해결하라는 요구를 받을 수도 있다고 생각했다. 선과 악이 명확하게 구분되던 2차 세계대전의 참전용사가 볼 때 소코비아 합의안은 이상하고도 애매한 것이었다. 로저스는 이 점이 가장 염려스러웠다.

스타크는 이 합의안을 준수하려는 히어로 중 하나였다.

말할 필요도 없이, 로저스는 반대쪽이었다.

토니는 로저스와 반즈를 국무장관 새디어스 로스의 감독 아래로 데려오라는 임무를 맡았다. 로스 장관은 소코비아 협정의 배후 인물 중 하나였다. 스타크는 이 임무를 완수하기 위해 자신의 어벤져스 팀을 구성했다. 그 팀에는 나타샤와 제임스 로즈, 비전, 와칸다의 왕자 티찰라는 물론, 거미 같은 엄청난 능력을 가진 뉴욕 퀸즈 출신의 꼬마까지 합류했다.

그 당시, 나타샤는 토니가 옳다고 믿었다.

그 당시에는.

토니의 팀은 독일 쉬코이디츠의 라이프치히-할레 공항에서 로저스와 그의 팀을 맞닥뜨렸다. 로저스의 팀은 반즈와 클린트 바

튼(호크아이), 샘 윌슨(팔콘), 완다 맥시모프(스칼렛 위치) 그리고 스
캇 랭(앤트맨) 등의 히어로로 구성되어 있었다. 그들은 로저스의
목표인 헬무트 제모를 잡기 위해 시베리아로 떠나려고 했다. 하지
만 공항에 사이렌이 요란하게 울려 퍼진 순간, 쉽게 독일을 떠날
수 없으리란 것을 깨달았다. 토니의 어벤져스 팀이 로저스와 그의
동료 앞을 가로막고 섰기 때문이다.

　나타샤는 의자를 빙 돌리며 살짝 오른쪽으로 옮겨갔다. 그리
고 로스의 말을 주의 깊게 듣고 있다는 것을 보여주기 위해 그를
향해 몸을 앞으로 기댔다. 하지만 머릿속으로는 자신을 이곳으로
오게 만든 사건들을 생각하고 있었다.

　"캡틴 아메리카와 윈터 솔져는 아직 못 잡았어." 로스는 '아직'
이란 단어를 말할 때 힘을 줬다. "하지만 다른 사람들은 다 잡혔
지. 바튼과 맥시모프, 랭, 윌슨. 모두 구금되어 있지. 로스가 가둬
놨어. 당신도 알다시피 다른 로스 말이야."

　로스란 새디어스 로스 장군을 말하는 거였다. 로스 장군은 미
국의 국무장관으로 소코비아와 나이지리아에서 있었던 비극적
인 사건 이후 어벤져스를 통제하는 일에 앞장 선 인물이었다.

　"어디에 잡혀 있어? 여기? 만날 수 있어?" 나타샤가 천진난만하
게 물었다.

　"여기 없다는 건 당신도 알잖아. 그리고 어디에 있는지 말할 수
없다는 것도 알 테고."

　나타샤는 로스와 포커 게임을 하고 있었다. 그녀도 알고 그도

안다. 하지만 그녀가 알고 있다는 것을 그도 알까? 나타샤는 게임을 진전시키려면 로스에게 자신의 패를 보여주어야 한다고 생각했다.

"래프트." 나타샤가 무심하게 말했다.

래프트는 미국 정부가 꼭꼭 숨기고 있는 비밀이었다. 물론 대중들에게는 비밀이었지만 어벤져스에게는 아니었다. 나타샤와 같은 첩보원들에게는 더더욱 비밀이 아니었다. 그녀는 래프트가 태평양 한가운데에 자리한 철통보안의 감옥이라는 것을 알고 있었다. 물에 떠다니는 그 시설은 슈퍼 파워가 있는 히어로들을 가두기 위해 특별히 만들어진 감옥이었다.

"래프트." 로스가 똑같이 말했다. "래프트는 존재하지 않아. 그리고 설령 존재한다고 해도 난 거기에 대해서 아무것도 몰라. 아마 로스 장관 정도는 돼야 알 수 있을걸."

"다른 로스라." 나타샤가 미소를 지었다.

"그들과 함께 갇혀 있지 않는 걸 나한테 감사하게 생각해야 해. 고지식한 썬더볼트가 당신도 함께 가두려고 했는데 내가 반대했거든."

"정말?" 나타샤는 놀란 것처럼 보이려고 대답했다. 하지만 나타샤 로마노프는 어떤 일에도 놀라지 않는다. 특히나 지금은.

"정말이야. 난 때가 되면 블랙 위도우가 옳은 선택을 할 거라는 걸 알고 있었으니까."

나타샤는 잠시, 로스가 무슨 생각을 하는지 파악하려고 했다.

그는 평소처럼 빈정대는 게 아니었다. 아니, 오히려 진지해 보였다. 그녀가 옳은 일을 할 거라는 그의 말은 진심이었다.

나타샤는 백 퍼센트 맞는 얘기라고 생각했다. 그녀는 정말 옳은 일을 하는 중이었으니까. 단지 지금의 경우에는, '옳은 일'에 대한 정의가 서로 다를 뿐이었다.

"난 정말 좋은 스승을 만난 적이 있어." 나타샤가 조용히 말했다.

"스티브 로저스." 에버렛 로스가 대답했다.

나타샤는 고개를 끄덕였다.

3

사실 세상 모든 사람들이 스티브 로저스의 이야기를 알고 있다고 할 수 있다.

러시아 사람인 나타샤조차 '퍼스트 어벤져'라 불리는 전설적인 인물, 캡틴 아메리카에 대해서 들으면서 자랐을 정도였다.

나타샤는 어린 나이에 KGB라고 알려진 국가보안위원회에 발탁되었다. 나타샤는 악명 높은 레드룸 프로그램에 들어가 스파이 업무와 암살에 대해서 주입식 교육을 받았다. 그 시절은 어린 시절이라고 할 수가 없었다. 오히려 그 반대였다. 나타샤는 말 그대로 하룻밤 사이에 어린아이에서 어른이 되어버렸고, 원하지도 않았던 어둠과 부정, 죽음이 판치는 무서운 세상의 일부가 되어버렸다.

니체의 말처럼 심연을 오래 들여다보면 그 심연 또한 그 사람을 바라보는 법이다. 나타샤는 그 심연을 아주 오래 바라보고 있었다. 그리고 그 심연이 나타샤를 바라보았다.

그녀의 인생은 고통과 공포로 가득 차 있었다. 나타샤는 임무를 완수했지만 조직은 언제나 더 많은 것을 요구했고, 그녀는 그런 조직 때문에 고통스러웠다. 하지만 보통은 나타샤가 다른 사람들에게 고통을 주는 쪽이었다. 그것이 나타샤의 일이었고 그녀는 아주 유능했다.

만일 나타샤가 자신의 일을 반성하고 희생자들에게 미안함을 느꼈다면 그녀는 죄책감으로 무너져 내렸을지도 모른다. 하지만 KGB에서 받은 훈련 덕분에 그녀는 이런 생각들을 따로 분류할 수 있었다. 나타샤는 자신의 행동에 대한 책임감과 죄책감을 작은 상자에 담아 마음 속 깊숙이 묻어버렸다. 그리고 그 상자들을 영원히 묻어놓을 수 있을 거라 생각했다.

하지만 어떤 것도 영원히 묻혀 있지 않는 법이다.

비록 매우 짧은 시간이었지만, 나타샤는 혼자만의 시간을 갖게 되면 스스로에게 작은 사치를 허락했다. 세상에는 조직을 위한 일만이 아니라, 옳은 일이란 것도 존재한다고 생각한 것이다. 그리고 언제나 옳은 일만 하는 사람이 존재할 수도 있다고 말이다. 나타샤는 아주 어릴 때 동화처럼 들었던 스티브 로저스에 대한 이야기를 기억하고 있었다. 그 이야기는 여전히 그녀의 마음 한구석에 그림자처럼 남아 있었다. 한때 그녀에게도 어린 시절이 있었다는 것을 증명이라도 하듯이.

나타샤가 살인에 특화된 요원이 되어 이름을 날리게 된 후에도 마음 한구석에는 여전히 캡틴 아메리카가 자리하고 있었다. 그녀의 세계에서 '선'과 '악'은 그저 단어일 뿐이었다. '뜨거움'과 '차가움'보다도 무의미했다. 그래서 그녀는 스티브 로저스 같은 사람이 살았었다는 사실 자체를 믿을 수가 없었다. 그렇게 좋은 사람, 일관되게 도덕적인 남자가 이 세상에 존재한다는 것은 말도 안 되는 일이었다. 적어도 나타샤가 아는 세상에서는 불가능했다. 그런 남자는 더 예전에, 세상이 더 쉽고 더 단순했던 시절에나 존재할 법한 사람이었다.

나타샤는 KGB의 스파이로, 암살자로 살아왔다. 그녀는 임무를 수행하던 중에 쉴드와 맞붙은 적이 있었다. 당시 그녀의 목표는 클린트 바튼, 호크아이라는 코드네임을 갖고 있던 명사수였다. 블랙 위도우가 쉴드의 레이더망에 나타나자 바튼은 쉴드의 수장 닉 퓨리에게 지시를 받았다. 나타샤 로마노프를 제거하라.

나타샤는 수 년 동안 죽음의 그림자 밑에서 살아왔다. 당연히 그녀의 죽음을 원하는 이들도 있었다. 그런 이들은 언제나 있어 왔다. 하지만 이번은 달랐다. 이번에는 쉴드였다.

바튼은 나타샤를 붙잡고 기선을 제압했다. 그는 나타샤를 죽이라는 명령을 받았지만 이를 거부했다. 나타샤를 맞닥뜨렸을 때 그는 주저했다. 자신의 적에게서 반짝이는 무언가를 보았던 것이다. 그것은 불꽃이었다. 그녀의 내면에 아직 남아 있는 선한 면.

그 불꽃을 본 바튼은 나타샤를 없애라는 명령을 따르는 대신 그녀를 쉴드로 데려오자고 건의했다.

퓨리는 나타샤에게 쉴드에 합류할 것을 제안했고, 블랙 위도우는 이를 받아들였다. KGB에서의 삶은 사는 것이 아니었다. 그녀는 다른 무언가를 원했다. 쉴드는 그녀가 원하는 목표가 무엇이건 간에 그 목표를 달성할 기회를 제공하겠다고 했다.

결국 나타샤는 어벤져스의 창단 멤버가 되었다. 나타샤는 바튼과 함께 억만장자 토니 스타크, 헐크의 또 다른 인격인 브루스 배너 박사, 토르라 불리는 아스가르드인 그리고… 스티브 로저스가 있는 어벤져스에 합류한 것이다.

캡틴 아메리카.

몇 십 년 동안 세상은 스티브 로저스가 제2차 세계대전이 끝나기 전에 죽었다고 믿고 있었다. 로저스와 그의 팀 '하울링 코만도' 대원들은 유럽의 전장을 누비며 히드라와 맞서 싸우고, 적진을 쑥대밭으로 만들었다. 로저스가 싸운 히드라군은 아브라함 어스킨의 실패작이자 레드 스컬로 알려진 요한 슈미트가 이끌고 있었다.

로저스는 마지막 작전에서 하울링 코만도 대원들과 함께 히드라의 비밀 기지를 습격했다. 레드 스컬이 미국을 공습하는 걸 막기 위해서였다. 최후의 그날, 로저스는 레드 스컬의 비행기에 올라 그의 공격을 막아내고 비행기와 함께 추락했다. 자신의 목숨을 바쳐 다른 이들을 구한 것이다.

하지만 사실 로저스는 죽지 않았다. 그는 북극의 차가운 물속으로 비행기를 침몰시켰고 정신을 잃은 채 얼음 바다 속으로 가라앉았다. 그의 육체는 완전히 얼어붙어 모든 생명 활동이 정지된 상태였다. 로저스는 거의 70년 동안을 얼어 있는 상태로 바다 속을 표류했던 것이다.

그러던 어느 날 생각지도 못했던 일이 발생했다. 캡틴 아메리카가 현재에 나타난 것이다. 쉴드가 그를 찾아내어 되살렸다. 그는 2차 세계대전 이후로 단 하루도 늙지 않은 모습으로 멀쩡하게 살아났다. 하지만 그는 시대에 뒤처진 사람이었고 대부분의 사람들이 그가 죽었다고 생각하고 있었다. 소속될 곳과 삶의 목표가 필요했던 로저스에게 퓨리는 어벤져스에 합류할 것을 제안했다. 용감하고 새로운 시대의 일원으로서 좋은 일을 할 수 있는 기회를 제공한 것이다.

로저스는 당연히 이 제안을 받아들였다.

어벤져스 팀 동료들을 만난 자리에서 로저스가 나타샤에게 합류를 환영한다고 인사했을 때 그녀는 아무 말도 할 수 없었다. 아무리 노골적이고 직설적인 블랙 위도우라 해도 스티브 로저스에게는 그렇지 못했다. 어릴 때부터 너무나 많이 들어왔던 동화 속의 주인공이자 비밀스럽게 동경해왔던 남자, 그 훌륭한 사람이 자신의 삶의 한 부분이 된다는 것은 상상할 수조차 없었던 일이기 때문이다.

세상 모든 사람이 스티브 로저스의 이야기를 알고 있었다.

이제 나타샤도 그 이야기의 일부였다.

4

나타샤는 자기가 그런 반응을 보일 거라고는 생각지 않았다. 로스가 알아챌 수도 있는 반응을 보일 줄은 몰랐던 것이다. 사실 그녀는 지금까지 표정과 보디랭귀지로 자신의 의도 외에는 어떤 것도 드러낸 적이 없었다.

하지만 로스가 캡틴 아메리카… 스티브의 이름을 말했을 때 나타샤는 그 이름이 자신도 몰랐던 약점이라는 것을 깨달았다. 나타샤에게 스티브 로저스는 믿음직한 친구였고 멘토였다. 그는 선 그 자체였다. 반면 그녀는 살면서 좋은 일을 많이 하지 않았다. 로스가 자신을 잡도록 만들고 그를 이용해서 시간을 끌면서도 나타샤는 로스에게 고마움을 느끼지 않았다.

그녀는 문 위의 벽에 걸린 구식 아날로그 시계를 응시했다. 시계는 군대식으로는 17시 30분, 민간 기준으로는 오후 5시 30분을 가리키고 있었다. 그들의 계획은 이미 진행되고 있었다. 이제는 돌이킬 수 없다. 지금은 로스에게서 정보를 캐내면서 그의 주의를 흩트리는 것이 중요했다. 그에게 들키지 않으면서.

에버렛 로스는 생각보다 만만한 상대가 아니었다. 로스는 합동 테러 본부에서 일했지만 동시에 CIA 요원이기도 했다. 미국에 KGB가 있다고 한다면 그건 CIA일 것이다. 더구나 나타샤는 로스가 최선을 다하고 있다는 것을 알고 있었다.

"캡틴 아메리카에 대해 말해줘." 로스는 나타샤가 시계를 보고 있다는 것을 알아채고 시선을 돌리며 이렇게 말했다. "어디 가야 할 곳이 있는 게 아니라면 말이야. 내 말은, 내가 당신을 못 가게 막고 있는 건 아니잖아. 안 그래?"

"난 벌써 댄스 수업에도 늦었어. 알았어. 뭘 알고 싶은지 얘기해 봐. 나도 성의껏 대답할게."

로스는 다시 눈썹의 땀을 닦으며 나타샤를 바라보았다. 그는 단호하고 고정된 시선으로 나타샤를 응시했다.

"나도 그럴 거라고 믿어. 좋아, 그럼 확실한 것부터 시작해보자고. 왜 2차 세계대전의 살아 있는 전설이, 모든 것을 위험에 빠뜨리면서까지 암살자를 도와주려 했는지부터 말해줘. 보통 암살자도 아닌 윈터 솔져를 말이야. 암살자로 살아왔으니까 뭔가 다른 시각이 있을 거 같은데."

나타샤는 마치 로스의 말을 칭찬으로 받아들이는 것처럼 고개를 한쪽으로 기울였다.

"당신도 이미 다 알고 있잖아. 똑똑한 사람이니까. 파일도 읽었을 테고. 로저스와도 얘기해봤을 거 아냐. 물어보니까 대답은 하겠는데, 정말로 그 답을 알고 싶다면 1942년으로 돌아가야 해."

"스티브 로저스가 캡틴 아메리카가 된 그해 말인가?"

"제임스 반즈가 전쟁터로 떠난 해이기도 하지." 나타샤가 덧붙였다. "로저스는 전장으로 떠나는 친구를 보며 다시는 그를 볼 수 없을 거라 생각했어."

로스는 잠시 침묵했다.

나타샤는 말을 이었다. "그는 4F였잖아. '군 복무를 하기에 육체적으로 부적합'했지. 그렇다고 지원을 못했던 건 아니지만. 뉴욕, 뉴저지. 로저스는 아마 입대를 지원하러 코네티컷까지 갔을 거야. 조국을 위해 싸울 수 있도록 받아주는 곳이 있다면 어디든 갔겠지. 세상에는 그런 사람이 많지는 않아."

"그건 파일에 있는 내용이잖아." 로스는 지루함을 내비치며 말했다.

"그는 그저 가만히 있을 수가 없었던 거야. 스티브 로저스는 그런 사람이지. 그래서 기회를 잡을 수 있었고."

"기회."

스티브 로저스가 마지막으로 입대 원서를 넣었던 날, 마침내 그는 눈에 띄는 데 성공했다. 물론 입대 담당관의 눈에 띈 것이 아니었다. 그를 발견한 것은 한 의사였다.

아브라함 어스킨.

어스킨은 따뜻한 사람이었다. 그는 독일의 폭정을 탈출해 미국으로 왔다. 어스킨은 자신이 빛의 힘으로 어둠의 힘을 물리쳐 전쟁의 흐름을 바꿀 수 있는 유일한 해결책을 갖고 있다고 믿었다. 그는 그 해결책을 찾기 위해 몇 년간 프로젝트를 진행해왔다. 프로젝트의 이름은 슈퍼 솔저 혈청. 어스킨은 독일에서부터 이 프로젝트를 성공시키려고 노력했지만 그러지 못했고, 결국 자신의 뜻과는 달리 미완성인 혈청을 요한 슈미트에게 사용해야만 했다.

혈청은 효과가 있었지만 슈미트는 끔찍한 대가를 치러야 했다. 혈청은 슈미트의 무자비한 야심을 증폭시켰고 그는 자신이 동료들보다 우월하다는 것을 증명하려는 욕망에 사로잡혔다. 그리고 그 욕망은 그의 얼굴에 무서운 변화를 가져왔다. 슈미트의 얼굴을 데스마스크, 소름끼치는 핏빛의 레드 스컬로 만들어버린 것이다.

어스킨은 죄책감에 시달리고 겁에 질렸다. 그는 자신의 실책을 속죄하기 위해서라도 슈퍼 솔져 혈청을 완성하고 싶었다. 그래서 미국의 전략과학부와 동맹을 맺고 실험을 계속했다. 마침내 실험은 완성 단계까지 이르렀고, 실험 대상을 선택하는 일만을 남겨 두고 있었다.

운명의 그날, 어스킨은 뉴욕 퀸즈의 미육군 신병 모집 센터에서 육체적 능력은 부족하지만 헌신과 열정으로 가득한 스티브 로저스를 마주쳤다. 어스킨은 마침내 완벽한 대상을 찾았다고 생각했다. 로저스는 패배자였다. 살아온 내내 괴롭힘을 당했으며, 남보다 우월하다고 생각하는 사람도 아니었다. 그는 약하다는 것이 무엇인지 알고 있었다. 그리고 무엇보다도 천성이 선한 사람이었다. 만일 슈퍼 솔져 혈청이 그 사람 내면의 모든 것을 증폭시킨다면, 스티브 로저스는 인류를 위해 자신의 모든 것을 다 바치는 사람이 될 것이 확실했다. 하지만 우선 어스킨은 한 사람을 설득해야 했다.

체스터 필립스 대령.

필립스는 이 프로젝트의 책임자였다. 그는 스티브 로저스같이 빈약하고 말라빠진 4F가 '슈퍼 솔져'가 될 수 있을 거라 믿지 않았다. 무엇보다 강풍에도 끄덕하지 않을 것 같은 다른 후보들이 있었다. 정부가 공인한 '군인' 도장으로 도배된 후보들이었다. 어스킨을 독일의 강제 구금 상태에서 구출한 전략과학부 요원 페기 카터도 필립스와 언쟁을 벌였지만 필립스는 자신의 의견을 굽히지 않았다. 카터는 어스킨과 함께 일하면서 첫 번째 슈퍼 솔져를 탄생시킬 '부활 프로젝트'에 가장 적합한 후보를 찾기 위해 필사적으로 노력했던 요원이었다.

전설에 따르면, 필립스와 어스킨은 다음과 같은 대화를 나눴다고 한다.

"정말 로저스를 뽑을 생각인 건 아니죠?" 필립스가 어스킨에게 물었다.

"생각만 하는 것이 아닙니다." 어스킨이 대답했다. "그는 완벽한 후보입니다."

"당신이 40킬로그램짜리 천식환자를 내 기지에 데려왔을 때 난 신경 쓰지 않았습니다. '저건 뭐야' 싶었지만, 실험용 쥐처럼 당신에게 유용할 거라고 생각했지요. 절대 뽑을 거라곤 생각하지 않았습니다."

하지만 결국 어스킨은 그를 선택했다.

그가 가장 강해서가 아니었다. 그는 강하지 않았다.

그가 가장 빨라서도 아니었다. 빠르지도 않았다.

하지만 로저스는 가장 용감했다. 그에게는 뜨거운 가슴이 있었다.

그리고 그는 좋은 사람이었다.

5

나타샤는 로스가 어디까지 알고 있는지 궁금했다. 지금 무슨 일이 일어나고 있는지, 또 왜 그녀가 이곳으로 와서 인터뷰를 하는 데 동의했는지 알고 있는 것일까. 로스는 나타샤가 이곳에 올 수밖에 없다고 느끼게끔 만들었다. 하지만 나타샤는 다른 선택을 할 수 있다는 것을 알고 있었다. 언제나 선택의 여지는 있었다.

삶은 선택의 연속이기 마련이다. 좋은 선택, 나쁜 선택. 그녀는 KGB에서 일할 때 나쁜 선택을 많이 했다. KGB를 떠나 쉴드로 도망친 이후, 특히 어벤져스에 합류해서 캡틴 아메리카를 만난 이후에는 좋은 선택만을 하려고 애썼다. 가끔은 일부러 자신의 생각과 아예 반대로 선택한 적도 있었다. 하지만 항상 나타샤의 목표는 하나였다. 언제나 옳은 방향을 가리키는 나침반을 만드는 것이었다.

나타샤는 로스와 벌써 15분째 이야기를 하고 있었다. 나타샤는 마음속으로 계획을 실행해보았다. 그리고 스티브가 지금 이 순간 무엇을 하고 있을지 상상했다. 지금쯤이면 래프트에 도착해서 내부로 들어가는 입구를 찾았을 것이다. 만일 그가 그녀의 설명을 잊지 않고 기억한다면 들키지 않고 들어갈 것이다. 잠입은 그녀의 주특기니까. 그리고 잡히지 않고 친구들을 탈출시키려면 빨리 움직여야 했다.

"캡틴 로저스의 인생에 대해서 자세히 아는 것 같은데." 로스가 말했다. "어벤져스에 합류할 때 테스트 같은 것이 있었나? 사지선다라든지 자기소개서 같은 거?"

"난 동료들에 대해서 속속들이 아는 것도 일의 일부라고 생각하거든. 당신도 그렇지 않아?"

로스가 고개를 끄덕였다. "그럼, 물론 나도 그래. 예를 들어, 헨더슨 같은 경우… 저 밖 통로에 얇은 넥타이 맨 남자 말이야. 헨더슨은 커피에 크림을 넣는 걸 싫어해. 정말 싫어하더라고."

"그거랑 같은 거야." 나타샤는 빈정거리는 티를 내지 않고 말했다.

"그거랑 같다고." 로스가 대답했다.

말라깽이 스티브 로저스를 대상으로 한 슈퍼 솔져 실험은 성공했다. 어스킨은 천재 과학자 하워드 스타크와 함께 일하며 실패할 가능성 자체를 없애버렸다. 덕분에 163센티미터에 43킬로그램의 스티브 로저스는 1분도 안 되어 슈퍼 솔져로 변신했다. 그는 이제 180센티미터가 넘는 키에 90킬로그램이 넘는 몸을 갖게 되었고, 더 이상 허약하지 않았다. 로저스는 놀랄 만큼 멋진 육체를 가진, 완벽한 인간의 표본이자 최고봉이었다.

로저스를 대상으로 한 실험이 성공하면 슈퍼 솔져 혈청은 전 군에게 투여될 예정이었다. 필립스는 자유를 위협하는 적에 대항하여 싸울 군대를 지속적으로 양성하려 했던 것이다.

아주 잠깐 동안, 그 계획은 실현 가능할 것 같았다. 짧지만 빛 나던 순간이었다. 만일 암살자가 곧바로 어스킨을 죽이지 않았다면 정말 그랬을 것이다. 하지만 암살자가 쏜 총알은 어스킨의 생명을 앗아갔고 슈퍼 솔져 혈청도 그의 죽음과 함께 사라져버렸다. 이제 세상에 슈퍼 솔져는 단 한 사람뿐이었다.

스티브 로저스.

"난 로저스가 조국을 위해 충성을 다했는지, 임무를 잘 수행했는지를 묻고 있는 게 아니야." 로스는 팔짱을 낀 채 문에 기대어 말했다. "내가 궁금한 건 그가 위험을 무릅쓴 이유ー."

"ー친구 때문이지." 나타샤가 로스의 말을 받아 완성했다. "반즈는 그의 베스트 프렌드였어. 로저스는 그가 죽은 줄 알았어, 아르님 졸라를 막기 위해ー."

"ー히드라 군과 싸우다가 말이지." 로스가 나타샤와 같은 방식으로 대답했다. "하지만 반즈는 죽지 않았고, 결국 히드라와 함께 일하게 됐잖아. 아, 여기서 '일'은 '살인'을 얘기하는 거야."

"그건 그의 잘못이 아니야." 나타샤는 벽에 대고 말하는 기분이었다. "반즈는 자신을 통제할 수 없었어. 히드라에게 세뇌를 당했으니까. 히드라가 반즈의 머리에 프로그램을 심어서 살인 기계로 만든 거라고."

또다시 어색한 침묵이 흘렀다. 나타샤는 스티브가 어벤져스가 갇혀 있는 층에 도착했는지 궁금했다.

"그가 어디에 있는 것 같아?" 로스가 물었다.

나타샤는 로스의 말이 무슨 뜻인지 모른다는 듯이 고개를 왼쪽으로 살짝 기울였다. 하지만 물론 그녀는 알고 있었다.

"로저스 말이야." 로스가 명확하게 말했다. 그는 나타샤에게서 아무것도 캐내지 못하자 실망감을 감추지 못했다. 로스는 그녀가 시간을 끌고 있다는 것을 알고 있었다. 단지 이유를 모를 뿐이었다. "그가 어디로 갔다고 생각해? 시베리아 이후로 말이야."

"내가 그걸 어떻게 알겠어? 내가 로저스의 보호자도 아닌데."

"난 당신이 팀원들에 대해서 모든 것을 파악하는 것도 일의 일부로 여긴다고 생각했는데." 로스가 나타샤를 똑바로 바라보며 말했다.

'눈치를 챈 건가?' 나타샤는 생각했다. '설마 알고 있는 건 아니겠지?'

6

제2차 세계대전은 1945년에 끝났다. 70년도 더 전의 일이다. 하지만 전쟁은 나타샤의 마음속에서 마치 어제 일처럼 반복되고 있었다. 마치 자신이 겪었던 일처럼.

사실 나타샤는 실제로 자신의 일처럼 느끼고 있었다. 쉴드의 요원으로서, 그녀는 캡틴 아메리카에 대한 모든 파일을 읽었고 그에 대한 모든 사실과 날짜, 세세한 사건 등을 알고 있었다. 그녀는 전설을 알고 있었다. 하지만 캡틴 아메리카라는 사람에 대해서는 알지 못했다.

로저스에게서 그가 어떻게 전쟁의 암울했던 시간을 견뎌냈는지, 또 어떻게 가장 친한 친구를 잃었는지를 직접 들었을 때, 나타샤는 아주 오랫동안 느껴보지 못했던 감정을 느꼈다. 그녀가 억눌러왔던 감정들.

연민.

친구를 향한 연민의 감정.

나타샤 같은 사람들은 이런 감정을 느끼지 않는다. 하지만 로저스가 반즈에 대해 이야기할 때 나타샤는 스티브 로저스의 상실감을 느낄 수 있었다. 자신의 전부라고 할 수 있었던 친구의 죽음은 로저스에게 크나큰 슬픔이었다.

나타샤는 언제나 죽음과 함께였다. 그것은 스티브 로저스도 마찬가지였다. 다만 로저스의 경우에는 그 죽음이 세상에서 가장 소중한 사람의 죽음이었으며, 그것이 속임수로 밝혀졌다는 것이 다를 뿐이었다.

잔인하고 비뚤어진 속임수.

"나 때문에 지루한 거야?" 로스가 물었다. "아니면 더워서 그래? 물을 좀 갖다 줄 수는 있어. 나도 그렇게 나쁜 놈은 아니거든."

나타샤는 상념에서 벗어나 다시 태연한 표정을 지었다. "괜찮아. 나중에 마실게. 그런데 로저스가 어디에 있는지는 왜 신경 쓰는 거야?"

로스는 어깨를 으쓱했다. 그러고는 테이블로 걸어와 의자에 앉았다. 그들이 회의실에 들어온 이후로 처음이었다.

"로저스가 좋은 사람이란 건 나도 알아. 굳이 그걸 설명할 필요는 없어. 나도 그렇게 훌륭하고… 언제나 옳은 일만 하는 사람을 알고 있어…. 뭐, 그런 사람은 방법을 찾아내곤 하지."

잠깐 동안, 나타샤는 합동 테러본부 상륙기동부대사령관의 보좌관에게 취조를 받는다는 느낌이 들지 않았다. 아니, 그보다는 그녀가 형사를 연기하고 있는 것 같았다. 재미있는 기분이었다.

"어떤 일을 말하는 거야?" 나타샤는 역할에 심취해서 물었다.

"음, 예를 들자면 시베리아로 갔을 때, 그러니까 당신이 베를린에서 로저스와 반즈를 보내줬을 때, 둘의 목적지가 시베리아였다는 건 알고 있어. 제모를 막기 위해서 말이야."

제모는 헬무트 제모를 뜻했다. 제모는 동지끼리 싸우고 친구끼리 싸우게 만들어 어벤져스를 내부로부터 파괴하려는 계략을 꾸몄던 사람이었다. 그는 스티브 로저스와 토니 스타크가 적이 되어 싸우게 만들었다.

제모의 계략은 로저스와 스타크가 시베리아 외딴 곳에 숨겨져 있는 히드라의 기지에서 맞부딪혔을 때 절정에 달했다. 제모는 로저스와 스타크를 갈라놓기 위해 윈터 솔져, 즉 반즈를 이용했다. 나타샤와 로저스는 믿을 수 없었지만, 반즈가 스타크의 부모인 하워드와 마리아 스타크를 죽인 범인이었던 것이다.

제모는 결정적 순간에 비밀을 폭로했고, 토니 스타크를 스티브 로저스의 적으로 돌려세울 수 있었다. 마침내 자신에게서 부모를 앗아간 범인이 누구인지 알게 된 토니는 분노에 휩싸였다. 하지만 로저스는 자신의 친구가 윈터 솔져로 세뇌를 당했을 때 저지른 범죄 때문에 죽는 것을 원치 않았다.

여러 가지로 훌륭한 계획이었다. 또 거의 성공할 뻔했다. 두 어벤져스가 서로 죽일 듯이 싸웠기 때문이다.

"의리란 참 재미있는 것 같아." 나타샤는 나지막이 말했다. 그녀의 목소리에서 감정이라고는 찾아볼 수 없었다. 그녀의 내면에 격한 감정이 소용돌이치고 있었다는 것을 생각하면 웃긴 일이었다.

로스는 한숨을 쉬며 대답했다. "정말 그래." 그의 시선이 문득 반짝였다. "당신이 왜 여기 있는지 이제 알 것 같아."

나타샤가 빙긋이 웃었다. 그랬다.

그는 알고 있었다.

7

"난 안 오면 체포하겠다고 위협해서 여기 있는 건데."

나타샤의 말은 사실이었다. 공항에서의 전투가 끝난 이후에, 나타샤는 베를린 근처를 배회하면서 기다렸다. 스티브로부터 연락이 오기를 기다렸고, 시베리아에서 어떤 일이 일어났는지 알기위해 기다렸다.

나타샤가 공항에서 있었던 히어로들 간 전투의 뒤처리 때문에 독일 당국과 씨름하는 동안, 또 스티브의 연락을 기다리는 동안, 그녀는 로스와 그의 수하들이 자신을 데려가는 것은 시간문제라는 것을 알고 있었다. 그저 스티브가 그 전에 연락해오길 바랄 뿐이었다. 나타샤는 스티브의 연락 여부에 따라서 로스를 순순히 따라갈 것인지, 아니면 베를린에 왔던 적도 없었던 것처럼 사라질지를 결정하려고 했다.

스티브가 떠난 지 11시간이 지난 이후에야 그녀는 스티브의 전화를 받았다. 계획은 진행되고 있었다. 그는 나타샤의 도움을 필요로 했고 그녀는 아무런 거리낌이나 의문 없이 그를 도와주기로 했다.

그들은 전우이자 팀원이었고, 친구였다. 그보다 더한 일도 할수 있었다.

로스는 고개를 저었다. "우리 둘 다 그게 거짓말이란 걸 알고 있잖아. 당신이 오고 싶지 않았다면 이곳에 오지 않았을 거야. 나도 데려올 방법이 없다는 걸 알고 있다고. 당신은 KGB에서 일했던 블랙 위도우니까! 아마 게임하듯이 나와 우리 쪽 사람들을 갈기갈기 찢어놓고 군중 속으로 숨어버렸을 거야. 그대로 사라지는 거지. 그리고 난 2년 후에 누군가가 당신을 브라질에서 봤다는 보고를 받겠지."

나타샤는 감동받은 듯 로스를 바라보았다. 그는 그녀에 대해서 조사를 다 했던 것이다.

"당신은 여기 있어야 하기 때문에 여기 있는 것뿐이야. 아니면, 무언가 얻을 게 있다거나."

로스는 생각에 잠겼다. 그리고 어떤 생각이 그의 머리를 스치고 지나갔다. 그는 고개를 돌리고 눈썹을 치켜 올렸다.

"혹시 둘 다야?"

나타샤는 로스의 마지막 말을 애써 무시했다. 사실 그의 말은 정곡을 찔렀다. 그녀는 테이블에서 몸을 떼서 의자에 기대어 다시 시계를 바라보았다. 18시가 다 되어간다. 지금쯤이면 스티브가 일을 다 끝냈어야 할 시간이었다. 그래서 나타샤는 로스에게 다른 정보를 좀 더 주기로 결정했다. 그녀가 원하는 것을 얻어낼 방법은 그것뿐이었다.

"그럼 내가 왜 여기 있다고 생각해?" 나타샤가 물었다.

"내 생각에, 당신은 주의를 분산시키려는 거야. 지금 벌어지고 있는 일들에 대해서. 혹은 벌어졌던 일들이라고 해야 하나." 로스는 시계를 쳐다봤다. "래프트에서 말이야."

"래프트는 존재하지 않아." 나타샤는 날카롭게 받아쳤다.

"한 방 먹었네. 으, 난 이 말이 너무 싫어." 로스는 눈을 흘기면서 말했다. "우리 둘 다 래프트가 존재하는 건 알고 있어. 난 그저 존재하지 않는다고 말할 뿐이라고. 자, 그럼 정리를 해보자. 당신이 아는 건 나도 다 알아, 그리고 내가 아는 건 당신도 다 안다고 생각해. 맞아?"

"네가 그렇다면 맞겠지."

"좋아. 그럼 로저스는 지금 래프트에서 옳은 일을 하고 있어. 그리고 '옳은 일'이란 특정한 주요 인물을 풀어주려는 것처럼 어리석은 일을 뜻하는 거야, 그치?" 로스가 물었다. 하지만 이것은 질문이라기보다는 사실을 나열하는 것에 가까웠다.

"그거야 때에 따라 다르지." 나타샤가 쏘아붙였다. "만일 내가 사실을 말하면 '옳은 일'을 할 거야?"

로스는 앉아 있던 의자를 끌어당겼다. 그러고는 코를 찡그리며 나타샤를 바라봤다. "그거야 때에 따라 다르지." 그는 잠시 있다가 대답했다. "당신은 만일 내가 '옳은 일'을 한다면, '옳은 일'을 할 거야?"

게임은 계속되고 있었다. 쫓고 쫓기는 고양이와 쥐처럼.

하지만 나타샤는 마치 집에 있는 것처럼 편안했다.

"좋은 기회는 언제나 있어." 그녀가 말했다.

"분명 그렇겠지." 로스가 고개를 끄덕였다. "그런데 내 생각에, 만일 내가 누군가에게 전화해서 로저스가 지금 어디에 있는지,

그가 지금 어떤 일을 하고 있는지를 알려주려고 하면 당신은 내 머리를 졸라서 질식시킬 것 같아. 그럼 난 핸드폰을 보기도 전에 기절하겠지."

"휴대폰을 보게는 해줄게." 나타샤가 시원하게 말했다. "사용은 못하겠지만."

로스는 웃음을 터뜨렸다. 나타샤는 잠시 같이 웃어도 될 거라 생각했다.

"어떻게 알아낸 거야?"

"래프트?" 로스가 물었다. "아니면 다른 것?"

순간 나타샤의 심장이 덜컥 내려앉았다. '다른 것'에 대해서 어떻게 알고 있는 거지?

8

"만일 스티브 로저스가 래프트로 가기로 결정했다면…." 나타샤는 시계를 흘깃 보며 말했다. "물론 거기 갔다는 건 아니지만, 만일 그랬다면 아마 벌써 그곳을 빠져나가고도 남았을 거야. 그가 거기 갔다는 걸 알아내기도 전에 떠났겠지."

"나도 그럴 거라 생각해." 로스가 혀를 차면서 말했다. "난 로저스가 너한테서 많이 배웠을 거라 확신해. 지금쯤이면 분명 자신의 친구들을 다 빼냈겠지."

로스는 스마트폰을 꺼내느라 목소리를 흐렸다. 그는 주머니에서 스마트폰을 꺼내다가 멈추고는 나타샤를 보았다.

"그냥 뭘 보여주려고 하는 거야. 그러니까, 내 목을 조르거나 하진 말아줘."

나타샤는 진지한 표정으로 고개를 끄덕였다.

로스는 스마트폰을 켜서 손가락으로 밀기 시작했다.

"'팔콘' 샘 윌슨, '앤트맨' 스캇 랭, 그나저나 무슨 이름이 '앤트맨'이야?" 로스가 키득거렸다. "행크 핌한테 이름을 지으라고 내버려두니까 이렇게 나오지. 보자, 또 누가 있지? 분명히 클린트 바튼도 있겠지. 완다 맥시모프. 이게 전부인가? 빠진 사람은 없나?"

나타샤는 아무 말도 하지 않았다. 그녀는 무기가 되는 말이 아니라면, 그저 말하기 위한 말은 하지 않았다. 그리고 그녀는 친구를 저버릴 생각이 없었다. 대신 로스가 정말 어디까지 알고 있는지를 파악하기 위해 잠자코 기다리기로 했다.

"대답은 안 해도 돼, 너무 확실하니까." 로스는 폰을 만지작거리며 버튼을 빠르게 눌렀다. "방금 래프트가 '기술적인 난관'을 겪고 있다는 보고가 들어왔어. 이것보다 확실한 게 또 어디 있겠어?"

로스는 다시 말을 끊었다. 방의 더운 공기가 점점 더 뜨거워지는 듯했다.

"거 참, 내가 다 설명해야 해?" 로스는 말을 이었다. 그는 폰을 둘 사이의 테이블에 내려놓으며 다시 눈썹을 닦았다. "'기술적인 난관'이란 건, 래프트에서 난리가 났다는 얘기야. 빨갛고 하얗고

파란 미친놈이 우리 시설을 파괴하고 그곳의 죄수들을 풀어줬다는 것을 뜻하는 암호라고."

마침내 나타샤가 입을 열었다. "이미 모든 걸 다 알고 있는 것 같은데, 날 데리고 뭘 하는 거야?"

"왜냐하면, 나도 모든 것을 알지는 못하니까." 로스가 되받아쳤다. "나도 이런 말을 하기는 싫은데, 존재하지도 않는 정부 감옥을 파괴하는 것이 캡틴 아메리카에게 왜 그렇게 중요한지를 알고 싶다는 거야. 그곳의 사람들을 구하는 것이…." 로스는 순간 말을 멈추었다.

"그러니까 그는 지금 죄 없는 어벤져스를 구출하고 있는 거지. 그들을 '탈옥'시키는 것이 아니라." 나타샤는 로스를 응시했다. "양심의 가책이라도 느끼는 거야?" 나타샤가 로스를 동정하듯이 혀를 찼다. "로스. 당신은 좀 더 배워야 해. 우리 같은 사람은 이런 감정을 느낄 여유가 없어."

로스는 고개를 흔들며 웃기 시작했다. "대단해, 정말 대단해. 내 머리 속을 읽으려 하다니. 그래, 맞아. 양심의 가책이 들어. 빌어먹을 캡틴 아메리카를 보고 양심의 가책을 느끼지 않는 사람이 세상에 어디 있겠어? 그는 세계를 구했다고! 어벤져스는 세계를 구했어! 이 말을 셀 수 없이 많이 할 수 있지만, 난 지금까지 내가 그 말을 몇 번 했는지 알고 있어. 이게 쉬운 일 같아?"

나타샤는 꿈쩍도 하지 않았다.

로스는 자신의 얼굴을 장장 5초 동안이나 문질러댔다. 그리고 두 손을 움켜쥐고 서로 문질렀다.

"2분쯤 있으면 국무장관이 전화를 할 거야. 무슨 일이냐고 묻겠지. 그리고 내게 이 상황을 어떻게 할 거냐고 따질 거야. 격노해서는 말이야. 새디어스 로스가 화났을 때 어떻게 말하는지 들어본 적 있어? 너도 별로 좋아하진 않을걸."

로스는 의자를 앞뒤로 흔들면서 말을 이었다. "정말 웃긴 얘기 해줄까? 난 그 전화를 무시할 거야. 전화가 울리고 그의 이름이 뜨면, 받지 않을 거라고. 왜냐하면 난 당신이 지금 여기에 있는 진짜 이유를 알고 싶거든."

"다른 것."

"그래, 그 다른 것에 대해 얘기해보자. 왜냐하면 난 언젠가는 로스의 전화를 받아야 하거든. 그리고 그때까지 당신이 이 빌딩을 나가지 않고 있다면 진짜 체포될 거야. 당신을 못 잡을 거라고는 말하긴 했지만, 난 정말로 못 나가게 막을 거야. 난 그렇게 할 수 있어. 당신도 내가 그럴 수 있다는 걸 알 거야."

"왜 이러는 거야?" 나타샤는 궁금해서 물었다.

"왜 이러냐고? 옳은 일을 위해서? 난 징계 따위는 두렵지 않은 사람이니까. 그리고 합의가 있건 없건 간에 세상에는 어벤져스가, 스티브 로저스가 필요하니까. 당신이 필요하니까. 계속할까? 뭘 더 알고 싶어?"

9

바로 그 순간, 로스의 스마트폰이 울리기 시작했다. 그는 보려고도 하지 않았다. 대신 그대로 앉은 채 나타샤의 눈을 똑바로 바라보고 있었다.

"우린 떠도는 소문들을 수집했어. 그래서 아프가니스탄과 타지키스탄 국경에서 무기 밀거래가 이뤄지고 있다는 걸 알아냈지." 나타샤가 말을 꺼냈다. "누군가가 그 무기를 이용해서 문제를 일으키려는 것 같아."

"그래서 그 문제가 뭔지 알아보려는 거야? 귀찮게 하지 마. 문제는 더 약한 사람들에게 일어나기에도 바빠." 로스가 말했다. 나타샤는 말없이 로스를 바라보았고 그는 황급히 손을 저었다. "신경쓰지 마. 그냥 노래 가사야. 그래서 알고 싶은 게 뭐야?"

"좌표." 나타샤가 말했다. 목소리에서 처음으로 떨림이 느껴졌다. 그녀의 말에는 다급함이 엿보였다. "우리는 그들이 쓰려는 무기가 치타우리족의 무기란 걸 알고 있어."

"치타우리족? '뉴욕 사태'의 그 치타우리족?"

나타샤가 끄덕였다. "뉴욕 사태 때, 치타우리족은 많은 과학기술을 남기고 갔어. 피해대책본부도 모든 것을 수습하진 못했지."

피해대책본부는 미국 정부와 스타크 인더스트리가 합작하여 만든 부서였다. 설립 목적은 치타우리족이 지구를 정복하려는 시도가 실패로 끝난 후에 지구에 남겨진 치타우리족 무기와 기술들을 수집하고 모으는 것이었다.

"그래, 우리도 알아." 로스가 턱을 문지르며 말했다. "우리도 비슷한 얘기를 듣고 있어. 나도 이게 진전되면 큰 문제가 될 거라 생각해."

"지금도 큰 문제야. 스티브가 그의… 활동을 끝내자마자, 우리는 거기로 가서 국경 근처의 이 상황을 해결하기로 했어."

테이블 위의 스마트폰이 다시 울렸다. 그리고 동시에 누군가가 회의실 문을 두드렸다. 회의실에는 창문이 없어서 로스는 누가 문을 두드리는지 알 수 없었다. 하지만 추측할 수는 있었다.

"좀 더 진도를 나가보자고. 다른 로스가 계속 전화를 해대고, 문 너머의 다른 사람은 당신을 체포하라고 말하려고 하니까." 로스가 서두르며 말했다. "내가 갖고 있는 좌표."

로스는 자신의 스마트폰을 쥐고 오른손 검지로 빠르고 능숙하게 조작했다. 그리고 나타샤의 눈앞에 스마트폰을 갖다 댔다. 그것은 좌표가 표시돼 있는 아프가니스탄 국경 지도였다. 5, 4, 3, 2, 1. 몇 초 후 로스가 화면을 껐다.

"난 네게 아무것도 보여주지 않았어."

"아무것도." 나타샤는 대답하고 일어섰다.

"하지만, 넌 그들이 뭘 계획하건 간에 그걸 멈출 거잖아. 이번 건은 내가 할 수 있는 것이 아무것도 없어. 널 도와주고 싶다 해도 그럴 수 없을 거라고."

"도와주고 싶지 않다면?" 나타샤가 삐딱하게 웃으며 말했다.

로스는 웃지 않았다. 그는 그저 나타샤를 바라보기만 하며 말했다. "당신은 여기 온 적이 없는 거야."

"난 유령이니까."

"그렇다면 창문도 없이 잠긴 회의실을 빠져나가는 방법을 알고 있는 것 같은데." 로스는 정말 궁금해서 물었다.

"일단 방을 나가보면 알 거야."

취조는 그렇게 끝났다. 로스는 의자에서 일어나 문으로 걸어갔다. 노크 소리는 계속되고 있었다. 로스는 나타샤를 보며 이렇게 한마디를 내뱉었다. "행운을 빌어." 그러고는 회의실 안에 누가 있는지 드러나지 않도록 겨우 몸만 빠져나갈 수 있을 정도로만 문을 열었다.

"왜 이렇게 귀찮게 굴어?" 로스는 문 너머에 있는 사람에게 말했다. "로스 장관 전화 말고는 날 방해하지 말라고 특별히 지시했을 텐데."

"아 예, 그게 로스 장관이 전화하고 있습니다." 상대가 대답했다. "로스 장관이 10분 전부터 계속 전화를 하고 있습니다."

"정말인가?" 나타샤는 에버렛 로스가 말하는 것을 들었다. "회의실에는 전파가 안 닿나 보군."

에버렛 로스는 5분도 안되어 '다른' 로스와의 통화를 끝냈다. 에버렛이 아는 것처럼 스티브 로저스는 래프트를 침공해서 그의 어벤져스 팀원을 구출했다. 국무장관은 불같이 화를 냈고, 에버렛이 아직도 나타샤 로마노프를 취조하고 있는지 알고 싶어 했다.

그런데 그때 이상하게도 갑자기 에버렛의 전화기에 또다시 전파가 끊어졌고, 통화가 끝났다. 새디어스 로스는 잠시 고함을 멈추어야 했다.

에버렛 로스는 깊게 숨을 들이쉬고 다시 회의실로 돌아갔다. 회의실 문은 그가 나왔을 때처럼 닫혀 있었다. 그는 아무도 회의실 밖으로 나가지 않은 것을 알고 있었다. 통화를 하면서 회의실 문을 계속 보고 있었기 때문이다. 하지만 회의실 문을 열고 그 안에 아무도 없는 것을 보고도 별로 놀라지 않았다.

나타샤의 말은 사실이었다. 그녀는 마치 벽을 통과한 것 같았다. 아예 이곳에 온 적도 없었던 것처럼 사라졌다. 마치 유령처럼.

"어떻게 하는지 정말 알고 싶네." 로스는 텅 빈 방에서 혼자 말했다. 손에 들고 있던 폰이 다시 울리자 그는 한숨을 내쉬고 문으로 향했다. "여보세요."

10

"밖으로 나오니까 기분 좋은데." 샘 윌슨이 안전벨트를 매며 말했다.

"난 추워." 나타샤가 대답했다. 그녀는 루마니아의 동쪽 바다 위를 날아 흑해로 향하는 비행기에 앉아 있었다.

나타샤는 밖의 경치를 보고 있었다. 하지만 밤이라서 어두운데다가 퀸젯의 고도에서는 보이는 것이 별로 없었다.

에버렛 로스와 만난 후 몇 주가 흘렀다. 그 사이 그녀는 로저스와 윌슨을 다시 만났다.

팔콘.

나타샤는 팔콘을 안 지 몇 년밖에 되지 않았다. 그녀와 로저스가 쉴드로부터 달아날 때였다. 아니 히드라에게서 도망쳤다고 해야 할 것이다. 샘은 그들에게 은신처를 제공해주었다. 그리고 히드라를 물리치는 것을 도와주었다. 그 이후부터 샘은 어벤져스의 동료이자 믿음직한 친구가 되었다.

믿음직한 친구. 나타샤는 뭔가 아이러니하다고 느꼈다. '난 한 번도 그런 친구를 가졌다고 생각한 적이 없었는데. 이젠 두 명이나 있다니.'

"추우면 에어컨을 좀 약하게 틀게." 스티브 로저스가 대답했다. "얼음 속에서 70년이나 있었더니, 내가 생각하는 추위가 다른 사람들이랑은 좀 다른 것 같아."

나타샤가 키득거리자, 샘도 함께 웃기 시작했다.

"그런데 전에 봤을 때는 빨간 머리 아니었어?" 샘이 나타샤의 금발머리를 보며 물었다.

"바꿀 때가 됐거든."

"그리고 너…" 샘이 캡틴 아메리카를 보며 말했다. "넌 면도기 잃어버렸어?"

스티브는 수염을 만지며 변명하듯이 말했다. "면도를 안 하니까 아침에 시간이 절약되더라고."

블랙 위도우는 캡틴 아메리카와 팔콘을 겨우 한 시간 전에 다시 만났다. 그들은 몇 주째 새로운 테러리스트 조직을 쫓고 있었다. 그 조직은 치타우리족의 기술을 거래하고 있었다. 나타샤와 캡틴, 팔콘은 로스에게서 얻은 정보로 테러리스트들을 추적했고 결국 이곳까지 오게 된 것이다.

나타샤는 합동테러본부의 회의실에서 탈출할 때를 회상했다. 일단 로스가 방을 나가기만 하면, 들키지 않고 빌딩을 탈출하는 것은 나타샤에게 간단한 일이었다. 로스는 그녀가 도망칠 수 있다는 것을 알고 있었다. 하지만 누구도 알아채지 못하게 그곳을 빠져나가는 것은 불가능해 보였다. 그는 나타샤가 어떻게 그렇게 했는지 정말 알고 싶어 했다. 하지만 그녀의 기술은 그녀만의 것이고 나타샤는 로스뿐 아니라 누구에게도 알려줄 생각이 없었다.

'어쩌면 누군가에게는 알려줄 수도 있지.' 그녀는 생각했다. '내가 믿는 누군가에겐.'

"있잖아, 로스는 래프트를 탈출한 걸 알고도 별로 놀라지 않는 것 같았어." 나타샤는 퀸젯의 엔진 소리를 뚫고 말했다. "마치 네가 올 걸 알고 있었던 것처럼."

"놀랍지도 않네." 스티브는 조종석 너머에 있는 어둠을 바라보며 말했다. "로스는 똑똑한 사람이니까. 좋은 사람이고. 그는 아마 내가 뭔가를 할 거라고 생각했을 거야. 모두가 갇혀 있도록 내버려두지 않을 거라고 예상했겠지."

"나도 그중 한 사람으로서, 네가 그렇게 해줘서 고마워." 샘이 대답했다. "거기 침대가 정말 불편했거든."

"누군가 그에게 정보를 줬을 수도 있다고 생각해." 나타샤는 추측을 이어가며 말했다.

"티찰라?" 스티브가 물었다.

나타샤는 고개를 기울였다. "그는 네가 뭘 하는지 알고 있으니까."

"티찰라가 그랬을 리 없어."

스티브는 퀸젯에 오르기 전, 나타샤에게 래프트를 습격할 당시 반즈가 어떻게 그를 도와주었는지 말해주었다. 둘은 래프트를 떠나 와칸다로 향했고, 그곳에서 티찰라는 반즈에게 은신처를 제공했다. 티찰라는 반즈가 와칸다의 국경 안에 머무는 동안 그의 안전을 약속했다. 그리고 와칸다의 과학자들이 그가 다시 윈터 솔져가 되지 않도록, 반즈의 머릿속에서 히드라의 프로그램을 제거하는 방법을 찾는 동안 반즈를 극저온 장치 속에 보호해주겠다고도 했다.

나타샤는 몸을 앞으로 숙여 스티브의 눈을 바라보았다. "그걸 어떻게 확신할 수 있어?" 그녀 역시 티찰라가 그들을 배신하고 로스에게 협력할 것이라고는 단 한순간도 생각지 않았다. 하지만 마음속을 어지럽히는 생각들을 멈출 수가 없었다.

스티브도 고개를 숙여 나타샤의 눈을 바라보며 천천히 말했다. "난 그를 믿어, 나타샤. 내가 널 믿듯이."

샘 윌슨의 집. 아주 오래전.

나타샤와 스티브 로저스가 히드라에게 쫓기고 있을 때였다. 닉 퓨리는 얼마 전 암살당했다. 갈 곳이 없었던 둘은 은신처를 찾아 헤매다가 결국 샘 윌슨의 현관 앞에 도착했다. 다시 도망가기 전에 잠시 숨을 돌리고 계획을 세울 곳이 필요했던 것이다.

"괜찮아?" 스티브가 똑바로 앉으며 물었다. 나타샤는 그가 그녀를 볼 때까지 아무 말이 없었다.

"나타샤." 스티브의 목소리는 다정했다. "왜 그래?"

나타샤는 잠시 생각했다. 그녀도 자신의 기분이 무엇인지 확신할 수 없었다. 이런 기분을 느껴본 적이 없었다. 아니면 스스로 이런 기분을 느끼지 못하도록 통제했을지도 모른다.

"난 착하게 살려고 쉴드에 합류했는데…." 그녀는 말을 시작했다. "그저 KGB에서 히드라로 이직했을 뿐인 것 같아."

스티브는 그대로 앉아 나타샤의 말을 듣고 있었다. 나타샤는 깊게 한숨을 쉬었다. "누가 거짓말을 하는지 진실을 말하는지 알 수 있다고 생각했는데…." 나타샤는 말을 흐렸다. 그녀는 희미하게 웃으며 말했다. "이제는 그 차이를 모르겠어."

캡틴 아메리카인 남자가 나타샤를 바라보며 말했다. "네가 잘못된 곳에서 일해서 그래."

"네가 내 목숨을 구해줬어."

스티브는 고개를 저으며 말했다. "괜찮아."

나타샤와 스티브는 쉴드/히드라 사건을 해결할 정보를 얻기 위해 뉴저지의 비밀 벙커로 향했다. 하지만 그들이 그곳에 있다는 것을 알아낸 쉴드는 둘을 제거하기 위해 미사일을 발사했다. 스티브가 아니었다면 나타샤는 아마 죽었을 것이다.

"만약 반대의 상황이었다면…" 나타샤는 주저하며 말했다. "내가 네 생명을 구해야 하는 상황이었다면 말이야. 솔직하게 말해 줘. 넌 내가 널 구해줄 거라고 믿었을까?"

나타샤는 그가 어떤 대답을 할지 두려웠다. 하지만 어떤 대답이라도 들어야 했다.

"지금은 믿어." 스티브는 망설임 없이 대답했다. "그리고 난 언제나 솔직해."

11

에버렛 로스는 위험을 무릅쓰고 나타샤에게 세계 안보에 위협이 되는 장소의 좌표를 주었다. 덕분에 퀸젯은 아프가니스탄과 타지키스탄 국경지대에 있는 목적지 근처를 비행하고 있었다. 세 명의 탑승객은 점점 더 위험에 가까이 다가가고 있었다.

"곧 파르하르에 도착해." 샘이 퀸젯의 비행 궤도를 보며 말했다. "20분 정도 남았어."

퀸젯에 타고 있는 셋은 모두 외국의 영토로 진입하고 있다는 걸 새삼스레 느꼈다. 나타샤와 스티브 그리고 샘은 모두 정부 기관에서 일했다. 나타샤는 러시아의 KGB에서, 스티브는 미 육군, 샘은 미 공군에서 일했다. 그리고 전 지구적 기관이었던 쉴드와도. 이제 그들은 자신뿐이었다. 정부의 지원도 없다. 문제가 생겼을 때 도움을 요청할 곳도 없었다. 토니 스타크도 없고, '어벤져스 법안'도 없다.

오직 그들 자신뿐이었다.

물론 그들은 여전히 어벤져스였다. 여전히 블랙 위도우였으며 캡틴 아메리카였고 팔콘이었다. 하지만 이제는 비밀스럽게 움직여야 했다. 그들의 목에는 각각 현상금이 걸려 있었고, 세계 각국의 경찰들이 뒤쫓는 도망자 신세였다. 에버렛 로스처럼 그들이 옳은 일을 한다고 믿는 사람이 있다고는 하지만, 아무런 거리낌 없이 그들을 경찰에 넘기려는 사람들이 훨씬 많을 것이기 때문이었다.

"자, 우리가 뭘 찾고 있는 거지?" 스티브가 나타샤를 보며 말했다. "내가 샘을 빵에서 구출하는 동안 너도 로스와 정보를 주고받았을 것 같은데."

"'빵'?" 샘이 놀리면서 말했다. "도대체 그게 뭐야?"

스티브는 도움을 청하는 눈길로 나타샤를 바라보았다. 하지만 그녀는 도와줄 생각이 없었다. "빵." 그는 말했다. "있잖아… 빵. 뭐냐면, '감옥'을 뜻하는 은어야."

"그럼 왜 그냥 '감옥'이라고 하지 않고?" 샘이 물었다. "넌 왜 항상 옛날 말을 쓰는 거야? 지금은 1943년이 아니야."

"그렇게 옛날 말은 아니야." 스티브가 변명하듯이 말했다.

"꽤나 옛날 말 같은데." 나타샤가 샘의 의견에 동의했다. 샘이 빙긋이 웃었다.

"너희가 편을 먹고 날 놀리라고 전쟁에서 살아 돌아온 건 아니야." 스티브가 중얼거렸다.

나타샤는 친구를 충분히 놀렸다고 생각하고 다시 일 얘기를 시작했다. "분명 재난대책본부 모르게 치타우리족 기술을 빼돌려서 연구하는 누군가가 뉴욕에 있어. 그게 누구든 간에 최고가를 제시한 이들에게 그 기술을 팔았을 거야. 처음에는 주변, 그러니까 뉴욕 근처의 사람들에게 팔았겠지. 하지만 최근 6개월 동안 전 세계적으로 거래되고 있는 것 같아."

스티브가 미간을 찌푸리며 나타샤의 말을 듣고 있었다.

나타샤가 말을 이었다. "치타우리족 기술은 중동의 몇몇 분쟁 지역에서 발견되고 있어." 그녀는 그들에게 작은 모니터를 보여주었다. 아프가니스탄을 확대한 중동의 위성사진이었다. "분명히 외계의 기술과 접목된 무기들이 국경선에 배치되어 있어. 이 때문에 전체 지역이 매우 불안정한 상태야. 그리고 이 곤란한 사태는 하나의 그룹이 주도하고 있어."

"누구지?"

"'니들.' 그들은 스스로를 바늘이라는 뜻에서 '니들'이라고 불러." 나타샤의 말에 스티브가 그녀를 멍하게 바라보았다.

"그… 지푸라기에서 바늘을 찾는다고 할 때 그 바늘? 찾기가 거의 불가능하고 치명적인 결과를 가져올 수도 있는 그 바늘?"

나타샤는 아무런 대답을 하지 않은 채 어깨를 으쓱하고는 브리핑을 이어갔다.

"아무튼, 그들은 세계 각국에서 모인 사람들이야. 배후세력도 다양하고. 하지만 목표는 하나야. 중동을 혼란하게 만들어서 돈을 벌겠다는 거지. 모든 건 돈 때문이야."

"그래, 돈." 샘이 말했다. "돈은 사람들이 나쁜 일을 하게 만들지. 그래서 내가 백만장자가 아닌 거야."

"'니들'이 정확히 어떤 기술이나 무기를 갖고 있는지 알고 있어?" 스티브는 걱정스러운 표정으로 말했다.

나타샤는 천천히 고개를 저었다. "아니, 그저 그들이 누구도 보지 못한 무언가를 가지고 있다는 것만 알아냈어."

"그러니까, 그들이 어떤 무기를 갖고 있는데, 우리는 그 무기가 뭔지도 모르고, 성능이 어떤지도 모른다는 거지?" 스티브의 목소리는 걱정으로 가득 차 있었다.

"정확히 그 뜻이야."

"로스도 아무것도 모르는 거야?" 스티브가 재촉하듯 물었다.

"내 생각에 로스는 너무 늦기 전에 우리가 그걸 찾아서 무력화시키길 바라는 것 같아."

"그렇게 말했어?"

"아니, 별로 많은 말은 하지 않았어. 하지만 그가 베를린에서 날 체포하지 않고 보내준 이유가 그거라고 생각해. 그것 말고는 설명할 방법이 없어."

조종실에는 잠시 침묵이 흘렀다. 침묵을 깨고 샘이 입을 열었다. "지금까지 맡은 임무 중에 최고라고 생각하는 건 나뿐인가?"

12

퀸젯은 새벽이 밝기 전에 사막에 착륙했다. 아직 어둠이 세상을 덮고 있었다. 곧 이 어둠이 걷히겠지만 몸을 숨기기에는 충분했다.

경이로운 과학기술의 집약체인 퀸젯은 항공기술로서는 거의 예술의 경지에 이르렀는데, 같은 크기의 항공기와 비교하면 소음이 없다고 할 수 있었다. 아니 모든 시기의 어떤 항공기와 비교해도 마찬가지였다. 퀸젯은 토니 스타크의 눈부신 공학 기술의 소산이었으며, 현대 항공기술의 결정판에 가까웠다. 오직 스타크의 아이언맨 슈트만이 이보다 더 발전된 기술일 것이다.

대부분의 사람들이 퀸젯을 스텔스 비행기라고 생각했다. 하지만 나타샤 로마노프는 '대부분'의 사람이 아니었다. 나타샤 같은 사람, 즉 은밀하게 접근해서 삶과 죽음을 가르는, 물론 삶을 더 선호하지만, 그런 사람은 퀸젯 역시 시끄럽고 성가시다고 생각했다. 그녀에게는 퀸젯의 착륙도 꼴사납고 요란스럽게 느껴졌다. 어쩌면 적들이 눈치채고 파파라치와 TV 카메라를 대동한 채 대대적인 환영 파티를 준비해 놓았을지도 모른다. 나타샤는 조용한 게 좋았다. 조용하지 않아서 얻을 게 있는 경우를 빼고.

"꽤나 시끄러웠어. 그런데 우리를 반기는 사람이 없다는 것이 놀라운데. 아니면 이것도 계획의 일부인가?" 나타샤가 말했다.

스티브가 동의하며 고개를 끄덕였다. "그런데 달리 이곳에 들어올 방법이 없어. 그리고 내 생각에는 우리가 오는 걸 아무도 못 들었을 거야. 나가서 한번 둘러보자."

뒤쪽의 출구가 열리자 숨이 막힐 듯한 사막의 공기가 들어왔다. 나타샤는 고개를 숙이고는 제일 먼저 출구의 경사로를 내려가 불모의 땅에 발을 내딛었다. 그녀는 주위를 둘러보며 방향을 확인했다. 부츠 밑으로 모래들이 날아다니고 있었다.

"여기는 아무것도 없는 것 같아. 모래뿐이야."

샘의 목소리였다. 샘은 곧바로 모래벌판 위를 날아올랐다. 족히 300미터는 되어 보였다. 그는 미합중국 공군에서 복무하면서 실전 테스트를 마친 EXO-7 비행 슈트의 업그레이드 버전을 입고 있었다. 그 비행 슈트는 군 복무 중에는 물론 어벤져스의 팔콘으로 합류한 이후에도 샘에게 큰 도움이 되었다.

샘의 아래쪽 지상에서는 나타샤 로마노프와 스티브 로저스가 모래 언덕의 뒤쪽 구석에 쪼그리고 앉아 있었다. 나타샤는 아까부터 계속 손에 작은 기기를 쥐고 있었다. 기기의 화면에는 그 지역의 지도와 함께 그들의 현재 위치가 초록색의 작은 점으로 표시되고 있었다.

"뭐가 좀 보여?" 스티브가 컴링크에 대고 말했다.

컴링크로 팔콘의 목소리가 지직거리며 들렸다. "사람도 없고 선인장도 없어. 피스모 해변까지 둘러봤는데 토끼 한 마리 없어."

나타샤는 작은 소리로 웃었다. 하지만 스티브는 이를 눈치채지 못했다. "피스모 해변은 캘리포니아에 있잖아." 그가 헛갈린다는 듯이 말했다. "혹시 내가 못 봤던 TV 프로그램에나 영화에 나왔던 대사야?"

샘의 웃음소리가 컴링크를 통해 들렸다. "벅스 버니. 루니 툰에서 나왔던 거야. 나중에 언제 같이 보자고."

해가 떠오르고 있었다. 잠복 중인 어벤져스를 숨겨주고 있는 어둠이 걷히면 그들은 완전히 탁 트인 공간에 놓이게 될 것이다. 이는 별로 좋은 상황이 아니었다.

"눈으로 볼 수 있는 근처 내에는 아무도 없어. 이건 정말 좋은 징조일 수도 있고 정말 끔찍한 징조일 수도 있어." 나타샤가 나직한 목소리로 말했다.

스티브는 눈앞에 펼쳐진 모래 바다를 자세히 바라보았다. 그는 슈퍼 솔져 혈정으로 인해 강화된 시력으로 어떤 문제라도 있는지 주변을 자세히 살폈다. "정말 끔찍한 징조라고 생각하자. 그럼 끔찍한 게 아니라고 밝혀질 때 즐겁게 놀랄 수 있잖아."

"난 놀라는 거 싫어. 내가 다른 사람을 놀라게 하는 게 아니라면."

"우리 위치가 정확히 어디야?" 스티브가 물었다.

나타샤는 기계에서 위치를 확인했다. "이 기계가 맞다면 우리는 로스가 알려준 좌표에 와 있어. 바로 우리가 있는 여기가 '니들'이 모여 있는 곳일 거야."

"우리는 잘못된 곳을 찾고 있었어." 스티브의 말은 사실이었다. 그는 밟고 서 있는 모래를 부츠로 두드렸다. 나타샤는 모래를 바라보며 고개를 끄덕였다.

"지하."

"샘, 돌아와." 스티브가 컴링크로 급히 말했다. "땅을 팔 시간이야."

컴링크로 샘의 웃음소리가 지직거리며 들리다가, 그의 목소리가 크고 또렷하게 들렸다. "너희 내가 하늘을 나는 사람이란 건 알고 있지?"

13

"산통 깨긴 싫은데, 지하에 있을 거라고 생각하는 그 터널들을 어떻게 찾겠다는 거야?" 샘이 물었다.

나타샤는 스티브 로저스를 알아온 만큼 샘을 오래 알지 못했다. 샘은 그녀와 스티브를 만난 순간부터 그들을 도와주었고, 그녀는 그가 좋은 어벤져스가 될 거라고 생각했다.

나타샤의 생각은 옳았다.

울트론과의 전투 후에 어벤져스는 해체되는 것 같았다. 토니 스타크는 현역에서 물러나기로 결정했다. 이는 언제나 어벤져스의 뒤를 든든하게 받쳐주던 아이언맨의 화력을 더 이상 기대할 수 없다는 것을 뜻했다. 클린트 바튼은 은퇴한 것이나 다름없었다. 토르는 아스가르드와 관계된 개인 사정 때문에 지구를 떠났다. 그리고 브루스 배너… 헐크… 그가 어디로 갔는지는 아무도 몰랐다. 나타샤가 마지막으로 그를 보았을 때 헐크는 퀸젯을 탈취해 혼자만 알고 있는 곳으로 날아갔다. 자신이 어디로 향하는지 그가 정말 제대로 알고 있었는지는 모르지만. 그녀는 울트론 사건 때 둘이 얼마나 가까워졌는지를 떠올렸다. 문득 나타샤는 자신이 의식적으로 헐크를 생각하지 않으려 했다는 것을 깨달았다. 또 그를 얼마나 그리워하는지도.

나타샤의 이런 감정과는 별개로, 브루스의 이탈로 인해 나타샤와 스티브는 마지막 어벤져스가 되어버렸다. 팀에 커다란 구멍이 생겨버린 것이다. 나타샤와 스티브는 차세대 슈퍼 히어로들로 그 빈자리를 채워야 했다.

샘 윌슨은 그 히어로 중 하나였다.

나타샤와 스티브는 열심히 일했다. 새로운 어벤져스를 모집하고 그들을 밤낮으로 훈련시켰다. 새로운 어벤져스들은 그들에게 닥쳐올 위협에 대적할 준비가 되었다. 그리고 얼마 지나지 않아 그 위협이 현실로 닥쳤다. 전직 쉴드 요원 브록 럼로우가 나이지리아의 라고스를 전장으로 몰고 간 것이다.

샘은 팔콘으로 활약하면서 그 전투는 물론 이후 모든 싸움에서 자신의 능력을 충분히 발휘했다. 나타샤는 이곳에서도 그가 능력을 보여줄 것이라 믿고 있었다. 적들이 숨어 있는 곳을 찾아내기만 한다면 말이다.

"샘이 맞아. 우리가 여기를 몇 시간이고 수색한다 해도 아무것도 못 찾을 수도 있어. 악당들은 숨는 데 재능이 있거든." 나타샤가 말했다.

"우리가 착륙할 때 네가 시끄럽다고 생각했던 거 기억나?" 스티브가 고개를 들어 턱으로 퀸젯을 가리키며 말했다.

나타샤는 말없이 고개를 끄덕였다.

"어쩌면 충분히 시끄럽지 않았을 수도 있어. 쥐가 숨은 곳을 찾는 가장 좋은 방법은 그 쥐를 튀어나오게 하는 거야."

샘은 고개를 돌려 나타샤를 바라보았다. "무슨 말인지 알아들었어. 옛날 말이 없었거든."

"고장 난 시계도 하루에 두 번은 맞는다니까." 나타샤가 대답했다.

샘은 한바탕 크게 웃고 나서 자신 앞에 놓인 황무지로 시선을 돌렸다. "그럼 뭘 할까요, 캡틴?"

"시끄럽게 놀아보자고." 스티브가 싱긋 웃으며 대답했다.

"그럼 분부대로 해야죠." 샘은 이렇게 말하고는 퀸젯의 뒤쪽 출입구 경사로로 연료 실린더를 굴렸다. "그렇다고는 해도 이걸 들고 사막을 가로질러 가기는 싫은데." 그는 고개를 들어 스티브를 똑바로 쳐다봤다.

"네 차례야, 로저스." 나타샤가 웃으면서 말했다.

스티브 로저스는 몸을 숙여 190리터짜리 연료 실린더를 움켜쥐었다. 실린더의 무게는 200킬로그램에 육박했다. 스티브는 한순간도 멈칫하지 않고 실린더를 땅에서 공중으로 들어 올려 앞으로 걷기 시작했다.

"이렇게 무거운 물건을 들 때 헐크가 있으면 좋을 텐데." 그가 툴툴댔다.

나타샤는 잠시 헐크… 배너를 생각했다. 그녀 역시 헐크가 있었으면 좋을 거라 생각했다. 이유는 캡틴과는 다르겠지만.

그녀는 마음을 가다듬고 퀸젯으로 들어갔다. 그리고 크고 검은 사물함의 문을 열었다. 안에는 여러 가지 생존 장비가 있었다. 물, 식량, 삽, 임시 대피소. 그리고 곧 자신이 찾던 물건을 발견했다. 조명탄 총이었다. 나타샤는 총을 들고 다시 사막으로 내려갔다.

몇 분 후에 로저스는 연료 실린더를 들고 사막의 오아시스처럼 보이는 곳에 도착했다. 불규칙적인 나무들과 더 불규칙적인 뿌리들이 모래 위로 드러나 있었다. 그는 근육을 수축시키면서 실린더를 모래 위에 내려놓았다.

그런 뒤, 실린더를 뒤로 하고 전속력으로 뛰기 시작했다.

나타샤와 샘은 거대한 모래 언덕 뒤에 나란히 자리한 채 그를 보고 있었다. 스티브가 뛰어오는 모습이 점점 가까워지더니 그의 모습이 잠시 시야에서 사라졌다가 바로 옆에서 다시 나타났다.

"네가 쏠 거야?" 스티브가 오른손에 조명탄 총을 들고 있는 나타샤에게 물었다.

그녀는 고개를 끄덕였다. 나타샤는 연료 실린더를 다시 한 번 바라보고는 조명탄 총의 방아쇠에 걸쳐놓은 오른손 검지에 힘을 주었다.

총이 불을 뿜었다.

순간 조명탄은 총의 심지를 떠나 연료 실린더로 곧바로 향했다. 조명탄은 실린더의 얇은 표면을 관통했고, 실린더 안에서 불꽃이 타올랐다.

폭발은 사막을 뒤흔들었고 불길이 치솟았다. 마치 평소보다 파르하르에 일찍 해가 뜬 것 같았다.

14

나타샤는 이보다 더 큰 폭발을 본 적이 있었다. 훨씬 더 큰 폭발을. 어벤져스가 싸우는 땅에는 항상 거대한 폭발이 일어났다. 뉴욕은 믿기 힘든 폭발로 가득했다. 소코비아에서도 마찬가지였다. 어벤져스가 가는 곳이라면 어디든 폭발이 따라다니는 것 같았다.

하지만 가끔은 이런 폭발을 보면 꽤 기분이 좋을 때도 있었다.

나타샤는 그 기분을 말로 표현하기 힘들었다. 정확히 어떤 기분이라고 해야 할까? 그녀는 작은 불덩이가 이른 아침 하늘 위를 솟아올라 발사되는 것을 보았다. 불덩이는 나타샤의 마음을 강타했고, 그녀는 해방감을 느꼈다. 자유. 이 하나의 작은 폭발이 어쩐지 그녀의 과거를 날려버리는 것 같았다.

그녀는 스티브 로저스와 샘 윌슨의 옆에 서 있었다. 그녀가 절대적인 신뢰를 보내는 두 친구였다. 친구. KGB에서 일하는 동안에는 절대 누려보지 못한 사치였다. 사실 쉴드에서도 마찬가지였다. 어벤져스에서조차 나타샤는 여전히 빈틈을 보이지 않았다.

하지만 지금… 이제 그녀는 누가 그녀의 친구인지 알고 있다. 정말로 알고 있었다.

"저게 누군가의 주목을 끌어야 해." 샘이 나타샤의 이런 생각들을 방해하며 말했다.

"괜찮아?" 스티브는 나타샤의 오른쪽 어깨에 손을 올리며 말했다.

"괜찮아. 샘 말이 맞아. 이 조그만 모닥불이 사람들을 뛰어오게 만들어야 할 텐데. 아니면 퀸젯을 날려버려야 할지도 몰라."

"그렇게는 안 했으면 좋겠어." 샘이 덧붙였다. "난 너희 둘 다 업고 날아갈 생각은—."

"엎드려!" 나타샤가 배를 모래 위로 바짝 붙이며 작은 소리로 외쳤다. 스티브와 샘도 즉시 나타샤의 뒤를 따랐다. "저기!" 그녀는 다시 속삭였다.

나타샤는 연료 실린더가 폭발한 쪽을 향해 모래 위를 뛰어가는 남자를 가장 먼저 발견했다. 그는 사막 위장복을 입고 있었다. 단조로운 베이지색 풍경 속에 숨기 위한, 카키와 황토색이 뒤섞인 헐렁한 점프슈트였다.

뭔가 문제가 생긴 것 같았다.

남자는 모래 사이를 터덕터덕 걸어서 갑작스러운 폭발처럼 보이는 불길 앞으로 향했다. 그의 눈앞에 있는 것은 모래와 불꽃뿐이었다. 남자는 주변을 둘러보았다. 모래와 모래 언덕만이 그의 시야에 들어올 뿐이었다.

아무것도 없었다.

남자는 다시 불길로 시선을 돌렸다. 마치 불꽃 안에 무엇이 있는지를 들여다보려고 하는 것처럼 불길을 응시했다. 만일 그가 눈을 완전히 가늘게 떴다면 그는 불꽃 안쪽에 화염의 열기로 구부러져 녹아내리고 있는 연료 실린더의 형체를 알아볼 수 있을 것이다. 하지만 그는 초조하게 주변을 살피다가 불에서 한걸음 물러섰다. 남자의 머리가 옆에서 옆으로 움직였고, 오른쪽 눈썹이 씰룩거리기 시작했다. 그는 등 뒤에 메고 있는 배낭에 손을 뻗어 구식 군용전화기를 꺼냈다. 벽돌 같은 전화기는 크고 무거웠으며 거대한 안테나가 달려 있었다.

남자가 전화의 다이얼을 돌리자 탈칵거리는 소리가 들리고 신호음이 들렸다. 하지만 아무 응답이 없었다. 그는 다른 다이얼을 돌렸다. 그러자 전화 스피커에서 목소리가 들려왔다.

"뭐였어? 무슨 일이야?" 알 수 없는 목소리가 수화기 너머로 들렸다.

남자는 전화기 옆쪽의 긴 버튼을 누르고 대답을 하기 위해 입을 열었다. 하지만 그는 단 한마디도 하지 못했다.

블랙 위도우가 그의 뒤에서 갑자기 나타났기 때문이다. 그녀는 부드러운 동작으로 오른손으로는 남자의 입을 틀어막고 왼손으로 오른쪽 얼굴을 가격했다. 그 즉시 남자는 정신을 잃고 쓰러졌다. 그가 모래 위로 고꾸라지는 사이 나타샤는 남자의 전화기를 들고 서 있었다. 그녀는 전화기 옆쪽의 긴 버튼을 누르고 이렇게 말했다. "사람을 더 보내." 그녀는 전화를 끊고 전화기를 모래 속으로 던졌다.

얼마 지나지 않아 모래 언덕은 사막 위장복을 입은 남자들로 가득 찼다. 다만 이들은 구식 전화기가 든 배낭을 메고 있지 않았다. 대신 무기를 메고 있었다.

나타샤와 스티브, 샘이 처음 보는 무기들이었다. 그것들은 전 세계의 군대에서 통용되는 무기가 아니었다. 그럴 수밖에 없는 것이 그 무기들은 다른 세계에서 온 것들이었다.

"관심을 너무 확실히 끈 거 아니야?" 스티브가 나타샤 쪽을 보며 속삭였다.

"쥐를 끌어내자면서. 저기 쥐들이 왔네." 나타샤가 말했다.

"이제 저들 뒤를 쫓아야 해." 샘이 말했다.

스티브는 고개를 끄덕였다. 그리고 나타샤를 바라보았다. "적들이 우리랑 밖에 있을 때 지하터널로 가는 게 좋을 것 같은데."

나타샤는 고개를 돌려 스티브를 똑바로 보았다. "잘할 수 있지?" 그러고는 다시 고개를 돌려 샘을 바라봤다. 그녀의 팀원들은 곧바로 고개를 끄덕였다. 바로 그 순간, 그녀는 이 계획이 앞으로 어떻게 전개될지 알 수 있었다. 스티브와 샘은 적의 주의를 분산시킬 것이다. 그러면 그들 중 하나는 이 상황을 알리러 돌아갈 테고 나타샤는 그의 뒤를 쫓아 적들의 벙커로 들어가서 치타우리족의 무기를 수색할 것이다. 그렇다면 누가 무엇을 알고 있는지도 파악할 수 있을 것이다.

아주 단순한 계획.

잘못될 일이 뭐가 있겠어?

15

나타샤는 사막을 뛰어가면서, 왠지 모르게 몇 년 전 쉴드의 함선 레무리안 스타호에서 있었던 일을 떠올렸다. 당시 레무리안 스타호는 해적에게 납치된 상태였다. 닉 퓨리는 나타샤에게 인질을 구출하라는 명령을 내리면서 스티브 로저스를 파트너로 정해주었다.

로저스는 인질을 구하는 것이 임무의 전부라고 알고 있었다. 그는 그런 임무에 최고로 적합한 선택이었다. 누구보다도 다른 사람에게 봉사하기 위해 인생을 바쳐온 사람이었으니까.

하지만 쉴드와 관계된 것들이 대부분 그러하듯 보이는 것이 전부가 아니었다.

나타샤도 마찬가지였다.

퓨리는 로저스 모르게 나타샤에게 또 다른 임무를 부여했다. 일단 블랙 위도우와 캡틴 아메리카가 레무리안 스타호에 올라 임무에 착수하자, 나타샤는 로저스에게서 떨어져 다른 임무를 수행해야 했다. 레무리안 스타호는 쉴드의 배로, 배 안의 컴퓨터에는 쉴드의 일급기밀이 숨겨져 있었다. 그 기밀이 필요했던 퓨리는 나타샤에게 작은 USB드라이브에 컴퓨터의 모든 정보들을 담아 오라고 했던 것이다. 그 '개별 임무'는 나타샤만 알고 있는 비밀이었다. 그녀는 이를 로저스에게 말하지 못했다. 퓨리의 명령이었기 때문이다. 그래서 말하지 않았다.

하지만 캡틴 아메리카를 속이는 것이 괴롭지 않았던 것은 아니었다. 그녀는 아무런 대가를 바라지도 않고, 모든 것을 주기만 하는 이 남자를 믿고 있었다. 그는 비밀이라고는 없는, 속이 훤히 들여다보이는 사람이었다. 하지만 그녀는 그에게 비밀을 숨기고 있었다.

자신은 못 믿게 하면서 누군가를 믿을 수 있을까?

그리고 만일 누군가 그녀를 믿는다고 했다면, 그들은 진심이었을까? 나타샤가 누군가를 믿는다고 말했을 때, 그녀는 진심이었을까?

　나타샤는 이런 생각을 하면서 연기와 모래 언덕 위에 몸을 숨겨가며 이동했다. 이곳을 습격해온 위장복 무리에서 떨어져서 안전하게 기다릴 위치에 도달할 때까지 질문은 꼬리에 꼬리를 물었다. 이제 그녀는 두 사람의 손에 자신의 목숨을 맡겼다. 옳은 일을 한다고 믿는 두 사람의 손에. 그녀는 그들이 옳은 일을 한다는 것을 마음속 깊이 알고 있었다. 누군가 옳은 일을 한다면 그것은 스티브 로저스와 샘 윌슨일 것이다.

　하지만 나타샤는 한편으로 자신은 그런 신뢰를 얻지 못했다는 기분이 들었다. 또 그럴 자격이 없다고 생각했다.

　"얘들아, 어서." 나타샤는 계속되는 난리를 보며 조용히 말했다. "뭔가 신호라도 줘봐."

　그러고는 지옥의 문이 열렸다.

　팔콘은 날카로운 각도로 하늘 높이 솟구쳤다. 잠시 공중에 머물다가 다시 땅으로 재빨리 내려와 곧바로 적군의 중심부 위로 향했다. 그의 움직임은 너무나 빨랐다. 날개는 비명과도 같은 굉음을 내며 강한 바람을 일으켰고 적들은 그 바람에 날려 모래 위로 처박혔다.

　고함과 욕설이 난무했다. 사막은 전투의 소음으로 가득 찼다.

　그때 캡틴 아메리카가 나타나 그들 중 한 명에게 곧바로 덤볐다. 그는 그 남자의 옷을 잡아 머리 위로 들어 올렸다가 다른 적군에게 집어 던졌다.

"잘했어, 제군들." 나타샤는 한숨을 내쉬듯 중얼거렸다. "자, 이제 엄마한테 이르려고 집으로 달려갈 사람이 나올 텐데…."

바로 그 순간, 나타샤의 눈에 한 남자가 보였다. 위장복 차림의 키가 크고 마른 남자가 무리에서 떨어져 불타는 연료 실린더를 등지고 달려가고 있었다. 남자는 낯선 무기를 등에 메고 있는데도 상당히 빠르게 움직였다. 너무 빠른 것 같았다. 나타샤는 남자를 자세히 살펴보았다. 그러고는 그가 달리는 것은 맞지만, 모래 위를 달리는 것은 아니라는 것을 알아챘다.

그는 모래 몇 센티미터 위 공중을 달리고 있었던 것이다.

'치타우리족 기술이군.'

나타샤도 부츠 안을 가득 채운 모래를 원망하면서 그 남자를 뒤쫓기 시작했다.

16

마치 모래가 신화에 나오는 거대한 괴물 같은 모습으로 입을 열어서 공중을 떠다니는 남자를 삼키는 것 같았다. 분명 그 남자는 모래 언덕 몇 센티미터 위를 날아서 달리고 있었다. 그런데 어느 순간 남자 바로 밑의 모래가 움직이기 시작하더니 땅이 열리기 시작했다. 모래가 그 구멍으로 떨어지고 남자 역시 모래와 함께 밑으로 떨어졌다.

남자가 눈 깜빡할 사이 사라졌다.

10초 전에 남자가 서 있던 곳을 살피던 나타샤는 사람을 집어삼키는 모래 괴물이 존재하는 것이 아니라 그곳이 '니들'의 비밀 벙커의 입구라는 것을 알아냈다. 그리고 '어쩌면,' 그녀는 생각했다. '평소에 우리가 운이 없다는 걸 감안하면 사람을 잡아먹는 거대한 모래 괴물이 이 밑에 숨어 있을지도 모르지, 나를 먹어치우려고 기다리는 괴물이.'

나타샤의 뒤로 전투 소리가 들려왔다. 그녀가 니들의 본거지에서 무기의 핵심 기술을 쫓는 동안 스티브와 샘은 적들과 싸우고 있었다. 날카로운 총성과 함께 뭔가가 발사되는 것처럼 에너지가 분출되는 소리가 들렸다. 그녀는 위장복 사나이들이 들고 있는 낯선 무기일 것이라 생각했다.

'스티브가 방패를 갖고 있어서 다행이야.'

그리고 기억났다.

스티브는 방패를 갖고 있지 않았다. 더 이상은.

방패.

나타샤는 방패에 얽힌 이야기를 알고 있었다. 쉴드의 요원이었을 때, 그 파일에 접근할 수 있었다. 그 방패는 2차 세계대전 중 토니 스타크의 아버지, 하워드 스타크가 만들었다. 스티브가 107 보병 연대 대원들을 전장에서 구해낸 직후였다. 그중에는 그의 오랜 친구 제임스 '버키' 반즈도 있었다. 스티브는 이 사건으로 필립스 장군에게 '슈퍼 솔져'의 능력을 보여주었다.

캡틴 아메리카에게는 업그레이드가 필요했다. 스타크는 전장에서 로저스를 보호하기 위해 맞춤 전투복을 만들어주었다. 전투복에는 방어 기능이 있기는 했지만 그것만으로는 부족했다. 레드 스컬과 맞서 싸우고 히드라에 대적하기 위해서는 자신을 방어할 무기가 필요했고 마침 로저스는 이미 방패를 잘 다룬다는 것을 보여준 적이 있었다.

하워드 스타크는 이 사실을 종합해서 완벽한 결론을 도출했다. 세상에서 가장 희귀한 금속인 비브라늄으로 원형 방패를 만든 것이다. 지구의 단 한 장소에서만 발견되는 비브라늄은 놀랍고도 대단한 성능을 가진 물질이었다. 비브라늄은 완벽한 방탄 능력을 갖고 있었다. 그 금속은 어떤 총알이나 불길도 막을 수 있었고, 어떤 충격도 흡수할 수 있다. 방패에 맞은 총알이 방향을 잃고 그대로 땅에 떨어질 정도였다.

캡틴 아메리카에게 주어진 방패는 2차 세계대전 내내 그와 함께였다. 비행기를 몰고 북극해의 얼음 속으로 추락하면서도 로저스는 어떻게든지 방패를 지니고 있었다. 몇 십 년 후에 그를 발견한 쉴드의 요원들은 그가 살아난 것에도 놀랐지만 그가 여전히 전설 속의 방패를 들고 있다는 것에도 놀랐다.

나타샤는 치타우리족이 뉴욕을 습격했던 전투에서 캡틴 아메리카와 방패의 활약을 직접 보았다. 그는 방패로 할 수 있는 모든 것을 하는 것 같았다. 로저스는 방패를 타고 빌딩 사이를 뛰어 다녔고, 방패를 원반처럼 던지기도 하고 적들에게 날려서 그들을 쓰러뜨리고 무찔렀다. 방패는 마치 그의 일부분 같았다.

하지만 이제 방패는 없다.

나타샤도 세세한 사실까지는 알지 못했다. 아직은. 하지만 헬무트 제모의 계략 때문에 스티브 로저스와 토니 스타크가 시베리아에서 맞붙었을 때 둘 사이에 무슨 일이 있었다는 것은 분명했다. 나타샤는 나중에 토니가 어떤 이유로 스티브를 공격했는지 알게 되었다. 그녀는 양쪽 모두를 이해할 수 있었지만 결국 스티브와 토니는 서로의 관계를 끊어버리고 말았다.

그리고 스티브는 방패를 토니의 손에 남기고 떠났다.

무기가 불을 뿜는 소리가 점점 가까워오자, 나타샤는 기회는 지금뿐이라고 생각했다. 그녀는 좀 전까지 공중을 떠다니던 남자가 있던 곳을 향해 돌진했다. 나타샤가 서 있던 모래가 밑으로 떨어지기 시작했고 그녀는 자신의 몸이 가라앉는 것을 느꼈다. 그 밑에는 어둠이 기다리고 있었다. 어둠은 언제나 그녀를 기다리고 있는 것 같았다. 나타샤는 보통 밑으로 떨어지면 떨어지지 않으려고 발버둥치지만, 이번에는 그냥 밑으로 떨어지기로 했다.

17

세상이 무너져 내리는 것 같았다. 마치 모래로 샤워를 하는 기분이었다. 나타샤는 입구에서 떨어지는 동시에 눈을 감고 입을 다물었다. 그리고 최대한 숨을 쉬지 않으려 노력했다.

'이런 대단한 아이디어를 입구에다 쓰다니, 누군지는 몰라도 명청이야.'

부츠가 금속으로 된 바닥에 닿기까지 약 3미터 정도 밑으로 내려온 것 같았다. 그녀가 바닥에 내려오자마자 모래 샤워가 멈추었다. 열려 있던 모래 구멍이 그제야 닫힌 것이다. 나타샤는 손으로 눈을 가린 채 입구를 살피기 위해 위를 올려다보았다. 입구는 스스로 열렸다가 닫혔다가 하는 큰 카메라의 조리개 같았다.

'어떻게 작동하는지 알겠군. 적어도 여길 통해서 밖으로 나가는 방법은 알겠어.'

구멍이 닫히고 모래는 더 이상 떨어지지 않았다. 나타샤는 주변을 면밀히 살폈다. 그녀는 금속으로 된 창살 같은 곳에 서 있었다. 금속 창살은 입구가 열릴 때 들어오는 모래가 밑으로 빠지는 역할을 했다. 길이 이어진 모퉁이에는 물결 모양의 금속 벽이 네개 붙어 있었다. 벽 모서리는 날카로워 보였다. 벽은 아주 작은 방을 위해 만들어진 듯했는데, 방들은 공중 화장실 한 칸보다도 작았다. 작은 방의 반대편에는 터널 입구처럼 보이는 작고 네모난 구멍들이 두 개 있었다.

"어디로 간 거니?" 나타샤는 스스로에게 묻듯이 조용히 말했다.

그녀는 한쪽 입구로 고개를 내밀어 터널 안쪽을 보았다. 작은 불빛들이 보였다. 나타샤는 몸을 기울여 소리를 들었다. 터널 안에서는 아무 소리도 들리지 않았다. 적어도 그녀가 들을 수 있는 소리는 없었다. 그녀는 다른 터널 입구로 천천히 다가가 안쪽을 보았다.

아무것도 보이지 않았다. 그런데 소리가 들렸다. 파이프가 철컥거리면서 울리는 소리, 분명 금속끼리 부딪치는 소리였다. 시간은 흐르고 있었고, 그녀에게는 선택의 여지가 없었다. 나타샤는 터널 입구로 몸을 던졌다.

터널은 어둡고 비좁았다. 약 3~4미터 간격으로 작은 LED 불빛이 하나씩 있었다. 별로 밝지는 않지만 터널 안의 모양은 충분히 볼 수 있을 정도였다. 터널의 높이는 높지 않았기 때문에 나타샤는 기어서 가야만 했다. 웅크리기에도 공간이 충분하지 않아서 그녀는 발을 질질 끌었다. 하지만 나타샤는 더 나쁜 상황도 경험한 적이 있었다. 그리고 만일 그녀가 운이 좋다면, 더더욱 나쁜 것을 보기 위해서라도 살아남을 것이다.

점점 답답해져가는 터널 속을 기어가면서 나타샤는 좀 전에 들었던 금속끼리 부딪치는 소리가 계속 들리는지 확인했다. 하지만 소리는 그녀가 터널에 들어온 직후부터 들리지 않았다. 적어도 대략 1분 정도 전부터는 완전히 조용했다. 나타샤는 자신이 제대로 들어온 것이 맞는지 궁금해졌다.

조용히, 조금씩 움직이던 나타샤는 앞쪽에 불빛이 있다는 것을 인식했다. 처음에는 테러리스트들에게 터널 안의 위치를 표시해주는 LED 불빛이 좀 더 밝은 건가 싶었다. 하지만 점점 가까이 갈수록 그게 아님을 알게 되었다.

터널의 출구였다.

그런데 어디로 향하는 출구일까? 무엇이 기다리고 있을까?

그것을 알아보는 방법은 단 하나밖에 없었다.

18

엄청나게 밝고 눈부신 빛이 작고 네모난 구멍에서 나오고 있었다. 나타샤는 양손으로 눈앞을 가리고 앞을 보았다. 구멍 안으로 머리를 집어넣자 눈앞에 믿지 못할 장면이 펼쳐졌다.

작고 네모난 구멍 안쪽에는 거대한 방이 있었다. 천장도 높았고 비행기 격납고 정도의 크기는 족히 되어 보였다. 흔히 보는 민간 여객기까지는 아니라도 좀 작은 정도의 2인승 프로펠러 비행기 정도는 들어갈 수 있는 크기였다. 시간이 지나 눈이 빛에 적응해서 좀 더 자세히 볼 수 있게 되자 나타샤의 눈에 실제로 큰 비행기가 보였다. 그것은 미공군의 B-52 전략폭격기와 비슷하게 생겼다. B-52는 원거리 비행이 가능하며 핵탄두를 실어 나를 수 있는 비행기였다.

잠깐.

저건 B-52 폭격기와 닮은 게 아니야.

실제로 B-52 폭격기야.

나타샤는 순식간에 '니들'의 계획이 무엇인지 파악했다. 나타샤는 자신이 보고 있는 것이 마음에 들지 않았다. 그녀는 소스라치게 놀랐다. 어떻게 이런 일이 가능하지? 사막 지하에 어떻게 이런 것이 존재하는 거야? 지상에서 겨우 3~4미터 내려와 있을 뿐이었는데, 말도 안 돼!

잠시나마 그녀는 토니 스타크나 브루스 배너가 옆에 있었으면 좋겠다고 생각했다. '불가능한' 것들이 어떻게 실제로는 가능한 일인지를 설명해줄 과학적 지식이 있는 사람은 꽤나 유용했다. 하지만 가능하건 불가능하건, 나타샤는 자신이 본 것을 진실이라 믿을 수밖에 없었고, 계속 움직여야 했다.

방은 밝게 빛나고 있었지만, 어느 순간 그녀는 그 안에 아무도 없다는 것을 깨달았다. 적어도 나타샤가 볼 때 방 안에는 폭격기와 그녀뿐이었다. 나타샤는 숨을 깊게 들이쉬고 방 안으로 뛰어들어가 몸을 굴려 B-52의 거대한 바퀴 뒤에 모습을 숨겼다. 그러곤 바퀴에 몸을 붙이고 고개를 돌려 천천히 방 안을 수색했다. 격납고 끝에는 진짜처럼 보이는 문이 있었다. 작고 네모난 구멍이 아닌, 진짜 문 같은 문. 위를 올려다보자 그녀가 들어왔던 입구처럼 보이는 조리개가 보였다. 다만 이 조리개는 엄청나게 커서 격납고 천장 전체가 열릴 것 같았다.

나타샤는 B-52가 개조되었는지 여부를 살폈다. 이 비행기에도 퀸젯처럼 수직으로 이착륙을 할 수 있는 장치가 있을까? 하지만 비행기에는 아무것도 추가된 것이 없어 보였다. 그렇다면 격납고 천장이 열린다 해도, B-52가 바로 수직으로 이륙하는 것은 불가능하다. 이제 '니들'에게 남은 방법은 하나뿐이었다. 격납고 전체가 폭격기를 사막의 모래 위로 실어 올리도록 만들어진 거대한 엘리베이터라는 것이었다.

나타샤는 무슨 일이 벌어지고 있는지 대부분 파악했다. 하지만 '니들'이 정확히 어디에 무엇을 떨어뜨리려고 하는지는 알 수 없었다.

'중요한 것부터 하자. 내가 이곳을 나가기 전까지 폭격기가 아무데도 가지 못하도록 해야 해.'

나타샤는 바퀴 뒤에서 나와 B-52로 올라가도록 이어진 사다리로 향했다. 나타샤는 댄서처럼 우아하고 군인처럼 단호한 모습으로 계단을 올라 비행기에 탑승했다.

안에는 아무도 없었다.

나타샤는 조종실 앞좌석에 앉았다. 조종석에는 수많은 다이얼들과 계기판이 있었다. 숙련된 조종사가 아니라면 눈앞에 있는 것이 무엇인지조차 파악하기 힘들 정도였다. 혹은 전직 KGB/쉴드 요원/어벤져스가 아니라면.

나타샤는 한 치의 주저함도 없이 조종석 콘솔 밑을 뒤져 선을 움켜쥐었다. 그러고는 힘껏 당겼다. 계속 당겼다. 선들이 느슨해지면서 불꽃이 일었다.

'저 선들 없이 폭격기를 이륙시키면 어떻게 되는지 한번 보자고. 그다음. 그다음. 그다음⋯.'

2분이 지난 후, 나타샤는 B-52를 나와 계단을 내려와서 바닥을 밟았다.

19

나타샤는 완전히 쓸모없어진 B-52 폭격기를 뒤로한 채 격납고를 가로질렀다. 그녀의 활약 덕분에 비행기는 이제 아주 무겁고 보기 좋은 쇳덩이일 뿐이었다. 폭격기는 아무 데도 가지 못할 것이었다.

쉬운 일은 끝났다.

어려운 일? 이제 겨우 시작일 뿐이었다.

잠시 후 나타샤는 자신이 들어온 입구 맞은편에 위치한 문 앞에 섰다. 격납고의 그 문은 슬레이트 같은 회색이었다. 문 너머에 누가 있는지, 무엇이 있는지 알 방법이 없었다. 그녀는 빠르게 벽을 살펴보며 이곳으로 들어오는 길이 또 있는지를 찾아보았다. 환풍기, 배관, 무엇이라도 있는지 확인했다. 하지만 아무것도 보이지 않았다. 이곳으로 들어오는 방법은 아무 특색이 없는 이 문, 단 하나인 것이 틀림없었다. 나타샤는 그것이 마음에 들지 않았다. 너무 순조로웠다. 하지만 그녀가 할 수 있는 것은 없었다.

나타샤는 문 앞으로 다가가 손잡이를 잡았다. 손잡이는 부드럽고 차가웠다. 이상했다. 그녀는 천천히, 아주 조금씩 손잡이를 돌렸다. 그러자 덜컥하며 문이 열렸다.

아무 일도 일어나지 않았다.

나타샤는 한숨을 내쉬고 다시 깊게 숨을 들이마셨다. 그러고는 문을 열어서 안쪽을 살짝 엿볼 수 있을 정도로만 목을 조금 내밀었다. 문 안에는 길고 밝은 복도가 있었다. 적어도 90미터는 되어 보이는 복도의 끝에는 또 다른 문이 있었다. 복도는 스티브나 샘이 서서 걸어 다닐 수 있을 정도로 컸다. 나타샤가 이곳으로 들어왔던 더럽고 어두운 터널과는 전혀 달랐다. 복도를 지나 끝에 있는 문을 열고, 그 안에 무엇이 있는지 본다고 해도 그녀를 막는 것은 아무것도 없을 것 같았다.

그것이 나타샤를 두렵게 했다.

나타샤가 스파이 생활을 할 때 들은 오랜 격언이 있었다. 보이지 않는 것이 널 죽일 것이다.

결국 믿음의 문제였다. 나타샤는 이 상황을 하나도 믿을 수 없었다. 그녀는 주변을 살폈다. 그리고 비행기의 예비 부품들이 벽 앞에 쌓여 있는 것을 발견했다. 타이어 세 개가 보였다. 그 옆에는 공구 상자도 있었다. 나타샤는 공구 상자로 다가가 안을 뒤졌다. 한 칸에서 너트와 볼트가 결합되어 있는 나사를 발견하고는 긴 볼트를 꺼내어 오른손에 움켜쥐었다. 그런 뒤 오른쪽 손목을 가

녑게 팅기면서 문 안쪽 복도에 볼트를 던져 넣었다.

문득 오늘이 7월 4일이라는 것이 떠올랐다.

나타샤는 레이저가 발사되는 빛 때문에 눈을 가려야 했다. 레이저는 복도 중간쯤의 양쪽 벽에서 발사되는 것 같았다. 볼트가 바닥에 닿자마자, 바닥이 울리는 충격 지점을 조준해서 레이저가 발사된 것이었다.

마침내 레이저가 멈췄고, 나타샤는 복도를 바라보았다. 볼트는 흔적도 없이 사라졌다.

"질문에 대한 답이로군." 나타샤는 조용히 말했다. 복도에는 저 끝에 있는 무언가를 보호하기 위한 덫이 숨어 있었다. 저기에 누가 있건 간에 지금 누군가 오고 있다는 것을 알았을 것이다. 이렇게 한바탕 레이저 쇼가 있었기에 모를 수가 없을 것이다. 그녀의 이런 생각을 읽은 것처럼 격납고 어딘가에 숨겨진 스피커에서 지직거리며 큰 소리가 들렸다.

"넌 죽었어." 목소리가 말했다.

나타샤는 처음에 어느 나라 억양인지 파악하기 힘들었다. 미국 같긴 했지만 프랑스 억양도 깔려 있었다.

나타샤는 스피커 너머의 사람이 그녀를 보거나 들을 수 있는지 알 수 없었다. 그래서 테스트를 해보기로 했다. 그녀는 공구 상자에서 나사를 한주먹 쥐어 다시 복도 안쪽으로 던졌다. 나사가 바닥에 닿기만 하면 레이저가 발사되었다. 마치 각진 빌딩 안을 수백 개의 조명으로 밝히는 것 같았다. 레이저는 번쩍이며 춤을 추었고 나사들은 재가 되었다.

다시 스피커에서 목소리가 들렸다. "아직 안 죽었다고 해도, 넌 곧 죽을 거야. 여기서 도망칠 수 없어."

나타샤는 미소를 지었다. 그들은 하루 종일 레이저를 쏠 수도 있었다. 하지만 그들은 그녀를 보지 못한다. 그리고 설령 본다고 해도 잡기란 하늘의 별 따기일 것이다.

20

나타샤는 몸을 숙이면 B-52의 거대한 타이어 뒤에 잘 숨을 수 있을 것 같다고 생각했다. 타이어를 양쪽에 두면 복도 양쪽에서 나오는 레이저를 어느 정도 막을 수 있을 것이다.

나타샤는 B-52의 타이어를 문 쪽으로 굴렸다. 그러고는 다시 하나를 더 굴렸다. 레이저는 바닥과 천장 사이의 벽 중간쯤의 높이에서만 발사되고 있었다. '바닥에 압력 센서가 있는 것이 틀림없어.' 나타샤는 생각했다. 벽이나 천장에도 센서가 있는지 확신할 수 없었지만 알아볼 시간이 없었다. 기회는 이번 한 번뿐이었다.

타이어가 복도에 닿자마자 레이저가 발사되기 시작했다. 나타샤는 타이어를 굴리면서 복도로 돌진했다. 레이저가 타이어를 계속해서 때렸다. 고무 타는 냄새가 나타샤의 코를 찔렀고 검은 연기 때문에 숨이 막힐 것 같았다. 두 타이어 보호막이 순식간에 점점 작아지고 있었지만 그녀는 굴러가는 타이어 속에서 계속 움직였다. 나타샤와 타이어가 굴러갈수록 문은 점점 가까워지고 있었다.

복도 절반쯤 왔을 때 나타샤는 뭔가 이상하다고 생각했다. 레이저는 계속 발사되고 있었지만 더 이상 타이어에 닿지 않았다. 그녀 앞의 레이저 역시 그녀에 닿지 않았다. 복도 중간쯤에 도달하자 레이저의 공격 범위로부터 벗어난 것이다. 이쪽에 서 있는 한 레이저는 그녀를 맞추지 않았다.

그때 한 가지 아이디어가 떠올랐다. 나타샤는 타이어 하나를 힘껏 밀어서 문 쪽으로 굴렸다. 그리고 기다렸다.

타이어가 둔탁한 소리를 내며 문에 충돌했다.

1분 정도 지났을까, 문이 벌컥 열렸다. 위장복을 입고 공중을 떠다니던 그 남자가 문 앞에 나타난 것이다. 그의 손에는 작은 바주카포처럼 생긴 무기가 들려 있었다. 무기에 달린 전선들이 남자의 벨트와 연결되어 있었다.

"네가 여기 있다는 것 알고 있다!" 남자는 레이저가 발사되는 소리 위로 고함을 쳤다. 그러고는 곧 문 옆의 벽에 기대어 있는 B-52 타이어를 보고는 당황한 표정을 지었다. 이마에는 땀이 흐르고 있었다. 남자는 복도를 둘러보았다. 복도는 검은 연기로 자욱했고 여전히 발사되고 있는 레이저의 불빛만이 보일 뿐이었다.

"거기 누구야?!" 남자는 소리쳤다. "나와! 죽기 전에 나오라고!"

하지만 아무런 대답도 듣지 못했다. 남자는 초조해 보였다. 그는 눈앞의 연기구름을 응시하며 문 옆의 계기반 쪽으로 몸을 돌렸다. 그리고 계기반을 열어 빠르게 키패드를 눌러 코드를 입력했다.

연기 속에 숨어 있는 시선이 그의 모든 동작을 지켜보고 있었다.

그러자 곧바로 레이저가 멈추었다.

남자는 공중부양 부츠를 작동시켜 땅 위에서 십여 센티미터 공중으로 떠오른 뒤, 천천히 움직이면서 손에 무기를 든 채로 연기 속으로 나아갔다. 남자는 조그만 소리에도 거의 반사적으로 무기를 발사했다. 연기 속으로 얼음 로켓이 발사되었다. 얼음 로켓을 맞은 벽에서는 얼음이 얼어붙으며 쩍쩍 갈라지는 소리가 났다.

아무 소리도 들리지 않았고 어떤 반응도 없었다. 마치 아무도 없는 것처럼.

"어디야?!" 남자의 목소리가 격납고에서 들려왔다. 그는 복도를 가로질러 격납고까지 갔지만 아무도 보지 못했다. 낙담한 남자는 쥐어짜듯이 얼음 로켓을 쏘아댔지만 아무 소용이 없었다.

그때, 쾅하고 문이 닫히는 소리가 들렸다.

"안 돼!" 그는 비명을 지르며 생각할 겨를도 없이 뒤돌아 복도로 향했다.

바로 그 순간, 레이저가 발사되기 시작했다.

21

공중을 떠다니던 남자가 레이저 스위치를 내리고 사냥감을 쫓아서 복도를 가득 채운 검고 짙은 연기 속으로 걸어갈 때, 그의 옆을 지나쳐 문으로 가는 것은 나타샤에게 어린아이 장난과도 같았다. 그녀는 아주 작은 소리도 내지 않았다.

복도 끝에 도착했을 때, 그녀는 손쉽게 키패드에 암호를 입력했다. 남자가 누르는 것을 보고 외운 것이었다. 그러고는 열린 문을 통과해 무거운 회색 문을 닫았다. 그녀는 남자가 비명을 지르며 달려오는 소리를 들었다. 레이저가 발사되는 소리도 들었다. 그리고 또 다른 소리… 남자가 바닥에 부딪히는 소리가 들렸다.

나타샤는 자신이 있는 방을 둘러보다가 폭탄처럼 보이는 것을 발견했다. 격납고에 있는 B-52로 충분히 실어 나를 수 있는 크기였다. 그녀는 이렇게 생긴 폭탄을 본적이 있었지만, 이 폭탄을 본적은 없었다.

그것은 폭탄처럼 보였다. 단지 낯선 금속 물체가 겉을 감싸고 있을 뿐이었다. 그녀는 그 물질의 비틀어진 모양을 알아보았다. 나타샤는 그것을 뉴욕의 전투 중에 본적이 있었다.

폭탄은 사실상 말 그대로 치타우리족 기술로 덮여 있었다. 그리고 똑딱거리고 있었다. 똑딱거리는 폭탄이 나쁜 것이라는 건 슈퍼 스파이가 아니라도 다 알고 있는 사실이다. 그리고 외계 기술로 만든 시한폭탄이 심각하게 나쁜 것이라는 건 어벤져스가 아니라도 알 수 있는 일이다.

나타샤는 이제 무슨 일이 일어나고 있는지 알 것 같았다. 공중부양을 하던 남자는 전우들이 이미 졌다는 생각에 초조했을 것이다. 그는 자신이 혼자 살아남았다고 생각해서 폭탄을 작동시키고 밖으로 나와 복도를 지나오는 사람은 누구든 공격한 것이다. 이 사실로 미루어볼 때, 만일 그가 폭탄을 터트려야 했다면 땅 위에서도 터트릴 수 있었고, 자신은 물론 동료들이 다친다고 해도 여전히 계획을 수행할 수 있다는 것을 의미했다. 즉, 하이브리드 치타우리족 폭탄이 어떤 일을 할 수 있건 간에, 어딘가에 직접 투하하지 않고도 바로 이곳에서, 폭탄을 터뜨리는 것만으로도 임무를 수행할 수 있다는 뜻이었다.

이런 생각에 나타샤는 뼛속까지 소름이 끼쳤다.

지하 벙커에 들어온 이후 처음으로 나타샤는 컴링크에 대고 냉정하고 차분한 목소리로 말했다.

"친구들, 와서 도와줘. 지금 당장."

22

"이런 건 한 번도 본 적이 없어." 스티브가 자신의 앞에 놓인 치타우리족 무기를 살펴보며 말했다. "뭐가 됐든 폭발하게 놔둬선 안 돼."

"우리가 할 수 있는 일이 있는지 모르겠어." 샘이 말했다. "부디 너희한테 훌륭한 아이디어가 있어야 하는데 말이야."

스티브 로저스와 샘 윌슨은 겨우 1분 전에 '니들'의 벙커에 도착했다. 격렬한 전투를 치른 모습이었다. 나타샤는 스티브와 샘이 지상에서 적들을 모두 물리쳤을 거라고 생각했다.

나타샤는 무기 앞에 무릎을 꿇고 앉아 바라보았다. "이게 뭐든 간에 '니들'은 이것을 그냥 여기서 폭발시켜도 모든 것이 계획대로 흘러갈 거라 생각했어. B-52로 폭탄을 떨어뜨리지 않아도 말이야."

"그럼 우린 어떻게 해야 하지? 이건 '빨간 선을 잘라' 뭐 이런 상황은 아닌 거 같은데." 샘이 물었다.

"난 아무리 생각해도 모르겠어." 스티브가 고개를 흔들며 말했다. "나타샤, 이건 네가 해결해야 할 일 같아."

"난 치타우리족 기술은 아무것도 몰라." 나타샤가 화난 목소리로 말했다.

"그래, 하지만 폭탄에 대해서는 잘 알잖아." 스티브가 대답했다.

나타샤는 머리를 한쪽으로 젖혔다. "일리 있는 말이네. 격납고에 있는 공구 상자를 갖다 줘. 수술을 해야겠어."

"환자는 어때?" 몇 분 후에 스티브가 주저하며 물었다.

대답이 없었다.

그는 나타샤가 하이브리드 치타우리족 폭탄의 사이드 패널을 렌치로 열어 작업하는 것을 보았다. 패널을 당겨 열자 전선 뭉치가 그녀를 반겼다. 하지만 그녀는 전선이 어디서 시작해서 어디로 끝나는지 알 수 없었다.

"제군들." 그녀는 조용히 말했다. "우리는 아주 정말—."

"—잠깐!" 나타샤는 거의 소리를 지르다시피 했다. 그리고 벌떡 일어나 문을 나가 복도로 달려갔다.

"어디 가는 거야? 지금 폭탄이 터지려는 건 아니겠지?" 샘이 농담으로 물었다. 하지만 그 농담에는 진심이 담겨 있었다.

잠시 후, 나타샤가 돌아왔다. 그녀는 손에 무언가를 들고 있었다. 그것은 휴대용 바주카포처럼 생겼고, 바주카포의 전선들은 그녀가 어깨에 둘러멘 벨트에 연결되어 있었다.

"친구한테 빌렸어." 나타샤가 턱으로 복도를 가리켰다. 스티브는 복도 바닥에 누워 있는 위장복 차림의 남자를 보았다.

"이 방법이 통하지 않는다면, 미리 인사할게. 그동안 함께 일해서 즐거웠어." 나타샤는 재미있다는 듯이 웃으며 말했지만 뱃속이 조여드는 것 같았다. 나타샤는 샘과 스티브가 뭐라고 대답도 하기 전에 바주카포의 방아쇠를 당겼다. 열려 있는 하이브리드 치타우리족 폭탄의 패널로 얼음 로켓이 발사되었다.

패널은 순식간에 얼음 결정으로 뒤덮였고 얼음은 폭탄을 타고 퍼져나갔다. 몇 초가 지나자 폭탄은 위에서 아래까지 완전히 얼어붙었다.

나타샤가 스티브를 바라보며 물었다. "네가 할래?"

스티브는 한 치의 망설임도 없이 주먹으로 폭탄을 내리쳤다. 폭탄은 산산조각이 나서 바닥으로 쏟아졌다.

"내 생각엔 이게 너한테 딱 맞는 일인 것 같아." 스티브가 말했다.

23

퀸젯은 뜨거운 아침의 열기 속으로 빠르게 날아올랐다. 안에는 피곤에 절은 어벤져스 요원들이 타고 있었다. 전직 어벤져스. 미래의 어벤져스? 솔직히 말하자면, 그들도 자신들이 무엇인지 확신하지 못했다.

하지만 나타샤 로마노프는 한 가지는 확신할 수 있었다.

그들은 히어로였다.

비록 수배 중이고, 목에 현상금이 걸려 있다고 해도 그들은 영웅이었다. 나타샤는 세상 모두가 반대하는데도 불구하고 그들이 옳은 일을 해냈다는 것이 신기할 따름이었다.

그들은 지구상의 모든 사람을 위해, 심지어 그들이 지키고자 하는 사람들에게서 쫓기면서까지 위험을 무릅썼다.

그리고 나타샤는 이 모든 일들이 그 사람이 아니었다면 불가능했을 거란 걸 알고 있었다. 지난 몇 년 동안, 작은 믿음과 순수한 마음만으로 인간이 얼마나 멀리까지 함께할 수 있는지를 보여준 사람. 그녀가 다시 사람을 믿게 해준 사람. 바로 그 좋은 사람.

스티브 로저스.

캡틴 아메리카.

나타샤는 앞으로 어떤 일이 일어날지 알 수 없었다. 그들이 어디로 향하는지, 무엇을 해야 할지. 하지만 한 가지는 분명히 알고 있었다. 스티브가 가자고 하는 곳이라면 지구 끝까지라도 갈 것이라고. 그의 친구로서, 파트너로서 악에 맞서 싸울 것이라고.

그를 믿으니까.

나타샤는 퀸젯의 조종석 밖의 사막을 피곤한 눈으로 뚫어져라 바라보았다.

"아름다워." 그녀는 혼잣말로 속삭였다.

1

"래프트 사건 이후로 캡틴한테 연락 온 적 있어요?" 해피가 물었다.

토니는 작업대에서 몸을 돌려 해피를 바라보면서 비아냥거렸다. "아직 거기 있었어? 맙소사, 깜짝 놀랐잖아. 앞으론 소리 좀 내고 다녀."

해피는 어깨를 으쓱했다. "죄송합니다. 사장님이 너무 집중하시는 것 같아서 조용히 있었어요. 조용히 해야 할 거 같아서요."

"그래, 뭐. 집중은 하고 있었지. 네가 말하기 전까지는. 덕분에 완전히 흐트러졌어." 토니는 손을 흔들면서 조롱하는 듯 과장된 동작으로 몸을 돌렸다. "그리고, 아니. 캡틴한테 연락 온 거 없어." 사실이었다. 스티브 로저스도 토니의 연락을 받지 못했다. 두 사람은 시베리아에서의 격렬한 전투 이후 서로 연락을 주고받지 않았다. 그 사건 이후 각자 막다른 골목에 다다랐던 것이다. 토니는 이쪽 골목으로 스티브는 저쪽 골목으로. 토니는 스티브에게 자신의 아버지가 만들어준 방패를 가질 자격이 없다며 방패를 두고 가라고 강요했다. 그렇게 하면 기분이 나아질 것 같아서였다. 하지만 만족감은 고사하고 오히려 그 모든 상황에 대해 더 화가 날 뿐이었다.

그 사건은 그동안 그가 상대했던 적들 중 누구도 하지 못한 일을 해냈다. 토니에게 상처를 준 것이다. 그는 배신감을 느꼈다. 자신이 슈트만 입으면 절대 다치지 않는 슈퍼 히어로라고 생각해온 사람에게 이런 놀라움은 전혀 달갑지 않았다. 토니는 그 사건을 겪으면서 자신이 생각하고 믿었던 모든 것들이 거꾸로 뒤집힌 듯한 기분을 느꼈다. 물론 그는 여전히 스티브 로저스가 좋은 사람이라고 생각했다. 하지만 마음속으로는 이제 예전처럼 돌아가기는 힘들 거라고 느꼈다. 가장 고통스러웠던 것은, 그들이 서로 등을 돌리면서 토니가 진정한 가족이라고 생각했던 사람들과 헤어지게 된 것이었다.

이런 상황에서 두 사람이 우정을 회복할 길은 없어 보였다. 그러던 어느 날, 토니는 소포를 받았다. 그 안에는 편지와 핸드폰이 들어 있었다. 편지를 보는 순간 스티브 로저스의 글씨라는 걸 단번에 알아볼 수 있었다.

토니.

본부로 돌아갔다니 다행이야. 네가 집에서 혼자 틀어박혀 있을까봐 걱정했어.

우리는 모두 가족이 필요해. 어벤져스는 네 가족이야. 아마 나보다는 너에게 더 가족 같은 존재일 거야.

난 18살 때부터 늘 혼자였어. 어디에서도 잘 어울렸던 적이 없었지. 심지어 군대에서도. 난 사람에 대한, 개개인에 대한 신념이 있어. 그리고 다행히도 사람들은 아직 내 믿음을 저버리지 않았어. 그래서 나 역시 그들을 실망시킬 수는 없다고 생각해. 자물쇠는 바꿀 수 있지만 사람은 대체할 수 없으니까.

네게 상처를 줬다는 거 알아, 토니. 너에게 부모님 얘기를 하지 않은 건 널 아끼기 때문이었어. 하지만 지금 돌이켜보니, 그건 날 위해서였던 것 같아. 그래서 미안해. 언젠가 네가 이해해 주길 바랄게.

우리가 그 합의에 같은 생각이었다면 좋았을 텐데. 난 정말 그러길 바랐어. 네가 신념에 따라 행동했다는 거 알아. 누구라도 그랬을 거야, 그래야만 하고.

약속할게. 무슨 일이 있어도 네가 우리를 필요로 한다면, 나를 필요로 한다면… 너에게 달려갈 거야.

그때 토니는 둘 사이의 있었던 모든 일에도 불구하고, 스티브 로저스를 믿을 수 있다고 생각했다. 그리고 며칠 전에 스티브 로저스의 도움이 필요한 일이 일어났다.

토니는 작업하던 아이언맨 슈트를 치우고 아직 끝내지 못한 리스트들을 챙기기 시작했다. 그가 다음으로 집중할 부분은 리펄서였다. 리펄서는 아직 뭔가 부족했지만, 그게 무엇인지 알아내지 못했다. 하지만 토니는 도전을 가장 좋아했다.

토니는 슈트를 만들면서 자신을 여기까지 오게 만든 모든 일들을 생각하기 시작했다.

　당시에도 흐릿했지만 지금도 여전히 명확하게 기억나지는 않는
다. 폭발이 있었고 토니는 납치당해서 동굴 속에서 깨어났다. 그
는 유산탄 파편이 심장을 산산조각 내서 생명이 끊어지는 것을
막기 위해 가슴에 기계를 달고 있어야 했다. 그리고 그곳에서 호
인센을 만났다.

　토니를 납치한 테러리스트는 그에게 기회를 주었다. 스타크 인
더스트리에서 훔친 무기들을 이용해서 그들에게 제리코 미사일
을 만들어주던지, 아니면 죽던지 선택할 기회를 말이다. 하지만
토니는 무기를 만들어준다 해도 그들이 자신을 죽이리란 걸 알고
있었다.

　자신이 만든 무기들과 함께 동굴에 남겨진 토니는 모든 것을
포기하고 싶은 심정이었다. 무기에 새겨진 '스타크 인더스트리'라
는 글자가 자신을 이런 곤란에 빠뜨렸다는 사실을 깨닫고 자신
은 살아갈 가치가 없다고 느낀 것이다. 그런 그에게 잘못을 보상
하고 옳은 일을 할 기회가 있다는 것을 깨닫게 해준 사람이 바로
호 인센이었다. 호 인센은 토니가 선한 편에 설 수 있도록 독려해
주었다. 덕분에 토니는 그 음침한 동굴에서 모든 것을 포기해버
리는 대신, 죽음의 문턱에서 다시 삶의 기회를 붙잡을 수 있었다.

　진정한 삶의 기회를.

　토니는 호 인센의 도움을 받아 무기를 만들기 시작했다. 하지
만 그것은 제리코 미사일이 아니었다. 세상이 한 번도 보지 못했

던 강철 슈트였다.

토니는 슈트를 만들기 전에 먼저 스타크 인더스트리의 무기들에서 팔라듐을 추출해야 했다. 그의 아버지가 만든 최고의 걸작, 아크 원자로의 미니어처 버전을 만들기 위해서였다. 컵 뚜껑보다도 작은 원형의 아크 원자로는 믿을 수 없을 정도로 거대한 에너지를 생산할 수 있었다. 토니는 그 원자로를 유산탄의 진행을 저지시키는 용도로, 또 슈트에 전원을 공급하는 용도로 사용했다.

테러리스트들이 제리코 미사일이 제대로 진행되고 있는지 점검하려 했을 때, 슈트는 아직 미완성이었다. 아직 전원이 제대로 공급되지 않은 상태였던 것이다. 그래서 호 인센은 토니에게 필요한 시간을 벌어주기 위해 자신을 희생해야만 했다. 토니는 슈트를 입고 테러리스트에게서 탈출하면서 호 인센의 복수를 해주었다. 그리고 자신의 지식과 돈, 권력을 좀 더 나은 세상을 만들기 위해 사용하겠다고 맹세했다.

미국으로 돌아온 토니는 기자회견을 열어 스타크 인더스트리에서는 더 이상 무기를 생산하지 않겠다고 발표했고 그 효과는 즉각적이었다. 토니의 이런 발표는 자신의 지갑을 살찌우기 위해 무기에 의지하고 있는 많은 사람들을 화나게 만들었다.

그중에서도 가장 화난 사람은 오베디아 스텐이었다.

스텐은 토니가 순진해서 충동적으로 행동했을 뿐이고, 스타크 인더스트리는 늘 해왔던 일을 계속해야 한다고 생각했다. 무기를 만들지 않으면 어떻게 스타크 인더스트리가 존속할 수 있겠는가?

스텐은 몇 십 년 전 하워드 스타크가 개발한 아크 원자로는 너무 크고 거추장스럽기 때문에 경제성이 없다고 믿고 있었다. 하지만 토니는 자신의 가슴에 심은 아크 원자로를 스텐에게 보여주면서 그렇지 않다는 것을 증명했고, 스텐은 그 원자로를 보고 새로운 계획을 짜기 시작했다. 사실 아프가니스탄에서 토니를 납치한 세력의 진짜 배후는 스텐이었다. 토니를 죽이고 스타크 인더스트리를 영원히 장악하려고 했던 것이다. 그는 토니가 아프가니스탄에서 그 일을 겪고도 홀로 살아 돌아올 것이라고는 생각지 못했다. 하지만 아이언맨과 함께 더 강한 모습으로 돌아온 토니는 이용 가치가 있어 보였다.

스텐은 토니가 동굴에서 만든 갑옷을 발전시킨 아이언맨 슈트를 입고 전 세계의 사람들을 구하는 동안 그와 정반대의 일을 했다. 아프가니스탄의 테러리스트를 찾아가 토니의 오리지널 아이언맨 슈트의 설계도를 입수해서 더 위협적이고 강력한 슈트를 만든 것이다.

이제 스타크와 스텐의 대결은 피할 수 없게 되었고, 스텐은 자신이 이길 거라 생각했다.

하지만 그는 틀렸다.

스텐은 더 강력한 슈트를 만들었고, 토니의 가슴에서 신형 아크 원자로까지 훔쳐갔다. 때문에 토니는 아프가니스탄에서 만들었던 구형 아크 원자로를 착용해야 했다. 하지만 전력과 힘이 부족한 상황에서도 토니는 스텐을 물리쳤다. 그가 더 강해서가 아니었다. 실제로 그렇지도 않았다.

그가 더 영리했기 때문이었다.

2

아직 완벽하진 않지만, 토니는 적어도 문제가 무엇인지는 파악했고 어떻게 고쳐야 할지도 알아냈다. 리펄서에 충분한 전력이 들어가지 않는 게 문제였다. 리펄서는 두 가지 기능을 갖고 있었다. 첫 번째는 하늘을 날 때 중심을 잡아주는 것이고, 두 번째는 적들을 빠르게 때려눕혀야 하는 상황에서 효과적인 무기가 되는 것이었다. 업그레이드된 슈트의 리펄서는 그 어느 때보다도 더 빠르고 강하게 잘 작동해야만 했다. 앞으로 닥칠 위험에 대비해 제작 중인 새로운 무기 시스템과 함께 사용해야 했기 때문이다. 토니는 뉴욕 사태 때 아주 짧은 시간 동안 보았던 위협에 대비하고 있었다. 또 아직 파악조차 못한 적들도 있을 것이라 생각했다.

토니 스타크. 그는 전직 무기 제조업자에서 세계의 평화를 지키는 수호자가 된 사람이다. 그런데 그런 그가 다시 아이언맨 슈트에 탑재할 더 강력한 무기를 개발하기 위해 열과 성을 다해 밤낮으로 쉬지 않고 일하고 있다니, 아이러니한 상황이 아닐 수 없었다.

토니는 무기를 만드는 것이 즐겁지 않았다. 하지만 선택의 여지가 없었다.

토니가 아이언맨이 된 이후로 세계의 평화를 위협하는 이들은 점점 더 많아졌다. 처음에는 그냥 테러리스트 같은 사람들이었다. 그때는 아크 원자로 기술을 사용하는 스텐이나 이반 반코 같은 사람들이 전부였기 때문에 아이언맨 혼자서, 혹은 해피 같은 친구의 도움이 있으면 감당할 수 있었다.

하지만 닉 퓨리가 어벤져스를 조직한 이후부터 세계를 위협하는 적들은 급격하게 사악하고 무시무시해졌다. 캡틴 아메리카, 토르, 블랙 위도우, 호크아이 그리고 헐크가 합류한 새로운 팀이 맞닥뜨린 첫 번째 위협은 토르의 동생, 로키였다.

로키의 군대는 토니가 그동안 싸웠던 적들과는 전혀 달랐다. 그들은 지구인이 아니라 외계에서 온 치타우리족이었다. 치타우리족은 뉴욕 상공에 다른 차원으로 통하는 포탈을 열고 떼를 지어 몰려왔다. 그들은 외계의 기술을 사용해서 맨해튼 거리를 뱀처럼 날아다녔고, 무자비한 힘으로 뉴욕을 공격했다. 기계와 생명체를 타고 날아다니며 잔인하고 교활하게 군중들을 위협했고, 이 땅의 모든 사람들을 죽여 없애려고 했다.

그들을 막는 것이 토니와 어벤져스의 임무였다.

어벤져스가 그들을 물리친 후 매체들은 이를 '뉴욕 사태'라고 불렀다. 그날 어벤져스가 없었다면 뉴욕에는 아무것도 남지 않았을 것이란 말은 결코 과장이 아니었다. 이 전투는 그저 한 도시의 전투가 아니었다. 세계의 명운을 건 전투였다. 그리고 바로 그날, 토니는 다른 어벤져스 멤버들이 보지 못한 것을 보았다.

전투가 끝나갈 무렵이었다. 비록 당시에는 아무도 전투가 끝나간다는 것을 알지 못했지만.

세계안전보장회의는 뉴욕을 파괴하는 치타우리족을 제거하기로 결정했다. 그들은 어벤져스가 치타우리족을 막지 못할 것이라 판단했다. 그래서 최후의 수단으로 맨해튼 중심부에 있는 스타크 타워에 핵미사일을 쏘기로 한 것이다. 당시 로키는 스타크 타워에서 하늘로 테서랙트의 에너지를 쏘고 있었다. 테서랙트는 인피니티 스톤 중 하나로, 다른 우주로 향하는 포탈을 열 수 있는 거대한 힘을 가진 물체였다.

만일 세계안전보장회의의 계획을 실행하면 뉴욕과 그 시민들 그리고 주변의 모든 지역이 완전히 파괴될 수밖에 없었다. 뉴욕은 몇 십 년 동안이나 사람이 살 수 없는 땅이 될 것이고, 복구에 드는 비용은 상상하지 못할 정도로 막대했다. 하지만 상황이 너무나 좋지 않았기 때문에 세계안전보장회의는 그것이 유일한 방법이라고 믿었다. 뉴욕을 구할 것이냐 아니면 세계를 구할 것이냐, 그것은 마치 필수불가결한 수술과도 같았다. 팔을 살리기 위해 손을 자르는 수술처럼.

하지만 토니 스타크, 즉 아이언맨은 생각이 달랐다. 그 계획을 듣게 된 토니는 슈트를 망가뜨려가며 온 힘을 다해 세계안전보장회의의 핵미사일을 가로챘고, 스타크 타워에 부딪히기 직전에 간신히 미사일의 방향을 돌릴 수 있었다.

토니는 미사일을 붙잡고 하늘로 향했다. 그는 미사일을 등에 메고 스타크 타워 위에 열린 포탈의 입구까지 날아올랐다. 토니는 자신의 계획이 성공할지 알 수 없었다. 또 성공한다고 해도 살아 돌아온다는 보장이 없었다.

토니는 웬만한 일에는 겁을 먹지 않았다. 하지만 솔직히 말해서… 그 순간 그와 함께 하늘을 날았던 것은 두려움이었다.

토니는 그것이 목숨과 맞바꾸는 임무나 다름없다는 것을 알고 있었지만 핵미사일을 들고 이글거리는 포탈 입구를 지나 그 너머의 검은 공간으로 들어갔다. 상황이 너무나 순식간에 진행되었기 때문에 다른 방법은 생각할 겨를도 없었다. 포탈 안에서 아이언맨 슈트의 파워 인디케이터가 깜빡이며 흐려지기 시작했고, 토니는 머지않아 슈트가 아무런 기능을 하지 못하는 쇳덩이가 될 것을 알고 있었다.

전원이 꺼지기 직전 토니는 마지막 힘을 다해 미사일을 집어던졌다.

그리고 그 순간 그것이 보였다.

지구에서 한 번도 본적이 없는 거대한 배였다. 헬리캐리어보다 더 큰 정도가 아니라 헬리캐리어를 몇 개나 합쳐놓은 것 같았다. 그리고 그 주변을 셀 수 없는 작은 배들이 둘러싸고 있었다.

치타우리족의 침략군이었다.

이것은 지금 지구가 직면한 위협 중 하나였다. 토니가 가늠할 수조차 없을 정도로 너무나 크고 거대한 위협. 어벤져스가 뉴욕에서 맞서 싸운 것은 그저 빙산의 일각일 뿐이었다. 지구를 순식간에 잿더미로 만들 수 있는 무시무시한 힘의 맛보기였던 것이다.

그 순간, 토니는 인류가 훨씬 더 거대하고 무서운 세계로 발을 내디뎠음을 직감했다.

바로 그때 아이언맨 슈트의 전원이 꺼졌고, 핵미사일이 치타우리족 전함을 강타함과 동시에 토니는 포탈 밖으로 떨어졌다.

그리고 폭발이 일어나자마자 포탈이 닫혔다.

토니는 곧바로 의식을 잃고 땅으로 떨어졌고, 자신이 성공했는지 또 그것으로 끝이었는지 알 수 없었다.

어쩌면 토니가 포탈 안에 던져 넣은 핵미사일이 치타우리족 전함의 공격을 막았을 수도 있다.

하지만 지구로 돌아온 토니 스타크는 완전히 다른 사람이었다.

모든 기능을 상실하고 고철 덩어리가 된 슈트를 입고 포탈이 닫히기 전 가까스로 빠져나와 땅에 부딪히기 직전에 헐크에게 구조된 토니 스타크는, 지구의 그 누구도, 어벤져스 팀원조차도 보지 못한 광경을 목격했다.

토니가 느꼈던 공포는 예상보다 컸다. 마치 한동안 그의 뇌가 그때 본 것을 기억하기를 거부하는 것 같았다. 일종의 안전장치처럼, 토니가 포탈 안에 숨어 있던 것들을 정확히 기억하는 것을 막는 듯했다. 하지만 결국 기억은 돌아왔고, 일단 기억한 이후에는 그 장면을 다시 지울 수 없었다. 그것은 한 사람이 짊어지고 가기에는 너무나 끔찍한 짐이었다. 하지만, 토니는 세상을 구하기 위해 자신이 해야 할 일을 해야 했다.

어벤져스. '지구 최강의 히어로.' 누군가는 그렇게 부른다. 하지만 토니는 그 여섯 명의 좋은 사람들(물론 한 명은 헐크지만)이 외계인이나 혹은 다른 차원에서 온 너무나 발전된 기술을 가진 침략자들에 맞서서 할 수 있는 일이 무엇일까 생각해보았다. 마치 세계를 지키기 위해 막대기나 돌멩이를 던지는 기분이었다.

만일 지구인들이 그저 얇은 천 바로 뒤에 인류의 완전한 종말이 기다리고 있다는 것을 알게 된다면 어떻게 할까?

아마도 치타우리족의 함대를 목격한 토니와 정확히 같은 기분을 느낄 것이다.

공포.

사람들은 공포에 모두 제각각 반응한다. 어떤 사람들은 그냥 포기해버린다. 어떤 사람들은 다른 생각을 하려고 하고, 현실을 부정하면서 모래에 머리를 박아버리려고도 한다.

결국 토니는 지금까지 느꼈던 모든 공포를 뛰어넘는 수준인 공포에도 그가 늘 해왔던 방식으로 대응하기로 했다.

일하기 시작한 것이다.

첫 번째 단계는 그를 대신해 싸울 수 있는, 리모컨으로 조종 가능한 소규모 아이언맨 군대를 만드는 것이었다. 토니가 모든 곳에 한 번에 나타날 수는 없으니까. 토니는 그 군대를 아이언 로봇이라 이름 짓고 지구의 새로운 위협에 맞서는 최전선에 배치하기로 했다.

이론적으로는 그게 첫 번째 단계였다. 더 정확히 말하자면, 거대한 구상을 실행하는 첫걸음일 뿐이었다. 토니는 세상을 보호하기 위해 아이언맨 슈트와 비슷한 기능을 가진 기계를 만들 계획을 갖고 있었다. 어떤 위협에도 인류를 보호하고 지구 전체를 둘러싸서 방어할 수 있는 어떤 것을 생각한 것이다.

그는 이 계획에 울트론이라고 이름을 지었다.

울트론은 토니의 최고의 성과가 되어야 했다. 토니는 이것이 자신의 유산이며 세상을 위해 남기는 선물이라고 생각했다. 울트론이 어벤져스가 막지 못하는 위협을 감지하고 무력화시킬 수 있는 인공지능 보호막이 되길 바랐던 것이다.

안타깝게도 토니의 시도는 실패로 돌아갔다. 그는 울트론이 능동적인 목표를 설정할 수 있도록 인공지능을 만들어주려 했지만 끝내 기술적인 문제를 해결하지 못했다. 그런데 토니 스타크가 아니면 누가 이 기술을 완성할 수 있을까? 하지만 여전히 해결책은 요원했다. 어쩌면 시간이 더 많다면 토니 스스로 해결할 수 있을지도 모른다. 하지만 지구에게는 그럴 시간이 없었다.

그런데 어벤져스가 로키의 셉터를 이용해 사악한 계획을 꾸미던 스트러커에 맞서 싸운 그날, 모든 것이 달라졌다. 셉터를 되찾은 토르는 그것이 원래 속해 있던 아스가르드로 가져갈 예정이었다. 그렇게 하면 셉터를 가장 잘 지킬 수 있는 사람들이 감시할수 있을 테니까.

토니는 셉터와 그 안의 빛나는 돌이 가진 힘의 근원에 관심이 많았다. 토르가 아스가르드에 돌아가기 전 토니는 셉터를 잠시 연구하기로 했다. 그는 브루스 배너의 도움을 받아 셉터의 스톤을 연구한 결과, 스톤 내부의 무언가가 스톤의 힘을 인공지능처럼 작동하게 만든다는 것을 발견했다. 그리고 두 과학자는 이것이 지구의 평화를 지키는 시스템인 울트론에게 생명을 불어넣을 수 있을지도 모른다고 생각했다.

둘은 실험의 실험을 거듭했지만 결국 성공하지 못했고, 토르가 셉터를 갖고 아스가르드로 돌아갈 시간이 다가왔다. 그런데 어느 날 밤, 기대하지도 않게 울트론이 콧노래를 부르며 살아났다. 울트론은 갑자기 자각을 하며 깨어나 자비스를 공격하고 아이언 로봇을 조종하기 시작했다. 설상가상으로 울트론은 지구의 가장 큰 위협은 인류이기 때문에, 지구를 지키기 위해서 사람들을 완전히 제거해야 한다고 판단했다. 토니가 그토록 지키려고 했던 사람들을 말이다.

어벤져스는 울트론과의 한판 승부에서 거의 죽음의 문턱까지 가야만 했다. 하지만 결국 비전의 도움으로 울트론을 물리치고 지구를 종말에서 구해낼 수 있었다. 비전은 인간의 모습을 한 로봇으로, 자비스의 지능을 탑재하고 있었다.

토니는 그때 또다시 실패했다고, 피할 수 없는 외계인의 공격에서 지구를 지켜낼 아주 작은 기회가 사라져버렸다고 생각했다.

그래서 그는 늘 하던 대로 했다.

더 열심히 일한 것이다.

3

"있잖아, 네가 여기 있으려면 뭔가 도움이 돼야 할 거야." 토니는 오른손의 건틀렛을 조이면서 말했다.

해피는 의자 등받이에 체중을 실으면서 기계처럼 생긴 무언가를 집어 들었다. "그래서 점심을 가져왔잖아요. 더 이상 뭘 어떻게 도와요?" 해피는 조금 상처받은 것 같았다.

토니는 아무 말 없이 해피가 손에 들고 있던 기계를 잡아서 그의 손이 닿지 않는 먼 곳에 내려놓았다. "우리를 다 날려버릴 생각은 아니겠지." 토니가 차분한 목소리로 말했다.

"그 꼬마 말이야." 토니가 주제를 바꾸면서 말했다. "그 꼬마는 잘 지내? 무슨 문제는 없고?"

토니는 최근에 슈퍼 히어로 집단에 합류한 신참을 생각하고 있었다. 그 꼬마는 뉴욕 퀸즈 출신으로, 아직 미숙했지만 놀라운 능력을 갖고 있었다. 어메이징한 거미 같다고나 할까? 토니는 울트론이 불가능하다면, 지구를 지키기 위해서 최대한 많은 슈퍼 히어로가 필요하다는 것을 알고 있었다. 그와 친구들만으로는 무리였다. 어쩌면 그들이 맞닥뜨린 위험에서 살아남는 것조차 힘들지 모른다. 만일 지구가 정말 싸워야 할 때가 온다면, 더 젊은 세대의 히어로들이 나서야 할 것이고 그 꼬마는 다음 세대의 첫 주역이 될 수도 있었다.

"그 애랑 어제 얘기했어요." 해피가 말했다. "사실 실제로 대화를 한 건 아니고요. 어제 음성 메시지를 받았어요. 정확히는 음성 메시지 10개요."

"음성 메시지 10개라." 토니는 고개를 젓고는 긴 드라이버처럼 생긴 것을 집어 들고 손에 있는 건틀렛을 수리하기 시작했다. "신기록인가?"

"지난번에는 9개였죠." 해피가 한숨을 쉬면서 말했다. "좋은 아이예요, 정말로. 착한 아이죠. 매우 똑똑하고, 책임감도 강하고. 그런데 그냥… 좀… 말이 많아요."

"나도 말이 많은데," 토니가 바로 대꾸했다.

"그렇죠, 하지만 들어주는 대가로 돈을 주잖아요."

"걔가 나보다 더 웃겨?"

해피는 고개를 저었다. "이 질문에 어떻게 대답을 하던 간에 제 목을 걸어야 할 것 같은데요. 어쨌든, 그 애는 잘 지내요. 양키 스타디움에서 월급을 훔치려던 남자 몇 명을 막았답니다."

"양키즈 파이팅." 토니는 약 6미터 떨어진 콘크리트 벽을 향해 팔을 빠르게 들어 올리며 주먹을 불끈 쥐었다. 건틀렛에서 콘크리트 벽으로 리펄서 블래스터가 발사되었다. 공기 중에 이상한 기운이 느껴졌다. 마치 정전기의 전류가 한곳으로 모이는 것 같은 느낌이었다. 리펄서 블래스터에서 뿜어져 나온 빛은 잠시 벽에서 반짝이다가 곧 사라졌다.

그리고 아무 일도 일어나지 않았다.

"어… 사장님… 제대로 된 거 맞아요?"

"좀 기다려 봐, 좀 기다려…." 토니가 숨을 고르며 말했다.

어서, 해피 앞에서 날 바보로 만들지 마….

토니가 숨을 들이쉬고 내쉬는 순간, 콘크리트 벽이 산산이 부서져 내렸다. 토니는 뒤돌아 해피를 바라보며 씩 웃었다.

"양키즈 파이팅." 해피가 말했다.

토니가 건틀렛의 버튼을 누르자 작은 안전장치가 풀어졌다. 강철 손이 분리되었고 토니는 앞에 있는 작업대에 건틀렛을 내려놓았다. "아직 좀 더 손을 봐야 해."

"네, 가루가 좀 거칠더군요." 해피가 빈정댔다.

토니가 웃음을 터뜨렸다. 그리고 해피에게 걸어가 어깨에 왼팔을 둘렀다. "가서 좀 걷자고."

"제 말에 기분 나쁘셨어요?"

"아니, 아주 재미있었어. 난 그냥 잠시 쉬면서 장미꽃 향기를 맡고 싶을 뿐이야."

토니는 뉴욕 북부에 있는 새로운 어벤져스 본부 밖에서 깊게 숨을 들이쉬었다. 공기가 조금 차갑긴 했지만 화창하고 상쾌한 가을날이었다. 새로운 본부는 이전의 본부와 다르게 뉴욕의 혼잡함과는 다소 떨어진 곳에 있었다. 뉴욕 사태와 울트론으로 인한 대참사 이후 변화의 시간이 찾아왔다. 토니는 이곳이 좋았다.

"좀 더 좋은 마크를 달아줘야겠어." 토니가 해피의 옆에서 걸어가며 말했다.

"누구한테요?" 해피가 물었다.

"어벤져스한테. 팀원 모두에게 말이야. 캡틴, 나타샤, 샘한테도. 클린트랑 그 스캇 랭이라는 남자도."

"전 사장님이 아무 연락도 못 받았—"

"정말? 내 말을 다 믿어?" 토니는 믿을 수 없다는 듯이 고개를 저었다. "물론 그 꼬마가 어디에 있는지는 알고 있지. 프로야구 경기장에서 더 안전한 세상을 만들려고 바쁘게 일하니까. 하지만 중요한 건… 난 우리가 서로 어디에 있는지 알고 있었으면 좋겠어."

"토르나 배너는요? 어디 있는지 모르잖아요."

토니는 기운이 빠진다는 듯 한숨을 내쉬었다. "나도 그게 마음에 걸려. 해피, 우리한테 곧 무슨 일이 생길 거야. 무자비한 일이. 그리고 우리가 완전하게, 최고로 힘을 합하지 못한다면 지고 말 거야. 어벤져스는 물론이고 온 지구 전체가 우리와 함께 멸망해 버리겠지."

"그걸 어떻게 알죠? 그러니까, 확실해요? 사장님은 그 포탈 안에서 뭔가를 봤겠지만, 하지만—"

"그래, 맞아. 난 봤어. 그리고 치타우리족과 관계가 있는 것이 로키뿐만이 아니란 것도 알아. 저 밖에는 다른 무언가… 다른 누군가가 있어." 토니는 하늘에 시선을 고정한 채 말했다.

"헐크가 우리를 도와줄지는 신만이 알겠지. 하지만 토르는 분명 도와줄 거야."

PART

2

토르

1

"그 애는 무모해. 거만하고 자기밖에 모르지. 왕의 자질이 없어." 얼굴에 흰 수염이 가득한 건장한 남자가 코웃음을 쳤다. 그의 목소리는 단호하고 단정적이었다.

"폐하께서는 그가 아직 어린아이인 것처럼 얘기하시는군요." 모든 것을 꿰뚫어볼 수 있는 남자가 그의 의견에 반대하며 말했다. "그는 이미 예전의 모습을 버리고 완전히 다른 사람이 됐습니다. 그리고 자신이 변했다는 것을 계속해서 증명해왔어요." 헤임달은 깊고 푸른 바다가 내려다보이는 언덕에 서 있었다. 그의 옆에는 아스가르드의 왕, 오딘이 서 있었다. 오딘은 아홉 세계의 보호자이자 최고신이었다. 왕국의 백성들을 지혜로 통치하고 외부의 위협으로부터 아스가르드 왕국을 보호하는 것은 그의 신성한 의무였다.

오딘은 왕인 자신의 판단에 누군가 이의를 제기하는 것이 익숙하지 않았다.

하지만 헤임달은 그냥 누군가가 아니었다.

"자넨 그 아이와 자주 얘기하는가 보군?" 오딘이 물었다.

헤임달은 마치 안에서 타오르는 것처럼 짙은 호박색 눈동자로 먼 바다를 바라보았다. 그는 파도가 치는 바다를 보고 있는 것 같았지만 사실 바다만이 아닌, 바다 너머까지 보고 있었다.

아스가르드의 전망대 위쪽에 나비가 날아다니고 있었다. 헤임달은 주황색과 검정색이 섞인 나비가 부드러운 바람을 타고 날아다니는 것을 보고 있었던 것이다. 그리고 그곳 너머에는 텅 빈 아스가르드의 궁전이 보였다.

그는 계속해서 살펴보다가, 서리 거인의 영토인 요툰하임에 시선을 고정시켰다. 서리 거인의 왕인 로피가 신하들과 회의를 하고 있었다. 헤임달은 로피의 입술이 움직이는 것을 보고 그가 무슨 말을 하는지 듣기 시작했다.

"…운이 다해 실패할 것이다. 우리는 아스가르드와 다시 함께 할 수 없다. 그들이 기다리고 있을 것이다. 그들은 준비를 하고 있을 것이다."

헤임달은 보통의 아스가르드인과 달리 초감각을 갖고 있었다. 이는 그에게 내린 축복이자 저주였다. 그는 이런 감각들 때문에 언제 어디서나, 또 모든 것에 최고로 집중해야 했다. 헤임달은 일생 동안 그 감각의 능력을 극대화하기 위해 엄청나게 노력해왔다.

그때 탁하고 낮은 목소리가 헤임달의 집중력을 흩트렸다. 오딘이었다. 오딘이 목을 가다듬는 소리 덕분에 헤임달은 다시 오딘과의 대화에 주의를 기울일 수 있었다.

"저희는… 가끔 대화를 하곤 합니다." 헤임달이 오딘이 좀 전에 했던 질문에 얼버무리면서 대답했다.

"바이프로스트를 열어달라고 할 때나 얘기하겠지." 오딘이 웃음을 터뜨리며 이렇게 말했다. "분명 그 애를 인간세계나… 혹은 위험에서 빼낼 때 말이야."

헤임달은 잠시 오딘이 자신의 장남이자 아스가르드 왕좌의 적법한 상속자인 토르에 대해 이야기하는 거라고 생각했다. 오딘의 말대로 토르는 반드시 필요할 때만 헤임달에게 연락해왔다. 정확히 말하자면, 아스가르드에서 아홉 세계 어디로든 즉시 날아갈 수 있는 포탈인 바이프로스트를 열기 위해 헤임달의 거대한 칼인 호펀드가 필요할 때였다.

하지만 이번에는 토르 얘기가 아니었다.

"그를 걱정하고 계시는군요." 헤임달이 오딘에게 다가가며 이렇게 말했다.

오딘은 고요한 수면을 무표정하게 바라보았다. 하지만 헤임달은 날카로운 감각으로 오딘이 말할 때 입술이 떨린다는 것을 눈치 챌 수 있었다.

"난 그 두 녀석 다 걱정하고 있어." 오딘이 다시 말했다. "아버지는 자식들과 관계된 일이라면 뭐든 걱정하지."

로키. 로키는 오딘의 차남으로, 왕과 왕비가 서리 거인들에게서 입양한 아들이었다. 로키는 아기일 때 입양되었기 때문에 평생을 아스가르드에서 살았지만, 그럼에도 한 번도 이 풍족한 도시를 자신의 진짜 고향으로 느끼지 못했다.

헤임달은 다시 바다를 바라보았다.

"나 역시 자식을 걱정하는 평범한 아버지라네. 하지만 다른 무언가가 자네를 곤란하게 만들 거라는 건 알고 있지, 헤임달. 자네만 꿰뚫어보는 능력이 있다고 생각하지는 말게나."

"전 걱정스럽습니다." 헤임달은 어쩔 수 없다는 듯이 인정했다. "아스가르드가 걱정스러워요." 그는 더 이상 아무 말도 하지 않았고, 오딘 역시 더 이상 묻지 않았다. 그들의 관계는 항상 이랬다. 오딘은 때가 되면 헤임달이 그에게 필요하고, 해야 할 모든 것을 알려주리란 걸 알고 있었다.

헤임달은 다시 아스가르드를 응시했다. 그는 나비를 찾고 있었다.

잠시 후 나비가 보였다. 하지만 나비는 혼자가 아니었다. 나비는 대머리 남자를 지나쳐서 날아갔다. 커다란 양날 도끼를 멘 채 고개를 푹 숙이고 있는 남자였다. 남자는 얼굴을 찡그린 채 아스가르드와 전망대를 잇는 다리를 터벅터벅 걸어가고 있었다. 그는 나비를 보지 못한 것 같았다.

오직 헤임달에게만 보였다.

2

토르가 헤임달에게 요툰하임으로 가는 길을 열어달라고 왔을 때, 헤임달은 아주 힘든 하루를 보내고 있었다.

토르는 동생 로키와 시프 그리고 '워리어즈 쓰리'라고 불리는 팬드럴, 호건, 볼스탁을 함께 데려왔다. 헤임달은 그곳에 모인 모두에게 겉으로는 평상시처럼 차분한 모습을 보여야 했지만 속은 펄펄 끓고 있었다. 서리 거인 세 명이 아스가르드에 침투를 시도했기 때문이었다. 그들은 모든 것을 얼려 빙하기로 만들어버리는 '고대 겨울의 상자'라는 유물을 되찾으려고 침입했는데, 문제는 그 서리 거인들이 헤임달 몰래 아스가르드로 들어왔다는 것이었다. 헤임달은 어떻게 그런 일이 가능했는지 도저히 믿을 수가 없었다. 어떻게 모든 것을 볼 수 있는 그의 시선을 피했단 말인가?

그런데 그런 일이 일어났다.

"적들이 제 감시를 피한 적은 한 번도 없었습니다." 헤임달은 앞에 선 사람들에게 답답하다는 듯이 말했다. "오늘까지는요. 전 어떻게 이런 일이 생겼는지 알고 싶습니다." 그는 로키를 바라보았다. 어째서인지 헤임달은 서리 거인들이 침입한 것과 로키가 연관이 있다고 느꼈다. 하지만 자신의 주장을 증명할 길이 없었기 때문에 아무 말도 하지 않았다.

토르와 일행들은 전망대에서 헤임달이 요툰하임의 얼어붙은 땅으로 갈 수 있는 바이프로스트를 열어주기를 기다리고 있었다. 헤임달이 그의 칼을 바이프로스트의 스위치에 꽂아 넣자, 전망대가 생명을 얻으면서 사방에 에너지를 분출하기 시작했다. 전망대는 천천히 돌기 시작하다가 점점 회전이 빨라졌다.

바이프로스트를 열 준비가 다 되자 헤임달이 다시 말했다. "명심하십시오… 나는 이 땅을 지키는 문지기로서 내 검의 맹세를 영광스럽게 행할 것입니다. 만일 당신들의 귀환이 아스가르드의 안전에 위해가 된다면 바이프로스트는 열리지 않을 겁니다. 그러면 당신들은 춥고 버려진 땅인 요툰하임에서 죽게 되겠지요."

"그냥 계속 열어두면 안되나요?" 볼스탁이 전망대를 가득 채운 무거운 분위기를 환기시키려고 이렇게 물었다.

헤임달은 단호하게 대답했다. "계속 열어놓으면 바이프로스트의 모든 에너지가 요툰하임으로 방출될 것이고 그러면 자네는 물론 요툰하임까지 파괴될 걸세."

자신만만한 토르만이 미소를 지었다. "난 오늘 죽을 생각은 없어."

"없어야죠." 헤임달이 말했다.

그리고 헤임달은 있는 힘껏 칼을 눌러서 바이프로스트를 열고 그들을 요툰하임으로 보냈다. 몇 초 후 그들의 모습이 사라졌다.

하지만 헤임달은 여전히 그들을 볼 수 있었다. 토르와 그 일행이 요툰하임의 얼어붙은 툰드라에 도착하고 나서도 헤임달은 그들의 모든 행동을 보고 모든 말을 듣고 있었다. 헤임달은 언제나처럼 요툰하임에 주의를 기울이며 오딘의 아들과 그 일행이 비상 상황에서 그곳을 탈출하려는 신호를 보내오길 기다렸다.

하지만 오늘은 달랐다. 헤임달은… 뭔가에 사로잡혀 있었다. 그는 서리 거인들의 침입 사건에 집착하고 있었다. 어째서 그걸 느끼지 못했을까? 능력을 잃어버린 것일까?

이럴 리가 없어. 내 감각이 무뎌진 것이 아니야. 로키 때문이지. 그가 어떻게든 관련되어 있는 것이 분명해.

"자넨 그 표정을 짓고 있군." 오딘이 헤임달의 이런 생각을 방해하며 부드럽게 말했다. 그는 하나뿐인 눈을 감고 부드러운 바다의 내음을 깊이 들이마셨다.

"제게도 표정이 있는지 몰랐습니다."

"물론 있고말고." 오딘이 껄껄 웃으며 말했다. "우리는 모두 표정을 갖고 있지. 누군가와 오래 알고 지내면 그 사람의 표정이 아주 조금만 변해도 어떤 생각을 하는지 알 수 있어. 자넨 또 서리 거인 사건을 생각하고 있었군, 안 그런가?"

헤임달은 최고신을 바라보았다. 오딘의 통찰력은 놀라울 정도였다. "저를 잘 아시는군요. 전 로키가 서리 거인들이 아스가르드로 침입한 사건과 관계가 있다는 걸 알고 있습니다. 알 수 있어요."

"하지만 자넨 그와 토르의 일행이 요툰하임으로 가는 것을 막지 않았어."

헤임달은 오딘이 나무라거나 화를 내는 것이 아니라는 것을 알고 있었다. 오딘은 그저 사실을 말하고 있을 뿐이었다. 그는 매우 차분해 보이는 얼굴로 몇 년 전에 그런 사건이 있었다는 것을 담담하게 이야기하고 있었다. 분명 오딘은 화를 내고 있지 않았다.

"네, 막지 않았습니다. 그들은 요툰하임에 가는 길을 열어달라고 했고, 전 그 요청을 들어주었습니다."

"자네가 왜 그랬다고 생각하나?"

헤임달은 잠시 곰곰이 생각했다. "음… 잘 모르겠습니다. 토르는…."

"고집쟁이라서?" 오딘이 먼저 말을 꺼냈다.

"전 집요하고 설득력 있다고 말하려 했습니다. 하지만 네. 만일 그날 제가 바이프로스트를 열지 않았다면 토르는 어떻게든 방법을 마련했겠죠. 언제나 그랬던 것처럼. 또 다른 이유도 있었습니다…."

헤임달이 잠시 주저하며 고개를 왼쪽으로 살짝 돌렸다. 순간 그의 귀가 쫑긋하며 움직였다.

"그녀가 군중들에게 무언가 말하고 있습니다." 헤임달이 말했다.

"누구? 헬라?" 오딘이 물었다. "자넨 할 수 있는 모든 걸 하고 있군, 헤임달. 어느 누구도 그보다 더 잘할 수는 없을 거야."

"충분하지 않습니다."

"우리의 시간이 오고 있어." 오딘은 바다를 등지고 부드러운 잔디로 덮인 언덕을 오르기 시작했다.

"저는 그렇게 해야만 했습니다." 헤임달이 그의 뒤를 따르며 말했다. "토르는 요툰하임으로 가야 했습니다. 그건 그의 숙명이에요. 피할 수 없는 운명이죠."

"자네 말이 맞아." 오딘이 신중하게 말했다. "하지만 그 아이는 아직 배울 것이 많아. 다 배우지 못한다면 그때가 왔을 때 토르는 아스가르드를 지키지 못할 거야."

"지금이 그때입니다." 헤임달이 말했다.

"거의 다 됐지." 오딘이 대답했다.

3

요툰하임으로 향한 토르의 여정은 말 그대로 재앙이나 다름없었다.

헤임달은 전망대의 꼭대기에 앉아서 서리 거인들이 갑자기 아스가르드로 들어온 사건을 계속해서 숙고하고 있었다. 비록 이 생각에 사로잡혀 있긴 했지만, 여전히 눈은 오딘의 아들과 그의 일행이 서리 거인의 왕, 로피와 얘기하는 광경을 보고 있었다. 헤임달이 요툰하임에 집중하는 순간, 갑자기 수천 킬로미터 밖의 소리들이 헤임달의 귀에 들려왔다.

"죽기 위해서 참으로 먼 길을 왔구나, 아스가르드인이여." 낮은 목소리가 귀를 자극했다.

로피였다.

헤임달은 그를 보려고 고개를 살짝 돌렸다. 서리 거인의 왕이 왕좌에 앉아 있었고 그 앞에는 토르가 서 있었다.

"나는 오딘의 아들 토르다." 토르는 매우 당당하고 자랑스러운 태도로 말했다.

"네가 누군지는 알고 있다." 하지만 로피는 토르에게 관심이 없는 듯 보였다.

"어떻게 너의 부하들이 아스가르드로 들어왔지?" 토르가 물었다.

로피는 잠시 침묵하더니, 마치 다른 누군가를 보는 것처럼 고개를 돌렸다. 누구를 보는 거지?

"오딘의 궁전은 배신자로 가득 차 있더군." 로피는 토르의 질문을 무시하며 대답했다.

토르는 자신의 망치 묠니르를 들고 한발 앞으로 다가섰다. "그런 거짓말로 내 아버지를 더럽히지 마라!" 토르가 고함쳤다.

"네 아버지는 살인자에 도둑이야!" 로피가 왕좌에서 일어나며 쏘아붙였다. "너는 왜 이곳에 온 것이냐?" 그는 다시 조롱하는 투로 물었다. "평화를 위해서? 아니, 넌 싸우고 싶은 거야. 전투를 갈망하고 있지. 넌 그저 자신이 남자라는 걸 증명하려고 하는 꼬마일 뿐이야."

헤임달은 이 광경을 모두 지켜보고 있었다. 토르와 로피가 말다툼을 하는 사이 서리 거인들이 나타나 천천히 아스가르드인들을 둘러싸기 시작했다.

좋게 끝날 것 같지 않았다.

"이 꼬마는 네 조롱이 슬슬 지겨워지기 시작했다." 토르가 분노에 찬 목소리로 말했다.

그때, 헤임달은 얼음 결정이 생기는 소리를 들었다. 서리 거인들이 팔에 날카로운 얼음 칼을 만드는 소리였다. 곧 싸움이 벌어질 것 같았다. 헤임달은 그들이 요툰하임으로 가는 것이 어리석고 무모한 결정임을 알고 있었다. 하지만 지금 이 위기의 상황을 보고 듣고 있으면서도, 수천 킬로미터 떨어진 곳에 있는 그가 할 수 있는 일은 없었다.

물론 아무것도 할 수 없었던 것은 아니다.

요툰하임에서 할 수 있는 일은 없을지 몰라도 아스가르드에서 할 수 있는 일은 있었다.

"그 녀석이 어디로 갔다고?!" 오딘의 노여움 때문에 전망대의 바닥이 흔들릴 정도였다. 오딘은 다리가 여덟 개 달린 말 슬레이프니르에 앉아 있었다. 슬레이프니르는 오딘이 전투에 나갈 때 타는 말이었다.

"요툰하임입니다, 폐하." 헤임달이 대답했다.

"요툰하임이라니… 우린 요툰 종족과 몇 년간 평화롭게 지내왔어." 오딘이 말했다. 그의 노여움은 점점 더 커지고 있었다. "비록 아스가르드에 서리 거인 패거리들이 들어왔다고 해도 우리는 여전히 휴전중이야. 철없는 아이가 성급하게 행동해서 휴전을 깨는 것을 보고만 있을 순 없지."

그 '철없는 아이'가 당신의 아들인데도요? 헤임달은 이런 의문이 들었다.

"왜 그들을 가게 해줬지? 왜 내게 미리 얘기를 하지 않았던 게야?" 오딘이 물었다.

헤임달은 그에게 진실을 말해주었다. "오딘슨이 바이프로스트를 열어달라고 명령했습니다. 저는 명령에 복종했고요. 제가 토르의 눈을 바라보자, 그는 그것이 왕의 명령이라고 했습니다."

오딘은 신음소리를 내며 잠시 대답을 하지 못했다. 그러고는 말의 고삐를 갑자기 뒤로 잡아당겼다. 슬레이프니르는 울음소리를 내면서 비틀거렸다.

"자네의 행동에 대해서는 다음에 얘기하도록 하지." 오딘이 단호하게 말했다. "이제 바이프로스트를 열어라. 나는 내 아들이 입힌 피해를 수습하기 위해 로피와 얘기를 해야겠다."

헤임달은 말없이 칼을 들어 바이프로스트의 스위치에 넣어 작동시켰다. 익숙한 에너지 분출음이 들리고 전망대가 돌기 시작했다. 헤임달이 칼을 힘껏 누르자 번개가 치며 오딘과 슬레이프니르가 전망대에서 사라졌다. 요툰하임으로 간 것이다.

오딘은 서리 거인에게 복수하기 위해 요툰하임으로 떠났던 토르와 그 일행을 이끌고 전망대로 돌아왔다. 헤임달은 그들의 옆에 서 있었다. 서리 거인과 싸우다가 부상을 입은 팬드럴을 제외하고는 모두 무사했다.

토르와 오딘은 말다툼을 하고 있었다.

"왜 우리를 데리고 돌아오신 겁니까?" 토르가 물었다.

"너는 네가 무슨 짓을 했는지, 무엇을 촉발시켰는지 모른단 말이냐?" 오딘이 소리쳤다.

"전 이 땅을 지키려고 한 겁니다!"

"넌 네 친구조차도 지키지 못했어." 그는 토르를 비웃으며 헤임달의 칼을 뽑아 들고 바이프로스트를 꺼버렸다. 오딘은 칼을 헤임달에게 건네며 말했다. "그런데도 어떻게 이 땅을 지키겠다는 말이냐."

오딘은 일행에게 팬드럴을 즉시 치료하라고 명했다. 시프와 볼스탁은 팬드럴을 전망대에서 데리고 나갔고, 헤임달은 다시 입구에서 감시를 시작했다. 그의 뒤로 아버지와 아들의 논쟁이 이어졌다.

"아버지가 움직이길 두려워하면 보호해야 할 왕국도 없어질 겁니다." 토르는 이렇게 말했다. "요툰 종족은 아버지를 두려워하는 만큼 저를 두려워해야 해요."

그렇게 말하면 안 됩니다, 오딘슨. 헤임달은 이렇게 생각했다. 아직 아무것도 모르는군요.

"그건 리더십이 아니라 자만과 허영이다." 오딘이 소리쳤다. "너는 내가 전사의 인내에 대해 가르친 것을 모두 잊은 거냐."

최고신의 목소리에는 실망이 묻어났다.

"아버지가 기다리고 인내하는 동안 아홉 세계가 우리를 비웃고 있다고요!" 토르가 항변했다. "이제 구닥다리 방식은 그만두세요. 아스가르드가 망해가는 동안 가만히 서서 훈계만 하셨잖습니까!"

"너는 허영심에 가득 찬… 탐욕스럽고… 잔인한 아이로구나!" 오딘이 분노에 차서 말했다.

"아버지는 늙은이에 바보죠!"

헤임달은 토르의 말에 오딘이 어떤 표정을 짓는지 굳이 볼 필요도 없었다. 그는 상상할 수 없는 실망과 노여움으로 가득 찬 오딘의 얼굴을 쉽게 떠올릴 수 있었다. 오딘은 분노한 나머지 입술을 떨면서 쉽게 말을 꺼내지 못했다.

"그래…." 오딘이 말을 시작했다. "나는 바보였다. 네가 준비됐다고 생각했던 내가 바보였어."

헤임달은 계단을 내려오는 발소리를 들었다. 로키였다. 로키가 오딘을 향해 걸어가는 소리였다.

"아버지." 로키는 의심의 여지없이 형의 편을 들며 아버지를 말렸다.

하지만 오딘은 여전히 화를 가라앉히지 못했고, 로키 역시 오딘의 비난을 들어야 했다. 헤임달은 대화의 일부밖에 듣지 못했지만, 정확히 어떤 뜻인지 알 수 있었다. 최고신의 무시무시한 분노를 초래하고 싶지 않다면 누가 됐든 빨리 잘못을 빌어야 했다.

"토르 오딘슨… 너는 왕의 명령을 사칭했다. 거만함과 어리석음으로 평화로운 왕국과 선량한 백성들을 공포와 황폐한 전쟁으로 몰고 갔어!"

오딘의 말이 끝나자마자 금속이 땅에 끌리는 소리가 들렸다. 오딘의 창 궁니르였다. 그리고 다시 오딘이 궁니르로 바닥을 치는 소리가 들려왔다. 에너지가 파열하며 우직거리는 소리가 전망대 전체에 울려 퍼지자 헤임달은 뒷머리가 삐쭉 서는 것을 느꼈다.

설마 그걸 하시려는 걸까? 헤임달은 믿을 수 없었다.

"너는 이 왕국에 있을 자격이 없어! 네 직책을 맡을 자격도 없다! 네가 배신한 사람들을 사랑할 자격도 없다!"

오랜 침묵이 흘렀다. 헤임달은 한편으로 토르가 뭐라도, 아버지를 달래는 어떤 말이라도 하기를 바랐다. 하지만 이미 때는 너무 늦어버렸다.

"나는 이제 네 힘을 빼앗아 갈 것이다! 내 아버지의 이름으로, 또 선대의 이름으로, 나 최고신 오딘은 너를 추방한다!"

헤임달이 서 있는 뒤로 전망대가 폭발하는 것 같았다.

폭발은 순식간에 시작되고 순식간에 끝났다. 전망대는 다시 고요해졌다. 헤임달은 뒤로 돌아 오딘과 로키가 서 있는 모습을 보았다. 한 명은 놀라서 말을 하지 못했고 한 명은 분노로 몸을 떨고 있었다.

토르는 아스가르드에서 추방되었다. 일단은 영원히.

4

헤임달은 다리를 따라 날아가는 나비를 보고 있었다.

"자네는 아스가르드에서 추방당했는데도 그 녀석을 보고 있군." 오딘이 말했다.

"네." 헤임달이 고개를 끄덕이며 말했다. "그가 인간세계에 도착하는 순간부터 계속해서 보고 있었습니다."

"자네가 그럴 줄 알았지."

당연히 그러셨겠죠. 헤임달이 속으로 생각했다. 당신은 최고신이시니까요. 제가 아홉 세계에서 일어나는 모든 일을 볼 수 있을지 모르지만, 당신께는 시대를 관통해 습득한 지혜가 있죠. 나는 감지하지만, 당신은 알고 있습니다.

"전 배신하지 않—."

"아무도 그렇게 생각하지 않아. 자네는 훌륭한 사람이야. 나는 누구보다 자네에게 기대하고 있어. 자넨 명예로운 사람이고 사려 깊은 사람이지. 난 자네가 아홉 세계를 위해 수행하는 어떤 임무도 바꿀 생각이 없네."

"전 폐하의 아들 역시 같은 생각이라고 믿습니다." 헤임달이 조용히 말했다.

"나도 알고 있어." 오딘이 더 조용한 목소리로 말했다.

헤임달은 고개를 들고 눈앞에 펼쳐진 광활한 바다를 보았다. 그녀가 다시 보였다… 헬라. 오딘은 그녀를 헬라라 불렀다. 오딘은 왜 헬라에 대해서 언급하지 않았을까?

오딘은 마치 헤임달의 마음을 읽은 듯이 말했다. "무엇을 알고 싶은 게냐. 헬라가 누구인지? 왜 아스가르드로 왔고, 왜 라그나로크가 시작되었는지?"

헤임달은 보이지 않을 정도로 살짝 고개를 한 번 끄덕였다.

"헬라는 내 딸이라네." 오딘은 담담하게 말했다. "토르와 로키가 내 아들인 것처럼. 헬라는 많은 의미에서 내 가장 큰 성과이기도 하고 가장 큰 실망거리이기도 하지. 그 아이는 사실 사람이라기보다는 엄청난 능력을 지닌 무기라고 할 수 있어. 나는 그 아이의 파괴적인 힘을 이용해 아홉 세계를 거느리게 되었지. 그리고…" 오딘이 말끝을 흐렸다.

헤임달이 대답을 하려는 순간, 오딘이 갑자기 말을 이었다. "자네는 지금 가야 해. 얘기는 나중에 계속하세."

아스가르드 도심은 험준하고 위험한 산악지대로 둘러싸여 있었다. 그 덕분에 아스가르드는 주변의 적들로부터 안전한 천연요새가 될 수 있었다. 하지만 그 산악지대는 준비 없이는 살기 힘든 땅이었다.

헤임달은 언제나 준비되어 있었다.

그는 맨손으로 날카로운 돌 벽에 매달려 천천히, 하지만 자신 있게 한 발 한 발 내딛으며 내려갔다. 헤임달은 고개를 돌려 한참 아래에 있는 빛나는 도시를 보았다. 그리고 그녀가 보였다. 오딘이 말했던 헬라였다.

헬라는 아름답지만 악의에 찬 사람이었다. 머리부터 발끝까지 녹색으로 차려 입고 정교하게 만든 뿔 모양의 머리장식을 한 그녀의 모습은, 마치 죽음의 사자 같았다. 그녀는 도시를 떠나 어디론가 향하고 있었다. 헤임달은 헬라가 어디로 가는지 정확히 알고 있었다.

전망대였다.

그는 산을 내려가는 걸음을 재촉했다. 헬라보다 빨리 도착해야 했다. 그녀의 옆에는 대머리인 스커지가 거대한 도끼를 들고 있었다. 스커지는 헤임달이 쫓겨나 도망자 신세가 된 후 그의 직책을 맡아 바이프로스트를 작동시키는 인물이었다. 헤임달은 다크 엘프와 말레키스가 침입했던 사건에서 직무를 태만히 했다는 죄로 아스가르드에서 쫓겨났다.

그의 책임을 물은 것은 오딘이었다.

하지만 오딘이 아니었다.

지난 몇 달 동안 아스가르드와 아홉 세계를 통치한 것은 '오딘'으로 변장한 로키였다. 헤임달은 로키의 여러 가지 잔꾀 때문에 그의 계략을 제대로 간파하지 못했다. 서리 거인들이 아스가르드에 침입했을 때 헤임달이 이를 알아차릴 수 없었던 것 역시 로키의 속임수 때문이었다. 그리고 어떤 수를 썼는지는 알 수 없었지만 로키는 헤임달의 감각을 무디게 해서 로키를 진짜 오딘이라고 생각하게 만들었다. 로키의 게임은 토르가 되돌아오고 나서야 드러났는데, 오딘슨이 그의 '아버지'가 진짜 아버지가 아닌 것을 알아보았기 때문이다.

헬라와 스커지는 전망대와 아스가르드 도심을 잇고 있는 무지개다리로 가고 있었다. 그들은 이미 아스가르드 도심의 입구를 지키는 거대한 문을 지나기 직전이었다. 헤임달은 더 빨리 움직여야 했다. 그는 벽을 잡고 있던 손을 놓고 갑자기 6미터 아래의 바위 위로 뛰어내려 몸을 구부려 두 발로 착지했다. 헤임달은 강한 두 다리로 충격을 흡수했고, 높이 솟은 나뭇가지를 잡으면서 다시 바위 위로 뛰어올랐다.

헤임달은 나뭇가지를 휘저으면서 한쪽 눈으로는 헬라를, 다른 쪽 눈으로는 전망대를 보고 있었다.

잠시 후, 헤임달은 땅 위에 도착했다. 수풀 사이를 돌진해서 오느라 그의 얼굴은 온통 덤불과 나뭇가지에 스친 상처투성이였다. 하지만 여전히 마음이 급했다. 전망대까지는 약 180미터 정도 남아 있었고, 어쩌면 헬라보다 먼저 도착할 수도 있을 것 같았다.

헤임달은 자신이 실패한다면 아스가르드가 멸망하리란 것을 알고 있었다.

전망대는 고요했다. 정적이 흐르고 있었고 안에는 아무도 없었다. 헤임달은 가능한 조용히 들키지 않게 들어갔다. 그는 최대한 소리를 내지 않고 흔적을 남기지 않기 위해 노력했다.

그리고 그때, 그의 눈에 목표물이 보였다.

호펀드였다.

칼은 제자리에서 주인을 기다리고 있었다. 헤임달은 추방당해서 산으로 도망칠 때 칼을 버리고 달아났다. 호펀드는 바이프로스트를 여는 열쇠이자 없어서는 안 될 필수적인 요소였다. 오직 호펀드만이 바이프로스트를 열 수 있기 때문이었다.

헤임달은 헬라가 말하는 것을 듣고 보았기 때문에 헬라가 바이프로스트를 원하는 이유가 사악한 종말을 위해서라는 것을 알고 있었다. 만일 헬라가 바이프로스트를 손에 넣어 아홉 세계를 마음대로 드나들 수 있다면, 그녀는 끔찍한 힘으로 자신에게 반대하는 모든 사람들을 죽여버릴 것이다. 그녀에게 반대하지 않는 사람 역시 무사하리란 보장이 없었다. 헬라가 사람을 가려가면서 죽일 리가 없었으니까.

기껏해야 지연작전일 뿐이었지만, 헤임달로서는 호펀드를 전망대에서 훔쳐내는 것밖에는 할 수 있는 일이 없었다. 그렇게 하면 헬라가 아홉 세계에 가지 못하게 막을 수 있었다. 적어도 그녀가 아스가르드를 뒤져서 호펀드를 찾아내기 전까지는.

헤임달은 단번에 칼을 스위치에서 빼내어 전망대에서 달아났다. 보는 이도, 듣는 이도 없었다.

헤임달이 산등성이로 향하는 찔레와 가시덤불속을 달리고 있을 때 헬라와 스커지가 전망대에 도착했다. 헬라는 칼이 없는 것을 보고 격노했다. 헤임달이 그 분노를 실제로 느낄 수 있을 정도였다. 칼이 없으면 아홉 세계를 완전히 정복하려는 그녀의 계획은 수포로 돌아갈 것이었다.

시간이 가고 있었다.

헤임달에게는 기적이 필요했다.

5

"잘했네."

헤임달은 험준한 경사로 꼭대기를 오르며 고개를 살짝 들었다. "보셨군요." 그는 오딘의 모습을 보자 걸음을 멈추고 몸가짐을 바로 했다.

"자넨 벌써 수많은 생명을 살렸네." 오딘이 조용히 말했다. "그

것이 진정한 지도자가 하는 행동이야."

"폐하의 아들이 여기 있었다면, 그 역시 똑같이 했을 겁니다."
헤임달이 대답했다.

오딘은 헤임달의 말을 듣고 잠시 생각하다가 그에게 따라오라
고 손짓했다. "이리 와보게. 이곳에서 자네가 찾는 장소까지 길이
아주 잘 나 있더군."

"그를 자랑스러워하실 겁니다." 헤임달이 말을 꺼냈다.

"말해보게." 오딘이 말을 시작했다. "자넨 모든 아스가르드의
백성들을 토르 오딘슨을 지키듯이 최선을 다해 지키고 있나?"

헤임달은 길을 따라 걸으면서 그에게서는 사라져버린 줄 알았
던 미소를 지었다. "전혀요. 그럴 만한 가치가 있는 사람만 지킵니
다."

"아아." 오딘이 말했다. "그럼 토르는 친구로서 그럴 만한 가치가
있다?"

헤임달은 바이프로스트를 지키는 수호자이자 아스가르드의
수문장으로서, 언제나 오딘을 지지하고 충성을 다해 섬겨왔다. 왕
의 가족에게도 마찬가지였다. 언제나 아스가르드와 시민을 수호
하는 임무를 수행해야 했던 헤임달은 누구와도 친구가 되려 하지
않았다. 우정이란 나약한 것이며 약점이 될 수 있다고 생각했기
때문이다.

하지만 오딘의 말을 듣는 순간 헤임달에게 의문이 생겼다. 왕의
말이 옳은 것일까?

그는 곧 왕이 옳다는 것을 깨달았다. 토르는 헤임달에게 동료 전사나 장차 왕이 될 오딘의 아들 이상의 존재였다. 그는 친구였다. 헤임달은 토르를 위해 못할 것이 없었다.

헤임달은 오딘슨이 아기일 때부터 알고 지냈다. 그는 아스가르드의 눈이자 귀였기 때문에 아무리 작거나 큰일이라도 해도 모든 것을 지켜보고 있었다. 그런데 토르에게는 어릴 때부터 주목을 끄는 어떤 것이 있었다. 어린 소년임에도 불구하고 위대함의 싹을 보였던 것이다. 헤임달은 토르에게서 진정한 지도자, 영웅의 면모를 느낄 수 있었다. 물론 거만한 어린 시절도 있었다. 거만함으로 치자면 토르를 능가할 사람이 없을 정도였지만, 동시에 그는 자신의 가족과 친구 그리고 아스가르드 민족을 깊이 사랑하고 있었다.

토르는 소년에서 청년으로 자라면서 자신의 아버지와 점점 닮아갔다. 어쩌면 그래서 토르와 오딘이 그토록 자주 싸웠는지 모른다.

"가치 있는 것 이상이죠." 헤임달이 대답했다.

오딘이 갑자기 물었다. "가만히 있어보게. 자네도 그들이 보이나?"

헤임달은 자신의 주변과 수풀이 우거진 길 위쪽을 둘러보았다.

"제가 해결하겠습니다." 헤임달이 조용히 말했다. 그러고는 곧바로 뛰어가기 시작했다.

헤임달은 위쪽에서 그들을 내려다보았다. 남자와 여자 그리고 소년과 소녀. 가족이었다.

그들은 숲을 뚫고 계곡을 지나 산으로 도망치고 있었다. 급하게 서둘러 뛰느라 계곡의 물이 사방으로 튀었다. 그 소리 덕분에 누구라도 그들이 오는 것을 알 수 있을 정도였다.

혹은 무엇이라도.

사람의 모습을 한 것들이 가족을 쫓고 있었다. 헤임달은 그것들이 겉보기에만 사람일 뿐, 피와 살로 구성되지 않았다는 것을 알고 있었다. 그들은 헬라를 위해 잔인한 일을 하는 대가로 그녀가 죽음에서 되살린, 자연의 법칙에 어긋나는 존재들이었다.

그 잔인한 일에는 아스가르드인들을 잡아들이는 것도 포함되어 있었다. 헬라가 힘을 키우기 위해서는 헤임달이 지키기로 맹세한 아스가르드인들의 영혼을 먹어야 했기 때문이다.

헤임달은 목표했던 위치로 천천히 다가가 좁은 길에 몸을 숨겼다. 가족은 그의 앞으로 오고 있었고 괴물들은 그들을 쫓고 있었다.

소녀가 먼저 길을 통과하며 미동도 않고 있는 헤임달에게 뛰어들었다.

"잠깐 비켜주겠니." 헤임달은 이렇게 말하며 소녀를 안심시키려고 했다.

나머지 가족들 역시 소녀의 바로 뒤에서 뛰어오고 있었고 괴물들은 그들을 향해 돌진했다. 하지만 괴물들은 헤임달의 갑작스럽고 맹렬한 공격에 대비하지 못했다. 헤임달은 호펀드를 크게 휘둘러 괴물들을 베었고 그것들이 공격에 대항할 틈도 주지 않고 쓰러뜨렸다. 싸움이 제대로 벌어지기도 전에 괴물들은 그의 발밑에 누워 있었다.

그리고 헤임달은 가족들에게 따라오라고 손짓했다.

더 이상 괴물의 모습이 보이지 않자, 헤임달은 가족을 데리고 쫓아오는 사람이 없다고 생각될 때만 계곡을 올라갔다. 길은 산 정상으로 향해 있었다. 산의 한쪽에는 고대인들이 손으로 단단한 바위를 깎아 만든 것 같은 조각들이 이어져 있었다.

지구에서 온 사람이라면 그 조각들이 무엇인지 모를 것이다. 하지만 아스가르드인이라면 그것이 생명의 나무인 위그드라실임을 단번에 알아챌 수 있었다.

헤임달은 손을 들어 가족들에게 잠시 멈추라는 신호를 했다. 그러곤 복잡한 돌 조각 앞에 무릎을 꿇고 조용히 문구 몇 구절을 읊었다. 그러자 산에 있던 거대한 돌들이 순식간에 흔적도 없이 사라졌다.

산의 내부에 있는 피난처에는 수백은 족히 되어 보이는 아스가르드인들이 있었다. 어쩌면 수천 명이 넘을지도 몰랐다. 남자, 여자, 아이들. 이들은 모두 헬라를 피해 아스가르드 도시에서 도망친 사람들이었다. 살기 위해 산으로 도망쳐 온 것이다.

그들을 이곳으로 안내하고 다시 삶의 기회를 준 것은 헤임달이었다. 위그드라실은 아스가르드에 얼마나 오래 있었을까? 아스가르드가 생겼을 때부터? 위그드라실은 지난 수천 년 동안, 필요할 때마다 아스가르드인들을 보호해왔다. 하지만 어느새 위그드라실은 사람들의 기억 속에서 잊혀졌고, 오직 소수만이 그 나무를 기억하고 있었다.

"먼저 들어가세요." 헤임달은 자신에게 감사를 표하는 가족들을 피난처로 들여보내며 말했다.

6

"그가 필요해. 우리는 그가 필요해. 그런데 그를 볼 수가 없어. 들리지도 않아. 너무 멀리 있어." 헤임달은 혼자 중얼거리듯이 말했다. 그의 뒤로는 사람들이 모여 있었다. 안전한 곳을 찾아 고대로부터 내려오는 산의 피난처로 온 사람들이었다. 물론 모든 아스가르드인들이 다 온 것은 아니었다. 일부는 헬라의 잔인한 통치를 피해서 산으로 도망쳤고, 다른 사람들은 도시에 있는 것도 무섭지만 떠나는 것이 더 무서워서 도시에 그대로 남아 있었다.

헤임달은 가능한 많은 사람들을 구하기 위해 모든 것을 다 해왔다. 그는 쉬지 않고 밤낮으로 일하며 도시에서 산으로 사람들을 비밀리에 구출했다.

하지만 충분하지 않았다. 그래서 두려웠다.

"그를 가장 필요로 하는 시점에 나타날 것이다." 오딘이 단언했다.

헤임달은 고개를 저었다. "그걸 어떻게 확신하십니까?"

"최고신을 오래 하다 보면 어떤 것들은 그냥 알 수가 있어."

헤임달은 오딘에게 조심스럽게 물었다. "토르가 지구에 추방되어 있는 동안, 어떻게 진정한 자신의 모습을 보여줄 거라는 걸 아셨죠?"

오딘은 잠시 말이 없었다. "'알았던' 것이 아니야. 그렇게 되기를 '희망'했던 거지." 오딘이 말을 꺼냈다. "고난을 겪게 되면 본성이 나오는 법이니까."

"그는 지구의 모든 사람들을 구했습니다. 그가 없었다면… 그가 다른 이들을 위해 희생하지 않았다면… 그래서 디스트로이어를 막지 못했다면 서리 거인들은 아스가르드를 완전히 파괴했겠지요."

토르가 지구에 추방되어 있는 동안 오딘은 '오딘의 잠'에 빠져 있었다. 그리고 로키는 오딘 대신 아스가르드를 통치하면서 헤임달을 얼려서 움직이지 못하게 만들고 바이프로스트를 열어 요툰하임으로 향했다. 헤임달은 비록 꽁꽁 얼어붙은 상태였지만 로키가 애초에 세 명의 서리 거인을 이용해서 이런 일들을 꾸미고 아스가르드를 탈취하려 했다는 것을 확실히 알 수 있었다.

헤임달은 좌절했다. 비록 그가 왕국의 모든 것을 보고 들을 수 있다 해도, 로키를 그런 행동으로 이끈 깊은 고통은 볼 수 없었기 때문이다. 로키가 왜 그랬는지 이유를 알 수 없었다. 헤임달은 로키의 이런 계략을 나무라거나 화를 내고 싶지는 않았다. 그저 슬플 따름이었다. 로키는 자신을 사랑해주는 가족이 있다는 걸 모르는 걸까? 토르는 진정으로 로키의 형이었고 프리가 역시 진정으로 로키의 어머니였다. 그리고 오딘은? 오딘은 두 아들을 똑같이 대하고 치우침 없이 사랑했다. 그런데도 로키의 고통이 얼마나 깊기에 모든 것을 위태롭게 만드는 것일까? 헤임달은 이해할 수 없었다.

요툰하임에서 돌아온 로키는 디스트로이어에게 지구로 가서 토르를 죽이라고 명한 후 로피와 거짓 동맹을 맺고 아스가르드를 침공하게 만들었다. 이번이 마지막이었다.

헤임달은 능력을 모두 잃어버린 토르를 도와줄 수가 없었다. 토르는 그의 망치 묠니르는 물론 아스가르드인의 힘까지 모두 빼앗긴 채 파괴밖에 모르는 디스트로이어에 맞서고 있었다. 토르의 충성스러운 친구인 시프, 팬드럴, 호건, 볼스탁 역시 지구로 날아가 함께 싸웠지만, 그들의 힘으로 디스트로이어를 막기에는 역부족이었다.

아스가르드에서 만든 디스트로이어는 기동력을 자랑하는 파괴 무기였다. 사람의 형태를 한 디스트로이어는 수대에 걸쳐 아스가르드와 그 백성 그리고 국가의 중대 비밀을 수호하는 역할을 해왔다. 누구도 디스트로이어를 파괴할 수 없다고 했다. 그런데 토르가 그런 디스트로이어에 맞서서 뉴멕시코의 작은 마을에서 다른 사람을 위해 싸우고 있었다. 자신의 생명을 위태롭게 하면서까지.

토르는 정말로 겸손에 대해서 배운 것 같았다. 하지만 너무 늦었다. 디스트로이어가 토르를 때리자, 토르는 마치 파리처럼 날아 가버렸고, 그의 친구들은 이 모습을 보고 모든 것이 끝났다고 생 각했다.

그때였다. 갑자기 어디선가 마법의 망치 묠니르가 토르의 손으 로 날아온 것이다.

토르가 자신의 자격을 증명해 보인 순간이었다.

누구든 그럴 자격이 있는 자는 망치를 들 것이고 토르의 힘을 갖게 될 것이다.

힘을 되찾은 토르는 디스트로이어를 막아낼 수 있었다. 뉴멕시 코에는 다시 평화가 찾아왔지만 아스가르드는 서리 거인의 침공 을 받고 있었기에 토르는 아스가르드로 돌아와야 했다.

헤임달은 얼어붙은 상태라 해도 여전히 지구의 모든 상황을 볼 수 있었다. 그는 토르가 자신의 자격을 증명했다는 것을 알고 토 르를 위해 바이프로스트를 열어야 한다고 생각했다. 아스가르드 의 존망이 그에게 달려 있었다. 필사적이었던 헤임달은 믿을 수 없는 의지와 힘으로 얼음을 깨고 자신의 칼이 있는 곳으로 돌아 가 바이프로스트를 열었다.

바이프로스트는 섬광과 함께 토르를 아스가르드로 데려왔고 서리 거인을 무찌를 수 있었다. 하지만 로키의 최종 목표는 서리 거인이 아스가르드를 침공하게 하는 것이 아니었다.

로키는 두 가지 가능성을 다 생각하고 있었다. 그래서 토르가 서리 거인을 무찌르는 것을 보자, 요툰하임을 파괴하는 쪽을 선택했다. 바이프로스트는 아주 멀리 떨어진 곳으로 이동할 수 있는 수단이기는 하지만 의도하지 않은 결과를 불러올 수도 있었다. 너무 오랜 시간 동안 한곳을 향해 열어두면 그곳을 완전히 파괴할 수도 있기 때문이다.

로키와 토르는 형제간의 결투를 시작했다. 토르는 요툰하임이 파괴되고 수많은 사람들이 죽는 것을 막기 위해서는 아스가르드와 전망대 사이를 잇는 무지개다리를 없애는 방법밖에 없다는 사실을 알게 되었다. 결국 그는 폴니르로 다리를 내려치기 시작했고 형형색색으로 이루어진 전설 속의 다리가 무너지기 시작했다.

헤임달은 토르가 성공할 것이라고 믿어 의심치 않았다. 하지만 대가가 너무 컸다. 다리는 산산조각 나버렸고, 어쩌면 복원할 수 없을 수도 있었다. 그렇다면 전망대와 그 안의 바이프로스트도 다시 열 수 없을 것이다.

게다가 토르와 로키는 부서진 다리 끝에 차례로 매달려 있었다. 둘의 아래에는 심연이 그들을 기다리고 있었다.

그때 오딘이 때맞춰 등장했다. 오딘이 잠에서 깨어나 아들을 구하러 온 것이다. 오딘은 토르를 힘껏 들어 올려 살려냈다. 그리고 토르는 비록 로키가 자신을 배신하고 아스가르드의 모든 사람을 위험에 빠뜨렸지만, 끝까지 로키를 구하려고 노력했다.

하지만 로키는 이를 원치 않았다. 그는 토르의 손을 뿌리치고 자신을 향해 입을 벌리고 있는 광활한 우주 속으로 떨어졌다.

"토르가 자신의 시험을 치렀으니, 이제는 네 차례다."

오딘의 말이 헤임달의 귓가를 울렸다. 그는 뒤를 돌아 아스가르드인들의 피난처가 있는 산 너머의 광활한 바다를 보았다. 최고신 오딘이 옳았다. 헤임달이 지키겠다고 맹세한 아스가르드는 도시나 영토가 아니었다. 그것은 아스가르드의 사람들이었다.

그는 실패하지 않을 것이다.

"아직 구해야 할 사람들이 많이 있습니다." 헤임달은 인파와 돌과 숲 그리고 도시의 벽을 투시해서 헬라의 언데드 군대를 피해 숨거나 달아나는 사람이 있는지 확인했다. "지금 구하러 가야 합니다."

"언제나 내가 함께 하겠네." 오딘이 말했다.

7

헤임달은 돌로 뒤덮인 산을 손으로 타며 내려갔다. 한때 자신의 집이었던 전망대가 눈앞에 나타났다. 헤임달은 피난처를 나갈 때면 가능한 한 언제나 다른 길로 다녔다. 흔적을 남기지 않기 위해서였다. 가끔은 더 느릴 때도 있었지만 그렇게 해야만 했다. 아주 작은 위험도 감수할 수 없었다. 헬라와 스커지, 혹은 언데드들이 잘 닦인 길을 보면, 숨어 있는 아스가르드인을 모두 한 번에 찾아낼지도 모른다고 생각했기 때문이었다.

헤임달은 산을 내려가면서 오딘의 말을 떠올렸다. 어떻게 이것이 시험이란 말인가. 또 어떻게 오딘이 늘 자신과 함께할 수 있을까.

그는 지금껏 자신의 행동을 되돌아보거나 스스로를 의심해본 적이 없었다. 하지만 지금 상황은 뭔가 너무 무섭고 너무나 희망이 없어 보였다. 헤임달조차 그들이 모두 살아남을 수 있을까 궁금할 정도였다.

산자락에 도착했을 때 헤임달은 최대한 조용하고 은밀하게 움직이려 했다. 잠입의 대가인 그는 숲을 통해 아스가르드 도심으로 향했다. 도심에는 도처에 언데드 군대가 돌아다니고 있었지만, 다행히 헬라와 스커지는 궁전에 있었다. 이는 들키지 않고 사람들을 도시에서 빼낼 수 있다는 뜻이었다.

그는 기둥과 벽을 투시해서 사람들이 버려진 건물의 현관에 모여 있는 것을 보았다. 그들은 망토를 세게 조인 채 기대와 두려움으로 떨고 있었다.

헤임달의 옆으로 나비가 날아갔다. 그는 나비의 날개 색을 눈여겨보았다. 화려한 주황색이었다.

"헤임달!" 목소리가 들려왔다. 헤임달은 자신의 이름을 부르는 사람을 보며 조용히 하라고 입술에 검지를 갖다 댔다. 남자는 얼굴을 붉히며 목소리를 낮췄다.

헤임달은 아스가르드인이 모여 있는 복도로 가는 길을 찾았다. 그는 말없이 왼손을 흔들어 사람들에게 자신을 따라오라고 신호를 보냈다. 그들은 함께 천천히 통로로 향했다. 헤임달은 복도 끝의 벽을 통과해 길에 아무도 없는 것을 확인하고, 사람들을 문으로 안내한 후 그 뒤를 따랐다.

원래 이 거리는 일상을 보내는 사람들로 넘쳐나는 곳이었다. 거리에는 시장이 섰고, 어른들 사이를 돌아다니는 아이들과 아이를 혼내기도 하고 웃기도 하는 어른들 그리고 그들의 왕을 보기 위한 아스가르드인의 행렬로 넘쳐났었다.

하지만 지금은 마치 무덤과도 같은 적막이 흐르고 있었다.

"벽에 바짝 붙어서 가세요." 헤임달이 속삭였다. 아스가르드인들은 그의 말을 듣고 건물에 몸을 밀착시키고 살금살금 거리를 걸어갔다.

헤임달만이 들을 수 있었다.

헤임달만이 볼 수 있었다.

그래서 헤임달이 "순찰병입니다. 안으로 들어가세요, 당장."이라고 말했을 때 사람들은 그의 말을 믿고 뛰기 시작했다.

아스가르드인은 하나둘씩 헤임달을 지나쳐 거리에서 떨어진 골방으로 들어갔다. 헬라의 언데드 순찰병이 오기 전에 거리를 비워야 했기 때문에 그는 마지막 남자를 방으로 거의 밀어넣다시피 했다.

골방에는 그림자들만이 조용히 떨고 있었다. 괴물은 거리에서 생명의 흔적을 찾으면서 그 앞을 천천히 지나가고 있었다.

그들은 아무것도 찾지 못했다.

헤임달은 주변에서 안도의 한숨을 쉬는 것을 들었다. 그리고 다른 소리도 들었다. 누군가 자신의 이름을 부르고 있었다.

하지만 이 방에 있는 누군가는 아니었다. 더 멀리서 들려오는 소리였다. 도심을 지나, 산을 지나 아스가르드 너머에서 들리고 있었다.

다시 그의 이름을 부르는 소리가 들렸고 그제야 헤임달은 누가 자신의 이름을 부르고 있는지 알 수 있었다.

토르였다.

헤임달은 눈을 크게 뜨고 목소리가 들리는 방향을 보았다. 그러나 주황색 나비와 전망대 그리고 요툰하임의 서리 거인밖에 보이지 않았다. 여전히 토르는 보이지 않았다. 그는 좀 더 집중해서 보기 시작했고, 마침내 오딘의 아들임이 분명한 흐릿한 윤곽을 확인할 수 있었다.

"당신이 보입니다." 헤임달이 조용한 목소리로 대답했다. "하지만 너무 멀리 있군요."

그것은 엄청난 집중력을 필요로 했다. 하지만 헤임달은 시야를 토르까지 넓혔고, 토르에게 아스가르드에서, 지금 헤임달의 눈앞에서 벌어지고 있는 일까지 보여주었다.

"무슨 일이야?" 토르가 당황해하며 물었다.

"와서 직접 확인하십시오. 전 사람들에게 조상들이 만든 요새에 있는 피난처를 제공하고 있습니다. 하지만 요새가 무너지면 저희가 도망칠 곳은 바이프로스트밖에 남지 않을 겁니다."

"지금 아스가르드에서 도망친다는 얘기를 하는 거야?" 토르가 믿기 힘들다는 듯이 물었다.

"여기 계속 있으면 살아남을 수 없습니다." 헤임달이 조용히 말했다. 토르가 어디에 있든 간에 헤임달은 지금 당장 이곳에서 그가 필요했다.

둘의 대화는 여기서 끊어졌다. 하지만 헤임달은 아스가르드가 간절히 토르를 필요로 한다는 것은 충분히 전달되었기를 바랐다. 하늘에서 회오리바람이 소용돌이쳤고 다른 디멘션으로 가는 경로가 열리는 것이 보였다. 토르가 있는 곳이 분명했다. 잠깐 동안 그들은 서로가 있는 곳으로 향하는 창을 통해 이야기한 것이었다.

헤임달은 토르가 오리란 것을 알고 있었다.

그저 너무 늦지 않길 바랄 뿐이었다.

8

헤임달은 도심의 길을 따라 사람들을 이끌고 숲으로 갔다. 그는 산기슭의 언덕으로 향할 때쯤 이상한 것을 느꼈다….

마치 누군가 보고 있는 것 같았다.

그는 사람들을 산 측면으로 인도하고 아스가르드를 바라보았다. 몇몇 건물들에서 연기가 피어오르고 있었고 연기 사이로 궁전과 한때 오딘이 통치하던 왕좌가 보였다. 궁전 안에는 헬라가 바이프로스트를 열 수 있는 칼을 찾아오길 조급하고 간절하게 기다리고 있었다. 자신의 굶주림을 채우기 위해 다른 왕국으로 가려는 것이었다.

그리고 발코니에는 스커지가 쌍안경으로 먼 곳을 바라보고 있었다.

헤임달을 보고 있던 것은 스커지였다.

들켰다면 어쩔 수 없었다.

대신 헤임달은 스커지가 눈에 보일 정도로 벌벌 떨 때까지 그를 노려보았다.

그랬다. 헤임달은 스커지가 그를 보고 있다는 것을 헤임달 역시 알고 있다는 것을 알려주려 했다. 그리고 지금은 스커지가 아스가르드를 배신하고 헬라의 명을 받들고 있지만 때가 되면 올바른 선택을 하길 바랄 뿐이었다.

지금이 그때였다.

9

"아직은 때가 아니야."

"거의 다 됐습니다." 헤임달은 무뚝뚝하게 말했다. 오딘에게 일부러 그런 것은 아니었지만 상황이 너무 급박해지고 있었다.

"스커지는 헬라에게 자기가 본 것을 얘기하지 않을 거야." 오딘이 말했다. "당장은 안 할 거야. 아직 그에게 명예가 남아 있는 것 같구나. 그는 네가 뭘 하는지 알고 있어. 한편으로는 네가 옳다고 생각하고 있지."

헤임달은 자신의 뒤를 힐끗 보았다. 사람들이 산을 올라가느라 고군분투하고 있었다. 피난처에 가까워지고 있었지만, 그래도 서둘러야 했다.

"지금 말하건 나중에 말하건 결과는 같습니다." 헤임달은 낙담하며 말했다. "비록 그가 헬라에게 말하는 것을 미룬다고 해도 그녀는 결국 알게 될 겁니다. 그리고 우리가 이곳에 있을 때 그녀가 이곳을 찾아낸다면, 아마 그대로 끝일 겁니다. 저는 그것이 두렵습니다."

"그럼 방법은 간단하구나. 여기 있지 말거라."

헤임달은 피식 웃었다. "아주 쉬운 방법이네요."

"쉬운 것보다 더 좋은 건 없지. 하지만 이 계획을 실행하기 위해 믿을 것은 별로 없는 것 같구나."

헤임달은 산속에서 많은 아스가르드인들을 직접 만났다. 그들은 모두 지쳐 있었다. 힘없이 안절부절 못했고, 불안해하며 겁에 질려 있었다. 젊은이나 늙은이나 마찬가지였다. 그런 사람들이 너무 많았다. 헤임달은 이들을 피난처에서 무사히 이동시킬 수 있을지 걱정이었다.

하지만 피난처를 떠나려면 지금 가야 했다. 조만간 헬라가 호펀드를 찾아 이곳에 올 것이다. 그녀는 원하는 것을 얻을 때까지 결코 멈추지 않을 것이고, 결국 그 칼을 손에 넣기 위해 모든 사람을 죽일 것이 분명했다. 그래야 아홉 세계를 마음껏 쓸어버릴 수 있을 테니까.

"주목하시오!" 헤임달의 목소리가 너무 커서 동굴 벽이 흔들릴 지경이었다. "우리는 지금 당장 떠나야 합니다. 저기—." 헤임달이 길을 가로질러 길고 어두운 터널을 향해 가리켰다. "저 길은 산의 반대편으로 향하는 길입니다. 여러분은 저를 따라서 산을 내려가 무지개다리로 갈 겁니다. 전망대가 목적지예요."

"전망대요?" 누군가가 물었다. 헤임달은 그를 보았다. 오딘보다도 더 나이가 들어 보이는 남자였다. "우리는 어디로 가는 겁니까?"

"우리의 희망은 지금 바이프로스트밖에 없습니다. 아스가르드가 살려면 우리는 지금 이곳을 떠나야 합니다."

"아스가르드를 버리는 겁니까? 오딘은 어떻게 생각할까요?" 그 남자가 물었다. 화가 났다기보다는 겁이 난 것 같았다. 자신이 없고 불안해 보였다.

오딘이 어떻게 생각할지, 그들에게 말해줘야 하나? 헤임달은 잠시 고민했다.

"아스가르드를 떠나는 것은 오딘의 생각입니다." 헤임달이 이렇게 말하자 아스가르드인 무리 곳곳에서 웅성거리는 소리가 터져나왔다. "우리는 헬라의 능력을 알고 있습니다. 그녀가 아인헤르자르를 무자비하게 죽이는 것도 봤습니다. 그들은 아무도 살아남지 못했습니다. 우리는 호건, 볼스탁, 팬드럴 같은 용감한 전사들을 모두 잃었습니다."

"그럼… 도망치는 건가요?" 누군가가 물었다.

"살아남는 겁니다." 헤임달이 분명히 말했다. "다른 방법이 없습니다."

"토르는 어떻게 된 겁니까?" 또 다른 사람이 울부짖었다. "우리를 버린 건가요? 지구만 신경 쓰고 있나요? 아스가르드 민족에 대한 맹세는 어떡하고요?"

헤임달은 그런 비난에 분노가 치밀었다. "지금 당장 떠납니다." 헤임달은 질문을 묵살하고 강경한 목소리로 지시했다. 그리고 무리를 이끌고 길고 어두운 터널 속을 행군하기 시작했다.

"사람들에게 화내지 말게나, 헤임달. 그들은 자신이 본 것만 알고 그것으로만 판단하지. 자네와 나 역시 토르가 아스가르드를 버렸다고 생각한 적이 있었지 않은가." 오딘이 말했다.

헤임달은 거친 벽으로 둘러싸인 터널을 걸어갔다. 아스가르드인들도 천천히 그의 뒤를 따랐다.

"폐하께서는 토르가 지구에 있을 때를 말씀하시는 거지요. 하지만 그는 그 이후에 아스가르드로 돌아와서 다크 엘프의 위협에 맞서 싸웠습니다. 말레키스가 아스가르드를 쑥대밭으로 만드는 것을 막으려고요."

"난 토르를 비난하는 게 아니야. 내 아들은 다크 엘프에 맞서 싸우면서 마음 속 깊이 아스가르드를 사랑하고 백성을 무엇보다도 아끼고 있다는 것을 보여주었지. 아스가르드인이라면 누구나 그래야 하고."

헤임달은 터널 끝까지 긴 행군을 계속했다. 그는 뒤를 줄지어 따르는 사람들이 최대한 빨리 움직이고 있는지 확인하려고 뒤를 보았다. 동굴에는 겨우 몇 백 명만이 남아 있었다. 그들 역시 곧 터널로 들어올 것이었다. 헤임달은 헬라가 도착하기 전에 그들 모두 빠져나오기를 바랐다.

"내 아들과 얘기할 때 무엇이 보이더냐?" 오딘이 물었다. "그 아이가 어디에 있는지 알고 있느냐?"

"정확히 어디인지는 알 수 없었습니다. 그는 아스가르드에서 상당히 먼 거리에 있었습니다. 다른 누군가가… 그와 함께 있었습니다. 제가 본 적이 있는 사람이었습니다. 토르의 동행자 이름은… 배너였습니다."

"아, 그래. 토르가 배너에 대해 얘기한 적이 있어. 그는 어벤져스 중 한 사람일 거야, 아마. 그는 그… 괴물로 변신할 수 있다고 했어."

"헐크. 토르가 그렇게 부르더군요."

"그들이 서로 마주치는 것은 이유가 있어서라네, 헤임달." 오딘이 천천히 말했다. "이 모든 것에는 이유가 있어. 지금 라그나로크가 벌어지는 것도 이유가 있지. 왜 자네가 이 힘든 일을 하게 되었는지, 그리고 왜 토르와 배너가 이곳에 오는지도 모두 이유가 있어."

그 순간, 헤임달은 오딘의 이야기가 진실이라는 것을 알 수 있었다. 도시에서 토르와 잠깐 이야기를 나누었을 때, 그는 토르의 곁에 누군가 있는 것을 보았다. 너무 먼 곳이라 예리한 감각을 가진 헤임달조차도 그가 누구인지 알아보지는 못했다. 하지만 이제 알아야겠다고 생각했다. 토르가 어디에 있었든, 그는 배너와 함께였을까?

"폐하의 말씀이 맞으면 좋겠습니다." 헤임달이 말했다. "그들의 도움 없이는 누가 살아남을지 장담할 수가 없습니다."

10

라그나로크. 아스가르드의 궁극적인 멸망.

라그나로크는 아주 오래전부터 전해 내려오는 예언이이자 전설의 일부였다. 세대에서 세대로 이어져온 이 이야기는, 어느 날 수르트가 깨어나 아스가르드의 모든 것을 파괴해버린다는 내용이었다.

헤임달은 오딘의 말과 자신의 감각으로 알게 된 것들에도 불구하고 라그나로크가 임박했다는 사실을 너무나 믿기 힘들었다. 만일 라그나로크가 정말 눈앞에 와 있다면, 왜 그것을 더 일찍 알아채지 못했을까?

헤임달 역시 마음속 깊은 곳에서는 그 예언이 실현될 것이란 걸 알고 있었다. 그리고 예언이 진실이라면, 지금 겪고 있는 이 시련이야말로 아스가르드의 종말을 알리는 시발점이 되리란 것도 알고 있었다. 하지만 그는 라그나로크를 막기 위해 무엇이라도 하고 싶었다. 토르가 어떻게든 늦지 않게 도착해 함께 싸운다면, 동맹군이 최후의 저항에 합세한다면 그들의 운명을 바꿀 수 있을까?

그런데 어떻게 라그나로크가 벌어질 수 있단 말인가? 토르가 이미 불의 악마를 해치웠는데? 수르트는 더 이상 존재하지 않는다. 헤임달은 불과 얼마 전에 이 모든 사건을 보았다. 산봉우리에서 망을 보고 있을 때였다. 그는 토르가 수르트의 영역인 무스펠헤임으로 들어가는 것을 보았다. 성급하고 무모해 보였지만 이는 토르의 계산된 행동이었다. 토르는 수르트의 머리에 있는 검은 불의 왕관을 떼어내기 위한 가장 적절한 때를 기다리기 위해 수르트에게 일부러 사로잡힌 것이었다. 왕관이 떨어진 그 순간 수르트는 모든 힘을 잃고 사라졌고, 토르는 그 왕관을 갖고 돌아와 아스가르드 궁전 밑에 있는 유물을 보관하는 금고에 넣어놓았다.

수르트는 왕관이 없이는 이 세상은 물론 어디에서도 존재할 수 없었다. 불의 악마가 다시 형체를 찾고 세상으로 나오기 위해서는 어떻게든 왕관이 영원의 불에 닿게 해야 했다. 하지만 영원의 불 역시 아스가르드의 삼엄한 경비가 지키고 있는 금고에 비밀스럽게 숨겨져 있었고, 누구도 금고에 접근할 수 없었다.

삼엄하게 지키고 있었지. 헬라가 오기 전까지는. 헤임달이 돌이켜보며 생각했다.

그래도 제정신이라면 누구도 저 공포의 괴물을 풀어주지 않을 것이다. 헬라조차도. 만일 수르트가 되살아난다면 아스가르드에는 아무것도 남지 않을 것이다. 그리고 이는 그녀를 강하게 만들어주고 식량이 되어줄 아스가르드인이 없어진다는 뜻이었다.

헤임달은 헬라와 라그나로크 사이에 어떤 관계가 있는지 알고 싶었다. 무엇이 지금 그녀를 이곳으로 인도한 것인지 궁금했다. 그 예언에는 헬라가 등장하지도 않았고, 그녀가 아스가르드인들을 냉혹하게 억압한다는 내용도 없었다. 만일 예언대로 수르트가 아스가르드를 파괴한다면, 이 거대한 계획에서 헬라의 역할은 무엇일까?

이 질문에 대답이라도 하듯 오딘이 말했다. "다른 모두와 마찬가지로 그녀 역시 이 모든 사태에서 자신의 역할을 수행하고 있지." 오딘의 목소리는 그 어느 때보다도 부드러웠지만 여전히 생생하고 선명했다.

"어떤 역할이라는 겁니까?" 헤임달이 큰 소리로 물었다.

하지만 오딘은 답이 없었다. 헤임달이 정말로 듣고 싶었던 대답은 하지 않았다. 오딘은 산의 입구 반대편에 있는 긴 터널의 끝에 서서 상쾌한 바람을 맞고 있었다. 그를 따르던 아스가르드인들 역시 서서히 터널 밖으로 나와 햇빛 아래로 모습을 드러냈다. 그들은 피난처의 어둡고 흐릿한 불빛 아래서 너무 오랜 시간을 보낸 탓에 따가운 햇빛에 연신 눈을 깜빡였다. 헤임달은 이미 안전하다고 확인한 길 쪽을 가리키며 계속해서 터널에서 밖으로 빠져나오고 있는 아스가르드인들을 그 길로 안내했다. 위험할지도 모르지만, 행운이 따른다면 성공할 수도 있을 것이다.

헤임달은 사람들이 방금 지나온 터널의 입구와 동굴 벽 너머 산 아래를 보았다.

그들이 오고 있었다. 헬라, 그 옆에는 스커지가 있었다. 둘 말고는 없었다. 언데드들도 보이지 않았다. 그는 안도의 한숨을 내쉬었다. 헤임달은 헬라의 능력을 알고 있었다. 그는 헬라가 아인헤르자르 군단을 절멸시키는 것을 보았다. 아인헤르자르는 용감한 아스가르드의 전사들이었는데 헬라가 사람들을 해치는 것을 막다가 덧없이 희생되었던 것이다. 그는 이런 장면을 한 번도 본 적이 없었다. 서리 거인도, 다크 엘프도, 그 누구도 아스가르드 전사들을 그토록 빠르고 잔인하게 해치우지 못했다.

그리고 그곳에 호건이 있었다.

호건은 아스가르드가 헬라의 진격을 처음 막으려 했던 그날, 아인헤르자르를 이끌고 있었다. 호건은 바나헤임 출신이었다. 바나헤임은 바니르족이 사는 곳으로, 그들은 예의 바르고 고귀한 성품과 행동을 중시하는 과묵함으로 유명한 종족이었다.

용감한 아인헤르자르의 전사들은 헬라에게 복종하기를 거부하고 끝까지 저항했다. 하지만 헬라는 그들을 남김없이 죽여버렸고 결국 호건만이 마지막까지 버티고 있었다. 호건은 만신창이가 되어서도 다시 일어나 헬라에 맞섰고, 죽을 때까지 아스가르드를 지키려고 했다.

호건이 헬라에 맞선 대가는 죽음이었다.

"애통해하는구나." 오딘이 말했다. "당연하겠지."

"그들의 죽음은 당연하지 않았습니다." 헤임달이 탄식하며 산등성이를 바라보았다. "그들 모두. 하지만 저는 그들의 죽음에 슬퍼할 수 없었습니다. 더 많은 사람을 지켜야 했으니까요."

헤임달은 산길을 따라 천천히 이동하는 아스가르드인들에게 좀 더 속도를 내라고 손짓했다. 헬라와 스커지가 산의 피난처에 가까워지고 있었기 때문이다. 피난처 입구를 보호하는 마법이 있다고는 해도 헬라의 막대한 힘을 오래 견디기는 힘들었다.

헤임달은 숨을 깊이 들이쉬고 저 멀리 보이는 바이프로스트를 바라보았다. 전망대를 지키고 있는 사람은 없어 보였다. 하지만 헬라의 언데드 군대가 정말 없는지 확인하기 위해 좀 더 자세히 살펴봐야 했다.

그는 어떤 흔적이라도 있는지 찾고 있었다. 이 사태를 해결할 수 있는 아주 작은 희망이라도 찾고 싶었다. 나비를 찾고 있었다.

아무것도 없었다.

마지막 한 명까지 모두 터널을 빠져나오자, 헤임달은 잠시 그들의 뒤에 서 있었다. 사람들은 다리로 향하는 산의 급경사를 내려가기 시작했고, 헤임달은 곧 그 행렬의 앞에서 길을 안내해야 했다.

나는 왜 시간을 끌고 있는 것일까? 헤임달은 궁금했다. 하지만 그는 이미 답을 알고 있었다. 아무리 부정하려고 해도 어쩔 수 없었다. 그는 두려웠지만 지금 이 순간, 불안한 여정을 시작하기 전에 반드시 이 질문을 해야만 했다.

헤임달은 용기를 내서 물었다. "오딘 폐하, 그것이 사실입니까?"

오딘이 전보다 훨씬 부드러운 목소리로 대답했다. "무엇이 사실이란 말이냐?"

"폐하께서 돌아가셨다는 것이요."

11

"정말 최고신이 죽을 수 있다고?"

이 질문은 헤임달의 귀에 계속해서 맴돌았다. 하지만 이 질문을 한 것은 오딘이 아니라 헤임달 자신이었다는 것을 깨닫기까지는 다소 시간이 걸렸다.

그는 오딘의 대답을 기다렸지만 아무런 대답이 없었다. 그의 목소리는 점점 부드럽고 약해져 이제는 아예 들을 수 없었다. 마치 처음부터 들리지 않았던 것처럼.

오딘과 얘기했던 그 모든 시간이, 그들이 주고받은 모든 이야기들이 정말 헤임달의 머릿속에 있었던 것이었단 말인가? 하지만 그 대화는 너무나 생생했다. 늘 그래왔듯이, 마치 오딘이 헤임달의 바로 옆에서 그의 말을 들어주고 조언을 해준 것 같았다.

그는 오딘과 처음 대화를 시작했던 순간을 생각했다. 바람 부는 바다의 언덕에서였다. 오딘은 너무나 평화로워 보였고 차분하게 행동했다. 그랬다. 아스가르드의 왕은 이미 죽었던 것이다. 그것도 꽤나 오래전에.

헤임달은 오딘이 죽었다는 사실을 알고 있었지만 믿을 수 없었다. 믿고 싶지 않았던 것이다.

하지만 그는 분명 알고 있었다. 왕의 죽음을 보았으니까.

나는 모든 것을 볼 수 있다. 그리고 그 순간, 헤임달은 모든 것을 볼 수 있는 자신의 능력이 축복이 아니라 저주임이 틀림없다고 생각했다.

마치 지금 이 순간까지도, 그는 왕의 죽음을 봤다는 사실을 애써 잊으려 했던 것 같았다. 하지만 이제는 그 기억과 감정의 파도가 되살아나 헤임달을 덮쳐 무너뜨리고 있었다.

로키는 다크 엘프와 음모를 꾸민 후에, 자신의 양아버지에게 마법을 걸어 그의 기억을 완전히 지워버렸다. 그리고 오딘을 지구에 홀로 내버려둔 다음 아스가르드에서 그의 모습을 하고 궁전과 왕좌를 탈취했던 것이다.

하지만 헤임달을 포함한 모든 아스가르드의 사람들은 이 사실을 모르고 있었다. 장난의 신의 마법 주문 덕분에 아무도 로키의 변신을 알아보지 못했다. 헤임달을 아스가르드의 반역자로 낙인찍은 것도 바로 이 '오딘'이었다. 로키 때문에 헤임달은 도시에서 도망쳐 산으로 숨어들어가야 했다.

몇 달이 지나고 토르가 무스펠헤임에서 수르트의 왕관을 들고 돌아온 후에야 헤임달은 이 '오딘'이 전혀 다른 사람이라는 것을 알 수 있었다. 그는 은신처에 숨어서 토르가 전망대에 도착해 스커지의 인사를 받는 것을 보았다. 스커지는 오딘슨이 최고신을 알현하러 궁에 도착하기 전에 미리 이 사실을 알려야 한다고 했다. 하지만 토르는 그런 형식을 기다릴 생각이 없었다. 실제로 진짜 아버지를 보는 것도 아니었지만. 그는 스커지를 전망대에 남겨 두고 묠니르를 타고 도시로 날아갔다. 덕분에 스커지는 아스가르드 왕자의 뒤를 쫓아 걸어서 궁전까지 가야 했다.

헤임달은 무슨 일이 생기는지 유심히 지켜보았다. 궁전에 도착한 토르는 지금까지 보지 못했던 이상한 광경을 목격했다. 오딘이 포도를 먹으면서 군중들과 함께 왕가를 주제로 한 연극을 보고 있는 것이었다. 그 옆에는 하녀들이 시중을 들고 있었다. 연극은 다크 엘프와 맞서 싸우면서 로키가 죽었던 사건을 다루고 있었는데, 지나치게 신파적이고 저급했다. 토르 역할의 배우는 실제로 존재하지도 않았던 로키의 영웅적인 '희생'에 감동하여 눈물을 흘리고 있었다.

연극이 끝나자 오딘은 감정에 북받쳐 박수를 치며 로키를 주제로 한 연극을 계속 만들라고 격려했다.

헤임달은 토르가 당황한 모습을 보았다. 오딘의 아들은 뭔가 아주, 아주 잘못되었다고 느끼고 있었다. 잠시 후 토르는 자신의 직감에 따라 행동했고 결국 로키의 속임수는 모두 발각되었다. 토르는 로키를 붙잡고 오딘을 찾아 바이프로스트를 통해 지구로 향했다.

그들은 우여곡절 끝에 노르웨이의 낭떠러지에서 오딘을 발견했다. 오딘은 고요하고 평화로운 바다를 내려다보고 있었다. 토르과 로키가 도착했을 때 그들의 아버지는 기억을 모두 회복한 상태였다. 로키는 오딘이 자신에게 격노할 것이라고 생각했고 이를 지켜보던 헤임달 역시 그렇게 예상했다. 하지만 놀랍게도 오딘은 자신의 양아들의 배신에 전혀 화를 내지 않았다.

사실 로키에게 그를 실망시켰다며 사과한 것은 오딘이었다.

헤임달은 이때 오딘이 라그나로크에 대해 언급하는 것을 처음 들었다. 라그라로크는 동화나 전설 속의 이야기가 아닌, 확실히 일어날 것이 분명한 사건이었다. 오딘은 토르와 로키에게 그들의 누나 헬라에 대해 말해주며 그녀가 오고 있다고 했다.

오딘은 너무나 지쳐 있었다. 그의 육체는 어느 순간 풀이 무성한 노르웨이의 언덕에서 사라졌고, 그 자리에는 수많은 빛들이 생겨나 한데 모여 있다가 오후의 부드러운 햇살 사이로 흩어졌다.

그리고 헬라가 나타났다.

처음부터 일방적인 싸움이었다. 당연히 토르와 로키는 헬라를 막기 위해 최선을 다했지만 그것으로는 충분하지 못했다. 토르는 헬라에게 묠니르를 던졌다. 다른 적이었다면 분명 그 망치를 맞고 쓰러졌겠지만 헬라는 한 손으로 가볍게 묠니르를 멈추었다. 헤임달은 이 광경을 믿을 수 없었다. 그녀는 묠니르가 마치 포크보다도 가볍다는 듯이 손에 들고 있었다.

그리고 토르의 가장 믿음직스러운 무기를 산산조각 내버렸다.

헤임달은 로키가 바이프로스트를 작동시키기 위해 스커지를 부르는 것을 들었다. 하지만 그것은 실수였다. 토르는 이를 알고 스커지를 막으려고 했지만 이미 너무 늦어버렸다. 화려한 에너지 광선이 그들 앞의 바닥을 강타하며 토르와 로키가 바이프로스트의 파동에 끌려들어가기 시작한 것이다.

그리고 그들이 가장 원치 않았던 손님도 함께 탑승했다.

헬라였다.

헤임달과 토르가 걱정한 것처럼 바이프로스트는 토르와 로키는 물론 헬라까지 데려가고 말았다. 바이프로스트는 사람을 구별해서 태우지는 않기 때문이었다. 헤임달은 바이프로스트 안에 누가 있는지 보려 했지만 에너지의 파도가 너무 강해서 볼 수 없었다. 그리고 바로 그 순간, 바이프로스트가 닫히고 헬라가 전망대로 천천히 들어서고 있었다.

하지만 토르와 로키의 모습은 보이지 않았다.

12

"서두르세요! 계속 가야 합니다!"

헤임달은 사람들에게 소리를 지르며 빨리 가라고 재촉했다. 그의 어깨너머에는 이미 예상했던 상황이 벌어지고 있었다. 산속의 피난처를 찾아낸 헬라가 안에 아무도 없다는 것을 발견하고 실망한 것이다. 하지만 사람들이 있었다는 것은 알고 있었다. 유일한 출구는 그 터널뿐이었기 때문에 헬라가 그들을 잡는 것은 시간 문제였다. 그렇게 되면 모든 것이 끝날지도 모른다.

"우린 최대한 빨리 움직이고 있어요." 어린 소녀가 말했다. "하지만 더 빨리 움직일 수 있어요."

헤임달은 소녀를 보았다. 그리고 얼마 전 숲속에서 구해줬던 소녀임을 알아보았다. 그는 용기 있는 소녀에게 작은 미소를 보이며 말했다. "그래, 넌 그럴 수 있을 거야."

"전 칼을 갖고 있어요." 소녀가 말을 꺼냈다. 그리고 망토 밑에서 칼집에 들어 있는 작은 칼을 꺼냈다. 소녀는 헤임달에게 칼을 보여주었다. "여기 보세요. 어떻게 쓰는지도 알아요."

헤임달은 칼을 받아 들고 오른손으로 쥐었다. 찌르는 용도로 만들어진 작은 칼이었다. 주로 어린아이들의 훈련용으로 쓰거나 지위의 상징으로 차고 다니는 칼이었기 때문에 날이 무뎌서 전투에서는 별로 유용하지 않았다.

그는 이런 사실을 알고 있었지만 고개를 끄덕이고 소녀를 칭찬하며 말했다. "무기를 갖고 다니다니 똑똑하구나." 그는 칼을 공중에 몇 번 휘두르고 적을 찌르는 것처럼 앞으로 칼을 뻗은 후, 다시 소녀에게 칼을 건넸다. "이름이 뭐니?"

"솔베이그예요." 소녀가 대답했다. 소녀는 칼을 받아 다시 칼집에 넣었다.

헤임달은 아스가르드의 문지기로서 군중들을 산 아래로 인도하면서 솔베이그의 옆에서 걸어갔다. "고전적인 이름이구나." 헤임달이 신중하게 말했다. "'강인함의 가문 출신'이라는 뜻이지."

"네."

"넌 가족을 지키기 위해서 강한 거니?"

소녀가 고개를 끄덕였다. "네, 맞아요. 하지만 더 강해질 수도 있어요. 정말이에요. 전 싸우고 싶다고요!"

솔베이그의 목소리가 커지자 아이의 아버지가 달려와 소녀의 어깨를 부드럽게 잡았다. "죄송합니다." 아이 아버지가 말했다. "절 닮아 고집이 세서 걱정이에요."

"가족들 잘 돌보렴, 솔베이그." 헤임달이 무릎을 꿇고 앉아 소녀의 어깨에 오른손을 올렸다. "가족들에겐 네가 필요해. 무슨 일이 생기면 가족들을 지켜야 한다."

"하지만 전 아저씨를 도와줄 수 있어요!" 솔베이그가 항변했다.

헤임달은 소녀의 눈을 보았다. 그 눈 속에는 불이 타오르고 있었다. 소녀는 진정으로 용감했던 것이다. 헤임달은 소녀의 눈에서 희망이 빛나는 것을 느낄 수 있었다.

그리고 솔베이그에게서 익숙한 누군가의 모습이 보였다. 그가 평생 알고 지냈던 사람. 그는 토르를 보았다. 토르에게도 역시 남을 도우려는 열망, 자신보다 더 큰 무언가가 되려는 영혼이 있었다. 그래서 그는 선한 마음을 가질 수 있었던 것이다.

그때 무슨 소리가 들렸다.

작은 소리였다.

하지만 나쁜 일은 늘 이렇게 시작되는 법이다.

"정지!" 헤임달이 소리쳤다. 그는 모든 사람이 움직임을 멈출 때까지 계속해서 사람들에게 '정지'라고 반복했다. 산에서 내려가는 사람들은 모두 걸음을 멈추었다.

"더 이상 움직이지 마세요." 헤임달이 지시했다. 그는 오른손에 칼을 들고 숲속으로 달려갔다.

쉬운 일은 아니었지만, 헤임달은 나무 사이를 뛰어가면서 자신의 발소리를 듣지 않으려고 노력했다. 아까 들었던 소리를 구분해야 했기 때문이다.

발자국 소리였다.

그의 앞으로 다가오고 있었다.

헤임달은 일단 소리가 나는 방향을 파악하고 그쪽을 응시하기 시작했다. 하지만 뿌옇게 보여서 제대로 볼 수가 없었다. 왠지 모르지만 그가 더 멀리 들여다보려 하면 할수록 점점 더 흐릿해졌다. 뭔가가 그의 시야를 흐리게 만들고 있었다.

혹은 누군가.

헬라가 분명했다.

소리는 점점 커지고 있었지만, 먼 거리에서 무언가 오고 있다는 형체만이 겨우 보일 뿐이었다. 하지만 헤임달은 그것의 정체를 알고 있었다. 그리고 이제 헬라의 언데드 군대가 사방에서 모습을 그려내고 있었다.

헬라가 우리를 막으려고 이들을 소환했겠지. 바이프로스트가 있는 전망대로 가려면 반드시 이 길에서 저 괴물들을 몰아내야 해.

"네놈들이 여기 있다는 걸 알고 있다!" 헤임달이 괴물들에게 소리쳤다. "앞으로 나와라!"

나무 사이로 헤임달의 메아리가 들려왔다. 아무런 대답이 없었다. 헤임달은 기다렸다. 비록 흐릿하게 보이긴 했지만 이제 그들이 가까이에 왔다는 것을 알 수 있었다.

나뭇가지가 획하고 날리는 소리가 들렸다. 그리고 또다시 들렸다. 하지만 그는 움직이지 않았다.

모습들이 가까워지고 있었다.

공기는 너무나 적막했다.

헤임달은 기다렸다.

그러고는 마치 되돌아가는 것처럼 뒤로 돌았다.

그러자 첫 번째 괴물이 헤임달에게 달려들었다.

헤임달은 호펀드를 두 손으로 잡고 휘둘렀다. 칼날은 언데드의 배를 깨끗하게 통과했다. 그리고 다시 왼쪽으로 칼날을 깊숙이 찔러 넣어 괴물의 몸을 깔끔하게 두 동강을 냈다.

다른 언데드가 도끼를 들고 헤임달의 오른쪽에서 나타났다. 괴물은 체인을 휘두르며 가시가 달린 철퇴로 헤임달의 얼굴을 내리치려고 했다.

타고난 전사인 헤임달은 빠른 속도로 호펀드를 들어 철퇴를 막았다. 금속과 금속이 부딪히는 소리가 울려 퍼졌다. 체인이 헤임달의 칼을 빠르게 감았고 괴물은 호펀드를 뺏으려고 체인을 있는 힘껏 잡아당겼다.

헤임달은 칼을 뺏기지 않으려 애쓰지 않고 오히려 예상치 못한 행동을 했다. 호펀드를 내준 것이다.

철퇴와 칼이 강하고 빠른 속도로 부딪히는 바람에 괴물은 중심을 잃고 바닥에 쓰러졌고, 헤임달은 유리한 상황을 놓치지 않고 다시 칼을 집어 들었다. 사슬이 여전히 칼에 감겨 있었지만 그는 강력한 일격으로 괴물을 더 이상 움직이지 못하게 만들었다.

헤임달은 가만히 서서 주위를 바라보며 소리를 듣고 있었다.

'두 명이 전부인가.' 놈들은 우리를 찾기 위해 정찰 중이었던 것이다.

그는 몸을 돌려 산 위를 바라보았지만 헬라와 스커지를 찾을 수는 없었다.

어디로 갔단 말인가?

13

"그는 네가 그를 가장 필요로 할 때 올 것이다."

오딘의 말이 헤임달의 귓가에 계속 맴돌았다. 그런데 이게 정말 오딘의 말이었을까? 마음속으로 자신을 바람을 들었던 것은 아닐까?

사실 그는 무엇이 진실인지 알 수 없었다. 그리고 지금은 신경

쓸 겨를도 없었다.

헤임달은 산으로 시선을 돌렸다. 험준한 산맥과 언덕 그리고 아스가르드의 문을 통과해 궁전 안을 보자 헬라와 스커지가 그곳에 돌아와 있는 것이 보였다. 분명 그들은 터널을 통과해 아스가르드인들을 쫓아올 수 있었다. 그들의 행렬을 막고 모두의 영혼을 빨아들일 수 있었다.

그런데 헬라는 왜 그러지 않았을까?

그 답은 궁전에 있었다.

오딘의 아들이 그곳에 서 있었던 것이다.

오딘이 말한 대로였다. 토르는 그를 가장 필요로 한 순간 돌아왔다.

헤임달은 자신의 심장이 빠르게 뛰는 것을 느끼면서 숨을 깊게 들이마셨다.

"이제 곧 혈투가 벌어지겠군." 헤임달은 낮은 목소리로 이렇게 말하고는 다시 행렬로 합류했다.

"움직이세요, 목숨이 달렸습니다!" 헤임달이 지시했다. "헬라가 다른 곳에 정신이 팔린 지금이야말로 다리를 지나 전망대로 갈 수 있을 때입니다! 서둘러야 합니다!"

"들었어요? 움직이라고 하잖아요! 빨리, 따라오세요!"

헤임달은 고개를 돌려 솔베이그가 엄마의 손을 잡아끌며 재촉하는 모습을 보았다. 저 아이는 지도자, 진정한 전사가 될 거야.

살아남아서 자신의 잠재력을 깨달을 수 있어야 할 텐데. 헤임달
은 소녀를 보며 이렇게 생각했다.

"솔베이그, 사람들이 계속 이동하도록 도와주겠니."

소녀는 열의에 찬 눈빛으로 헤임달의 제안을 받아들였다. 그리
고 자신의 가족과 함께 다른 아스가르드인들이 산에서 내려오도
록 안내하기 시작했다.

그들은 거의 산기슭에 다다랐다. 피난민들의 눈앞에 전망대와
다리가 보였다. 바이프로스트는 더 이상 헤임달의 투시력이 필요
없을 정도로 가까이 있었다.

그렇게 오래 걸리지는 않을 거야. 헤임달은 이렇게 생각했다. 그
들은 전망대로 갈 수 있을 것 같았다. 하지만 진짜 위험이 다가오
고 있어….

"주목하세요." 헤임달이 사람들에게 말하기 시작했다. "전망대
가 바로 우리 눈앞에 있습니다. 하지만 전망대로 가려면 먼저 다
리를 건너야 하고 다리를 건너는 동안 우리는 위험에 완전히 노
출될 겁니다. 그러니 뒤돌아보지 말고 빨리 가야 합니다. 한 사람
도 남기지 마세요."

"한 사람도 남기지 말라!" 솔베이그가 자신의 칼을 머리 위로
들어 올리며 외쳤다.

"한 사람도 남기지 말라!" 아스가르드인들이 모두 함께 외쳤다.

헤임달은 다리를 건너 전망대의 바이프로스트에 도착할 때까
지 아스가르드인 모두가 살아남는 것은 불가능하다는 것을 알고

있었다. 그는 이런 생각을 하기 싫었지만 분명 피할 수는 없는 일이었다. 누군가는 죽을 것이다. 그는 물론 어느 누구라도 이것을 막을 수는 없었다.

하지만 다른 방법이 없었다.

"자 이제 갑시다. 아스가르드를 위하여!" 헤임달이 포효했다.

"아스가르드를 위하여!" 군중들의 목소리가 울려 퍼졌다.

행렬이 다리에 다다랐을 때, 다리 위에는 아무도 없었고 주변은 으스스할 정도로 조용했다. 언데드 군대는 한동안 왕궁에서 토르와 헬라가 벌이는 싸움에 정신이 팔려 있을 것 같았다. 헤임달은 마침내 이 모든 사람들을 이끌고 아스가르드의 전설의 문에 가장 가까이 있는 다리에 도착했다. 드디어 끝이 보이고 있었다. 이제 그들에게 남은 것은 수백 미터에 이르는 다리를 건너 바이프로스트를 열고 탈출하는 것뿐이었다.

헤임달은 전망대까지 이어진 다리를 바라보았다. 길은 너무나 깨끗했고, 언데드 군대의 흔적조차 없었다. 헤임달은 혹시 모를 함정이라도 있는지 살피려 했지만 흐릿하게 보여서 제대로 찾을 수 없었다. 지난번 산에서 경험했던 것처럼 또다시 무언가가 그의 시야를 방해하고 있는 것이다. 그는 헬라가 원인임을 알고 있었다. 헤임달은 전망대에 무엇이 기다릴지 모르는 상황에서 어쩌면 자신이 사람들을 정말 죽음으로 몰고 갈지도 모른다고 생각했다. 하지만 다른 방법이 없었다.

"나를 따르시오!" 헤임달은 이렇게 말하고 다리로 성큼성큼 걸어 들어갔다. 힘차게 걷는 헤임달 뒤로 아스가르드인들이 줄지어 걸어갔고 곧 많은 사람들이 다리로 떼를 지어 쏟아졌다. 다리를 가득 메운 군중들은 헤임달을 보며 앞으로 걸어갔다.

"우리가 정말 해낼 수 있을까요?"

헤임달은 이렇게 말하는 솔베이그를 바라보았다. 소녀는 노련하고 경험 많은 전사인 헤임달이 예상했던 표정을 짓고 있었다. 그것은 사람들 중 누군가는 살아남을 수 없을 것이란 현실을 이해한다는 표정이었다.

"우리는 노력해야 한단다, 용감한 솔베이그. 우리가 할 수 있는 건 서로 돕는 것밖에 없어."

솔베이그가 미소를 지었다.

그들은 다리의 중앙에 도착했다. 그때까지 그들을 막는 것은 없었다. 헤임달은 여전히 전망대 너머를 볼 수 없었고, 헬라에 대한 증오심을 억누를 수 없었다.

그때 어디선가 신음소리 같은 것이 들려왔다. 으르렁대는 소리였다. 멀리서 나는 소리였는데, 헤임달은 무슨 소리인지 파악하려고 전망대 쪽을 바라보았다.

그리고 그때 소리의 정체가 모습을 드러냈다. 온몸이 털로 덮이고 눈이 지옥불로 불타고 있는 거대한 물체였다. 전망대를 가릴 정도로 큰 괴물이 송곳니를 보이며 으르렁거리고 있었던 것이다. 괴물은 전망대에서 다리로 올라와 튼튼한 네 다리로 아스가르드인들이 모여 있는 다리 중앙을 향해 서서히 걸어오기 시작했다.

헤임달은 괴물을 알아보았지만, 대부분의 아스가르드인들은 아주 오랜 세월 동안 이 괴물을 본 적이 없었다. 아주 오래전에 죽어서 오딘의 금고에 묻혀 있었기 때문이다.

괴물의 이름은 펜리스였다.

헬라가 자신의 능력으로 언데드들을 깨운 것과 마찬가지로 펜리스도 되살린 것이 틀림없었다.

그리고 이제, 오래전에 죽은 그 괴물이 아스가르드와 바이프로스트 사이에 서 있었다.

14

"내 뒤에 있어요! 뒤로 가요!" 헤임달이 소리쳤다. 군중들은 그의 지휘대로 다시 뒤돌아 전망대 반대편으로 향했다.

펜리스는 한걸음, 한걸음 앞으로 다가왔다. 펜리스는 사냥할 준비를 하고 있었다. 그 괴물은 참을 줄 알았다. 서두르지 않고 사냥감들이 더 이상 갈 곳이 없어질 때까지 기다리는 것이었다.

"헤임달!" 군중 속에서 누군가 소리쳤다. 헤임달은 뒤를 돌아 다리 반대편 끝의 아스가르드 입구 쪽을 보았다. 아스가르드 관문 쪽에서 스커지가 도끼를 휘두르면서 헬라의 언데드 군대를 이끌고 나타났다. 그들은 아스가르드인 행렬 뒤쪽으로 다가오고 있었다.

이렇게 되리란 걸 예상했어야 했어. 헤임달은 스스로를 책망했다. 모두 함정이었다. 헬라는 우리를 기다렸던 거야. 이제 양쪽에서 우리를 옥죄고 있으니 더 이상 갈 곳도 없어. 결국 호펀드를 가져가서 바이프로스트를 열 테고, 아홉 세계는 헬라의 무자비한 횡포로 뒤덮이고 말 거야.

이제는 싸우는 길밖에 없었다. 이 재난에서 벗어날 작은 희망이라도 있다면 행렬의 모든 남자, 여자는 물론 아이까지, 아스가르드인의 마지막 한 명까지 목숨을 걸고 싸워야 했다.

하지만 먼저 정말 마지막 기회가 남아 있는지부터 확인해야만 했다. "다들 바짝 붙어서 모이세요!" 헤임달이 소리쳤다. 사람들은 다리 중앙으로 모여들었고 적들로부터 최대한 방어하기 위해 준비했다.

펜리스는 크게 짖으며 입을 벌렸다. 괴물의 불투명하고 거대한 침방울이 다리에 떨어졌다. 굶주린 괴물은 먹이를 원하고 있었다.

펜리스가 뛰기 시작했다.

다리의 반대쪽에서는 스커지가 이끄는 언데드 군대가 무기를 들고 아스가르드인 무리 뒤쪽으로 돌진해왔다.

"아스가르드인이여, 싸우자!" 헤임달이 소리치자 군중들이 피할 수 없는 싸움을 기다렸다는 듯이 함께 포효했다.

펜리스가 다가오고 있을 때 헤임달은 무리 뒤쪽에서 금속끼리 부딪히는 소리를 들었다. 언데드 군대는 이미 아스가르드인을 공격하고 있었다. 하지만 그들도 맞서 싸웠다. 비명소리가 들렸다.

하지만 헬라의 괴물들이 아닌 아스가르드인의 비명이었다. 헤임
달은 펜리스와의 대결로 긴장하고 있었다. 대결을 피할 길은 없
었다. 사람들이 다리에서 떨어져 얼음물에 빠지는 소리가 들려왔
다. 그것은 펜리스나 언데드에게 공격받는 것과 마찬가지로 죽음
을 의미했다.

그때, 총소리가 들렸다.

헤임달은 하늘 위에 생소한 모습의 우주선이 떠 있는 것을 보
고 놀랐다. 우주선은 다리 위에 있는 펜리스와 언데드 군대를 향
해 무기를 발사하고 있었다.

헤임달은 결정적인 순간에 아스가르드인을 도와주기 위해 온
사람이 누구인지 확인하기 위해 배의 조종실을 보았다. 낯이 익
은 조종사는 긴장해 있었고 조종이 익숙하지 않은 듯했다. 헤임
달은 지구에서 그를 본 적이 있었다. 그랬다. 그는 토르의 친구 배
너였다. 헤임달이 토르와 대화할 때 옆에 있다고 느꼈던 사람이
배너가 맞았던 것이다. 그의 감각에 문제가 있는 것이 아니었다.

헤임달의 심장이 두근거렸다. 그는 배너가 어떤 사람인지 알고
있었다. 배너의 내면에는 분노에 찬 야수 같은 헐크가 갇혀 있었
다. 만일 배너가 거대한 녹색의 괴물로 변신한다면 이길 수 있을
지도 모른다!

우주선은 계속해서 총을 쏘았고, 결국 언데드 군대는 공격을
견디지 못하고 뒤로 물러났다. 헤임달은 총을 쏘는 사람이 누군
지 보려고 다시 고개를 들었다.

그리고 그는 깜짝 놀랄 수밖에 없었다.

발키리가 총을 쏘고 있었던 것이다.

잘못 봤을 리가 없었다. 그는 발키리 특유의 여전사 문신을 하고 전통적인 갑옷까지 입고 있었다. 발키리는 여전사로 구성된 아스가르드 최고의 엘리트들로 아스가르드군의 핵심이었다. 이들은 오래전 헬라에 맞서 싸우다가 전멸한 것으로 알려져 있었는데, 그 발키리가 배 안에서 총을 쏘고 있는 것이었다.

어떻게 그 전투에서 살아남아서 자신들을 쓰러뜨린 오랜 적과 다시 싸우고 있는 것일까? 그것도 아스가르드가 가장 필요로 하는 시기에.

배의 총이 다시 언데드 군대를 향해 불을 뿜었고, 다리 위의 아스가르드인들은 그들이 흐트러진 틈을 타 공격을 시작했다. 아스가르드인은 지쳤지만 여전히 언데드에 맞서 필사적으로 싸우고 있었다.

그때 배너가 조종실을 기어 올라가 다리 위로 뛰어내렸다. 저기서 뛰어내리면 죽을 텐데! 헤임달은 생각했다. 만일… 만일 헐크로 변하지 않으면 죽을지도 몰라! 그래! 분명 헐크로 변하려는 거야!

하지만 헤임달의 기대와는 달리 다리로 떨어진 것은 배너였다. 그는 바닥에 얼굴을 부딪치며 떨어졌고 그의 다른 인격이 나타날 조짐은 보이지 않았다.

헤임달은 호펀드를 들고 앞으로 달려갔다. 펜리스가 다리에 떨어진 배너에게 사납게 뛰어가고 있었기 때문이다. 하지만 곧바로 다시 으르렁거리는 소리가 들렸다. 하지만 이번에는 펜리스가 아니었다.

배너였다.

헤임달의 눈앞에서 배너가 헐크로 변신하고 있었다. 얌전한 과학자는 온몸이 근육으로 뒤덮인 거대한 모습으로 순식간에 변신했다. 그의 피부가 녹색으로 바뀌기 시작하면서 온몸이 짙은 에메랄드빛을 띠기 시작했다. 배너가 누워 있던 자리에는 이제 헐크가 서 있었다.

그리고 헐크는 화가 나 있었다.

헐크는 공중에 아치를 그리며 곧바로 펜리스의 머리 위로 뛰어올랐다. 그리고 크게 주먹을 힘껏 휘둘러 짐승을 때렸다. 펜리스는 고통으로 울부짖었다.

하늘에는 여전히 발키리가 우주선에서 다리를 향해 총을 쏘고 있었다. 아스가르드인 역시 언데드 군대에 맞서 용감하게 싸우고 있었지만 부상자가 속출했다. 다리에서 떨어지는 사람도 있었고 공격을 받고 바닥에 쓰러진 사람도 있었다.

그때 헤임달은 두 가지 사실을 알아차렸다.

첫 번째는 스커지가 보이지 않는다는 것이었다. 헬라가 손수 임명한 집행자는 더 이상 언데드 군대를 이끌고 있지 않았다. 스커지는 어느새 언데드군에 맞서 싸우는 아스가르드인 사이로 모습을 감추었다.

두 번째는 또 다른 우주선이 다리 옆에 나타났다는 사실이었다. 발키리가 아스가르드인을 돕기 위해 몰고 온 작은 우주선보다 훨씬 큰 배였다. 전망대와 다리가 작아 보일 정도로 컸다. 그것은 충분히 컸다….

…모두를 실어 나를 수 있을 정도로. 헤임달은 놀라면서 충분히 그럴 수 있을 거라 생각했다.

우주선 옆의 출구가 열리자 헤임달이 처음 보는 생명체들이 배에서 다리로 내려왔다. 가장 먼저 내려온 것은 돌덩이 같은 생명체로, 거대한 몸집을 하고 쿵쿵 걸어 다녔다. 뒤로는 다른 생명체들이 보였다. 모두 헤임달이 처음 보는 우주인들이었다.

"헤이, 맨." 살아 있는 돌덩이가 헤임달에게 말을 걸었다. "난 코르그야. 우리는 여길 탈출하려고 하는데, 같이 갈래?"

헤임달은 아스가르드인의 행운을 믿을 수 없다는 표정으로 코르그를 바라보았다. 흐름이 바뀌고 있었다.

그리고 그때, 코르그의 뒤에서 누군가 나타나 소리를 질렀다. 헤임달이 익히 아는 인물이었다.

"너희들의 구세주가 도착했노라!"

로키였다.

15

헤임달은 분명 아홉 세계에서 가장 예리한 감각을 가진 사람이었다. 어쩌면 아홉 세계 너머에서도 그럴지 몰랐다. 그럼에도 불구하고 그는 이 상황에 완전히 압도되었다.

그는 지금 벌어지고 있는 상황을 한 번에 보고 들을 수 있었다.

격분한 헐크는 펜리스를 야만적으로 두드려 패고 있었다. 그의 커다란 녹색 주먹은 펜리스의 가죽이라도 벗길 것 같았다.

살아 움직이는 돌덩이 코르그와 그의 친구들은 아스가르드 바다를 건너면서 헬라의 언데드 군대와 싸우고 있었다. 아스가르드인들 역시 그들과 함께 싸웠고, 그동안 다른 사람들은 다리 옆에 서 있는 거대한 우주선에 타고 있었다.

이름 모를 발키리 전사는 아스가르드 사람들의 살아남으려는 노력이 헛되지 않게 자신의 모든 힘과 용기를 다해 싸웠다.

하지만 이 모든 상황에서도 헤임달은 토르에게 시선을 고정하고 있었다. 왕궁에서 토르와 헬라가 싸우는 소리는 마치 세상이 멸망하는 소리 같았다. 천둥이 치고 하늘에서 번개가 궁전으로 떨어졌다. 오딘의 아들은 최선을 다하고 있었다. 하지만 헤임달은 아무리 토르라고 해도 헬라를 막기엔 충분하지 않을 거란 사실이 두려웠다.

그리고 그의 두려움을 증명이라도 하듯이 멀리서 비명이 들려왔다. 헤임달은 단번에 그 비명소리를 알아챘다. 토르였다. 그는 좀 더 가까이 들여다보고 그 이유를 알 수 있었다. 토르가 오른쪽 눈을 잃은 것이었다.

"빨리 움직이세요!" 헤임달은 전장으로 돌아가며 사람들에게 소리쳤다. 그는 호펀드로 언데드들을 베고 한 번에 둘을 찌르면서 앞으로 뛰어갔다. "우주선에 타세요! 빨리!"

"헐크 차례다!" 녹색 거인이 소리를 지르며 펜리스의 미간을 주먹으로 내리쳤다. 펜리스는 크게 울부짖으며 고개를 흔들다가 헐크를 쳐서 떨어뜨렸다. 헐크는 다리로 떨어져 바닥에 부딪혔지만 곧바로 몸을 일으켰다. 헐크는 분노의 신음소리를 내면서 커다란 손으로 입을 닦고는 다시 펜리스에게 달려들었다.

헤임달은 이런 헐크의 모습에 깊은 인상을 받았다.

우주선 앞은 탑승하려는 사람들로 인산인해를 이루고 있었다. 사람들은 우주선에 타려고 하다가 다리에서 떨어지기까지 했다. 너무 많은 사람들이 한꺼번에 빨리 몰리기도 했고, 뒤에는 언데드가 쫓아오고 앞에는 펜리스가 길을 막고 있었기 때문에 우주선 앞은 붐빌 수밖에 없었다.

마침내 탑승이 거의 끝나가고 있었다. 이제 다리 위에 남은 사람은 얼마 되지 않았다.

언데드들은 이제 우주선으로 달려들어 배가 떠나는 것을 막으려 했다. 헤임달은 코르그를 비롯한 외계인들과 함께 적들의 시도를 무력화하기 위해 최선을 다하고 있었다. 지금까지는 효과가 있었지만 언제까지 막을 수 있을지는 알 수 없었다.

싸움이 너무 격렬했기 때문에, 헤임달은 헐크가 바다 속에서 펜리스를 처치하는 것을 미처 보지 못할 뻔했다.

저 괴물을 혼자 해치웠다고? 헤임달은 믿기가 힘들었다. 하지만 헐크를 바라보자 헤임달의 의심이 한 번에 풀렸다. 헐크는 숨을 헐떡이며 의기양양하게 서 있었다. 축 늘어진 펜리스 앞에 몸을 숙여서 화를 내며 무언가를 얘기하고 있는 것 같았다.

한편 언데드들은 그들의 뒤를 쫓아 우주선을 기어올라 안으로 들어가려 하고 있었다. 하나라도 배 안에 들어가면 안은 혼돈과 죽음으로 난장판이 될 것이 뻔했다.

그때 갑자기 배 안에서 총성이 들렸다.

헤임달은 배 안에서 양손에 총을 든 스커지가 좀 전까지 자신이 이끌었던 언데드들에게 난사하는 것을 보았다. 스커지는 배에서 뛰어내려 헬라의 언데드 군대에 맞서 싸우기 시작했다. 오딘, 혹은 헤임달 머릿속의 목소리가 했던 말이 떠올랐다. 스커지도 마음 한편으로는 무엇이 옳은 일인지 알고 있을 거라고.

헤임달은 계속해서 싸워야 했기 때문에 스커지가 수많은 언데드들에게 둘러싸여 쓰러지는 모습을 보기만 할 수밖에 없었다. 하지만 그의 희생은 헛되지 않았다. 괴물들이 배에 타는 것을 막아주었던 것이다.

그리고 마침내 코르그와 다른 외계인들과 함께 헤임달도 우주선에 탑승했다. 배는 다리에서 떨어져 언데드 군대를 뒤로하고 떠나기 시작했다. 그때 헤임달은 토르와 헬라가 여전히 생사를 건 결투를 하면서 궁전을 떠나 다리로 오고 있는 것을 보았다.

헬라는 분노로 끓고 있었다. 그녀의 힘은 분노에서 기인한 것이었다. 그녀의 굶주림은 어마어마했고 아스가르드의 모든 살아 있는 생물을 흡수하고자 했다. 토르는 헬라에 맞서 물러서지 않고 있었지만, 사실 간신히 버티고 있었다. 헬라를 막기 위해서는 천둥의 신보다 더 큰 힘이 필요했다. 그리고 지금 이 자리에서 그녀를 막지 못하면 아스가르드인들은 물론 아홉 세계 전체가 위험에 빠질 것이 분명했다.

잠시 전투가 멈췄고, 헤임달은 토르가 로키와 헐크, 발키리와 이야기하는 것을 들었다. 토르는 라그나로크에 대해 얘기하면서 라그나로크를 막으려 해서는 안 된다는 것을 깨달았다고 했다. 아스가르드에 라그나로크를 일으켜야 한다는 것이었다.

헤임달은 자신의 귀를 믿을 수 없었다. 라그나로크는 아스가르드를 완전히 파괴해버릴 것이 분명했다. 그런데 그때, 불현듯 헤임달은 토르의 말이 옳다는 것을 깨달았다. 끔찍한 선택이긴 했지만, 그것은 왕만이 내릴 수 있는 결정이었다. 헤임달은 만일 오딘이 살아 있었다면, 그 역시 같은 선택을 했을 거라 생각했다.

예언에 따르면, 라그나로크가 강림하면 부활한 수르트가 아스가르드를 모두 파괴해버리고 아스가르드인 역시 함께 사라질 것이라 했다. 하지만 아스가르드인이 도망친다면… 오로지 헬라만이 아스가르드에 남겨진다면… 그렇게 되면 아스가르드와 함께 사라지는 것은 헬라뿐일 것이다.

국민을 살리기 위해 나라를 희생한다. 놀라운 발상이었다.

그리고 물론 정신 나간 생각이었다.

다리는 산산이 부서져 무너지기 일보직전이었다. 헬라가 다가오고 있었고, 토르와 발키리, 헐크는 그녀의 주의를 흩트리며 배에 가지 못하도록 막기 위해 최선을 다하고 있었다.

그래야만 했다. 바로 그때 헤임달은 로키가 궁전 깊이 있는 오딘의 금고에서 무언가를 훔치는 것을 보았다. 검은 불의 왕관이었다. 오딘의 양자는 그 왕관을 조심스럽게 영원의 불꽃에 내려놓았다.

주사위는 던져졌다. 이제 다시 되돌릴 수는 없었다.

땅이 흔들리고 다리가 무너지기 시작했다. 그리고 헤임달은 수르트의 모습을 보고 눈이 휘둥그레졌다. 수르트의 영혼이 머리에 검은 불의 왕관을 쓰고 불의 악마로 되살아난 것이다.

수르트는 궁전 앞으로 거대한 모습을 드러냈다.

마침내 아스가르드에 라그나로크가 시작된 것이다.

헤임달의 뺨에 한줄기 눈물이 흘렀다.

수르트가 우뚝 선 다리로 걸어오는 모습을 보면서 그는 나비를 본 것이 분명하다고 생각했다.

16

잠시 후, 헤임달은 토르와 어깨를 나란히 하고 서 있었다. 그들은 우주선이 어둠의 우주로 향하는 포탈을 통과하는 것을 보고 있었다.

그 사건이 벌어진 지 겨우 한 시간밖에 지나지 않았다. 토르와 헤임달 그리고 다른 사람들은 안전한 배 안에서 수르트와 헬라 의 팽팽한 대결을 목격했다. 둘이 싸우는 동안 아스가르드는 불 타오르고 있었다.

불의 악마와 죽음의 여신의 대결은 모든 것을 집어삼켰다. 그 무 엇도 라그나로크로부터 회복할 수는 없을 것이다. 이렇게 아스가 르드의 황금빛 도시는 잿더미가 되어 역사 속으로 사라져버렸다.

그리고 아스가르드와 함께 죽음의 여신도 사라졌다.

아스가르드인들은 헬라가 수르트와의 전투에서 힘겨워하는 모 습을 보았다. 더 이상 위협할 아스가르드인이 없어서 에너지를 얻지 못했기 때문이었다.

아스가르드인은 헬라의 폭정에서 살아남았다. 하지만 이보다 더 기적적인 것은 라그나로크에서 살아남았다는 것이다.

헤임달은 자신들의 행운을 믿을 수 없었다.

그는 다소 자신 없는 목소리로 천천히 말했다. "아스가르드는 장소가 아니라 사람입니다."

토르는 헤임달을 한쪽 눈으로 바라보았다. 다른 한쪽 눈은 안 대로 덮여 있었다. 덕분에 그는 더더욱 자신의 아버지와 닮아 보 였다. "다시 말해줘, 헤임달." 토르는 진심으로 물었다.

"'아스가르드는 장소가 아니라 사람이다.' 오딘이 제게 하셨던 말입니다." 헤임달이 말을 이었다. "저도 처음에는 무슨 뜻인지 이 해할 수 없었지만, 이 모든 것이 벌어지고 난 지금은 이해할 수 있을 것 같습니다."

비록 아스가르드의 물리적 영토는 파괴되었지만, 아스가르드의 사람들은 남아 있었다. 그리고 사람들이 남아 있는 한, 그들이 가는 어느 곳이든 아스가르드가 될 수 있었다. 아스가르드인들이 곧 도시이고 다리였으며, 영토이자 궁전이었다. 그들의 문화는 여전히 살아 있었다.

토르는 고개를 끄덕이며 다시 우주를 바라보았다.

헤임달은 토르가 그의 아버지와 너무나 닮았다고 생각했다. 안대 때문만이 아니었다. 확실히 비슷한 부분이 많았다. 토르가 내뿜는 분위기, 기품 있는 모습, 고민할 때의 표정… 모든 것이 오딘을 떠올리게 만들었다.

"우리는 많은 사람들을 잃었습니다." 헤임달의 목소리에는 큰 슬픔이 담겨 있었다.

"더 이상 할 수 있는 건 없었어." 토르가 헤임달의 어깨에 손을 올리며 말했다. "아버지도 분명 자넬 자랑스러워 하셨을 거야."

잠시 침묵이 흘렀다. 두 사람은 깊고 어두운 심연의 우주를 바라보았다. "오딘은 당신을 매우 자랑스러워했습니다." 헤임달이 대답했다. "저도 그렇다는 걸…."

토르는 호기심어린 표정으로 헤임달을 보았다. "자네가 뭐?"

헤임달은 마치 아무 말도 한 적이 없다는 듯이 고개를 저었다. "저는… 오딘이 돌아가신 이후에도 그분과 계속 대화를 나눴습니다. 정말로 그랬습니다. 오딘은 제가 산속에서 사람들을 구해낼 때도 저를 도와주셨지요. 마치 바로 제 옆에 있는 것처럼, 매 순간 도움을 주셨습니다. 그때까지…."

"언제까지…?"

"사라질 때까지요…. 저는 갑자기 다시 오딘의 목소리를 듣지 못했습니다. 그리고 당신이 아스가르드에 도착했지요. 저는 이것이 완전한 상상이었는지 혹은 정말 저 너머에 있는 오딘과 소통을 했는지 확신할 수 없습니다."

"이 세상에는 말일세, 호레이쇼, 자네 철학으로 상상할 수 있는 것들보다 더 많은 것이 있다네."

헤임달은 토르의 말을 듣고 잠시 생각에 잠겼다. 그리고 이렇게 말했다. "저도 그렇게 생각합니다. 아주 현명한 말이네요. 오딘이 해준 말인가요?"

"아니, 지구의 어떤 남자가 한 말이야. 윌리엄 셰익스피어라고."

"언젠가 한번 만나봐야겠군요." 헤임달은 이렇게 말하고 다시 생각에 잠겼다.

헤임달은 우주선 전체를 가로지르는 복도를 걸어가면서, 그와 오딘이 나눈 대화에 대해 말해야 할지 고민했다. 토르가 자신을 미쳤다고 생각하지는 않을까? 오딘슨은 절대 그렇지 않다고 확실하게 말했지만, 헤임달은 여전히 갈팡질팡하고 있었다.

"헤임달!"

목소리의 주인공을 알아챈 헤임달은 자신을 향해 뛰어오는 솔베이그를 웃으며 반겼다. 그는 진심으로 미소를 짓고 있었다.

"안녕, 아가씨." 헤임달은 공손하게 인사를 했다. "가족들도 다 무사한 거니?"

솔베이그가 고개를 끄덕였다. "우린 다 괜찮아요. 이 배에는 방이 너무 많아요. 엄청 커요. 코르그 말로는 이 배는 그랜드마스터라는 사람 거였다는데, 그 사람이 누군지 알아요?"

헤임달이 대답했다. "나도 모르겠구나, 솔베이그. 언제 우리 함께 코르그와 친구들에게 그랜드마스터가 누군지 얘기해달라고 해보는 것도 좋을 거 같은데."

솔베이그가 눈을 동그랗게 떴다. "정말이죠?"

"물론이지. 넌 내가 만난 아스가르드인 중에서 가장 용감한 사람이란다. 네가 아스가르드를 위해 한 것에 비하면 이건 아무것도 아니야."

"가족들한테 알려줘야겠어요. 나중에 찾아갈게요!" 솔베이그가 들뜬 목소리로 말했다.

"내가 어디에 있는지 알지?" 헤임달이 대답했다. 그의 목소리에는 즐거운 기색마저 느껴졌다.

"내가 전부 설명할게, 헤임달." 로키가 복도에서 그를 보며 말했다.

헤임달은 무슨 영문인지 알 수 없었다. 그는 방금 복도를 돌자마자 로키를 마주쳤다. 그런데 로키가 헤임달을 보자마자 벽으로 뒷걸음치면서 이야기를 꺼내기 시작한 것이다.

"자넨 너무 화난 것 같아." 로키는 이렇게 말하고 잠시 말을 멈추었다. "아니, 그게 아니지. 자넨 언제나 지나치게 화가 나 있는 것 같아. 그냥 얼굴이 그렇게 생긴 거지, 그렇지?"

"안녕하십니까, 오딘의 아들." 헤임달은 무뚝뚝하게 대답했다.

"아, 이것 봐. 화난 거 맞네. 목소리만 들어도 알 수 있어. 자넨 내가 자넬 추방한 것 때문에 여전히 화가 나 있어."

"이미 잊은 지 오래입니다." 헤임달의 말은 거짓이 아니었다. 아스가르드인들과 함께 이 모든 일을 겪고 나니, 로키의 속임수와 배신은 마치 영원의 세월 전의 일처럼 느껴졌다.

"난 안 믿어." 로키는 진지한 표정이었다. "자넨 분명 나한테 화가 났을 거야. 그래야 한다고."

"하지만 화나지 않았습니다."

"나라면 그랬을 거야." 로키가 우겼다. "나라면 분노했을 거라고."

"당신은 당신이고, 저는… 그렇지 않습니다."

로키는 잠시 생각하다가 눈썹을 치켜 올리고 미소를 지었다. "그럼 나한테 나쁜 감정은 없는 거지?" 그는 헤임달에게 악수를 청하며 손을 내밀었다.

헤임달은 재미있다는 듯이 로키의 손을 바라보았다. "당신의 행운을 억누르지 마십시오." 그는 이렇게만 말하고 다시 복도를 걸어갔다.

17

아스가르드인들은 심각한 난관에 봉착해 있었다. 이는 토르도 알고 로키도 알고, 헤임달도 아는 일이었다.

사실 그랜드마스터의 우주선에 탄 모두가 알고 있었다.

비록 그들이 헬라와 라그나로크라는 두 가지 위험에서 살아남았다고는 하지만 아스가르드인들은 여전히 갈 곳이 없었다.

우주선에는 너무나 많은 사람이 모여 있었다. 아무리 우주선이 거대하다고는 해도 집이 될 수는 없었다. 배에서 살 수는 없는 노릇이었고, 우주를 떠돌면서 살고 싶어 하는 사람도 없었다.

그리고 왕도 없었다.

어디에 정착할지는 당장 정할 수 없는 일이지만, 왕실이 비어 있는 문제는 바로 해결할 수 있었다. 그래서 아스가르드인들은 오딘의 적법한 후계자인 토르가 왕좌에 앉아 아스가르드의 왕이 되어야 한다고 결정했다. 다만 아스가르드의 왕좌가 라그나로크로 파괴되었기 때문에 헤임달은 토르가 앉는 무엇이든 새로운 왕좌가 될 수 있다고 생각했다.

헤임달은 가슴 속 깊은 곳에서 그것이 옳다는 것을 알고 있었다. 그는 배에 탄 사람들이 선택한 아스가르드의 새 왕이 그들에게 신념과 희망을 주고 어려움을 견딜 의지를 줄 거라 확신했다. 앞으로 다가올 며칠, 몇 주 그리고 몇 달 동안 반드시 그래야만 했다. 새로운 조국을 건설하는 것은 쉽지 않을 것이기 때문이었다. 하지만 사람들을 공통의 가치로 모을 수 있는 사람은 토르뿐이었다.

이제, 나는 무엇을 해야 할까?

그랜드마스터의 우주선에 있는 작은 방에서, 헤임달은 자신이 처한 상황에 대해 생각하기 시작했다. 그는 인생에서 처음으로 더 이상 아스가르드의 문지기가 아니었고 바이프로스트의 수호자 헤임달이 아니었다. 도망자 헤임달도 아니었다. 헤임달은 평생을 초감각적인 능력으로 왕국을 지키는 임무에 매진해왔다. 그래서 그 임무가 사라진 지금 마치 그의 일부가 떨어져 나간 것 같은 기분이었다.

그는 누구인가? 그의 새로운 역할은 무엇일까? 어떻게 하면 아스가르드의 새 왕을 잘 보필할 수 있을까?

세상 누구보다도 멀리 볼 수 있고, 아무도 듣지 못하는 소리까지 들을 수 있는 사람이… 우주를 관찰하는 일 말고 무엇을 해야 한단 말인가?

헤임달은 답을 찾지 못했다. 왕국을 지키는 신성한 임무와 함께 초점을 맞출 곳 역시 사라진 탓에 헤임달의 모든 감각들이 배회하고 있었다. 배 안의 모든 대화들이 단편적으로 들려오고 계속해서 주변의 사람들이 움직이는 모습이 보였다. 너무나 많이 보이고 너무나 많이 들렸다. 그는 초점을 맞출 것이 필요했다.

헤임달은 바닥에 가부좌를 틀고 앉아 천천히 숨을 들이쉬고 호흡을 잠시 멈춘 후 다시 내쉬었다. 그리고 다시 깊게 숨을 들이

쉬었다가 멈추고 내쉬었다. 헤임달은 눈을 감고 자신의 시력을 우주선 밖의 별들에 집중시켰다.

그곳은 어둡고 고요했다. 우주의 공간에는 아무 소리도 들리지 않았고 헤임달은 그 고요함에 경이로움을 느꼈다. 헤임달은 최전방에서 임무를 수행해야 했기 때문에 진정한 고요함이 어떤 것인지 늘 궁금했었다.

아무것도 들리지 않는 소리였다. 그는 그것이 마음에 들었다.

대관식은 배에 탄 모두의 기분을 들뜨게 만들었다. 사람들은 그들의 왕 토르와 함께 목표 의식을 새롭게 다졌고 배 안의 분위기도 활기차게 바뀐 것 같았다.

"지구요?" 헤임달이 놀라서 물었다.

어쩌면 너무나 큰 변화일지도 몰라.

"왜, 안 될까?" 토르가 물었다. 그는 방금 헤임달에게 아스가르드인이 지구라 불리는 행성에 정착할 것임을 알렸다. "새로운 아스가르드가 되기에 완벽한 곳이야."

"이제 그렇게 불러야 되나? '새로운 아스가르드?'" 로키가 물었다. "이름을 너무 성의 없이 지은 거 아니야, 형?"

토르가 웃음을 터뜨렸다. "내가 이름에 대해서 뭘 알겠어. 그럼 네가 좀 지어봐."

토르와 로키가 서로 농담을 주고받는 사이, 헤임달은 배의 벽

너머 광활한 우주를 뚫고 지구로 향하는 먼 길을 보았다.

지구.

그는 뭔가… 특별한 곳을 찾고 있었다.

그리고 마침내 발견했다.

노르웨이의 해변이었다.

그곳에는 풀잎들이 바람에 날리며 흔들리고 있었다. 푸르른 초록의 벌판이 끝없이 펼쳐져 있었고, 벼랑 밑으로는 파도가 넘실대는 바다가 내려다보였다.

헤임달은 바다의 소리를 들을 수 있었다. 파도가 밀려와 벼랑에 부딪치는 소리였다.

"노르웨이." 헤임달이 토르와 로키의 대화를 끊고 단호하게 말했다. "우리는 노르웨이로 갈 겁니다."

형제는 놀란 표정으로 잠시 그를 바라보았다. 헤임달이 말한 그곳은 형제에게 뜻깊은 장소였기 때문이다. 둘은 그 기억을 떠올리며 서로를 바라보고 미소를 지었다.

"노르웨이." 토르가 동의했다.

헤임달은 다시 '새로운 아스가르드'의 고향이 될 곳으로 시선을 돌렸다. 얼룩덜룩한 나비가 바다 위를 날아다니고 있었다.

1

"잠깐만요, 정말이에요? 정말 토르의 망치를 들려고 했다고요?"

토니는 걸음을 멈추고 발의 방향을 돌렸다. 그는 해피의 얼굴을 정면으로 바라보고 손가락으로 해피의 코 바로 밑을 가리켰다. "그래, 그랬어. 그리고 그 기회가 눈앞에 있는데 어떻게 안 해 보겠어. 물론 자네라면 안 했겠지만."

해피는 두 손을 들어 손바닥을 보였다. "네, 네! 전 그냥 그걸 봤으면 싶을 뿐이에요, 그게 다예요. 정말 대단할 것 같거든요."

"딱히 별건 없었어. 그냥 용을 좀 쓰고, 하고 나니 근육통이 왔을 뿐이야. 나도 해보고, 로디도 해보고, 스티브도 해보고, 클린트도 해봤지…."

"나타샤는요? 나타샤도 해봤을 것 같은데요."

"그럴 것 같았지만, 아니야. 나타샤는 우리가 바보짓을 하는 걸 너무 재미있게 보고 있었거든. 들 수 있었던 건 비전밖에 없었어. 땀 한 방울 안 흘리던데." 토니는 뒷머리를 긁었다. "뭐 어쩌겠어? 우리 중에 자격이 있는 건 그 인조인간뿐인걸."

두 남자는 좀 더 걸어서 어벤져스 본부 외부에 있는 작은 장미 정원에 들어갔다. 정원 안에는 양 옆으로 격자무늬가 있는 돌길이 나 있었다. 희고, 노랗고, 붉은 꽃송이들이 사방에 피어 있었다. 이곳은 토니가 본부에서 가장 좋아하는 곳이었다. 고요하고 평화로웠다.

내 남은 인생과는 다르게 말이야.

"자네가 필요해, 해피." 토니의 목소리에는 아까와 같은 유머와 가벼움은 없었다. "가능한 모든 사람과 연락해줘. 연락이 안 되는 사람과도 연락해. 통보를 하는 즉시 그들이 올 수 있도록 준비를 해야 해. 나 혼자는 할 수 없어."

"네, 알겠습니다. 알겠어요." 해피는 토니를 안심시키며 말했다. "정말 이상한 세상인 것 같아요. 그리고 점점 더 이상해지고 있어요."

"세상에 슈퍼 히어로가 너무 많단 말이야?"

"아니요, 제 말은… 세상이 온갖 이상한 것들로 가득 차 있다고요. 로키, 치타우리족, 울트론, 스트러커 그리고 사장님 말처럼 저 밖에 숨어서 발을 구르며 기다리는 누구든, 뭐든요. 저기 어딘가에 우리가 상상도 못할 무엇이 있는지 누가 알겠어요."

토니는 해피의 눈을 바라보았다. "나도 생각해본 적이 있어." 그는 천천히 말했다. "우리가 뉴욕의 전투에서 로키와 싸울 때. 아스가르드인들의 기술은 너무나 앞서 있어서 마치 마술을 부리는 것 같았어. 여기서 우리는, 널 말하는 거야." 그는 오른손으로 해피의 가슴을 툭툭 치면서 말했다.

해피는 뾰로통한 표정을 지었다.

"정말이야. 로키의 셉터, 토르의 망치, 토르가 아스가르드에서 넘어올 때 건넜던 바이프로스트 다리…. 그건 정말 마술이야." 토니는 손가락을 꺾으면서 말했다. "셉터가 스타크 타워 하늘 위에 포탈을 열었을 때, 난… 대체 내가 뭘 보고 있는 건지 알 수도 없었어."

"어쩌면 우리 보통사람들이 어떤 기분이었는지 알 수 있었겠네요."

토니는 고개를 끄덕였다. "나도 보통 사람이야. 그리고 맞아, 그랬어. 만일 우리가 그 수준의 기술에 근접할 수만 있다면, 그 포탈을 열 능력만 된다면… 우리는 방어할 준비를 하는 것 이상을 할 수 있을 거야, 해피. 우리가 먼저 공격할 수도 있을 거라고. 그들을 공격해서 지구에 오지 못하게 할 수 있어. 그럼 부수적인 피해도 없겠지."

"상당히 거창한 계획 같아 보이는데요."

토니는 걸음을 돌려 장미 정원을 나갔고, 해피도 그 뒤를 따랐다. "우리는 거창한 사람들을 좀 알고 있잖아."

2

밖을 걸으니 토니의 머리도 맑아졌다. 그는 걸으면서 해피와 나누었던 대화를 계속해서 곱씹었다.

"아니요, 제 말은… 세상이 온갖 이상한 것들로 가득 차 있다고요. 로키, 치타우리족, 울트론, 스트러커 그리고 사장님 말처럼 저밖에 숨어서 발을 구르며 기다리는 누구든, 뭐든요. 저기 어딘가에 우리가 상상도 못할 무엇이 있는지 누가 알겠어요."

해피 말이 옳다는 것은 부정할 수 없었다. 새로운 위협이 지구 곳곳에서 시시각각 속출하고 있었다. 만일 어벤져스가 그런 위협을 막고자 한다면, 어벤져스에는 더 많은 멤버가 필요할 것이다…. 아니, 적어도 이상한 상황에서는 누가 적임자인지 알아야 했다.

기술. 마술.

토니는 계속해서 마술에 집착하고 있었다. 토니는 자신이 해피에게 아스가르드에 대해서 했던 말에서 힌트를 얻어 마술에 대해 생각하기 시작했다. 그 생각은 모든 것을 기술로 설명할 수 있다는 것을 전제하고 있었다. 체계. 이해할 수 없는 것을 각각의 구성요소들로 쪼개어 나누고 체계화해서 가장 작은 단위부터 이해해 나간다면 결국 전부를 이해할 수 있을 것이다. 그리고 이해할 수 있다면 더 이상 마술이라고 할 수 없지, 안 그런가?

다시 리펄서 건틀렛 작업을 하려고 할 때, 토니는 다른 생각에 사로잡혔다. 만일 정말 마술 같은 것이 존재한다면? 정말, 진짜 마술 같은 것이? "아무 카드나 집어보세요."나, "소매에는 아무것도 없어요." 같은 마술이 아니라 실제의, 진짜 마술 말이다. 아무리 기술을 발전시켜도 기술로는 도저히 설명을 할 수 없는 일이 일어난다면? 하지만 만일 그런 것이 정말 실재한다 해도, 어디엔가는 과학으로 설명할 수 있는 부분이 있지 않을까?

"난 이 생각을 너무 많이 하는 것 같아." 토니가 큰 소리로 말했다.

잠시 후, 테이블 위에 두었던 핸드폰이 울리기 시작했다. 토니는 전화기를 들어 누구의 전화인지 확인했다.

페퍼 포츠.

토니는 이제 그녀 없이는 어디를 가야 할지 생각할 엄두조차 낼 수 없었다. 아마 살아 있지도 못하겠지. 페퍼는 토니와 아주 오랜 시간 동안 함께했다. 그녀는 스타크 인더스트리에서 토니의 개인 비서로 경력을 시작했다. 페퍼는 토니가 만난 사람 중에 가장 능력 있고 똑똑한 사람이었다. 토니가 일상적인 업무를 내려놓아야 할 시기가 되자, 페퍼는 스타크 인더스트리의 전문경영인, 즉 CEO가 되었다.

즉 이제는 그녀가 사장이라는 것이다.

토니가 통화 버튼을 눌러 전화를 받았다. "페퍼, 내가 설명할게. 당신이 생각하는 그런 거 아니야."

"늦었어요." 페퍼가 토니의 변명을 무시하며 말했다. "지금 기자가 와 있어요. 기억하고 있어요? 인터뷰?"

"그 인터뷰." 토니는 고개를 들고 위를 보며 생각을 더듬었다. "그게 오늘이었어? 난 그게… 오늘이 아닌 줄 알았어."

"오늘이에요. 그러니까 넥타이 메고 라운지로 내려오세요. 스타크표 마술을 좀 부려보라고요."

"하!" 토니가 웃었다. "그거 참 웃기네, 나도 그 생각을 하고 있었거든. 하지만 아마 내가 무슨 생각을 하는지는 모를 거야."

"제가 아주, 아주 감사할 내용이겠죠." 페퍼는 이렇게 말하고 전화를 끊었다.

　토니는 전화기를 책상에 내려놓았다. 그리고 가상화면을 눈앞에 띄웠다. 토니는 손가락으로 공중을 저으면서 어벤져스 데이터 파일을 열었다. 토니는 화면을 보면서 생각에 잠겼다.

　"기술. 마술. 마술. 기술." 토니는 조용히 단어들을 되풀이했다. "우리에겐 둘 다 필요해."

PART
3

닥터 스트레인지

1

뉴욕의 가을. 지구 어느 곳에서도 볼 수 없는.

뉴욕의 가을은 거의 완벽하다. 덥고 습한 여름의 혼탁함은 마침내 공중으로 사라지고 대신 시원하고 건조한 바람이 불어와 계절이 바뀌고 있다는 것을 부드럽게 일깨워준다.

그것은 마치 마법과도 같다.

윙은 종이 한 장을 구겨서 발밑의 쓰레기통에 던져 넣었다.

"'그것은 마치 마법과도 같다'니." 그는 방금 자기가 써내려간 글들을 조롱하듯 중얼거렸다. "끔찍하군."

윙은 깊고 크게 한숨을 쉬며 오른손에 잡고 있던 연필을 깎았다. 전동 연필깎이가 연필을 깎기 시작하자, 익숙한 흑연 냄새가 서서히 퍼지기 시작했다. 윙은 연필깎이에서 연필을 빼내서 책상 앞에 놓인 종이를 다시 응시했다. 태블릿 컴퓨터를 사용하는 디지털 시대였지만 윙은 여전히 종이에 연필로 쓰는 것을 선호했다. 그는 그 느낌이 좋았다. 종이에 연필로 쓸 때 나는 부드러운 소리가 좋았던 것이다.

윙은 다시 종이 위에 연필 끝을 조심스럽게 올려놓았다. 그는 지난해 일어났던 일들을 기록하기 위해서 글을 쓰기 시작했다.

후대를 위해서 어떤 일들이 있었는지 기록할 필요가 있다고 생각했던 것이다. 왜냐하면 작년에 일어났던 일은… 음, 그냥, 적기에는 지루한 일이라고 해두자.

윙은 글을 쓰는 것을 좋아했다. 글을 쓸 때면 자신이 경외하는 카마르-타지의 책들과 더 가까워지는 것 같았기 때문이다. 하지만 오늘은 마땅한 단어들이 생각나지 않았다. 윙은 자신이 교착상태에 빠졌다는 것을 알고 있었다. 사실 그가 쓰는 글은 뉴욕에 관한 것이라기보다는 뉴욕을 좋아하는 이유에 관한 것이었다.

윙은 그 이유를 설명할 완벽한 단어들을 찾고 있었다.

그런데 어떻게 닥터 스티븐 스트레인지에 대해 설명할 수 있을까?

어느 누가 할 수 있을까?

윙은 다시 시선을 백지에 고정시켰다가 천천히 고개를 들어 천장을 보았다. 마치 그가 찾던 단어가 천장에 쓰여 있는 것처럼. 마음이 어지러웠다.

그리고 그때, 딱 맞는 단어가 떠올랐다. 연필이 번개처럼 종이에 미끄러져 움직였다.

그는 거만했다.

윙은 이렇게 적었다.

그의 입가에는 천천히 미소가 피어올랐다.

"거기 답답한 방에서 하루 종일 글만 쓰고 앉아 있을 건 아니지, 안 그래, 웡?" 아래층에서 목소리가 들렸다. 솔직히, 그 목소리는 정말 걱정하는 것처럼 들렸다. 하지만 동시에 웡이 어쩔 수 없이 적응하고 있는 어떤 뉘앙스도 분명히 느껴졌다.

'날 놀리려 하는군.' 웡이 생각했다. '또다시.'

웡은 스트레인지의 이 '유머 감각'이 스티븐 스트레인지라는 사람을 매우 잘 나타내준다고 생각했다. 그것은 매우 명백한 방어 기제였다. 적어도 웡은 분명히 알 수 있었다. 스트레인지는 낯선 사람 혹은 아는 사람의 존재에서 느끼는 불편함을 감추는 용도로 유머를 사용했다. 웡은 스트레인지처럼 어떻게 보면 과도할 정도로 자신감 넘치는 사람이 다른 사람과 함께 있을 때 그토록 불편한 모습을 보인다는 것이 흥미롭다고 생각했다. 아주 많은 사람도 아니고 한 명만 같이 있어도 말이다.

하지만 스트레인지의 이런 병적인 행동에 대한 지적인 호기심은 한때뿐이었다. 이제는 스트레인지의 그런 행동이 성가실 따름이었다.

스트레인지는 얼마 전에 생텀 생토럼의 마스터가 되었다. 에인션트 원의 죽음 이후, 마스터에게는 지구를 마법이나 초자연적인 힘으로부터 지키는 임무가 부여되었다. 웡은 자신이 할 수 있는 모든 것을 다해 스트레인지를 도왔다. 런던의 생텀은 케실리우스와 그의 젤롯이 대결하는 과정에서 무너졌다. 두 번째 생텀인 홍콩의 생텀 역시 케실리우스의 공격으로 거의 파괴될 뻔했지만,

스트레인지가 아가모토의 눈으로 알려진 고대비법으로 가까스로 구해냈다. 그리고 두 남자는 마지막 남은 세 번째 생텀인 뉴욕 그린위치 빌리지의 생텀 생토럼에 정착했다.

윙이 대답을 하지 않자, 중앙 계단으로 스트레인지가 올라오는 발소리가 들렸다. 그들이 함께 거주하는 뉴욕의 그린위치 빌리지의 생토럼은 갈색 벽돌로 만든 화려한 건물로, 네팔의 카마르-타지보다 훨씬 더 넓었다. 우선 아래층에는 큰 현관과 서재 그리고 여러 개의 방들이 있었다. 윙의 기준에서는 거대한 계단이 위층으로 연결되어 있었고, 건물 곳곳에는 신비로운 요소들이 자리하고 있었다. 예전에 윙은 창문이 하나 달린 작은 방 한 칸에서 살았다. 이곳은 카마르-타지와 비교하면 너무나 사치스러운 장소였다. 그래서 윙은 뉴욕의 생텀 생토럼에 적응하기 위해 부단히 노력해야 했다.

"자네도 휴식이 필요할 것 같은데." 스티븐 스트레인지가 윙의 방 문간에 서서 말했다. "벌써 몇 시간째 이러고 있잖아."

"15분밖에 안 지났어." 윙이 벽에 걸린 시계를 가리키며 말했다.

스트레인지는 두 눈썹을 위로 올렸다. "내가 시간을 잘 못 보잖아."

"그렇지." 윙은 책상에서 그를 보지도 않은 채 말했다. "자넨 시간을 조종하는 걸 잘하지."

스트레인지는 고개를 약간 옆으로 기울였다. "그거 농담이야? 방금 농담한 거야?"

"내가 관찰한 결과야. 그리고 매우 정확하지." 웡은 단념한 듯 연필을 종이 위에 내려놓았다. 그간의 경험으로 볼 때 스트레인지는 떠나지 않을 것이기 때문이다. 웡은 의자를 돌려 거리가 내다보이는 창문을 등지고 스트레인지를 바라보았다. 스트레인지는 문간에 찻주전자와 찻잔 두 개를 올린 작은 쟁반을 들고 서 있었다. 그의 손은 떨리고 있었고 찻잔도 손을 따라 떨렸다.

"난 자네가 차를 시킨 줄 알았는데." 스트레인지는 차를 권하듯이 쟁반을 들어올렸다.

당신은 정말 이상한 사람이야. 안하무인이지만, 착하고 너그러운 사람이지.

"고마워."

스트레인지가 방으로 들어와 웡의 책상에 찻잔과 주전자를 내려놓았다. 그는 향기롭고 따뜻한 액체를 찻잔에 따라 웡에게 권하고는 자신도 부드럽게 찻잔을 쥐고 조금씩 마셨다.

스트레인지가 말을 꺼냈다. "자, 거만한 걸로 치자면 10점 만점에서 몇 점이지?"

2

지금은 몇 점이든 웡이 닥터 스티븐 스트레인지를 처음 만났을 때 그는 차트를 씹어 먹을 정도로 거만했다. 적어도 웡에게는 그렇게 보였다. 솔직히 말해 네팔에 오기 전의 스트레인지가 거만함 뒤에 숨어서 천재적인 외과 의사로서 자신의 경력을 즐긴 것은 사실이었다.

하지만 그건 옛날 옛적의 일이다.

비 오는 밤에 외딴 산길을 운전하던 스트레인지는 다른 차를 들이받고 제방으로 추락했다. 다행히 그는 살아났지만 외과 의사로서의 기술은 그렇지 못했다. 생명을 살리는 복잡한 수술에는 극도로 미묘한 손의 감각이 필요한데, 사고로 손의 신경이 너무 심하게 손상되어 복잡한 수술은 고사하고 다시 메스를 잡을 수조차 없게 되어버린 것이다.

신경외과 의사가 아닌 그는 어떤 존재일까?

아무것도 아니었다.

적어도 스트레인지는 그렇게 생각했다.

그는 손을 치료하기 위해 수단과 방법을 가리지 않고 모든 돈과 시간을 쏟아 부었지만 끝내 고칠 수 없었다. 그러던 어느 날, 어쩌면 손을 치료해줄지도 모르는 어떤 장소에 대한 이야기를 듣게 되었다. 네팔에 있는 카마르-타지라는 곳이었다.

스트레인지는 남은 돈을 다 털어서 현대 의술의 기적을 찾아 뉴욕에서 네팔로 긴 여행을 떠났다.

모르도는 스트레인지를 카마르-타지의 낡은 벽 안으로 데려간 사람이었다. 그 역시 에인션트 원의 제자였다. 그는 배움을 찾아, 또 자신만의… 무언가를 찾아 카마르-타지에 왔다. 하지만 그 무언가는 비밀이었다. 웡은 모르도가 카마르-타지에 왔을 때부터 그곳에 있었다. 둘은 서로에게 친절했지만, 사실 웡은 그가 친구라고 생각하지는 않았다. 서로를 존중하기는 했다. 그런데 그걸 우정이라고 할 수 있을까?

모르도는 웡에게 스트레인지가 길에서 마주치는 모든 사람들에게 카마르-타지를 아는지, 어디서 찾을 수 있는지 묻는 것을 보았다고 했다. 하지만 웡은 모르도에게 스트레인지를 이 은밀한 세계에 곧바로 데려온 이유를 묻지 않았다.

에인션트 원을 만나게 해준 이유도.

스트레인지가 처음에는 무례하게 행동했다는 표현은 사실 엄청나게 순화된 것이었다. 그때의 그는 직접 보고, 만지고, 맛보고 들을 수 있는 것만 믿는 사람이었다. 자신의 현실감각을 뛰어넘는, 경험할 수 있는 것을 넘어서는 무언가가 존재한다는 생각은 단 한 번도 한 적이 없었다.

얼마 후에, 웡은 스트레인지가 며칠 동안 숙소를 걷는 것을 보았다. 둘은 스트레인지가 도서관에서 책을 한 아름 빌려갈 때만 잠깐 만났을 뿐, 제대로 대화를 한 적은 없었다. 하지만 웡이 스트레인지가 도서관 위층에 갈 수 있게 해준 그날 밤, 모든 것이 달라졌다. 그곳은 웡의 영역이었다. 사서였던 웡은 책장에 끝도 없이 꽂힌 책들을 관리했다. 책에 담겨 있는 지난 수세기 동안의 지식과 전문적인 기술을 감독하는 것이 그의 일이었다. 이는 절대 가벼이 여길 수 없는 중대한 임무였다.

윙은 지식과 지혜, 평화를 찾기 위해 카마르-타지로 왔다. 그는 지적인 사람이었지만 건장한 외모 때문에 바깥에서는 물리적인 힘을 쓰는 일을 하면서 살아야 했다. 하지만 카마르-타지에서는 자유롭게 정신을 수양할 수 있었다. 책을 읽고 글을 쓰고 지식을 배우면서.

카마르-타지는 자유로운 곳이었다. 윙은 읽고 싶은 책을 마음껏 읽을 수 있었다. 도서관에 며칠이고 틀어박혀 있어도 상관없었다. 그래서 그는 눈앞에 펼쳐진 이 세상의 신비와 학문에 대한 수많은 책들을 읽어나갔다. 당시 카마르-타지의 사서는 모든 것을 다 알아야 한다는 듯이 지식에 집착하는 젊은이가 누구인지 궁금했다. 사서는 윙에게 동질감을 느끼고 자신의 휘하로 데려갔다.

"스트레인지 씨." 윙이 지저분하고 키가 큰 남자에게 말했다. 남자는 책 몇 권을 윙 앞에 내려놓았다.

"스티븐이라고 불러요." 스트레인지가 말했다. "이름이…."

"윙."

스트레인지는 건장한 몸집의 사서를 잠시 바라보다가 한숨을 쉬며 말했다. "윙. 그냥 윙? '아델'처럼?"

윙은 이 시시한 농담에 대답하는 대신 자신답게 행동했다. 그는 스트레인지를 꽤나 오랫동안 똑바로 쳐다보며 아무 말도 하지 않았다. 스트레인지는 불편한 기색이 역력했다.

"아니면 아리스토텔레스처럼?" 스트레인지는 누그러진 톤으로 말했다.

여전히 아무 대답이 없었다. 웡은 이 '신참'과 농담을 주고받을 생각도, 시간도 없었다. 그는 스트레인지가 반납한 책으로 시선을 돌렸다. 그런데 뭔가가… 평범하지 않았다. 그는 스트레인지가 읽은 책의 제목을 자세히 보았다.

"《보이지 않는 태양》." 웡이 말했다. "《신 천문학》, 《코덱스 임페리움》, 《솔로몬의 열쇠》."

웡은 책에서 눈을 떼고 스트레인지를 보았다. 그는 스트레인지의 옷 색깔이 회색이라는 것을 알아차렸다. 회색은 신참들의 색이었다. 그런데 어떻게 신참이 이 고등 서적들을 다 읽었을까?

"이 책을 다 읽었다고요?" 웡이 물었다.

"옙." 스트레인지가 대답했다.

"따라오세요."

웡은 스트레인지에게 따라오라는 몸짓을 하며 차갑고 어둑한 도서관으로 걸어 들어갔다. 도서관에는 오직 그들의 발소리만이 들릴 뿐이었다. 그들은 돌계단을 따라 내려가 더 오래된 책들이 있는 곳으로 갔다. 그곳은 책을 겨우 찾을 수 있을 정도의 빛만 있는 어두운 방이었다. 역시 서늘했다. 책들은 수백 년, 아니 어쩌면 수천 년은 되어 보였고, 종이가 갈라져 있어 조심해서 만져야 했다. 만약 온도가 따뜻했다면 종이가 더 부식되었을지도 몰랐다.

하지만 그 방에 없는 것이 한 가지 있었다. 먼지였다. 방에는 먼지는 고사하고 먼지의 흔적조차 없었다. 웡은 도서관을 최대한 깨끗하게 관리해왔던 것이다.

"이 구역은 마스터 전용입니다. 하지만 제 권한으로 마스터가 아닌 사람도 이용하도록 할 수 있죠." 웡은 이렇게 말하면서 가죽 표지가 헤지고 낡은 엄청나게 무거워 보이는 책을 스트레인지에게 건넸다. "《원리 입문서》부터 읽어보세요."

스트레인지는 웡이 질문할 때까지 말없이 그 책을 보았다. "산스크리트어는 할 줄 아세요?"

"구글 번역기는 잘해요." 스트레인지는 무미건조하게 대답했다.

웡은 스트레인지의 농담을 무시하고 책장에서 책을 여러 권 꺼냈다. "베다어, 고대 산스크리트어." 그는 스트레인지가 앞서 줬던 책《원리 입문서》를 읽기 전에 먼저 고대 언어를 배워야 할 거라 생각하며 짧게 말했다.

"저것들은 뭐죠?" 스트레인지가 따로 떨어진 책장에 사슬에 묶여 있는 책을 보며 물었다.

"에인션트 원의 개인 소장품이에요."

"그럼 보면 안 되나요?"

"카마르-타지에 금지된 지식은 없습니다. 일부 의식만이 금지될 뿐이죠." 웡은 모호하게 대답했다.

일부 의식, 웡은 생각했다. 카마르-타지에서는 금지하는 '일부 의식'이 많았다. 스트레인지는 마치 웡의 마음을 읽은 것처럼 그 책을 집어 들었다. 특별히 꾸며놓은 것 같은 그 책은 말 그대로 금지한 '일부 의식'만을 모아놓은 교과서라고 할 수 있었다.

웡은 과민반응을 하지 않으려 노력하며 말했다. "그 책들은 소서러 슈프림이 아니면 이해하기 어려워요."

스트레인지는 주저하지 않고 책장을 넘기다가 이내 책의 몇 장이 뜯겨 나간 것을 발견했다.

"여기 몇 장이 없네요." 스트레인지가 말했다.

"《카글리오스트로의 책》이죠." 웡이 말했다. 웡은 책을 찢어간 케실리우스라는 광신자에 대해 이야기해주었다. 그가 사서의 목을 벤 이야기도. 케실리우스는 자신의 제자들과 함께 '도르마무'라는 끔찍한 존재를 지구로 데려오려 하고 있었다.

스트레인지는 그답지 않게 웡이 이야기를 마칠 동안 잠자코 있었다.

"지금은 제가 이 책들을 지키고 있지요." 웡이 그를 바라보며 말했다. "그러니까 만일 이곳에서 또다시 책이 단 한 권이라도 사라지면 제가 알 테고, 당신이 이곳을 나가기도 전에 죽을 겁니다."

"혹시나… 늦게 반납한다면?" 스트레인지가 분위기를 밝게 하려고 물었다. "연체료 같은 게 있나요? 혹시 때리거나 그러진 않겠죠?"

웡은 말이 없었다. 그의 무표정한 얼굴에는 아무것도 드러나지 않았지만 사실은 이 상황이 재미있다고 생각했다.

"예전엔 다들 내가 웃기다고 했는데." 스트레인지가 침묵을 깨고 말했다.

"부하직원들이 그러던가요?" 웡이 곧바로 물었다.

웡은 스트레인지와 처음 만나서 한 대화를 한 단어도 잊지 않

고 있었다. 스트레인지는 이렇게 대답했다. "책들 고마워요. 무시
무시한 얘기도 그렇고. 아 또 살해 협박도요."

3

"뭔가 수상해 보이는데, 웡." 스트레인지가 차를 홀짝이면서 말
했다.

웡은 자신이 찻잔을 든 채 차를 마시지도 않고 계속해서 스트
레인지를 보고 있었다는 것을 깨달았다.

"자네가 차를 가져왔잖아." 웡이 있는 그대로 말했다.

스트레인지가 고개를 끄덕였다. "그랬지. 내가 차를 가져왔지.
쟁반에 담아서. 아름다운 중국 도자기도 모두 챙겨왔어. 완벽하
지, 안 그래?"

"자넨 차를 가져온 적이 한 번도 없었어."

두 남자는 겨우 몇 미터 떨어진 곳에 앉아 있었다. 스트레인지
는 웡이 무슨 말을 하길 기다리는 것이 분명했다. 뭐라도. 이것은
둘 사이의 일종의 게임이었다. 스트레인지가 웡을 약 올리려고 무
슨 말을 하면 웡은 그 말을 무시하는 것이다.

"있잖아, 내가 왜 차를 가져왔는지 알고 싶으면 그냥 물어보면
돼." 스트레인지가 계속해서 말했다. "기꺼이 대답해줄게."

웡은 다시 아무 말이 없었다. '스트레인지는 내가 정확히 무슨

생각을 하는지 알고 있는데 굳이 뭐 하러 말을 해?' 웡은 이렇게 생각했다.

"빌리가 그립군." 스트레인지가 말을 꺼냈다. "빌리는 언제 무슨 말을 해도 항상 대답해주거든. 정말로, 어떤 말이라도. 지나칠 정도로 입을 다물 줄 모르지."

'대체 그 '빌리'가 누구야?' 그가 모르는 사람이었다. 어쩌면 스트레인지가 의사로 일할 때 알던 사람일지도 모르지. 하지만 웡은, 특히나 오늘은 스트레인지와 게임을 할 기분이 아니었다. 그는 글을 마저 쓰고 싶었다.

"난 그저 자네가 나에 대해 어떤 글을 쓰는지 보고 싶어서 그래. 응? 나에 대한 글이잖아, 안 그래?" 드디어 스트레인지의 입에서 진심이 터져 나왔다. 마치 더 이상은 입 안에 넣어놓을 수 없었던 것처럼. "난 궁금하다고! 자넨 벌써 며칠째 이곳에 처박혀—."

"15분." 웡이 바로잡았다. 그는 방 왼쪽에 걸려 있는 할아버지가 주신 시계를 보았다. "이제 정확히 17분이 되었군."

스트레인지는 손을 내저었다. "좋아, 몇 분간." 그는 계속 말을 이었다. "신비로운 역사 연대기 뭐 이런 걸 계속 써나가는 게 자네가 할 일이라고 말했지만, 난 자네가 내 비공식적인 전기를 쓰고 있다고밖엔 생각할 수 없어."

웡은 더 이상 참을 수가 없어서 딱 한마디로 짧게 소리 내어 웃었다. "하!"

스트레인지는 웡이 낸 소리에 깜짝 놀랐다. 지금껏 그에게서 한 번도 들어보지 못한 소리였다.

"그거… 그거 뭐야?" 스트레인지가 물었다. "그건 뭔가… 웃음 소리 같은데."

"맞아."

스트레인지는 유령이라도 본 것처럼 몸을 떨었다. "으으으으. 도르마무보다 더 무서웠어. 다시는 그러지 마."

웡은 한숨을 쉬었다. 그는 스트레인지에게 자신의 목적을 제대 로 설명해주지 않으면 이 티타임을 매일 가져야 할지도 모른다고 생각했다.

"자넨 이제 비술의 마스터야. 카마르-타지에 온 그날부터 지금 까지 많은 일이 있었지. 난 그 일들을 기록해야 해. 비술의 마스터 들은 또 생겨날 거야, 계속해서. 자네가 에인션트 원에게서 배웠 던 것처럼 그들도 과거를 알아야 한다고 생각해."

"계속해서…?" 스트레인지가 주저하듯 물었다. "내가 모르는 뭔 가를 알고 있는 거야? 나 지금 강등된 거야?"

웡은 찻잔의 차를 다 마신 후, 뜨거운 액체를 입에 머금고 있었 다. 그는 차를 삼키고 스트레인지를 바라보았다. 그러더니 고개를 천천히 기울여 끄덕였다. "차가 맛있군."

4

"또 시작이네."

윙은 찻잔에서 눈을 떼고 스트레인지의 눈을 바라보았다.

"먼 곳을 바라보는 것 말이야, 마치 날 창피하게 만드는 뭔가를 기억하려고 하는 것 같잖아." 스트레인지가 가볍게 말했다.

"꿀맛이 나서 그래." 윙이 말했다.

"집에서처럼." 스트레인지가 덧붙였다.

윙은 차를 마실 때면 에인션트 원이 떠올랐다. 그녀는 갓 우린 차에 꿀을 타서 먹는 것을 좋아했다. 윙은 스트레인지가 에인션트 원을 처음 만났을 때의 이야기를 듣고 웃은 적이 있었다. 에인션트 원은 그날도 역시 차를 마시면서 중요한 대화를 나누었다. 다만 그날 일어난 일들은 사뭇 색달랐다.

모르도는 큰 돌기둥이 줄지어 있는 천장이 둥근 방으로 스트레인지를 데려갔고 스트레인지는 그곳에서 에인션트 원을 만났다. 그녀는 스트레인지와 차를 마시며 한참을 앉아 있었다. 모르도는 스트레인지가 그녀의 말을 단 한마디도 믿지 않았다고 했다.

에인션트 원은 스트레인지에게 멀티버스에 대해 이야기하며 이 세상이 그저 하나의 끝없는 실재 중 하나인지에 대해서 설명했다. 하지만 스트레인지는 에인션트 원의 견해를 비웃으며 그녀가 돌팔이에 사기꾼이라고 생각했다.

그리고 그렇게 말하는 것을 주저하지 않았다.

손을 고치기 위해서 이 먼 곳까지 왔는데도 불구하고 여기서도 치료법을 구할 수 없다고 판단한 스트레인지는 에인션트 원에게 분노했고, 그녀를 손가락으로 건드렸다.

웡은 이 부분을 들을 때 몸서리쳤다. 이 세계에서 해서는 안 될 것들이 몇 가지 있는데, 에인션트 원을 손가락으로 건드리는 것도 그중 하나였다.

에인션트 원도 그에 대한 응답으로 스트레인지를 '건드렸다'. 그녀는 엄청나게 빠른 속도로 스트레인지의 손을 비틀었고, 스트레인지는 단 1초도 되지 않아 그녀의 힘에 압도되어 아무것도 할 수 없었다. 그리고 그때, 에인션트 원이 손바닥으로 스트레인지를 뒤로 밀었다. 하지만 그녀가 밀어낸 것은 스트레인지가 아니었다. 그것은 그의 영혼이었다. 에인션트 원이 스트레인지의 영혼을 몸 밖으로 밀어낸 것이다.

웡은 이야기를 들으면서 자신도 그 자리에 있었으면 좋았을 거라 생각했다. 스트레인지가 더 큰 세상으로 형이상학적 걸음을 내딛는 바로 그 정확한 순간을 보고 싶었다. 게다가 에인션트 원이 스트레인지를 날려버리는 장면은 분명 재미있었을 것 같았다.

잠시 후 에인션트 원이 손을 흔들자, 스트레인지의 영혼이 다시 그의 몸으로 돌아갔다. 스트레인지는 처음에 차에 무언가가 들어 있어서 약에 취했을지도 모른다고 생각했다. 하지만 에인션트 원이 멀티버스를 경험하게 해준 뒤에는, 마침내 자신이 세상의 모든 것을 알지는 못하며 에인션트 원이 말했던 무언가가 존재할 수도 있다는 것을 깨닫게 되었다.

"조금만 볼게."

"안 돼."

"어차피 내가 자네 글을 몰래 볼 수 있다는 걸 알잖아."

윙은 잠시 생각하고는 이렇게 물었다. "우리가 처음 만났을 때 내가 했던 말 기억나? 도서관에서?"

스트레인지가 눈동자를 앞뒤로 굴리며 기억을 더듬었다. "어떤 부분? 내가 책을 안 돌려주면 날 죽이겠다고 협박한 부분?"

윙이 고개를 아래위로 끄덕였다. "책을 안 돌려주면 내가 그렇게 한다고 했지. 보지 말라고 한 책을 보면 어떻게 할 거라고 했지?"

스트레인지는 윙을 보며 아랫입술로 윗입술을 깨물었다. 그러더니 결국 찻주전자와 찻잔을 들고 손을 흔들며 사라졌다.

"이게 끝일 거라고 생각하지 마." 스트레인지는 윙의 방을 나서며 이렇게 말했다.

5

윙은 스트레인지가 계단을 내려가는 소리를 듣고 앞쪽의 문을 열었다. 그린위치 빌리지 거리의 사람들과 차들이 내는 소리가 생텀 안으로 들어왔다. 윙은 문을 닫고 작고 조용하게 숨을 내쉬었다.

웡은 다시 책상으로 돌아가 글을 쓰기 시작했다. 그는 스트레인지가 카마르-타지에 있던 그 짧은 시간에 얼마나 많은 것을 배웠는지에 대해 생각했다. 스트레인지는 카마르-타지에 처음 왔을 때 마법의 세계에 대해 아무것도 모르는 상태였지만 에인션트 원의 지도 아래 상당히 빠르게 발전했다. 특히 그는 예리한 정신으로 모든 지식을 급속도로 흡수해버리는 것 같았고, 웡을 포함한 많은 사람들은 그런 스트레인지의 모습에 놀라움을 금치 못했다.

웡은 모르도와 함께 도서관에서 스트레인지를 발견했던 그 순간을 기억하고 있었다. 스트레인지는 테이블에 앉아 책을 보고 있었다. 하지만 그것은 그냥 책이 아니었다. 《카글리오스트로의 책》이었다. 더구나 스트레인지는 책만 보고 있었던 것이 아니라, 신비의 유물인 '아가모토의 눈'도 함께 사용하고 있었다.

웡과 모르도는 이를 믿을 수 없었다. 카마르-타지에 있는 동안 한 번도 보지 못한 광경이었다. 스트레인지는 읽지 못하는 것이 분명한 글씨를 읽고 있었고 뿐만 아니라, 바로 그 아가모토의 눈을 이용해서 시간을 조종하고 있었던 것이다. 그 눈은 사실 인피니티 스톤 중 하나였다. 인피니티 스톤은 우주만큼 오래된 유물로, 상상도 못할 힘을 가지고 있었다. 원래 그 눈은 첫 번째 소서러 슈프림이었던 아가모토가 소유하고 있었다. 아가모토가 어떻게 그 눈을 갖게 되었는지에 대한 기록은 남아 있지 않지만, 그 눈은 수세기 동안 카마르-타지에 있었고 스티븐 스트레인지가 사용하는 그날까지 거의 사용된 적이 없었다.

"호기심 때문에 죽을 수도 있었어." 웡은 그 광경을 보자마자 걱정스럽게 화를 내며 소리쳤다. "자넨 시공연속체를 조종한 게 아니야. 파괴하고 있었지!"

웡은 스트레인지에게서 책을 빼앗아 원래 자리로 갖다놓았다. 그는 책을 꽂은 다음 스트레인지에게 화를 내기 시작했다. "우린 자연의 법칙을 깨서는 안 돼." 웡의 목소리는 격앙되었다. "법칙을 지켜내야 해!"

"그 주문은 이해해야만 사용할 수 있는 주문이야. 대체 어디서 배웠어?" 모르도가 끼어들었다. 그는 그저 스트레인지가 어떻게 《카글리오스트로의 책》에 있는 주문을 배웠으며, 어떻게 아가모토의 눈을 사용할 수 있었는지 알고 싶을 뿐이었다.

"난 한 번 본 것은 사진처럼 다 기억해." 스트레인지가 말했다. 하지만 곧 자신의 말에 아무도 호응해주지 않아서 당황했다. "그래서 내가 의학박사 학위와 철학박사 학위를 동시에 딸 수 있었던 거야."

하지만 모르도는 이를 믿지 않았다. "지금 네가 한 것은 기억력만으로 할 수 있는 건 아니야."

"자넨 타고난 마법사야." 웡이 덧붙였다. 다소 화가 누그러진 듯했다.

사실 그것은 엄청난 칭찬이었다. 특히나 웡이 한 것이라면 더더욱 그랬다. 그는 거의 칭찬을 하지 않았다. 언제 어떤 경우에도. 하지만 웡의 칭찬은 스트레인지에게 별 의미가 없는 것 같았다.

"그런데 손은 여전히 떨리네." 스트레인지가 떨리는 손을 보며 씁쓸한 듯이 말했다.

윙은 스트레인지의 수술 솜씨를 앗아간 사고가 스트레인지라는 사람 자체를 지배하고 있다는 것을 알 수 있었다. 스트레인지가 카마르-타지에 와서 했던 말과 행동 모두가 그 사고의 영향을 받은 것이었고 윙은 그런 스트레인지에게 동정심을 느끼고 있었다.

"지금까지는, 그렇지." 윙이 말했다. 그는 희망을 주는 데에 익숙하지 않았다.

"영원히 그런 건 아니고?" 스트레인지가 기대에 찬 목소리로 물었다.

하지만 윙만큼 참을성이 강하지는 않았던 모르도는 짜증내듯 말했다. "우리는 예언자가 아니야."

스트레인지는 때를 놓치지 않고 질문을 시작했다. "그럼 우리가 어떤 존재인지 말해주는 건 어때?" 그것은 간단한 질문이었지만, 대답은 결코 간단하지 않았다. 윙은 모르도를 바라보았고 두 남자는 마침내 스트레인지가 자신의 운명에 대해 더 알아야 할 때가 왔다는 것을 깨달았다.

윙이 생텀 나르텍스의 받침대를 살짝 건드리자 지도에 불이 들어오면서 도서관 천장을 밝게 비추었다. 그것은 뉴욕, 런던, 홍콩 세 도시를 빛으로 표시한 신비로운 지구의 모습이었다.

"어벤져스 같은 히어로들은 물리적인 위협에서 세상을 지키지." 윙이 말을 시작했다. "하지만 우리 마법사들은 좀 더 추상적인 마법의 위협에서 세상을 보호해. 소서러 슈프림은 수천 년간 지구를 지켜왔어. 에인션트 원 역시 소서러 슈프림 중 한 명이지. 그 시초는 '위대한 아가모토'야. 자네가 몰래 사용했던 '아가모토의 눈'을 만든 마법사이기도 해. 아가모토는 지금은 대도시가 세워진 저 세 곳에 생텀을 지었어."

웡은 금속으로 만든 기호로 화려하게 꾸며진 세 개의 문을 보여주었다. 하나는 홍콩의 생텀으로 향하는 것이었고, 나머지는 뉴욕과 런던으로 향하는 문이었다.

웡이 말을 이었다. "세 생텀은 함께 우리 세상을 지키는 보호막을 만들고 있어."

모르도가 좀 더 명확히 설명했다. "생텀이 세상을 수호하고 우리 마법사들은 그 생텀을 수호하는 거야."

뻔한 질문이 이어졌다. "무엇으로부터?" 스트레인지가 물었다.

"이 세상을 위협하는 다른 세상의 존재로부터." 웡이 대답했다.

"도르마무 같은." 스트레인지가 머뭇거리며 말했다.

모르도가 차가운 눈으로 그를 쏘아보았다. "그 이름은 어디서 들었어?"

"방금 《카글리오스트로의 책》에서 읽었어." 스트레인지가 대답했다. "왜?"

웡은 말이 없었다. 그리고 스트레인지에게 모든 것을 알려줘야겠다고 결심했다. 그가 받침대를 돌리자 모두가 천장을 바라보았다. "도르마무는 다크 디멘션에서 살고 있어. 시간을 초월할 수 있는 존재야." 웡이 말했다. "도르마무는 우주의 정복자이자 세상의 파괴자야. 무한한 힘과 끝없는 굶주림을 가진 존재지. 그는 무엇보다도 지구를 갈망하고 있어."

천장에 소용돌이 모양이 생겨났다. 그리고 곧바로 다크 디멘션이 천장을 가로질러 나타났고, 방 안에 있는 세 사람은 이 세상 같지 않은 그곳을 볼 수 있었다.

스트레인지는 학습 속도가 엄청나게 빨랐다. 웡은 스트레인지가 자신 앞에 놓인 엄청난 양의 정보들을 벌써 흡수했다는 것을 알 수 있었다. 하지만 그는 여전히 자신의 손을 고치기 위해 카마르-타지에 온 남자일 뿐이었다. 당연히 여러 차원들을 망라하는 마법의 전쟁에 얽히고 싶은 생각은 없었다.

하지만 웡은 스트레인지가 바로 그 일의 적임자라는 것을 느낄 수 있었다.

6

생텀을 떠난 지 몇 시간이 지났지만 스트레인지는 아직 돌아오지 않고 있었다. 웡은 여전히 책상 앞에 있었다. 그는 종이를 옆으로 물리고 사건들의 연대기를 작성하는 작업에서 잠시 쉴 시간이라고 생각했다. 어쩌면 생텀 주변을 산책하면 머리가 맑아질지도 모른다. 그도 언젠가는 스트레인지처럼 뉴욕 거리를 활보할 수도 있을까? 그들이 뉴욕으로 온 지 몇 달이 되었지만 웡은 언제나 갖가지 이유를 대면서 밖으로 나가지 않았다. 일이 너무 많았다. 카마르-타지 도서관에서의 임무처럼. 물론 웡은 이런 것들이 모두 변명이라는 것을 알고 있었다.

그는 생각했다. '어쩌면, 나는 내 책과 다른 마법사들을 다루는 데에 너무 익숙해졌는지도 몰라. 세상으로 나가서 마법과 상관없는 사람들과 어울리는 게 더 좋을 수도 있지.'

웡은 작은 서재 밖으로 나와 계단을 내려가 큰 계단 끝에 있는 현관으로 갔다. 웡은 로비와 정문으로 향하는 계단 끝에 스티븐 스트레인지가 혼자 서 있는 것을 보고 깜짝 놀랐다. 웡은 말없이 스트레인지를 바라보았다.

"내가 왜 나갔는지 궁금하겠지." 스트레인지가 말했다.

"나갔는지도 몰랐어." 웡은 차분하게 말했다.

스트레인지는 계단을 오르기 시작했다. 웡은 계단 중간쯤에 서서 스트레인지가 자신을 지나치는 것을 보았다. 그는 공중부양 망토를 입고 있었다. 망토는 스트레인지의 어깨부터 발까지 늘어뜨려져 있었고 물 흐르듯이 끊임없이 움직였으며, 뾰족한 칼라는 그의 얼굴을 감싸고 있었다. 망토는 놀라운 유물이었다. 스트레인지는 망토를 입고 자유자재로 날 수 있었다. 또한 망토는 스스로 의지도 갖고 있었는데, 결국 자신을 입을 수 있는 사람으로 스트레인지를 선택한 것도 망토였다. 망토는 스트레인지를 보호하는 것은 물론 그를 위해 싸울 수도 있었다.

"어디 갔었어?" 웡이 물었다. 그는 자신을 지나쳐 계단을 올라가는 닥터 스트레인지의 뒤에서 물었다.

"오, 이제야 궁금해졌나?" 스트레인지의 목소리에는 장난기가 묻어 있었다. "뭔가 익숙한데. 있잖아, 나도 한때는 궁금했었어."

웡이 신음소리를 냈다. 그는 이 대화가 어떻게 흘러갈지 정확히 알고 있었다.

"나도 내 친구가 뭘 쓰는지 궁금했어. 나에 대해서 말이야. 적어도 난 그가 친구라고 생각했거든. 친구들은 서로에게 솔직하게 얘기하지. 비밀을 만들지 않아."

그거랑은 전혀 다른 얘기거든. 웡은 슬슬 짜증이 나기 시작했다.

웡은 스트레인지의 작전에 말려들지 않으려고 뒤돌아서 다시 계단을 내려가기 시작했다.

"잠깐!" 스트레인지가 계단 꼭대기에서 소리쳤다. 웡은 걸음을 멈추었지만, 뒤돌아보지는 않았다. "그 답례로, 클라리스." 스트레인지가 말했다. "네가 뭘 쓰는지 알려주면, 나도 무슨 일인지 말해줄게."

웡은 곧바로 대답했다. "자네가 먼저 얘기해. 그럼 나도 내가 쓰는 걸 말해줄지 생각해보지."

스트레인지가 손짓을 하자, 공중부양 망토가 그의 몸에서 떨어져 복도를 따라 날아갔다. 자신의 쉴 곳인 유물의 방으로 향한 것이다. 스트레인지는 간절한 표정으로 웡에게 말했다. "협상을 받아들이지."

웡은 스트레인지를 따라 계단 위로 올라갔고 두 남자는 넓은 복도를 걸어가 웡의 서재 옆방으로 갔다. 그곳은 스트레인지의 개인 서재였다.

스트레인지의 서재는 웡의 작은 서재와 확연히 달랐다. 웡의 서재는 소박한 반면, 스트레인지의 서재에는 벽난로와 응접탁자, 소파 그리고 큰 가죽의자가 있는 책상도 있었다.

웡은 조금 도가 지나치다고 생각했다.

"좋아, 자네에게 얘기해줘야 할 것 같군." 스트레인지가 말했다. "언제나 대가가 따르기 마련이지, 안 그래?"

7

"언제나 대가가 따르기 마련이지."

웡은 저 말을 잘 기억하고 있었다. 모르도가 자주 쓰던 말이었다.

모르도는 스트레인지보다 몇 년 먼저 카마르-타지에 왔다. 그 역시 에인션트 원 밑에서 수학했다. 스트레인지나 웡처럼 모르도 역시 초심자로 시작해서 많은 연구와 훈련 끝에 도제가 되었고, 마침내 에인션트 원의 제자까지 될 수 있었다.

그는 힘과 용기를 가진 사람이었다. 모르도는 그 두 가지 특징 덕분에 여러 번 다른 사람을 구할 수 있었다. 하지만 모르도에게는 걱정스러운 부분이 있었다. 믿음에 대해서 타협이 없다는 것이었다. 그는 융통성이 없었고 절대적인 믿음을 갖고 있었다. 반면, 웡은 자신이 아직 모르는 것이 많다는 것을 알 정도로 현명했고, 절대적인 믿음을 가져서는 안 된다는 것 정도는 알고 있었다.

하지만 모르도는 그렇지 못했다.

케실리우스와 그의 젤롯들이 금지된 의식을 이용해 다른 차원으로 통하는 포탈을 열고 도르마무를 이 세상으로 소환했을 때 세상의 모든 희망이 사라진 것처럼 보였다. 웡은 홍콩 생텀을 보호하는 임무를 수행하기 위해 열심히 싸웠지만 그와 생텀은 세상을 잠식하는 다크 디멘션과 젤롯의 힘 앞에 속수무책이었다.

그리고 그때 스트레인지와 모르도가 홍콩에 도착했다. 스트레인지가 아가모토의 눈을 이용해 시간을 되돌리자 파괴되었던 홍콩 역시 천천히 복구되었다. 생텀은 재건되었고 웡도 다시 살아 돌아왔다.

그리고 스트레인지는 다크 디멘션으로 가서 도르마무에 맞섰다. 그는 아가모토의 눈으로 무한한 시간의 고리를 만들어 자신과 도르마무를 그 안에 가두어버렸다. 도르마무는 불같이 화를 내며 스트레인지를 죽이려고 했지만 아가모토의 눈의 힘은 강력했고, 시간은 계속해서 되돌아갔다. 둘의 대면은 계속해서 다시 시작되었고, 스트레인지는 반복에 반복을 거듭하면서 도르마무에 맞섰다.

결국 좌절한 도르마무는 스트레인지가 시간의 고리를 끊는 대가로 지구를 떠나기로 약속했다. 계약이 체결되자 둘은 서로의 약속을 지켰다.

윙과 모르도는 스트레인지가 다크 디멘션에서 돌아올 때까지 기다렸다. 하지만 윙이 스트레인지가 살아온 것에 안도하며 풀 수 없을 것 같았던 문제를 재치 있는 방법으로 해결한 것을 자랑스럽게 여긴 반면, 모르도는 다르게 느꼈다.

모르도는 스트레인지가 아가모토의 눈을 사용하여 시간을 조종하는 것이 자연의 법칙을 어긴 것이라고 생각했다. 그 법칙은 절대적이고, 옳고 그름을 판별하는 것이었다. 그래서 모르도는 더 이상 스트레인지와 윙, 또 카마르-타지의 동료가 될 수 없었다.

'언제나 대가가 따르기 마련이다.' 모르도는 그 말을 좋아했다. 언제나 치러야 하는 대가가 있는 법이다. 끔찍한 결과가 올 수도 있는데 어떻게 스트레인지는 그 눈을 사용할 수 있단 말인가?

모르도는 그들과 함께하고 싶지 않았다. 그래서 그는 자신의 길을 찾아 떠났다.

윙은 그런 모르도가 매우 걱정스러웠고, 지금도 여전히 걱정하고 있었다.

모르도처럼 흔들리지 않는 원칙을 갖고 자신과 다른 견해를 견디지 못하는 사람? 그런 사람이야말로 정말 위험할 수도 있기 때문이다.

8

"그러니까 두통이 겨우 한 시간 전에 시작됐단 거지?" 웡이 걱정하면서 물었다.

"그쯤 된 거 같아. 난 머리를… 마음을 맑게 하려고 밖으로 갔던 거야. 요즘 좀 우울했거든. 마치 생각의 가장자리가 깨지는 것처럼. 그런데 좀처럼 아무것도 할 수가 없었어. 어쨌든, 처음엔 그냥 단순한 두통이라고 생각하고 대수롭지 않게 여겼지. 난 외과 의사였잖아. 두통의 원인에 대해서 잘 안다고. 하지만 그땐…." 스트레인지는 손가락으로 양쪽 관자놀이를 만지고 가볍게 누르고 얼굴을 찌푸렸다. "마치 내 뇌 속에 못들이 돌아다니는 것 같았어. 의사로서 내 소견을 말하자면 '이건 정상이 아닌' 거라고."

"왜 그런지는 모르는 거야?"

스트레인지는 고개를 저었다. "모르겠어. 하지만 통증과 함께 오는 건… 아마 자넨 이걸 환상이라고 부르겠지." 스트레인지가 말을 시작했다. 그와 웡은 복도 끝에 있는 유물의 방으로 들어갔다. 그곳은 오래된 아름다운 오크나무 벽으로 둘러진 방이었다. 방 중앙에는 세계 각지에서 수 세기 동안 모아온 오래된 유물들이 유리로 된 장식장 안에 전시되어 있었다.

그 유물들은 각각의 강력한 힘을 지니고 있었다. 마법사들이라면 당연히 배워야 하겠지만, 사실 에너지의 차원을 조종하는 것은 몸과 마음을 극도로 긴장시켰다. 어떤 마법은 너무나 강력해서 비술에 대해서 아무리 많이 안다고 해도 다루기 힘들 때도 있었다. 때문에 어떤 유물에는 그 긴장감을 견딜 수 있게 해주는 힘이 깃들어 있기도 했고, 마법사 대신 벌을 받는 유물도 있었다.

"어떤 환상이었는데?" 웡이 물었다. 그는 스트레인지가 걱정스러웠다. 스트레인지는 문제를 드러내는 편이 아니었다. 그는 혼자 해결하는 것을 좋아했고, 웡에게 뭔가를 언급하는 것조차 꺼리는 것 같았다.

스트레인지는 유리 장식장 뒤로 걸어갔다. 그 장식장 안에는 봄갈리앗의 화로가 들어 있었다. 웡은 그것이 주문의 힘을 상승시켜준다는 것을 알고 있었다. 하지만 스트레인지는 말을 잇기 전에 잠시 뜸을 들였다.

"그 환영… 그다지… 선명하지는 않아." 스트레인지가 천천히 말했다. "그저 내 생각엔… 무언가… 무언가가… 점점 다가오는 것 같아. 형태나 모습이… 살아 있는 것 같아. 저기 어딘가에." 스트레인지가 천장을 가리켰다.

"아니, 저기 다락방 말고, 저기 위에." 스트레인지는 웡의 간절한 표정을 보고 다시 말을 이었다. "그곳에, 다른 차원에 말이야. 물론 확실하진 않아. 난 그저 무언가가 우리에게 가까워지고 있다는 것을 알고 있을 뿐이야. 그런데 좋은 의도인 것 같진 않아."

웡은 그 말을 듣고 생각에 잠겼다. 보통의 사람들이 위험을 느낄 때 표정에 순간적으로 드러나는 반면, 웡은 시간이 걸렸다. 그는 조용히 생각을 정리하고, 실제로 가능한 사실들을 종합해서 세심하게 고려한 다음에야 움직였기 때문이다.

윙이 전직 사서로서 말했다. "우리가 참고할 만한 글들이 카마르-타지에 있을지도 몰라. 어쩌면 도움이 될 수도 있지."

세 곳의 생텀과 카마르-타지를 여행하는 것은 사실 간단했다. 비술의 마스터들은 생텀 나르텍스의 신비로운 문을 이용해서 생텀들을 손쉽게 다닐 수 있었다. 윙은 그저 생각만으로도 카마르-타지로 갈 수 있었다.

스트레인지가 손뼉을 치며 말했다. "아주 좋아." 그는 기뻐하며 말했다. "그럼 자네가 갔다 와. 난 여기서 쉬면서 명상하고 있을게."

"명상." 윙이 스트레인지의 말을 따라했다.

"명상."

윙이 고개를 끄덕였다. "좋아. 자네한텐 그게 필요할 것 같군."

9

불과 1분 전에 윙은 뉴욕 생텀의 유물의 방에서 스트레인지와 대화를 하고 있었다. 그리고 지금, 그는 네팔의 카마르-타지에 있었다. 손바닥 보듯이 훤히 알고 있는 서늘하고 어두운 도서관에 있는 것이다.

윙은 지구에 잠재적인 위협이 될 수 있는 생명체나 이상한 현상에 대해 보기 쉽게 설명해놓은 백과사전들로 가득한 책장을 질질 끌면서 옮겼다. 윙은 수년 전부터 그런 종류의 책을 읽는 버릇이 있었다. 그는 그런 내용을 좋아했다. 그 책들은 카마르-타지의 다른 학생은 아예 펴 볼 생각도 하지 않는 끔찍한 내용들로 가득 차 있었다. 하지만 윙은 개의치 않았다. 책들이 그를 불렀다. 그는 세상 밖에 무엇이 있는지 알고 싶었고, 예측하지 못한 어떤 사태에도 대비하고 싶어 했다. 그 책들은 쇠로 만든 작은 상자에 들어 있었다. 윙은 상자를 잠그고 있던 걸쇠의 핀을 빼고 책을 꺼냈다. 책의 가죽 표지는 쩍쩍 갈라져 있었다.

도서관에는 표지에 제목이 적히지 않은 책들이 몇 권 있었다. 사실 아마추어라면 그 책들을 본다고 해도 아무것도 볼 수가 없었다. 적어도 에인션트 원의 제자 정도는 되어야 책에서 뭐라도 볼 수 있었다.

윙은 에인션트 원의 제자였다. 그리고 그 이상이었다.

윙은 그 책을 손에 꼭 쥐고 낡은 의자에 앉아 도서관의 어두운 불빛 아래서 책을 읽기 시작했다. 책장의 글씨들이 서서히 나타났다.

《석양의 책》.

그 책은 흑마법과 그보다 더 무서운 존재에 관한 책이었다. 윙은 만일 지구를 향해 오는 위협이 있다면, 어쩌면 그《석양의 책》에서 발견할 수도 있을 거라 생각했다.

양피지로 된 책장을 넘기면서 뒷머리가 삐죽 서는 것을 느꼈다. 윙이 왼쪽으로 고개를 살짝 돌리자 신비한 에너지의 원이 그의 머리 바로 옆에서 빛나고 있었다. 그는 놀라지 않고 원을 보았다. 원 안에는 뉴욕의 스티븐 스트레인지가 보였다.

스트레인지는 작은 포탈로 자신의 오른손을 뻗었다. "사과?" 그는 고개로 오른손의 사과를 가리켰다.

웡이 한숨을 쉬었다.

긴긴 밤이 되겠구나.

웡은 문득 잠에서 깨어 일어났다.

얼마나 잤을까? 몇 시간? 몇 분?

웡은 몇 시간이나 책을 뒤졌지만 아무것도 발견하지 못했다. 스트레인지가 느끼고 있다는, 그들에게 다가오는 무언가의 정체를 밝히는 어떤 정보도, 단서 한 조각도 찾지 못했다.

웡은 일어나서 하품을 하며 책을 무릎 위에 놓았다. 그리고 그때, 웡은 복부 깊은 곳으로 가라앉는 기분을 느끼기 시작했다. 스트레인지가 자신을 귀찮게 하지 않은 지 몇 시간이나 지났다는 것을 깨달았다. 포탈을 통해 과일을 권한 이후부터 몇 시간 동안이나 웡을 내버려둔 것이다.

웡의 마음이 불안해지기 시작했다. 스트레인지는 왜 그렇게 빨리 웡에게 카마르-타지로 가라고 했을까?

그리고 스트레인지가 언제부터 앉아서 '명상'을 했을까?

그리고 갑자기 두통이 밀려왔다. 환상이었다.

어쩌면 스트레인지는 내가 비켜 있기를 원했을지도 모른다. 어쩌면 그는 뭔가 하려는지도 모른다.

바보 같은 무언가를.

혼자서.

웡은 책을 덮고는 의자를 박차고 일어났다. 책을 상자에 넣지도 않았다. 시간이 너무나 촉박했다. 웡은 오른손에 차고 있던 슬링 링으로 공중에 원을 그려 카마르-타지와 뉴욕의 생텀 생토럼 간의 포탈을 열고, 그 속으로 뛰어들었다.

10

"스티븐!" 웡은 그의 가장 깊고 큰 목소리로 스트레인지를 불렀다. 웡이 뉴욕의 생토럼에 발을 딛자, 그의 뒤에 있던 포탈이 공중에서 갈라지면서 흔적도 없이 사라졌다.

웡은 그린위치 빌리지의 집으로 들어오는 현관을 등지고 있는 로비에서 나타났다. 그는 아래층에 인기척이 있는지 빠르게 훑어보고 위층을 보았다.

아무것도 없었다.

그는 스트레인지의 이름을 다시 불렀다.

여전히 아무 대답도 없었다.

웡은 계단을 뛰어올라 복도 끝에 있는 유물의 방으로 들어갔다. 그곳에서도 스티븐 스트레인지의 흔적은 찾을 수 없었다.

웡은 가슴이 철렁했다. '혼자 나간 게 분명해. 대체 자신을 뭐라고 생각하는 거지? 지구의 소서러 슈프림?'

웡은 무엇을 해야 할지도 모른 채 유물의 방을 나가 복도로 걸어갔다. 그때 한 가지 생각이 떠올랐다. 직감이라고 해야 할 것이다. 그는 생텀 로툰다로 성큼성큼 걸어갔다.

로툰다는 복도 오른쪽에 있는 크고 둥그런 방이었다. 그 안에는 엄청나게 넓은 세 개의 창문이 각각 다른 경치를 보여주고 있었다. 첫 번째 창문은 소용돌이치는 사막의 모래벌판을 향해 나 있었다. 저 멀리서 제트기 같은 것이 보였는데, 낯이 익었지만 무엇인지 정확히 알 수 없었다. 두 번째 창문은 끝없는 수평선을 향하고 있었다. 대서양? 태평양? 보는 것만으로는 알 수 없었다.

세 번째 창문에서 웡은 이상한 장면을 보았다. 스트레인지가 눈 덮인 산꼭대기에 가부좌를 틀고 앉아 있는 것이었다.

'뭐하는 거지? 정말 명상 중인 건가?'

웡은 창문을 뛰어넘어 눈 덮인 산의 스트레인지에게 가려고 하다가 혹시나 자신이 스트레인지를 방해하는 것은 아닌가 하는 생각이 들었다. 그는 스트레인지가 어째서 상의도 없이, 자신의 도움도 요청하지 않고 혼자서 악에 맞서 다른 차원으로 가려 했는지 궁금했다.

순간 웡은 너무 입술을 세게 깨문 나머지, 피가 날 정도였다. 이 기분은 무엇일까? 당혹감? 웡은 이런 기분에 익숙하지 못했다. 웡은 언제나 자기 자신과 자신을 둘러싼 상황을 단단하게 통제하고 있었다. 외적으로, 또 내적으로. 천천히 반응하고, 천천히 화를 냈다.

윙은 마음을 가라앉히고 창문을 뛰어넘으려는 충동과 싸웠다. 에인션트 원은 영원히 가버렸다. 그녀는 케실리우스의 손에 목숨을 잃었고, 다시 돌아오지 못할 것이다. 그리고 이제 스티븐 스트레인지가 에인션트 원을 대신해 막대한 임무를 수행해야 했다.

윙은 스트레인지가 그 임무를 잘 수행할 것이라 믿었다. 그리고 그는 스트레인지가 무엇을 하려고 하는지 정확히 알고 있었다.

믿음.

윙은 조금 더 기다렸다가 뒤돌아서 천천히 로툰다를 나갔다.

"누가 왔어?"

건장한 마법사가 책상 앞 종이에서 고개를 들었다. 그는 지난 몇 시간 동안 글쓰기에 몰두했던 터라 기분을 전환할 필요가 있었다. 스트레인지가 자신의 이름을 부른 그 순간에 그는 너무나 깊은 생각에 잠겨 있었기 때문이다. 무한한 인내심을 가진 것 같은 윙은 로툰다의 문 밖으로 익숙한 음성이 들리는데도 말 그대로 그 자리에 못 박힌 듯이 앉아 있었다.

윙은 로툰다 안에서 스트레인지가 관자놀이를 문지르는 것을 보았다. 다시 두통이 온 것이다. 스트레인지는 어깨에 눈을 맞은 채로 창문을 넘어 들어오고 있었다. 스트레인지가 창문 옆에 있는 컨트롤 패널의 다이얼을 돌리자, 눈 덮인 산의 모습이 사라지고 푸른 전원의 풍경이 나타났다.

"돌아왔군." 웡이 말했다. 그는 목소리에 걱정이 묻어나지 않길 바랐다.

"그럼, 돌아왔지." 스트레인지가 대답했다. "내가 정말 뭘 했는지 알면 놀랄 거야."

"명상. 나도 봤어."

"그런데 자네 카마르-타지에 있어야 하는 거 아냐? 적들에 대해서 찾아보러? 여기 누가 있을 거라곤 생각 못했네."

"무서운 거위들이 쫓아와서 말이지. 자넨 내가 거기서 아무것도 못 찾을 거란 걸 알고 있었잖아."

스트레인지는 한숨을 쉬고 손으로 허리를 짚었다. 그는 바닥을 내려다보고는 다시 웡을 바라보았다. "그랬지." 하지만 그의 목소리에서 자책이라거나 죄책감은 조금도 보이지 않았다. 전형적인 스트레인지였다.

"왜 거짓말을 했지?" 웡이 물었다. 상처받지는 않았다. 웡은 스트레인지의 행동에는 분명 타당한 이유가 있을 거란 걸 알고 있었다. 하지만 그 이유를 알고 싶었다. 웡은 만일 자신이 스트레인지를 믿어준다면, 스트레인지 역시 그를 믿고 진실을 말해줄 것이라 생각했다.

"내가 산꼭대기에 있을 때 무슨 일이 일어날까 봐 걱정돼서 그랬어. 무엇이… 날 따라와서 거울을 통과할지 알 수가 없었으니까. 무슨 일이 생길지도 모르니 자네가 여기 있는 것을 원치 않았던 거야."

"난 자넬 도우려고 여기 있는 거야." 웡이 반박했다. 그는 실망
감을 감출 수 없었다. "알고 있잖아. 내가 에인션트 원을 도왔던
것처럼, 자넬 도우려고 왔다고. 난—."

"자넨 내 친구야." 스트레인지가 웡이 나무라기 전에 끼어들었
다. "나도 자네 마음을 알아. 또 그래서 난 자네가 확실히 안전하
길 바랐던 거야. 만일 내게 무슨 일이 생긴다면 나 역시 자네가
필요할 테니까."

웡은 스트레인지를 바라보며 고개를 저었다. 그는 스트레인지
의 역설적인 논리를 나중에 다루기로 했다. 더 급한 것이 있다고
느꼈기 때문이다. "뭘 알아 온 거지?"

스트레인지는 즉시 그의 오른손으로 공중에 소용돌이치는 빛
나는 원을 만들었다.

"같이 가보지." 그가 말했다.

11

웡은 포탈 안으로 들어서면서 스티븐 스트레인지에 대한 두 가
지 기억을 선명하게 떠올렸다.

하나. 스트레인지가 슬링 링을 배우던 순간.

둘. 스트레인지가 좀 전에 있었던 산이 아닌, 다른 눈 덮인 산

꼭대기에 서 있던 순간. 물론 절대 그가 선택한 것은 아니었지만.

웡은 스트레인지가 슬링 링을 사용할 줄 모르던 때가 있었다는 것이 불현듯 생각났다. 스트레인지는 그것이 손 때문이라고 했었다.

그는 언제나 손 때문이라고 했다.

웡은 모르도가 해준 이야기를 기억하고 있었다. 예전에 스트레인지는 아주 작은 것에도 집착하고 매달리며 뭐든 할 수 있다고 생각하는 사람이었다. 하지만 그때까지는 마법을 쓰지 못했다고 했다.

그날, 모르도는 카마르-타지 안뜰에서 학생들을 가르치고 있었다. 학생들은 각각 슬링 링으로 공중에 둥근 포탈을 만들고 있었다. 슬링 링을 사용하기 위해서는 자신의 에너지를 집중하는 것이 중요했다. 안뜰에 있던 모든 학생들이 이에 매달리고 있었고 그들의 앞에는 빛나는 포탈들이 생겨났다.

하지만 스트레인지는 예외였다.

"마음속으로 그려봐." 모르도는 학생들에게 조언을 해주었다. "마음속의 목적지를 바라보고 갈 곳을 더 구체적으로 그릴수록 문은 더 빨리, 더 쉽게 생길 것이다."

모르도는 모든 학생들 앞에서 그 말을 했지만, 사실은 스트레인지에게 한 말이나 다름없었다.

스트레인지 역시 열심히 노력하고 있었지만 아무것도 해내지 못했다. 무언가가 그를 막고 있는 것 같았다.

그때 에인션드 원이 스트레인지와 얘기를 하기 위해 안뜰로 왔다. 에인션트 원은 하미르라는 사도와 함께였다.

늘 그랬듯이 스트레인지는 손이 문제라고 말을 시작했다. 그 사고 때문에 그는 슬링 링이 작동하는 데 필요한 몸짓을 제대로 할 수 없다는 것이었다.

에인션트 원은 그의 말에 조금도 수긍하지 않았다. "손이 문제가 아니야." 그녀는 강조하며 말했다.

스트레인지는 여전히 강하게 부정했다. 그래서 에인션트 원은 하미르에게 시범을 보여주라고 했다. 하미르는 그의 가운 소매에서 두 손을 꺼내었다.

아니, 한손이라고 해야 할 것이다.

하미르는 망설임 없이 곧바로 포탈을 소환했다. 한 손과 손목으로. 그가 한 손과 한쪽 손목만으로 공중에 문자를 그리자 순식간에 포탈이 나타났다.

에인션트 원은 자신이 말하고자 하는 바를 분명하게 전달했다.

스트레인지는 혼란스러워하며 좌절했다. 자신이 잘못됐다는 것을 느꼈기 때문이다. 분명 문제는 손이 아니었다.

그래서 에인션트원은 자신의 슬링 링으로 포탈을 만들어 스트레인지를 그 속으로 불렀다.

둘은 에베레스트 산의 꼭대기에 서 있었다. 눈으로 얼어붙은 아름다운 곳이었다. 에인션트 원은 스트레인지에게 아마 그곳에서 죽기 전까지 30분 정도 견딜 수 있을 것이라고 했다. 어쩌면 1~2분 안에 쇼크가 올 수도 있다고. 에인션트 원은 이렇게 말하고는 스트레인지를 버려두고 포탈로 들어가 문을 닫아버렸고 결국 스트레인지는 얼어붙은 산꼭대기에 홀로 남게 되었다. 이제 스트레인지는 얼음이 주는 시련 앞에 서 있었다. 만일 스트레인지가 슬링 링을 작동시키지 못한다면 죽을 것이다. 아주 간단한 이치였다.

후에 모르도는 웡에게 에인션트 원이 어떻게 그런 일을 할 수 있는지 믿을 수 없었다고 했다. 에인션트 원의 '테스트'가 너무나 가혹해 보였기 때문이다. 모르도는 특히 의심을 품은 제자는 최적의 상황이라 해도 단순한 포탈조차 만들 수 없다고 생각했다. 옳고 그름에 대한 확고부동한 시각을 가진 그로서는 그런 시험에 찬성할 수 없었다.

긴장된 몇 분이 지나자, 갑자기 포탈이 열리고 스트레인지가 말 그대로 눈을 뒤집어 쓴 채 땅으로 떨어졌다. 그는 꽁꽁 언 상태로 벌벌 떨고 있었다. 하지만 해냈다.

미지의 세상으로 한 걸음을 내디딘 것이었다.

"도서관으로 돌아왔군." 웡이 주변을 돌아보며 말했다.

"도서관으로 돌아왔지." 스트레인지가 따라서 말했다.

두 남자는 어두컴컴한 방으로 들어가 주변의 오래된 책들을 지나쳤다.

"이번엔 뭘 찾아야 하는 거지?" 웡이 물었다.

"방법." 스트레인지의 대답이 돌아왔다. "우리 세상이 사라져 없어지는 것을 막을 수 있는 방법."

12

"《위대한 5명의 마법사》?" 웡이 스트레인지를 보며 물었다. "전에 읽은 적이 있나?"

"물론 읽어봤지." 스트레인지가 금속 케이지에서 바짝 마른 책을 꺼내며 말했다. "난 사실 이 도서관의 모든 책을 다 읽었다고 할 수 있어."

"모든 책은 아니지." 웡이 받아쳤다.

스트레인지가 고개를 돌렸다. "그래, 분명 내가 안 읽은 책도 있긴 하겠지."

"틀렸다고 인정해." 웡이 고개를 흔들며 말했다.

스트레인지는 더 이상 아무 말도 하지 않고 혼자 근처의 테이블로 걸어가 테이블 위해 책을 소리 나게 내려놓았다. 그는 표지를 넘기고 뭔가를 찾는 듯 책을 뒤지기 시작했다.

'《위대한 5명의 마법사》.' 이 책은 위대한 힘에 대한 서적으로, 선하고 놀라운 백마술로 가득 차 있었다. 역사상 가장 위대한 5명의 마법사들의 주문을 담아 몇 천 년 전에 만든 책이었다. 비술의 마스터들이 함께 엮은 마법의 주문은 한 세대에서 다음 세대로, 마법사에게서 마법사로 전해져 내려왔다.

"산에서 명상하고 있을 때 말이야." 스트레인지가 말을 꺼냈다. "또 다른 환상을 보았어. 뭔가를 봤어. 거대한, 살아있는… 무언가를. 촉수가 달린 생명체였어. 우주를 헤엄치고 있었지. 이곳, 지구를 향해 오면서 말이야. 그리고 그건 굶주려 있었어."

웡은 무게중심을 다른 발로 옮겼다. "에콜리스를 말하는 건가?" 그는 큰소리로 말했다. 에콜리스는 백만 년도 더 전에 지구에 왔다. 촉수가 달린 악몽 같은 괴물은 엄청나게 잔인한 지배자였고 인간들에게 종말에 이르기까지 희생을 강요했다. 그것을 지구에서 몰아내고 다시 오지 못하도록 하는 데는 비술 마스터의 의지와 힘이 필요했다.

스트레인지는 고개를 저었다. "에콜리스가 아니야. 물론 언젠가 한번 만나보고 싶긴 하지만." 스트레인지는 비꼬면서 말했다. "환상에서 이름을 들었어. 칼카르소였어."

"칼카르소?" 웡이 되물었다. "이 책들에서 '칼카르소'라는 이름을 본 기억은 없는데."

"이 책들에 적혀 있지 않으니까. 새로운 녀석이야. 우리가, 에인션트 원이나 그 누구도 지구에서 마주친 적이 없는 놈이지."

"방금 '마주쳤다'고 했지." 웡이 곰곰이 생각했다. "녀석이 언제 여기로 오는데?"

스트레인지는 어깨를 살짝 으쓱했다. 그도 알 수 없었다.

"그 녀석이 뭘 할 것 같아?"

"내가 본 환상은 그다지 아름답지 않았어." 스트레인지가 나직하게 말했다. "녀석은 지구의 모든 에너지를 다 빨아먹고 빈 껍질만 남겨놓을 거야."

"칼카르소에 대한 책들이 없는데 여기서 뭘 찾아야 하는 거지?" 윙이 스트레인지의 앞에 놓인 책들을 가리키며 말했다.

"희망." 스트레인지가 말했다. "우린 희망을 찾아야 해."

13

'희망. 그래, 스트레인지는 언제나 희망을 찾고 있었지.' 윙은 스트레인지에게 조금은 감탄하고 애정을 느끼면서 이렇게 생각했다. 비록 아무리 떼어내려고 해도 떨어지지 않고, 형을 혼자 내버려두지 않는 성가신 동생에 대한 애정과 비슷하긴 하지만, 어쨌든.

그것은 스트레인지의 가장 큰 특징이었다. 결국 애초에 스트레인지를 네팔로 이끈 근본적인 이유도 바로 이 희망이었다. 그는 모든 방법과 돈을 다 쓰고 나서도 치료법을 찾지 못했지만, 스트레인지는 포기하기보다는 설령 비정통적이더라도 다른 방법을 찾으려고 했던 것이다.

스트레인지는 윙에게 그가 어떻게 카마르-타지를 찾았는지 얘기했었다. 산산조각이 난 그의 손이지만, 다시 어떤 재주 비슷한 것이라도 회복하기 위해 물리치료를 받고 있을 때였다. 치료사는 스트레인지에게 끔찍한 공장사고를 당한 사람의 이야기를 해주었다. 척추를 다쳐 하반신이 마비된 남자였는데, 갑자기 치료를 그만두었다는 것이었다. 그리고 몇 년이 흐른 어느 날, 치료사는 길에서 그 사람이 지나가는 것을 보았다고 했다.

걸어서.

스트레인지는 처음에 그 치료사가 자신을 위로해주려고 이야기를 지어냈다고 생각했다. 부모들이 아이들이 악몽을 꾸지 않게 동화를 읽어주는 것처럼. 하지만 치료사는 그것이 사실이라고 맹세했고, 스트레인지는 치료사에게 그 환자의 이름을 물어보았다.

조나단 팽본. 묘하게 익숙한 이름이었다. 마치 스트레인지가 아는 사람처럼. 하지만 당시에는 이유를 알 수 없었다.

스트레인지는 팽본을 찾아 농구장으로 갔고, 팽본이 그곳에서 친구들과 농구를 하고 있는 모습을 보았다. 긴장한 스트레인지는 그에게 어떻게 접근해야 할지 몰라서 말을 걸지 못한 채 사이드 라인에 서 있었는데 갑자기 이 말이 불쑥 튀어나왔다. "조나단 팽본, 7번 8번 완전히 손상."

팽본은 스트레인지를 매서운 눈으로 바라보더니, 게임을 그만두고 스트레인지에게 걸어왔다.

"누구시죠?" 팽본이 나직하게 물었다.

"가슴 밑으로 마비. 양손 일부 마비."

팽본은 깜짝 놀랐다. "난 당신을 모르는데."

"난 스티븐 스트레인지요. 신경외과 의사… 였소."

갑자기 팽본의 표정이 변했다. "사실은, 그거 알아요? 난 당신이 누군지 압니다. 당신 병원에 갔었죠." 그의 목소리에는 노여움이 담겨 있었다. "그런데 당신은 날 진료하지 않겠다고 했어. 날 만나려고도 하지 않았지."

"당신은 가망이 없었어요." 스트레인지의 목소리는 본인이 듣기에도 공허했다.

"그래, 나한테 힘써봤자 돌아오는 게 없었겠지, 안 그래?" 팽본이 재빨리 대답하고 뒤돌아섰다.

"당신은 나을 수 있는 방법이 없는데도 그 방법을 찾아냈어." 스트레인지가 그의 뒤에서 다급하게 외쳤다. "나… 나도 그 방법을 찾고 싶어."

스트레인지는 코트 주머니에서 손을 꺼내어 팽본에게 보여주었다. 흉터가 가득한 손이 떨리고 있었다.

스트레인지는 더 이상 무슨 말을 해야 할지 알 수 없었다. 너무나 아이러니한 상황이었다. 그는 말 그대로 자신이 도와주길 거부했던 팽본에게 도움을 구걸하고 있었다. 몇 년 전에 자신이 보여주지 않았던 친절함을 팽본이 보여주기를 희망하고 있는 것이었다.

팽본은 침묵 끝에 천천히 입을 열었다. 그는 오직 스트레인지만이 들을 수 있을 정도로 느리고 작게 말했다. "좋아요. 난 포기했었어요." 그는 속삭였다. "나는 내게 정신만이 남았다고 생각하고 그 정신이라도 수양하려고 노력했죠. 그래서 난 도사들과 신녀들을 만나고 다녔어요. 낯선 이들이 산꼭대기로 날 데려가서 신성한 남자들을 만나기도 했고요. 그리고 마침내 스승님을 만날 수 있었어요. 내 정신을 고양시키고, 내 영혼의 깊이를 발전시키고 또 한편으로는…."

스트레인지가 끼어들었다. "몸이 나았던 거죠."

팽본이 고개를 끄덕였다. "맞아요. 그리고 여전히 배워야 할 깊은 비밀들이 있었죠…. 하지만 그것까지 배울 힘은 없었기 때문에 난 그저 내 기적에 만족하고 집으로 돌아왔어요."

스트레인지는 그 남자의 모든 말에 매달렸다. 그는 애절한 눈빛으로 팽본을 바라보았다.

"당신이 찾는 곳은 카마르-타지예요." 팽본이 말했다. "하지만 대가가 만만치 않을 겁니다."

"얼마나 들죠?" 스트레인지가 물었다.

"돈 얘기가 아니에요." 팽본이 스트레인지의 생각을 정확히 읽은 듯이 말했다. "행운을 빌어요."

스트레인지는 충격을 받은 것 같았다. 마치 그를 가두고 있었던 감옥의 벽이 한 번에 무너지는 기분이었다.

이제는 다른 방법이 없었다. 그것만이 남아 있었다. 그리고 스트레인지는 자신 앞에 놓인 한 가닥의 가느다란 희망의 끈을 잡고 있었다.

14

"여기 있네, 바로 여기 있어." 스트레인지가 오른손 엄지로 갈색 빛의 양피지를 툭 치면서 말했다. 그의 앞에는 《위대한 5명의 마법사》가 펼쳐져 있었다.

웡은 스트레인지의 말에 아무 대답을 하지 않았다. 스트레인지가 말했다. "웡? 무슨 문제 있어? 왜 잠자코 있어?"

웡은 다른 곳에 정신이 팔려 있었다. 그는 스트레인지를 카마르-타지로 오게 한 상황을 떠올리며 자신만의 생각에 너무 사로잡힌 나머지, 스트레인지가 한 말을 듣지 못했다는 것을 깨달았다.

만일 완전히 절망적인 상황에서 희망을 찾는 것이 스티븐 스트레인지의 특징이라면, 웡의 특징은 거의 모든 상황에서 침착함을 유지한다는 것이었다. 웡은 고개를 돌려 책을 보았다.

익숙한 글이었다. 웡은 아주 예전에 그 책을 읽은 적이 있었다.

"바엘자르의 계약." 웡이 그 말을 하며 다소 주춤한 기색을 보이자, 스트레인지가 알아차렸다.

"바엘자르의 계약."

"에인션트 원은 절대 그걸 사용하지 않았어." 웡이 말했다. 그는 에인션트 원을 평가하려는 것이 아니었다. 그리고 그럴 필요도 없었다. 그저 에인션트 원이 특정 유물을 사용하지 않고 피했다는 사실만으로도 누구나 놀랄 만한 일이었다.

하지만 스티븐 스트레인지는 언제나 예상을 뛰어넘는 사람이었다.

"어쩌면 에인션트 원은 이걸 사용할 필요가 없었을지도 모르지." 스트레인지가 대꾸했다. "이 칼카르소, 이게 뭐가 됐든, 이게 오고 있어. 우리는 그걸 지구 근처에 들어선 안 돼. 그것을 물리치기 위해서는 엄청난 능력이 필요할 거야. 이것." 그는 책의 주문을 가리키며 말했다. "그리고 어쩌면 이게 우리의 유일한 방법일지도 몰라."

스트레인지는 그 페이지에 집중했다. 그는 오래전에 잊힌 언어로 쓰인 글들을 자세히 살폈다. 웡은 스트레인지가 유물의 힘을 불러내는 데 필요한 주문 전체를 한 단어 한 단어 기억하기 위해 '사진 같은 기억력'을 사용하고 있다는 것을 알고 있었다. 스트레인지는 책장을 앞뒤로 펼쳐가며 초인적인 집중력을 발휘했다.

웡은 스트레인지가 한 번 어디엔가 집중하면 그를 방해하는 것은 거의 불가능하다는 것을 알고 있었지만 어쩔 수 없이 이 말을 해야 했다.

"그 계약은 방어의 주문이야. 물론 강력하지. 분명 그 힘을 발휘할 거야. 하지만 일단 그 힘이 발휘되고 나면, 자넨 그걸 제어하지 못할지도 몰라. 에인션트 원은 그걸 알고 있었기 때문에 한 번도 소환하지 않았던 거야. 절대 바엘자르에게 힘을 빌려달라고 하지 않았어."

에인션트 원의 제자로서, 특히 카마르-타지의 사서로서, 웡은 적어도 도서관에 어떤 마법이 있는지는 알고 있어야 했다. 모든 것이 궁금했던 그는 예전에 존재했던 마법의 책들을 읽는 것을 좋아했다. 그에게 그 이야기들은 세상 어떤 소설보다도 매혹적이고 마음을 사로잡는 것이었다. 물론 그것들은 실제 있었던 일들이었지만.

아주 오래전 웡이 처음 카마르-타지에 왔을 때, 그는 바엘자르에 관심이 많았다. 웡은 바엘자르의 이야기에 흥미를 느껴서 그 책을 읽었다. 바엘자르는 5천 년 전에 살았던 강력한 마법사였다. 그가 지구에서 태어났는지 혹은 어딘가에서 내려온 것인지는 알려지지 않았지만, 《위대한 5명의 마법사》에 있는 주문을 읊으면서 바엘자르의 이름을 불러내면 바엘자르의 존재와 그 힘을 활용할 수 있었다. 그 주문은 실로 위대했고, 실존했던 가장 강력한 마법사가 살아 돌아오는 것과 같은 힘을 지니고 있다고 했다.

하지만 그런 힘을 휘두르기 위해서는 대가를 지불해야 했다.

웡의 입에서 작고 씁쓸한 웃음이 튀어나왔다. 스트레인지는 책에서 눈을 떼지 않았다. 그는 계속해서 책을 읽으면서 조용하게 중얼거렸다. "재미있는 거라도 있어?"

"아니. 없어. 하지만 모르도가 여기 있었다면, 그가 뭐라고 할지 알 것 같아서."

스트레인지가 고개를 들어 웡을 보며 말했다. "언제나 대가가 따르기 마련이지."

"언제나 대가가 따르기 마련이지." 웡이 반복했다. "이 얘기를 모르도가 했다고 해서 틀린 건 아니야."

15

"긍정적인 면을 보자고." 스트레인지가 《위대한 5명의 마법사》를 금속 상자에 다시 넣으면서 말했다. "난 이제 주문을 외웠어. 물론 그 책에서 그 페이지를 찢어서 가질 수도 있었지만 누군가와는 달리, 난 글을 존중해." 그는 조롱하는 표정을 지으며 눈썹을 아래위로 움직였다.

《카글리오스트로의 책》 얘기였다. 광신자 케실리우스는 그 책을 갖기 위해 카마르-타지의 예전 사서를 죽이고 그 강력한 책에서 두 페이지를 찢어갔다. 그가 훔친 주문은 무시무시한 도르마무를 소환하는 주문이었다.

웡은 무표정하게 서 있었다. 스트레인지는 웡의 무심한 표현에 아랑곳하지 않았지만, 웡은 실제로 이 상황을 낙관적으로 바라보려는 스트레인지의 시도에 감사하고 있었다. 마치 작은 경솔함이 큰 영향을 미친 것 같다고 생각했다.

"정말? 아무 말도 안 할 거야?" 스트레인지는 이렇게 말하고는 슬링 링을 집어 들었다. "웃지도 않아? 이봐, 웡. 난 무시무시한 자네 얼굴에 아주 작은 웃음을 주려고 노력하는 중이라고."

웡은 고개를 끄덕였다. 그것이 그가 할 수 있는 최고의 반응이었다.

하지만 스트레인지는 웡의 반응이 만족스러운 듯이 손가락을 움직이기 시작했고, 익숙한 손놀림으로 오른손과 왼손을 번갈아 공중에 문자를 그렸다. 고대 룬 문자가 나타났다가 희미해지더니 다시 밝게 빛나기 시작했다. 빛의 아치가 회전하면서 원을 만들었고, 그 원은 사람이 들어갈 수 있을 정도로 커졌다. 그는 손을 멈추고 웡에게 함께 들어가기를 청했다.

"나이 순으로." 스트레인지가 말했다.

"그럼 내가 나중에 들어가야지." 웡이 받아쳤다.

"너무 추운데." 몇 분이 흐르고 웡이 불만을 토했다. 숨을 들이쉴 때 차가운 공기 때문에 폐에 통증이 느껴졌다.

웡은 광활한 벌판을 보면서 얼굴을 때리는 바람을 맞고 있었다. 그는 산봉우리와 구름 위에 서 있었고 하얀 구름 밑으로는 뭐가 있는지 보이지 않았다. 사실 별로 알고 싶지도 않았다.

웡은 뒤를 돌아보았다. 스트레인지가 포탈을 통과해 들어오고 있었고, 그의 뒤로 도서관의 모습이 사라지고 있었다. 둘은 산꼭대기에 나란히 서 있었다. 한 발자국만 헛딛어도 끝 모를 아래로 떨어질 것 같았다.

"뭔가 따뜻한 생각을 해봐." 스트레인지가 제안했다.

갑자기 에인션트 원이 스트레인지를 에베레스트 산으로 보냈던 때가 생각났다. 웡은 이제 그녀의 심정을 이해할 수 있을 것 같았다.

웡이 숨을 내쉬자 하얀 입김이 보였다. "여기는 자네가 명상했던 곳이지. 환상을 보았다던." 웡이 천천히 말했다.

스트레인지가 고개를 크게 끄덕였다. "이 산의 뭔가가, 이 사건의 중요한 열쇠가 이 지점에서 교차하고 있어. 강력한 힘이 느껴지는 장소야. 애초에 나를 여기로 이끈 것도 그 힘이지." 그는 태풍이 올라오는 소리를 듣고 큰 소리로 말했다.

"여기는 아르헨티나야." 윙이 위치를 파악하고 말했다. "안데스 산이지."

"지리를 좀 아나 보군. 뭘 보고 알 수 있지? 해의 위치?"

"표지판." 윙이 바닥에 꽂혀 있는 표지판을 가리켰다.

멘도자, 아르헨티나.

스트레인지는 놀란 표정으로 바라보다가 빙긋이 웃었다. "오, 그러니까 좀 덜 놀라운데. 하지만 멋있었어."

눈보라가 그들을 휘감고 지나갔다. 스트레인지는 윙에게 따라오라고 했다. 둘은 갓 쌓인 눈을 밟으며 정상을 향해 걸었다. 몇 분쯤 걸었을까, 스트레인지는 목적지에 다 왔다고 했다. 그리고 가부좌를 틀고 눈 위에 앉아서 윙에게 자기를 따라하라고 손짓했다.

"내가 먼저 할 테니 따라해."

"바엘자르의 계약 말인가? 그거 유물의 방에서 가져온 거야? 하지만―"

"아니." 스트레인지가 손을 저었다. "바엘자르의 계약은 아니야. 아직은 때가 아니야. 우선 조사를 좀 해야 해."

눈꽃이 윙의 볼을 때리고 있었다. 만일 차를 마시고 있었다면,

이 하얀 바닥에 뱉어버렸을 것이다. "뭘 조사한다는 거야?" 그는 이렇게 물었지만 스트레인지의 대답이 두려웠다.

"'별장'을 찾아야 해." 스트레인지는 입을 달달 떨면서 말했다. "영구적인 별장을."

16

태풍은 점점 거세지고 있었고, 웡은 눈보라 때문에 눈을 제대로 뜰 수가 없었다. 또 그는 추위에 덜덜 떨고 있었다. 하지만 팔을 힘껏 문지른다거나 몸을 녹이려고 제자리에서 뛰는 것은 배를 모두 버리고 따뜻한 안식처를 찾을 가능성을 포기하는 것이나 다름없다고 생각했기 때문에 웡은 그저 눈을 맞으며 스트레인지의 옆에서 가부좌를 틀고 앉아 있어야만 했다.

웡은 겉으로는 평온해 보였지만 이번에는 그의 외면과 내면이 일치하지 않았다. 스트레인지가 멍청하고 성급한 짓을 한다는 예감이 들었다.

그들 주변에서 자홍색 안개가 피어나자 웡은 자신의 예감이 맞았다고 생각했다.

산 정상의 바람이 점점 거세지고 있었다. 그들은 공기의 흐름을 분산시키는 자홍색 안개를 쫓아버려야 했다. 하지만 자홍색 안개는 물리적 법칙을 무시하고 그들 주변을 돌면서 특정한 패턴을 그리며 점점 강해지고 있었다.

"이 안개는 지구의 것이 아닌 것 같아, 스티븐." 웡이 휘몰아치는 바람 속에서 소리쳤다. "자넨 뭘 찾고 있는 거야?"

"이것 봐. 이제 자넨 마음대로 판단하고 있어." 스트레인지도 소리쳤다. 그는 계속해서 손짓으로 주문을 그렸고, 주문은 점점 강해지고 있었다. 웡은 자홍색 안개 속에서 지구상의 것이 아닌 무언가를 볼 수 있었다.

그것은 다른 디멘션이었다. 한 번도 본 적이 없는.

자홍색 안개는 점점 짙어져서 이제 눈보라조차 보이지 않았다. 그런데 갑자기 더 이상 추위가 느껴지지 않았다. 더 이상 귀에 차가운 바람도 느껴지지 않았다. 일종의 신비로운 '주머니'가 그와 스트레인지를 안에 넣고 차가운 날씨를 막아주는 것 같았다. 지금은 그것만으로도 감사했다.

웡은 갑자기 모든 것이 차분해진 이유가 그와 스트레인지가 안개 속에 들어갔기 때문이란 걸 깨달았다.

안개 속에서는 익숙했던 산과 눈의 풍경은 볼 수 없었고 굽이치는 자홍색 구름만이 가득했다. 떠다니는 구름 속으로는 푸르고 흰 에너지가 분출하고 있었다.

"여기가 어디지?" 웡이 물었다. 생명체의 흔적이라고는 찾아볼 수 없었다. 보이는 것이라곤 자홍색 안개와 구름 그리고 저 구름 속에서 분출되는 에너지뿐이었다.

"아까 별장 얘기했던 거 기억하지? 바로 여기가 그 별장이야."

안개가 서서히 걷히기 시작했다. 거대하게 소용돌이치는 에너지의 구름도 옅어지다가 아주 작은 조각으로 흩어져 사라졌다. 웡은 다시 차가운 바람과 눈보라가 자신의 얼굴을 때리는 것을 느낄 수 있었다. 자홍색 안개는 1분도 안되어 웡과 스트레인지를 얼어붙은 산꼭대기에 남겨두고 완전히 사라져버렸다.

웡은 고개를 저었다. "오늘은 점점―."

"이상해지고 있다고?"

그리고 웡이 실제로 웃음을 터뜨렸다.

17

"그걸 어떻게 쓰는지 알고 있나?" 웡이 뉴욕의 생텀에서 물었다.

그는 어깨에 아직도 눈이 남아 있다는 것을 알고 놀랐지만 편안한 벽과 익숙한 따뜻함이 있는 뉴욕 생텀 생토럼에 돌아와서 기뻤다. 스트레인지는 아래층 서재의 붉은 벨벳 위에 앉아서 바엘자르의 계약을 두 손에 들고 아래위로 돌려보면서 연구하고 몰두하고 있었다.

"꽤나 간단해 보이는데." 스트레인지가 계약을 시도했다. "그냥 이 두 핸들을 잡고 짠!"

"별로 간단할 것 같지 않은데." 웡은 스트레인지를 마주보고 앉았다.

"오, 이게 간단하지 않다고?" 스트레인지가 반박했다.

"그래. 난 간단하다고 생각하지 않아."

"뭐, 그래도 우리는 간단하기를 바라야 해. 그렇지 않으면 큰일 날 것 같거든."

"그걸 어디에 쓰려고?"

"바엘자르의 계약은 내가 보여줬던 자홍색 디멘션에서 힘을 끌어오고 있어."

"그 힘의 원천은 지구의 무엇과도 달라. 난 우리의 친구 칼카르소가 그… 매력적인 힘을 거부할 수 없을 거라 확신하고 있어. 어떤 에너지의 근원보다도 더 큰 에너지가 그를 우리의 세계로 끌어당길 거야."

"하지만 칼카르소는 이미 지구로 오고 있잖아." 윙이 이해가 안 된다는 듯이 물었다. "왜 이걸 사용하는 거지? 그 괴물이 우리를 파괴할 이유가 더 필요해서? 그럼 자넨 지금 그놈을 일부러 우리에게 오게 한다는 거야?"

스트레인지는 계약을 옆에 있는 탁자에 내려놓고 일어섰다. "그 괴물을 우리에게로 끌어당기려는 게 아니야." 스트레인지가 다시 말을 정정했다. "아니, 그건 맞아. 하지만 우리는 그 괴물을 지구에서 떨어뜨려놓기 위해 이 계약을 사용할 거야."

"어떤 방법으로?"

서재에 짧은 침묵이 흘렀다. 그리고 스트레인지가 말했다. "아직은 연구 중이야."

"당연히 그렇겠지."

"일단 가능한 것부터 설명하지. 이 칼카르소는 아스트럴 디멘션을 통해서 이쪽으로 오고 있는데, 그놈은 물리적 세계에서도 구체적으로 모습을 드러낼 수 있어. 그놈을 지구로 끌어당기는 힘은, 내 생각에 아마 생텀의 힘일 거야."

"그럼 자네 생각은…?" 웡이 말을 꺼냈다.

"…우리가 아스트럴 디멘션에서 칼카르소를 막아서 약하게 만들고, 생텀 생토럼으로 데려온 다음 그것을 영원히 쫓아버리는 거지."

"절대 말처럼 쉽지는 않을 것 같은데."

아스트럴 디멘션.

웡은 스트레인지가 에인션트 원을 처음 만났던 그 순간을 기억하면서 그가 그날 어떻게 아스트럴 디멘션으로의 여행이라는 잊지 못할 수업을 받았는지를 회상했다. 스트레인지는 여전히 스스로에게 사로잡혀 있었고 다른 무언가를 믿는다는 것에 엄청난 어려움을 겪고 있었다. 그래서 에인션트 원은 그에게 실재를 보여주었다. 하지만 스트레인지는 에인션트 원이 자신의 몸에서 영혼을 밀어서 빼낸 후에도 여전히 그녀의 말을 믿지 않았다.

그래서 에인션트 원은 지혜를 잠시 나누어 주었다. 스트레인지의 이마를 엄지손가락으로 눌러 그의 눈을 뜨게 해준 것이다.

스트레인지는 나중에 웡에게 그것이 어떤 느낌이었는지 말했다. 에인션트 원이 이마를 누르는 순간 그는 미끄러지며 떨어지기 시작했고 자신의 비명을 들을 수 있었다고 했다. 그는 빌딩 사이를 날아다녔고 하늘을 지나 천국까지 치솟아 다른 우주까지 떠다녔다고 했다.

아니, 떠다닌 게 아니었다.

돌진했다고 한다.

스트레인지는 우주의 빈 공간을 빠른 속도로 통과하면서 계속해서 걷잡을 수 없이 공중제비를 돌았고 주위를 보는 것 말고는 아무것도 할 수가 없었다. 무엇이 실재이며 무엇이 아닌지에 대한 그의 관념은 이 상황을 이해하는 데 아무런 도움이 되지 못했다.

스트레인지는 바엘자르의 계약을 들고 웡에게 유물을 하나 주었다. 웡이 그 무기를 들고 몇 마디 중얼거리자, 유물은 그의 손에서 자홍빛으로 빛났고 마치 살아 있는 것처럼 맥박이 뛰기 시작했다.

"이걸 휘두를 수 있을 것 같아." 웡이 말했다.

"당연히 그럴 거야." 스트레인지가 비웃듯이 말했다. "어린아이도 휘두를 수 있을걸."

"그럼 자네도 하나 가져가야겠네."

스트레인지가 웃음을 터뜨렸다.

"자네가 아스트럴 디멘션에 들어가는 동안…"

스트레인지가 웡의 말을 곧바로 정정했다. "우리가." 그는 말을 이었다. "우리는 아스트럴 디멘션에 같이 갈 거야."

"그리고 그다음엔?" 웡이 물었다.

"끝내주게 잘 해결하겠지." 스트레인지가 서재 문 쪽으로 걸어가며 다시 입을 열었다.

하지만 그의 입에서 나온 것은 말이 아니었다.

비명이었다.

18

"스티븐!" 웡은 친구가 앞으로 넘어져 러그 위로 쓰러지는 것을 보고 소리를 질렀다. 스트레인지는 마치 줄이 잘린 마리오네트 인형 같이 흐느적거렸다. 그의 몸은 모든 근육들이 한 번에 풀어진 것같이 구겨지고 있었고, 누군가 스트레인지의 몸의 스위치를 내려서 전원을 끈 것처럼 보였다.

스트레인지의 얼굴은 고통으로 굳어가고 있었고 그의 입은 다물어지지 않았다.

그리고 계속해서 비명을 지르고 있었다.

그것은 애처로운 울부짖음이었다. 아주 깊은 절망과 영혼의 고통에서 나오는 신음소리 같았다.

웡은 그 소리를 듣고 겁에 질렸다. 마치 죽음 자체를 보고 있는 것 같아 속에서부터 오한을 느꼈다.

그는 재빨리 스트레인지를 일으키려고 했지만 스트레인지의 몸은 이쪽저쪽으로 비틀거려서 똑바로 세울 수가 없었다. 비명은 점점 커지고 있었고 귀가 아플 지경이었다.

웡은 스트레인지가 딱딱한 바닥에 머리를 부딪치지 않도록 천천히 부드럽게 눕히다가 스트레인지가 눈을 꼭 감고 있는 것을 보았다. 스트레인지는 계속해서 비명을 지르며 경련을 일으켰다. 이마에 핏대가 서고 맥박은 요동치고 있었다.

"스티븐!" 웡이 다시 소리쳤다. 웡은 스트레인지를 흔들어보았지만 그는 여전히 정신을 차리지 못했다. 웡은 스트레인지의 눈꺼풀을 올려 눈을 보았다. 그의 눈은 흰자가 보이지 않는 완전히 검은색이었다. 마치 눈이 없는 것처럼 보였다.

죽음의 눈.

암흑.

웡은 다시 눈꺼풀을 닫았다. 어떻게 해야 스트레인지를 도울 수 있을지 방법을 알 수가 없었다.

그리고 그때, 비명이 멈추었다.

스트레인지의 숨이 멎은 것이다.

스트레인지의 몸이 축 늘어졌다. 웡은 지금 이 상황의 이유가 무엇이건 간에, 당장 스트레인지의 생명을 살릴 수 있다면 뭐라도 할 수 있다고 생각했다. 그는 스트레인지의 가슴에 두 손을 얹고 심폐소생술을 시도하기 시작했다.

첫 번째 펌프를 하는 순간, 손이 웡의 오른팔을 잡았다.

스트레인지였다.

그리고 왼손으로 윙의 옷을 잡아 자신에게 끌어당겼다.

스트레인지는 바닥에 누워 허공을 바라보며 깊은 숨을 들이마시고 기침을 하기 시작했다. 그의 눈에 흰자가 보이기 시작했고 다시 눈이 정상으로 되돌아 온 것 같았다.

그리고 그제야 스트레인지는 윙에게 초점을 맞출 수 있었다.

"놈이 여기 왔어." 스트레인지는 헉헉대며 숨을 고르고 있었다.

"자넨 살아 있는 게 다행이야. 그냥 앉아 있어. 필요한 것이 있으면 얘기해. 내가 해줄 테니까." 윙이 말했다.

윙은 스트레인지에게 그 사건 이후 잠시만이라도 회복하며 쉬라고 설득했다. 하지만 스트레인지는 그럴 생각이 없었다. 위험이 너무나 컸기 때문이다. 그래서 아직 죽음의 문턱에서 완전히 회복하지 못한 약한 상태지만 윙의 도움을 받아 유물의 방으로 향했다.

"우리가 살아 있어서 다행이야." 스트레인지는 이렇게 말하고 공중부양 망토에게 오라는 손짓을 했다. "만일 칼카르소가 날 죽였다면, 다음엔 자네 차례였을 거야. 그럼 누가 남아서 지구를 지키겠어?"

망토는 스트레인지의 어깨를 감쌌다. 망토의 칼라는 망토의 의지대로 움직이는 것처럼 스트레인지의 헝클어진 옆머리를 부드럽게 만졌다. 하지만 스트레인지는 망토의 이런 행동이 귀찮았다.

"어벤져스가 있으니까…." 웡은 자신도 확신하지 못한다는 듯 주저하는 목소리로 말했다. 그는 이런 종류의 위협은 확실히 지구의 마법사들이 해결해야 할 문제라는 걸 알고 있었다. 어벤져스가 분명 불가능한 일을 해내고 지구를 여러 번 구하긴 했지만, 이런 상황에는 상상할 수 없을 정도로 정신과 영혼이 강한 사람이 필요했다.

"자네 역시 이 문제는 우리들이 해결해야 한다는 걸 알고 있잖아." 스트레인지가 말했다. "우리 마법사들이."

그는 유물의 방을 나가 거실로 향했다. 계단을 성큼성큼 내려가면서 스트레인지는 어깨너머로 말했다. "어떤 방법이었는지는 모르지만, 칼카르소는 생텀의 에너지를 느낄 수 있었던 게 분명해. 우리의 에너지 말이야. 그것은 우리가 가진 것을 원해. 자네와 나."

웡은 무엇이 오든 상관없다고 생각하며 단호하게 말했다. "그럼 벌써 시작됐군."

"시작됐지. 이제 우리 계획을 실행시킬 때야."

그들은 스트레인지가 칼카르소에게 공격받았던 서재로 가서 바엘자르의 계약을 집어 들었다.

"이것부터 끝내자고." 스트레인지가 말했다. "그놈이 우릴 끝장내기 전에."

19

윙은 육체를 떠나 영혼의 상태로 들어갈 때 항상 막연한 불안감을 느꼈다. 처음에는, 아니 아주 오랫동안 그저 몸을 떠난다는 무시무시한 기분이 익숙하지 않아서 그렇다고 생각했다. 하지만 최근에는 다른 무언가, 더 깊은 이유가 있다는 것을 깨달았다.

그는 그 순간이 자신의 육체를 보는 마지막 순간일지도 모른다는 걱정을 하곤 했다. 만일 그의 영혼에 무슨 일이 생긴다면, 그의 육체 역시 그대로 죽어버릴 것이다.

그렇다면, 그렇게 되겠지.

아스트럴 디멘션으로의 여행은 놀랄 겨를도 없이 순식간이었다. 거의 찰나에 가까울 정도였다. 윙과 스트레인지의 영혼이 육체를 떠나자마자, 그들은 지구의 대기권을 뚫고 우주를 향하고 있었다. 눈 깜짝할 사이에 수십만 킬로미터를 뛰어넘었다.

윙은 채 몇 초도 걸리지 않았다는 것을 알고 있었다.

그런데 하지만 궁금한 점이 있었다. 영혼의 상태로 여행을 할 때, 시간은 상대적이다. 실질적으로 무의미하다고 할 수 있다. 몇 초가 며칠, 몇 달, 혹은 몇 년처럼 느껴지기도 했다.

윙이 이런 생각을 하고 있을 때 그는 이미 달의 표면을 날고 있었다.

회색의. 검은. 생명이라고는 없는.

황폐한. 달.

"딱히 볼 건 없네. 안 그런가?"

웡은 스트레인지의 영혼이 옆에 있는지 알기 위해 고개를 돌릴 필요가 없었다.

"정말 이게 효과가 있을 거라고 확신하는 거야?" 웡이 물었다.

"내가 다른 모든 것들에 확신하는 만큼." 스트레인지가 대답했다.

'그건 별로 안심이 안 되는데.' 웡은 이렇게 생각했다. 하지만 이 것이 효과가 없다면 이제 남은 것은 파멸뿐이었다.

"준비 됐어?" 스트레인지가 묻자 웡이 고개를 끄덕였다.

웡은 집중하며 미간을 살짝 찡그렸다.

그와 스트레인지가 손으로 공중에 문양을 엮기 시작하자, 비술 의 에너지가 그들 주변으로 모여들었다.

"이것이 칼카르소의 주의를 끌어야 해." 스트레인지가 웡이 질 문하지도 않았는데 대답했다. "아마 대충 5분에서 10분 후에 그 놈이 여기 올 거야."

웡은 영혼이 흔들리는 것을 느꼈다. 그는 자신을 영혼의 상태 로 유지하는 것과 비슷한 양의 비술 에너지를 칼카르소를 유인 하는 데에 쓰고 있었다.

그는 고개를 돌려 자신의 옆에서 우주를 떠다니는 스트레인지 의 영혼을 보았다. 스트레인지는 중얼거리면서 뭔가 단어를 말하 고 있었는데 웡은 무슨 말인지 들을 수 없었다. 그리고 잠시 후, 스트레인지가 손을 움직이기 시작했다. 처음에는 천천히 손을 올렸다 내렸다가 하더니 마치 벽이나 울타리를 칠하는 것처럼 짧게 선을 그렸다. 그리고 손가락을 약간 구부려서 옆으로 흔들기 시작했다.

그러자 비술의 문자가 나타났다.

스트레인지는 문자를 위로 올려 자신을 표적으로 만들었다.

그들은 미지의 무언가를 상대하고 있었다. 그들이 사용하고 있는 마법은 그들을 살릴 수도 있지만 동시에 모든 것을 파괴할 수도 있는 위험한 마법이었다. 하지만 웡과 스트레인지가 지구를 살리기 위한 방법은 그것뿐이었다.

스트레인지는 다가올 위험에 대비하며 계속해서 주문을 외웠다.

그리고 그때, 웡이 무언가를 느꼈다. 마치 영혼이 가장 작은 단위로 쪼개지는 느낌이었다. 그는 가능한 모든 힘을 모아 가까스로 자신의 영혼을 붙들 수 있었다.

"그놈이 에너지를 섭취하고 있어." 스트레인지가 단호한 목소리로 말했다.

"우리는 전채요리인 거지." 웡이 대답했다. 그는 진지했다. "지구는 메인 요리고."

20

웡이 먼저 느꼈다.

이어서 스트레인지도 느꼈다.

파도가 치는 듯한 진동을.

영혼의 상태라고는 해도 그 진동을 느낄 수 있었다. 진동이 너무 커서 스트레인지와 웡은 마치 바람에 흔들리는 나뭇잎 같았다. 그들은 서 있으려고 노력했지만 진동이 너무 세게 몰아치는 바람에 서 있기가 점점 힘들어졌다.

그리고 점점 따뜻해졌다.

웡은 영혼의 상태에서도 열기를 느낄 수 있는지 궁금했는데, 이제는 알 수 있었다.

"마음의 눈으로 그놈을 볼 수 있어." 스트레인지가 말을 꺼냈다. 그의 목소리에 두려움은 없었다.

웡은 그 괴물이 어디쯤 왔는지 궁금해하며 스트레인지를 흘끗 보는 순간 곧바로 그 답을 알 수 있었다. 놈이 어디선가 갑자기 나타난 것이다. 그것의 몸은 너무나 거대해서 둘 모두를 작아 보이게 만들 정도였고, 마치 썩은 고기로 만들어진 것처럼 구역질 나는 녹색이었다. 몸 전체에서 튀어나오고 있는 촉수들은 서로 비틀리고 더듬고 흔들리면서 움직이고 있었다. 촉수의 끝에는 작은 구멍이 있었는데 그 안에서 더 작은 촉수들이 미끄러지듯이 나왔다.

흐물거리는 몸의 꼭대기에 있는 덩어리에는 끈적거리고 끝에 검은 방울이 달린 긴 줄기가 있었는데, 마치 더듬이처럼 뭔가를 보면서 찾고 조사하는 듯이 이리저리 움직였다.

그리고 아래쪽에는 입이 있었다.

이빨로 가득한 커다란 입이었다.

굶주림.

괴물은 웡에게 다가와 촉수를 휘저었다. 웡의 에너지를 원하고 있었다. 웡은 그것이 자신의 영혼을 만질 수 있는지 확신할 수 없었지만, 알아보지 않는 편이 낫다고 생각했다.

갑자기 촉수가 웡의 머리를 후려치는 바람에 그는 몸을 숙였다. 촉수는 웡의 머리에 거의 닿을 뻔했다. 공기가 날리는 것을 느낄 수는 없었다. 어쨌든 그는 영혼의 상태였으니까. 하지만 그는 그 괴물의 촉수가 지나갈 때 뭔가를 느꼈다. 마치 정전기로 심하게 흔들려서 윙윙거리는 느낌이었다.

그것보다 몇 백배 더 나쁘다는 점만 빼고.

웡은 흔들림 때문에 거의 정신을 잃을 뻔했지만 다시 정신을 차리고 칼카르소가 다시 공격해오는 것에 집중했다. 그리고 몸을 뒤로 날려 칼카르소가 그를 다시 때리기 직전에 가까스로 공격을 피할 수 있었다.

"무슨 계획인지는 모르겠지만, 할 수 있지?" 웡이 스트레인지에게 소리쳤다.

"다그친다고 완벽해지는 건 아냐." 스트레인지가 계속해서 손을 움직여 룬 문자를 만들면서 주문을 읊조렸다.

웡은 촉수의 공격을 다시 피하면서 소리를 질렀다. 촉수는 거의 그의 관자놀이 부근에 닿을 뻔했고 이번에는 그것을 느낄 수 있었다. 영혼의 상태인데도 어째서인지 느껴졌다.

그리고 이번에는 전류의 충격이 너무 세서 웡은 거의 넘어질 뻔했다.

"웡!" 스트레인지가 소리쳤다.

웡은 스트레인지 쪽으로 날아가려고 칼카르소의 입이 닫힐 때를 기다리고 있었다.

그리고 그때 눈앞이 캄캄해졌다.

웡은 눈을 떴을 때 자신이 어디에 있는지 알 수 없었다. 그는 영혼의 상태일 때 한 번도 정신을 잃은 적이 없었다. 웡은 주변을 둘러보았다.

그곳은 뉴욕의 생텀 생토럼이었다. 웡은 더 이상 영혼의 상태가 아니었고 손에는 바엘자르의 계약이 들려 있었다. 옆에는 스트레인지 역시 육체의 상태로 서 있었다.

"뭐—." 웡이 말을 하려고 했지만 스트레인지가 말을 끊었다.

"설명할 시간이 없어. 칼카르소가 곧 도착할거야. 계약을 사용할 준비를 해야 해."

"지금 바로?" 웡이 믿을 수 없다는 듯이 말했다. "칼카르소를 여기 생텀 생토럼에 데려온다고? 그게 그놈이 원하는 거잖아."

"그렇지." 스트레인지가 대답했다. "이건 미끼야."

웡은 두 사람의 논쟁이 더 격렬해지기 전에 그것의 존재를 느꼈다. 마치 정전기가 통하는 것처럼 뒤통수의 머리카락이 삐쭉 섰다. 생텀의 공기는 더 조용하고 적막해졌고, 생텀 로툰다의 모든 것이 달라지고 색이 변하고 있었다.

역겨운 녹색으로.

21

첫 번째로 나타난 녹색 촉수가 로툰다를 휘저었다.

칼카르소는 이제 생텀 생토럼을 발판 삼아 물질의 세계에 발을 디딘 것이다. 아스트럴 디멘션에서 생텀으로 서서히 모습을 드러낸 칼카르소는 스트레인지와 웡을 계속해서 공격했고 굶주림에 몸부림치며 그들의 줄어들지 않는 힘을 갈망했다.

"지금이야, 웡!" 또 다른 촉수가 나타나자 스트레인지가 외쳤다. 촉수는 스트레인지를 눈에 보이지 않게 빠른 속도로 감쌌다.

웡은 바엘자르의 계약을 두 손으로 모아서 쥔 채로, 필요한 주문을 외우기 시작했다. 그러자 웡의 주변에서 자홍색 안개가 춤을 추면서 소용돌이쳤다. 안개는 먼저 스트레인지를 감싸고 밖으로 크게 굽이치며 웡에게 다가오기 시작했다.

자홍색 안개는 점점 확산되어 퍼지면서 칼카르소까지 감싸기 시작했다. 괴물은 처음에 어떻게 반응할지 모르는 듯했다. 사실 칼카르소는 안개가 있는지조차 모르고 있었다.

웡은 가끔은 그럴 수도 있다고 생각했다. 그래, 너무 늦어버릴 때까지 무슨 일인지 파악하지 못할 수도 있지.

촉수는 웡의 왼팔을 내려치며 바엘자르의 계약을 낚아채려고 했다. 웡은 아픔을 느끼면서 이 괴물을 저지하기 위해 사이토락의 진홍색 끈이 있었으면 좋겠다고 생각했다. 하지만 에너지를 분출하는 것은 단지 칼카르소에게 먹이를 주는 것일 뿐임을 깨달았다. 사실상 이 괴물은 어떤 비술 공격도 다 섭취해서 자신의 에너지로 만들 수 있기 때문에, 그런 짓은 오히려 괴물을 더 강하고 무시무시하게 만드는 것이었다.

그 순간, 웡은 스트레인지의 계획을 완벽하게 이해할 수 있었다.

안개 속을 들여다보는 것은 불가능했다. 웡은 자신의 손조차 제대로 볼 수 없었다. 칼카르소의 공격 역시 잠깐이나마 줄어들었다. 웡은 죽음의 색을 띤 촉수들이 안개 속에서 번쩍이는 것을 보았지만, 괴물은 여전히 혼란스러워 보였다. 마치 안개가 자신에게 어떤 영향을 미치는지 제대로 파악하지 못한 것 같았다.

그리고 웡이 앞서 생각한 것처럼, 칼카르소가 무슨 일이 일어났는지를 알아챘을 때는 이미 늦었을 것이다.

다시 안개가 걷히기 시작했고 모든 것이 평온해졌다.

웡은 아직 주변을 정확히 볼 수 없었기 때문에 방향을 잡을 수 없었지만 하늘 위로 익숙하고 큰 구름 속에 푸르고 흰 에너지가 파열하는 것이 보였다. 그리고 익숙한 음성이 들렸다. "있잖아, 좀 더 빨리 했으면 더 좋았을 거야."

스트레인지였다.

자홍색 안개가 희미해지자 웡은 주변을 둘러보았다. 주변은 전에 본 것처럼 엄청나게 황폐했고, 생명체라곤 아무것도 없었다. 웡은 하늘의 구름에서 에너지를 느낄 수 있었다. 구름은 마치 살아 있는 것처럼 맥박이 뛰고 있었다.

모든 것이 자홍색으로 덮여 있었다.

"칼카르소는 어디에 있지?" 웡이 물었다. 괴물의 흔적은 찾을 수 없었다. 녀석이 우리를 따라 안개 속으로 오지 못했단 말인가? 바엘자르의 계약이 효과가 없었던 걸까?

"녀석도 여기 있어. 괜찮아." 스트레인지가 대답했다. "단지 지금은 다른 데 정신이 팔렸을 뿐이야."

좀 떨어진 곳에서 우르르 소리가 들렸다.

웡과 스트레인지가 떠 있는 아래쪽 땅이 흔들렸다.

둘은 동시에 고개를 돌려 소리가 들리는 쪽을 바라보았다.

그리고 다시 또 다른 소리가 들렸다.

비명이었다.

"저거 혹시—." 웡이 말했다.

"아, 그럼." 스트레인지가 대답했다. "당연히 그거지."

그들의 눈앞에서 자홍색 안개가 다시 형체를 만들기 시작했다. 잠시 후, 안개가 끈적한 녹색 촉수를 휘감더니 촉수가 구름에 닿을 때까지 하늘로 끌고 올라갔다.

푸르고 흰 빛의 에너지가 파열하면서 번쩍였고 에너지를 분출했다. 촉수가 그 에너지를 흡수하자 구름은 흔적도 없이 사라졌다.

그리고 다시 윙의 귀를 찌르는 듯한 비명이 들렸다. 칼카르소였다. 괴물이 먹이를 먹는 소리였다.

"봤어?" 스트레인지가 말했다. "별장이야. 이 디멘션의 유일한 존재는 저 이상한 에너지 구름이지. 살아 있는 것은 아무것도 없어. 칼카르소는 여기에서 끝없이 에너지를 섭취할 거야."

윙은 그 거대한 괴물을 바라보았다. 괴물은 그들의 존재는 아예 잊어버린 것처럼 천천히 구름으로 다가가고 있었다. 아마 지구의 존재 역시 잊어버렸을 것이다.

"난 자네를 잘 모르겠어. 하지만 저놈은 정말 징그럽게 생겼네." 스트레인지는 태연하게 말했다. "그럼 집으로 가볼까, 윙."

22

길었던 하루가 지나고 다시 평안한 일상으로 돌아왔다. 윙은 카마르-타지의 도서관에서의 조용하고 편안한 생활을 그리워했다. 비록 뉴욕의 생텀에 다소 익숙해지긴 했지만, 여전히 그 도서관은 집과 같은 곳이었다. 윙은 그곳에 있을 때 가장 편안함을 느꼈다. 윙은 테이블에 앉아 종이를 펼쳐놓고 있었다. 그는 다시 심호흡을 하고 글을 써내려가기 시작했다.

스티븐 스트레인지와 또 하루를 보냈지만 다행히 나는 살아 남아 이 글을 쓰고 있다. 더 이상 내가 바랄 수 있는 것은 없을 것이다. 우리는 전에 보지 못했던 강력한 위험에 맞서 싸웠다.

그는 종이에서 연필을 떼고 다음에 무엇을 쓸지를 생각하며 고개를 들었다.

스티븐 스트레인지가 칼카르소를 무찌른 방법은… 독특했다. 웡은 그 괴물을 다른 디멘션에 가둔다는 것은 생각지도 못했다. 괴물은 그곳에서 지구의 존재조차 잊어버린 채 끝없는 식욕을 채우기 위해 푸르고 흰 에너지를 영원히 섭취할 것이다. 다행히 그곳에는 살아 있는 것이 없기 때문에 다른 생명에도 해를 끼치진 않을 것이다.

웡은 이렇게 글을 쓰는 동안, 오른쪽 귀에서 뭔가를 씹는 소리가 들렸다. 웡은 고개를 들고 오른쪽에서 빛나는 마법의 원을 보았다. 원 너머에는 스티븐이 뉴욕 생텀 생토럼의 유물의 방에서 피자를 먹고 있었다.

"스티븐." 웡이 손으로 종이를 가리며 말했다.

"웡." 스티븐이 피자를 한 입 깨물면서 대답했다. "난 그저 자네 프로젝트가 잘 진행되고 있는지 궁금했을 뿐이야."

잠시 침묵이 흘렀다. 웡은 종이에서 눈을 떼진 않았지만 피자의 냄새가 그의 코를 찔렀다.

"그거… 버섯 치즈 피자야?"

"맞아." 스트레인지는 입에 피자를 가득 넣고 말했다.

"한 조각 주면 말해줄게."

스트레인지의 얼굴이 밝아졌다. 그는 중국 접시에 피자 한 조각을 담아 웡에게 건넸다. "이제 말해줘."

"잘 되고 있어. 하지만 보여줄 순 없어. 아직은."

"아직은? 그럼 다 끝나고 나면 나에 대해 어떻게 썼는지 읽어볼 수 있단 말이야?"

"아마도, 언젠가는." 웡이 순순히 대답했다. "내가 자네를 종신 비술 마스터로 기록하는 것을 끝내면."

"종신—". 스트레인지가 말을 하려다가 말았다. "아, 무슨 말인지 알겠군. 언제나 대가가 따르기 마련이지." 스트레인지가 말을 맺었다.

"언제나."

"좋아. 만약 언젠가 그날이 오면, 우린 대가를 치를 준비를 해야 할 거야." 스트레인지가 말했다.

웡이 친구를 바라보며 말했다. "우리?"

"얼른 마저 써." 스트레인지는 이렇게 말하고 원과 함께 사라졌다.

1

"미안해요, 이름이 뭐라고 했죠? 이름을 잘 기억 못해서. 그냥 피츠 씨한테 물어보세요." 토니가 웃으며 말했다.

페퍼가 수백 번은 더 들었을 토니의 '농담'에 눈을 흘겼다.

"차머스." 기자가 말했다. "레이 차머스입니다."

토니는 잘 차려입은 키 큰 기자와 페퍼를 기다리게 했던 어벤져스의 본부 라운지를 걷기만 했다. 차머스는 마치 미식축구 선수처럼 건장하고 단단한 몸을 갖고 있었다.

"사실, 저기, 피츠 씨와 인터뷰 하셔야 할 겁니다. 왜냐하면―."

"나중에 할 거에요." 페퍼가 말을 끊었다.

"맞습니다." 차머스가 말했다. "이 건은 사실 스타크 인더스트리에 관계된 것이니 CEO와 인터뷰하는 것이 맞겠지요. 전 그저 주요 뉴스에 곁들일 단신 정도가 필요했어요."

토니는 고개를 왼쪽으로 약간 꺾었다. "단신? 오케이, 아니, 아주 좋아. 단신이라. 단신에 실릴 질문을 해봐요, 시작해봅시다."

차머스는 자리에 앉아 토니 앞에 작은 테이프 녹음기를 꺼냈다. 그리고 버튼을 눌렀다. 토니는 호기심 가득한 얼굴로 기자를 보며 웃었다. 마치 지금 같은 시대에 구식 기술을 사용하는 사람이 있다는 것을 믿을 수 없다는 표정이었다.

"왜 그러십니까?" 차머스가 자신을 바라보는 토니와 페퍼에게 물었다. "아, 테이프 녹음기요? 절 구식이라고 해도 좋은데, 전 제 아버지의 테이프 녹음기 말고는 아무것도 믿지 않아서요."

"아니, 알겠어요." 토니가 말했다. "나도 내 아버지가 물려주신 것을 많이 사용하거든요."

"그럼, 스타크 씨, 첫 번째 질문은…."

"스타크 씨?"

"음, 뭐라고 했죠?" 토니가 다시 인터뷰에 집중하며 말했다. 사실 그는 해피와 장미 정원을 걸으면서 했던 얘기들을 생각하느라 넋이 나가 있었다. 그 일련의 생각들은 실험실에 돌아와서도 계속되었다. 기술과 마술을 잇는 것은 무엇일까? 그리고 어떻게 둘을 이을 수 있을까? 앞으로 다가올 전투에서 그들을 유리한 고지로 이끌고 승패의 균형을 바꾸려면 어떻게 해야 할까?

"페퍼 포츠 씨가 어떤 일을 하는지는 알고 있습니다. 스타크 인더스트리 전체를 경영하고 있지요. 그렇다면 토니 스타크 씨는 무슨 일을 하시나요?"

토니는 잠시 빙긋 웃었다. "아, 아시잖아요. 이것도 하고 저것도 하고 뭐 그런 거죠. 땜질 좀 하다가 빈둥거리다가. 또 남겨진 어벤저이기도 하죠. 세계를 구하고, 뭐 그런 일을 하죠."

기자가 웃었다. "최근에 세계를 구하기 위해 어떤 일을 하셨나요?"

"내가 인터뷰를 하려고 내려오기 전에 하던 일이죠." 토니는 능

청스럽게 대답했다.

"아시겠지만 여전히 많은 사람들이 어벤져스가 그들이 싸웠던 여러 가지 적들처럼 세계를 위협할 존재가 될 수도 있다고 생각합니다." 차머스가 말했다. 이는 그가 원하는 주제로 끌어들이기 위한 명백한 미끼였다.

토니는 더 큰 미소를 지으며 페퍼를 바라보았다. 페퍼는 그를 쏘아보며 말했다. "제대로 하세요."

"그 점에 대해선 이렇게 말하고 싶군요. 그 질문에는 이미 대답한 적이 있습니다. 소코비아 합의안으로 알 수 있죠. 어벤져스가 하는 모든 행동은 국제 연합이 감시하고 있습니다. 우리는 평화유지군이에요, 그 이상도 이하도 아닙니다."

"그 평화유지군에는 헐크도 포함되는 거죠?" 차머스가 받아쳤다.

"뭐 어쩌겠어요? 우리는 이기는 게 좋은데." 토니가 농담 섞인 어조로 대답했다.

"당신이 헐크의 분노를 억누르기 위해 '헐크버스터'를 사용했던 싸움에서 헐크가 일으켰던 그 파괴는 어쩌고요?"

토니는 고개를 돌려 페퍼를 보았다. "이봐 페퍼, 내가 해야 된다고 했던 그 일 기억나?"

페퍼는 눈을 동그랗게 뜨며 그를 바라보았다. "아, 맞아요. 그 일."

"지금 해야 할 것 같아."

차머스가 우물쭈물하던 사이, 토니가 그를 지나쳐가며 손을 흔들었다.

"차머스 씨, 만나서 반가웠어요." 토니가 말했다. 차머스는 일어 나려고 했지만 토니는 점잖게 그의 어깨를 눌러 의자에 다시 앉 혔다. "아니에요, 일어설 필요는 없어요. 그럼 다음 인터뷰 잘 하 고 가세요."

이것도 일종의 마술이라고 할 수 있겠지. 토니는 라운지를 나가 면서 이렇게 생각했다.

2

"사장님!"

"오늘 무슨 날이야?" 토니가 해피를 돌아보며 큰 소리로 물었 다. "내가 등 뒤에 '사장님 괴롭히는 날'이라고 크게 써 붙이기라 도 한 거야? 만일 그랬다면 좀 알려줘. 자네한테 떼라고 한 다음 에 자넬 잘라버릴 테니까."

"2시예요." 해피가 앞으로 다가오며 말했다.

토니는 어이없다는 표정으로 해피를 바라보았다.

"발사요."

"아, 그 발사!" 토니가 해피가 하는 말을 이해하며 말했다. "그 게 오늘이었어? 내일인 줄 알았네."

"아뇨, 내일은 다른 일이고요. 오늘 발사는 롱아일랜드예요. 스 타크 통신 위성을 새로 띄우는 날이에요. 가서 마리아 힐을 만나야죠."

토니는 마리아 힐을 오랫동안 알고 지냈다. 그가 힐을 처음 만난 것은 힐이 쉴드의 부국장으로 있을 때였다. 힐은 닉 퓨리가 가장 신임하던 사령관이었고 토니와 어벤져스의 든든한 지원군이었다. 그녀는 쉴드가 몰락한 후 스타크 인더스트리에서 중책을 맡고 있었다.

"그래, 그래." 토니는 해피에게 걸어가며 말했다. "근데 내가 왜 가야 되는 거지?"

"그 통신 위성에 심 우주 센서가 탑재되어 있잖아요. 분명히 좋아하실 겁니다."

토니가 고개를 끄덕였다. "고마워, 해피. 내 생각엔 자네가 늦지 않게 데려다줄 거 같은데?"

"오후라서 차가 밀리겠지만 최선을 다하겠습니다."

토니는 널찍한 리무진의 뒷좌석에서 안전벨트를 매려고 몸을 숙였다. 오후의 햇살은 따가웠다. 토니는 선팅된 창문과 선글라스가 있어 다행이라고 생각했다. 해피는 운전대에 앉아 노던 스테이트 파크웨이로 빠르고 부드럽게 차를 몰았다.

"그런데 왜 갑자기 우주에 집착하시는 거예요?" 해피가 물었다. "그러니까 사장님처럼 과학을 하는 사람들이 다 그렇다는 건 알지만…."

"'과학을 하는 사람?' 와우, 과학자…를 말하는 거야?"

해피는 곤란한 상황인 것을 아는 듯이 고개를 저었다. "무슨 뜻 인지 아시잖아요."

"그래, 해피. 우리 '과학을 하는 사람'들은 우주를 아주 좋아해. 그리고 이 대화가 끝나면 모든 사람들이 내 '갑작스러운 집착'을 이해할 수 있으면 좋겠어."

해피는 대형 트럭을 피해 중앙 차로에서 왼쪽으로 차선을 바꾸 느라 잠시 말이 없었다. "오늘 발사하는 위성이 사장님이 우주에 관심 있는 거랑 관계가 있는지 궁금해서 그랬어요."

"궁금했다는 건 이해해, 그리고 맞아. 아주 깊은 관계가 있어. 이 위성 역시 다른 통신위성과 마찬가지로 지구의 궤도를 돌게 될 거야. 단지 일단 궤도에 진입하면 수천 개의 나노 위성을 온 사 방으로 내보낸다는 게 다를 뿐이지. 그 나노 위성들은 우주 속으 로 수천, 수만 킬로미터를 가서 센서를 배치할 거고."

"뭘 찾아내려고…"

"화성에서 오는 침략자들을 감지하려고. 작은 녹색 인간들 말 이야. 치타우리족이나 그게 뭐든. 가능한 한 많은 정보가 필요해. 난 이 위성이 정보를 얻는 데 도움이 될 거라 생각해."

"무슨 말인지 알겠어요."

잠시 두 남자 사이에 침묵이 흘렀다. 차에는 교통체증이 만들 어내는 화이트 노이즈만이 깔릴 뿐이었다.

그리고 해피의 전화기가 울렸다.

"받지 마, 운전 중이잖아." 토니가 말했다. "자네가 얼마나 쉽게 주의가 흐트러지는지 안다고."

"제 주의는 흐트러지지 않아요." 해피가 반발했다.

"있잖아, 자넨 말하면서 운전 못해. 지금 하는 걸 봐, 자넨 지금 그냥 나한테 얘기만 하고 있잖아."

해피가 눈을 내리깔고 핸드폰을 흘낏 보았다. "그 꼬마예요."

"또?" 토니가 믿을 수 없다는 듯이 물었다.

"네, 또요. 혹시 그 꼬마를 우주로 날려버릴 방법은 없을까요?"

토니는 자신의 수염을 문지르며 진지하게 대답했다. "절대 안 될 거야, 해피."

3

토니와 해피는 롱아일랜드에 있는 스타크 인더스트리 실험장에서 소규모의 연구팀을 만났다. 최근에 스타크 위성 발사를 위해 모인 팀이었다. 총감독자인 마리아 힐은 벌써 도착해 있었다.

발사는 토니가 좋아하는 방식으로 진행되었다. 지루하고 단조롭게. 카운트다운은 마치 시계장치처럼 t-0까지 계속되었다. 로켓의 액화 연료가 점화되고, 추진체가 받침대에서 떨어지는 동안 시계는 계속해서 똑딱거리고 있었다.

로켓이 발사되어 상공을 뚫고 지구의 대기권 밖으로 나가기까지는 몇 분이 걸렸지만 하늘에는 여전히 비행운이 보였다. 토니는 내심 자신이 아이언맨 슈트를 입고 로켓 옆에서 끝까지 따라가서 자신의 한계를 넘을 수 있다면 좋겠다고 생각했다. 저 우주 밖으로 가서 무엇이 그들을 기다리는지 보고 싶었다.

"자, 어떻게 생각해?" 토니는 해피를 보았다.

해피는 어깨를 으쓱했다. "로켓이죠. 하늘로 날아갔고, 이제 안 보이네요." 고개를 들어 하늘을 본 해피가 오른손을 올려 햇빛을 가리면서 눈을 찡그렸다.

마리아 힐이 웃으며 말했다. "감동을 주기 힘든 분이군요, 호건 씨."

"그건 맞지만, 뭐라고 할 수는 없잖아요?" 토니가 말했다. "당신이 해피 호건이 나와 함께한 시간만큼 나와 일하면 알게 될 거예요…. 그러니까 호건, 우주로 발사한 게 뭐라고?"

해피는 억지로 웃음소리를 냈다. "하하하. 네, 뭐 그런 거죠." 그는 투덜거리며 말했다.

"이게 정말 마술을 부릴까요?" 힐이 물었다.

토니는 어깨를 살짝 으쓱했다. "한 달은 지나야 알게 될 겁니다. 첫 번째 나노 위성이 제자리를 찾아 배치되는 데에 그 정도는 필요해요. 그다음에는… 아마 몇 달이 걸릴지도 모르죠. 어쩌면 1년, 아니면 2년."

"거기서 뭔가를 발견할 거라고 생각해요?" 그녀가 물었다.

토니는 대답을 하려다가 입을 다물었다.

"갑자기 꿀 먹은 벙어리가 됐군요." 마리아가 장난스럽게 말했다.

"아무것도." 토니가 말했다. "난 우리가 아무것도 발견하지 못했으면 좋겠어요."

"그럼 엄청난 돈을 허공에 낭비한 게 돼버리는데요." 마리아가 받아쳤다.

"내 돈인데요 뭐. 난 내 마음대로 어디에든 바보같이 쓸 수 있어요." 토니가 익살스럽게 말했다.

"그렇죠. 그런데 만일 뭔가를 발견하면요? 혹은 누군가를?"

"그때는… 그들이 우리에게 호의적이길 바라야죠." 토니가 하늘을 올려다보며 말했다.

PART
4

가디언즈 오브 갤럭시

프롤로그

Eclector M-ship GK9
N42U K11554800 • 520347
Day 1

그녀를 증오하지 않았던 시절이 있었다. 적어도 그녀를 싫어
한다고는 생각하지 않았다. 사실 나는 한때 그녀를 좋아했었
다…. 그녀를 우러러보았고… 그녀를 필요로 했다….
그녀는 나의 고통을 제대로 알고 있는 유일한 사람이었다. 나
와 고통을 함께하는 사람. 나를 이해해주는 사람.
나 혼자만의 착각이었을 수도 있지만.
나는 누군가와 똑같은 경험을 하면서 완전히 다른 기분을 느
낀다는 것은 불가능하다고 생각했다.
물론 그때 나는 아무것도 몰랐다. 이제야 겨우 이해하기 시작
했다.
나는 지금 내 인생의 단 하나의 진정한 목적을 달성하기 위한
최후의 결전을 앞두고 있다. 이 결전에서 승리하기 위해서는
증오와 분노로 가득 차서 나 자신까지 잃어버린 삶이 어떤 것
이었는지를 잊지 말아야 한다. 이것이 내가 이 글을 쓰는 이

유다.

내 이름은 네뷸라.

그리고 나는 내 언니를 증오한다.

1

분노.

분노는 언제나 그녀와 함께였고 그녀가 살아가는 이유였다. 분노는 그녀의 모든 것을 새빨간 색으로 물들였다.

너무나. 큰. 분노.

그녀와 만나본 사람이라면 누구나 같은 말을 할 것이다. 그녀가 분노로 가득 차 있다는 말은 우주가 별로 가득 차 있다는 말과 같다고. 분노가 곧 그녀이고, 그녀가 곧 분노였다.

이상 끝. 이것이 결론이다.

하지만 아직 할 이야기가 더 남았다. 네뷸라의 이야기는 끝나지 않았다. 이제 시작일 뿐이다.

모든 이야기가 시작된 곳은 우주선이었다.

정확히 말하자면 뜨거운 난장판이 벌어지는 우주선.

네뷸라는 주변이 너무 더럽다고 생각했다. 우주선의 모든 것이 오래되고… 낡고… 더러웠다. '지저분'한 정도가 아니라 말 그대로 정말… 더러웠다. 마치 얼마나 오래인지도 모를 시간 동안 아무도 배 안을 청소하지 않았던 것처럼. 분명 아무도 청소하지 않았을 것이다. 그러지 않고서는 이렇게 더러울 수 없다. 사실 대부분의 사람들 역시 우주선을 청소하는 데 시간을 쓰지 않을 것이다. 더구나 끊임없이 우주를 돌아다녀야 하는 사람이라면 말이다.

네뷸라는 손이 묶인 채 밀라노호에 타고 있던 모든 순간을 경멸했다. 그녀는 밀라노라는 이름이 너무 무의미하다고 생각했다. 밀라노는 배의 기능을 묘사하는 이름이 아니었고, 상대에게 겁을 줄 만한 이름은 더더욱 아니었다. 당연히 적에게 폭탄 세례를 퍼부을 것 같은 이름도 아니었다.

대체 어떤 놈이 자기 배에 밀라노라는 이름을 붙인 거야?

피터 퀼. 그 어떤 놈의 이름이다.

퀼은 스스로를 '스타 로드'라고 불렀다.

네뷸라는 고개를 저었다. 대체 어떻게 여기 잡혀 있게 된 것인지… 사실 농담할 상황이 아니었다. 그녀는 수갑을 찬 채 갇혀 있었다. 언니와 '가디언즈 오브 갤럭시'의 멤버들에 의해 잔다르의 감옥으로 끌려가고 있는 상황에서, 배의 이름이 웃긴다는 생각이나 하고 있다니. 어쩌면 남은 평생을 잔다르 행성의 감옥에서 보내야 할지도 모르는데 말이다.

"너 정말…"

네뷸라는 돌아서서 뒤에 서 있는 사람을 바라보았다. 그 사람은 네뷸라가 배로 잡혀 온 이후부터, 말 그대로 바로 옆에 붙어 있다시피 했다. 네뷸라는 대답하지 않았다. 대신 매정해 보이는 검은 눈으로 자신의 생각을 나타냈다. 그 눈은 이렇게 말하고 있었다. "난 지금 말할 기분이 아니야. 앞으로도 계속."

"…피곤해 보인다고 말하려 했어."

네뷸라는 대답 대신 자기 앞에 서 있는 크고 날씬한 녹색의 여인에게 으르렁거렸다. 가모라. 그녀의 언니. 언니의 표정은 마치… 언니가 느끼는 감정을 드러내는 것 같았다. 그것과 비슷한… 비슷한….

…네뷸라는 사실 그게 무엇인지 몰랐다. 지난 몇 년간 그녀가 자신에게 허락한 감정은 오직 한 가지뿐이었다. 네뷸라는 그 감정에 너무나 몰두한 나머지, 그것이 자신의 몸과 마음을 집어삼켜 지배하도록 내버려두었다. 그 감정은 그녀의 안에서 불타올랐고, 그렇게 만들어진 화염은 모든 생각과 행동을 새까맣게 불태워버렸다.

어쩌면… 가모라의 표정에서 친절함? 상냥함? 염려? 이런 것들이 보였을 수도 있다. 하지만 네뷸라는 가모라가 어떤 감정을 느끼든 모두 미워하기로 했다. 그녀에게 언니의 감정은 아무 쓸모가 없었다. 더 이상은.

그런 감정들은 나약함에서 나온다. 네뷸라는 세상에서 나약함을 가장 싫어했다.

"이 배 말이야." 네뷸라는 화제를 돌렸다. "완전히 구제불능이야. 네가 아직 살아 있다는 것은 불행한 기적이고."

가모라는 희미하게 웃더니 네뷸라에게 좀 더 다가가면서 대답했다. "구제불능이라고 할 정도는 아니잖아? 물론 집처럼 보이지는 않지만 그래도 집이야."

"집." 네뷸라가 따라 말했다. 어쩐지 자신의 입에서 그 단어가 나오자 저주처럼 들렸다. "집이 있다는 건, 아주 기분 좋은 일이겠지."

"또 시작이네." 가모라가 크게 한숨을 쉬며 말했다. 그녀는 고개를 푹 숙이고 시선을 피했다.

"그래, 또 시작이야!" 네뷸라는 머리를 젖히고는 분노에 차서 공격적으로 소리쳤다. 네뷸라의 검은 눈동자가 커졌고 입에는 경멸의 비웃음이 흘러넘쳤다. 그녀는 묶인 손을 풀려고 수갑을 세게 잡아당겼다.

"미안해." 가모라가 한참 후에 고개를 들며 말했다. 둘은 서로를 바라보았다.

"네 동정 따위 필요 없어." 네뷸라가 말을 뱉었다. 그녀의 목소리는 냉정하고 차가웠다. 몇 초 전에 감정이 폭발했을 때와는 완전히 다른 목소리였다. 네뷸라는 자신을 통제하고 있었다. 언제나 그랬듯이.

네뷸라는 거의 항상 자신을 통제했다.

"그럼 원하는 게 뭐야?" 가모라가 물었다.

"네가 죽는 것."

"동생들은 왜 이러나 몰라." 가모라는 이렇게 말하고 뒤돌아 걸어갔다.

"배고파." 네뷸라가 말했다. 그녀의 목소리에는 절박함이 묻어 있었다. 오랜 시간이 흘렀다. 그녀는 이제 몇 시간이 흘렀는지 세는 것도 그만두었다. "야로 뿌리 좀 줘."

손목에 있는 수갑이 철컥거렸다. 수갑은 천장까지 이어져 있는 봉에 달려 있었다. 네뷸라는 밀라노호의 선실에 갇힌 채, 여행 내내 서 있어야 했다.

"안 돼." 목소리가 들렸다. "아직 덜 익었어. 그리고 난 네가 싫어."

네뷸라는 혈관에서 피가 끓어오르는 것을 느꼈다. 관자놀이의 핏줄이 요동쳤다. "네가 날 싫어한다고?" 그녀는 자신의 경멸이나 혐오감을 숨기지 않고 말했다. "너는 날 그곳에 내버려두고 떠났어. 너 혼자 살겠다고 스톤을 훔쳤잖아. 그런데 이제 영웅이 되어 나타났네."

'영웅'이라는 단어가 그녀의 목에 걸렸다. 토할 것 같았다. 네뷸라는 '그곳'이 어디인지 구체적으로 말할 필요가 없었다. 가모라 역시 알고 있었으니까. 그곳은 가모라가 새로운 가족을 찾아 뒤도 돌아보지 않고 떠나기 전까지 두 자매가 평생을 갇혀 있었던 곳이었다.

"머지않아 내가 여기서 풀려나면 말이야." 네뷸라가 말을 이었다. "널 죽여버리겠어. 반드시."

"아니." 가모라가 되받아쳤다. "너는 네 남은 인생을 잔다르의 감옥에서 보내게 될 거야. 날 죽이지 못한 걸 괴로워하면서."

네뷸라는 길길이 날뛰며 수갑을 거세게 잡아당겼다. 하지만 수갑은 움직이지 않았다. 그녀 역시 한 발자국도 움직일 수 없었다.

2

지구에서든, 플래닛 X, 잔다르 혹은 노웨어에서든 전 우주를 관통하는 보편적 진리가 있다. 죽음 얘기를 하는 게 아니다. 물론 대부분의 경우 죽음이 절대적이긴 하지만. 세금도 아니다. 이것도 완전히 틀렸다고는 할 수는 없다. 누구도 세금을 피할 수는 없으니까.

우주의 가장 보편적 진리는 바로 형제간의 싸움이다. 물론 형제라고 해서 항상 싸움만 하는 것은 아니지만 형제는 싸우기 마련이며, 가끔은 그 싸움이 꽤 격렬할 때도 있다. 또 싸울 때는 화가 난 상태에서 말하고 행동하기 때문에 서로를 깊이 아끼는 사이라도, 아니 오히려 깊이 아끼는 사이일수록 잠시나마 적으로 돌아설 수도 있다. 하지만 시간이 지나서 화가 가라앉으면 서로에게 사과하고 화해하며 이런 경험을 통해 가족 간의 의가 더 돈독해지는 법이었다.

적어도 대부분의 형제들은 이렇게 자란다.

하지만 네뷸라와 가모라는 그 대부분의 형제들과는 달랐다. 그들은 싸울 때, 혹은 곧 싸움이 시작될 것 같다고 느꼈을 때에도 둘이 아는 유일한 방법이자 둘만이 이해할 수 있는 방법으로 상황을 해결하려 했다. 서로의 손가락을 부러뜨리는 것이다.

네뷸라는 그 '싸움' 중 하나를 기억하고 있었다. 그녀와 가모라가 아버지의 명령을 받아 로난 디 어큐저라고 알려진 크리의 군인과 함께 일할 때였다. 네뷸라는 가모라와 마찬가지로 평생을 아버지를 위해 살아왔다. 둘에게 가장 중요한 것은 아버지의 비위를 맞춰서 그를 기쁘게 하는 것이었다. 하지만 불행하게도 그들의 아버지는 우주의 폭군이자 죽음의 신인 타노스였다. 타노스는 실망만 할 뿐 기뻐하는 법이 없었다. 그래서 자매는 언제나 힘들었다.

특히 네뷸라는 한 번도 타노스의 성에 찬 적이 없었다. 타노스는 언제나 네뷸라에게 실망했고 네뷸라에 대한 실망은 시간이 갈수록 더 커져갔다. 그녀는 한 번도 제대로 임무를 수행한 적이 없었고 가모라만큼 잘하지도 못했다. 네뷸라와 가모라를 로난의 밑으로 보냈을 때부터 타노스의 생각은 분명했다. 그는 가모라에겐 기대가 컸지만 네뷸라는 임무 수행 중에 죽어도 그만이라고 생각했다.

하지만 네뷸라는 이런 사실을 잘 받아들이지 못했다.

그러던 어느 날, 네뷸라는 가모라를 뒤에서 덮쳐 그녀의 왼쪽 팔을 잡고 비틀었다. 그녀는 언니의 손을 꽉 잡고 손가락을 움켜쥐었다.

"내가 모를 줄 알고?" 네뷸라는 경멸에 찬 목소리로 말했다. 분노가 그녀의 안에서 끓어올랐다. 사실 분노는 언제나 끓고 있었다.

"네뷸라." 가모라의 목소리에는 고통이 깃들어 있었다. 그녀는 네뷸라가 힘을 줄 때마다 움찔했다.

"왜 내 앞길을 가로막는 거야?" 네뷸라는 가모라의 손을 더 꽉 잡고 비틀었다. 손가락이 부러지는 소리가 날 때까지. "대체 무슨 짓을 했기에 로난이 아버지에게 오직 너만이 그의 위대한 계획을 실행할 수 있다고 한 거야!"

네뷸라가 점점 더 세게 힘을 주자 갑자기 가모라가 반격했다. 오른손으로 움켜쥔 네뷸라의 손을 잡아 떼어낸 것이다. 네뷸라가 휘청거리는 사이 가모라가 다시 주먹으로 네뷸라의 가슴을 세게 때렸고 네뷸라는 몇 미터 뒤로 넘어졌다.

"난 널 죽이지 않아!" 가모라가 말했다. 둘 사이의 전면전이 잠시 휴식기를 맞았다.

그들은 서로에게 다가가 얼굴을 맞대고 섰다. 두 사람 모두 서로의 공격을 기다렸지만 아무도 공격하지 않았다.

아직은.

"동정하는 거야?" 네뷸라는 경멸이 가득한 목소리로 말했다. "로난이 무슨 말을 하려고 했던 거야?" 네뷸라는 그녀의 언니를 포함해서 그 누구에게도 동정심을 느끼지 않았다. 하지만 자신을 향한 타인의 동정심을 알아볼 수는 있었다.

네뷸라는 가모라의 한심한 시도를 저지했다고 생각했다. 그 시도가 무엇이었든 간에. 하지만 그녀가 모르는 것이 있었다. 네뷸라가 언니를 밀어내려 하면 할수록, 가모라는 더더욱 그 자리에서 움직이지 않는다는 것이었다.

"네뷸라, 제발." 가모라가 조용히 애원했다. 그녀는 자신의 자매에게 필사적으로 다가가려 했다. "우린 어렸을 때, 처음 이곳에 왔을 때부터 서로 알고 지냈잖아. 넌 항상 내 옆에 있었어. 훈련할 때… 개조될 때… 전투에서도!"

네뷸라는 가모라가 자신에게 호소한다고 생각했다. 하지만 이미 너무 늦었다. 둘은 어릴 때부터 절대 동등하지 않았고 언제나 서로 점수로 평가받고 있었으니까. 네뷸라는 그 사실을 가모라에게 알려주고 싶었다.

"난 네 옆이 아니라 뒤에 있었어." 네뷸라는 한 치의 물러섬도 없이 말했다. "나 역시 모든 면에서 너 못지않은 전사인데." 그녀는 언니의 얼굴을 보고는 자신의 말이 가모라의 신경을 건드린 것을 알고 계속해서 그녀를 자극했다. "내가 죽인 사람들의 비명 소리가 온 들판에 가득 찰 정도였다고."

"그건 그들을 죽이는 데 시간이 너무 오래 걸려서 그래." 가모라가 대답했다.

네뷸라 안에 불타던 분노는 이제 화염이 되었다.

네뷸라는 사납게 으르렁거리면서 자신의 오른쪽 손을 가모라에게 뻗었다. 살기가 느껴지는 공격이었다. 하지만 그녀의 언니는 공격을 피하면서 오른손으로 네뷸라의 목을 움켜쥐었다. 가모라는 그녀를 벽으로 밀어붙이고 목을 졸랐다. 네뷸라는 마침내 가모라가 자신을 죽이려는 것인지 궁금했다. 하지만 그녀는 알고 있었다.

가모라는 잠시 주저했다.

네뷸라는 이를 놓치지 않았다. 숙련된 암살 전문가가 자신의
목을 움켜쥔 언니의 손을 떼어내는 데 필요한 시간은 고작 1초뿐
이었다.

가모라는 뭔가 말하려는 듯 보였다. 잠시나마 둘은 서로의 눈
을 바라보았다. 누구도 어떤 일이 일어날지 알 수 없었다.

가모라는 뒷걸음치며 어둠속으로 걸어갔다. 다툼은 순식간에
일어나 순식간에 끝났다.

그것이 네뷸라와 가모라 두 자매 사이에 있었던 일이다.

3

Eclector M-ship GK9
N42U K11554800 • 520356
Day 2

손을 내려다보면 절대 부러지지 않는 내 손가락이 보인다. 사
실 부러지긴 한다. 아주 큰 힘을 주면. 하지만 난 아무것도 느
끼지 못한다. 그래서 부러져도 상관없다. 난 아무것도 느끼지
못하고 아무것도 신경 쓰지 않는다.

내 아버지를 죽이는 것 말고는.

아무 느낌도 없다는 건 어떤 것일까? 완전히, 전적으로 무감각한 것. 내가 그것을 경험해본 적이 있는지 잘 모르겠다. 어쩌면 언젠가 경험할 수 있을지도 모르지.

아버지는 날 이렇게 만들었다.

그는 우리에게 필요한 건 오직 두 가지 감정뿐이라고 했다. 증오와 두려움. 그는 나에게, 우리에게 이를 주입시켰다.

그리고 이제 나는 모든 것을 증오하고 두려워한다.

4

이제는 부러질 손가락도, 말할 사람도 없었다. 네뷸라는 언니의 포로가 되어 밀라노호의 더러운 선실에 갇혀 있었다. 네뷸라는 그들의 포로이자 자기 생각의 포로였다. 그녀에겐 갈 곳이 없었지만 시간은 많았다. 그래서 그 시간 동안 자신이 어떻게 이곳에 갇히게 되었는지를 되돌아보았다.

늘 그랬듯이 네뷸라는 지금의 상황을 언니의 탓으로 돌렸다. 언니만 아니었다면, 언니가 아니었다면 애초에 이런 상황이 생기지도 않았을 것이다. 가모라가 자신을 막지만 않았다면….

네뷸라는 깊게 숨을 들이쉬었다. 목이 메어왔다. 무언가를 치고 싶었다. 아니 무언가가 아니라 누군가를. 정확히는 녹색의 날

씬한 누군가를.

그녀는 가모라와 함께 로난 밑에서 일할 때 머물렀던 다크 애스터호를 떠올렸다. 크리족 출신의 로난은 광신자이자, 자기 민족의 고대 관습을 열광적이고 헌신적으로 따르는 군인이었다. 그 관습이란 그저 잔다르인과 그들의 경찰 그리고 노바 군단을 대상으로 계속해서 전쟁을 하는 것이었다. 천 년이 넘는 전쟁 후에, 크리인과 잔다르인은 결국 서로 평화협정을 맺었다. 쉽지 않은 휴전이었지만 결국은 체결되었고, 로난은 이에 크게 분노했다. 그는 이 협정을 무시했다. 잔다르와 그 종족을 향한 그의 분노는 점점 커져만 갔고, 결국 그는 잔다르인을 완전히 없앰으로써 잔다르와 우주를 깨끗하게 청소하겠다고 결심했다. 로난은 잔다르인의 식민지와 전초기지를 습격하고 무고한 사람들을 학살했지만 그것만으로는 성이 차지 않았다. 그는 잔다르인이라는 병균을 완전히 근원적으로 쓸어버려야 한다고 생각했다.

잔다르 자체를 파괴함으로써 말이다.

로난은 이 목표를 이루기 위해 네뷸라의 아버지 타노스와 계약을 했다. 그 계약에는 타노스가 원하는 대상도 포함되어 있었다. 오브. 오브는 값을 매길 수 없을 정도로 귀한 공예품으로 그 안에는 파워 스톤이 들어 있었다. 네뷸라는 타노스가 갖고자 하는 모든 것을 가져야만 한다는 사실을 알고 있었다. 타노스는 크리족의 장군에게 오브를 찾아서 가져온다면 그의 소원을 들어주겠다고 약속했다.

네뷸라는 그 일이 어떻게 일어났는지 정확히 기억했다.

"로난." 네뷸라가 딱딱하게 말했다. "코라스가 돌아왔습니다."

코라스는 로난이 고용한 크리족 용병이었다. 그는 모라그 행성에서 오브를 찾아오는 임무를 맡았지만 아무 소득도 없이 빈손으로 돌아왔다.

"주인님," 코라스는 다크 애스터호에 올라 로난의 방에 들어서며 급하게 말했다. "그가 오브를 훔쳐갔습니다! 자신을 '스타 로드'라고 부르는 무법자가요."

네뷸라는 그때 '스타 로드'라는 이름을 처음 들었고, 우스꽝스러운 이름이라고 생각했다.

로난은 무표정한 얼굴로 움직이지 않았다. 코라스는 용서를 구하면서 설명을 이어갔다. "대신 그가 브로커라는 중개인과 오브를 거래하기로 했다는 정보를 알아냈습니다."

브로커는 잔다르를 근거지로 영업을 하고 있었다. 코라스는 이 작은 단서가 로난의 분노를 조금이나마 누그러뜨리길 바랐다.

네뷸라는 옆에서 어큐저가 어떻게 반응하는지 보기 위해 기다렸다.

어큐저는 이를 잘 받아들이지 않는 듯했다.

"나는 타노스에게 오브를 가져가겠다고 약속했어." 로난은 분노를 참고 있는 듯했다. "그 약속을 지켜야만 타노스가 잔다르를 파괴해줄 거야."

네뷸라는 로난이 언제쯤 코라스의 두개골을 부실지 궁금했다.

"네뷸라!" 순간 로난이 소리쳤다. 그녀는 고개를 돌려 그를 바라보았다. "잔다르로 가서 오브를 가져와."

'그래. 코라스는 로난을 만족시키지 못했으니, 이제 내 차례다. 가모라가 아닌 내 차례.' 네뷸라는 생각했다.

"반드시 해내겠습니다." 네뷸라는 말했다. 하지만 그녀가 로난의 방을 나서기도 전에 누군가 이렇게 말했다.

"넌 실패할 거야."

가모라였다.

네뷸라의 귀에는 자신의 맥박이 쿵쾅거리는 소리밖에 들리지 않았다.

"또다시 빈손으로 아버지 앞에 가게 되겠지." 가모라는 차분하게 말했다.

네뷸라는 화가 치밀었다. 가모라는 네뷸라가 실패할 거라고 생각하고 있다. 언제나 그랬다. 언제나 자기가 이겨야만 직성이 풀렸던 것이다. 가모라는 누가 더 자격이 있는지, 누가 더 능력이 있는지, 누가 더 나은 전사인지를 타노스에게 증명할 기회가 있을 때마다 자신을 더 과시하려고 했다. 그건 둘 사이의 끝나지 않는 경쟁이었다. 정말 진지하고, 무서운 결과를 가져오는 경쟁. 적어도 네뷸라에겐 그랬다.

"난 타노스의 딸이야." 네뷸라는 이를 악물고 말을 뱉었다. "너와 마찬가지로."

"하지만 잔다르에 대해서는 내가 더 잘 알아." 가모라가 대답했다.

네뷸라의 귀에 로난의 마음이 바뀌는 소리가 들리는 듯했다. "로난은 이미 내게 명령—"

"결정은 내가 한다!" 로난이 소리쳤다. 그는 네뷸라에게서 시선을 거두고 가모라를 바라보았다. "넌 실패하지 않겠지."

"제가 그런 적이 있던가요?"

이것이 사건의 전말이었다. 겨우 몇 초 사이에 가모라는 그녀에게서 기회를 앗아갔다. 그들의 아버지에게 자신이 무엇을 할 수 있는지를 증명할 또 다른 기회를. 네뷸라는 문득 손가락을 부러뜨리고 싶다는 강한 열망을 느꼈다.

5

네뷸라는 가모라가 오브를 찾아 잔다르를 뒤지는 동안 하릴없이 기다려야만 했다. 네뷸라 같은 전사에게 기다리는 것은 지루하고 단조로운 일이었다. 마치 고문과도 같았다. 더구나 다크 애스터호에서 기다리는 것은 지루한 만큼 불쾌했다. 네뷸라는 로난이 고용한 사아카르인 용병이 오로지 조직을 위해 살아가는, 영혼이 없는 벌레라고 생각했다. 그들은 먼저 말을 걸지 않으면 말을 하지 않았으며, 명령이 주어지면 죽을 수도 있는 상황에서도 복종했다.

네뷸라는 이내 자신이 사아카르인을 싫어하는 이유를 깨달았다. 그들을 볼 때마다 자신의 모습이 떠오르기 때문이었다.

네뷸라는 마음 한편으로, 아니 거의 진심을 다해 가모라가 오브를 되찾아오는 임무에 실패하기 바랐다. 잔다르에 대재앙이라도 일어나 그녀가 코라스처럼 빈손으로 오거나, 아예 돌아오지 못하기를 바랐다. 그럼 로난에게 이렇게 말할 수 있을 것이다. "보십시오! 가모라가 실패했습니다! 전 절대 실패하지 않을 겁니다. 오직 저만이 타노스에게 오브를 가져다드릴 수 있습니다!"

하지만 네뷸라는 이런 생각이 그저 공상일 뿐이란 것을 알고 있었다.

만일 가모라가 오브를 되찾는 데 실패한다면, 그녀의 실패는 로난의 실패가 될 것이고… 곧 네뷸라의 실패가 될 것이다. 만일 타노스에게 오브를 되찾지 못했다는 보고를 한다면 타노스는 엄청나게 화를 내면서 그 분노에 걸맞은 벌을 내릴 것이다. 네뷸라는 수년간 그런 벌을 받아왔다.

그 벌로 지금의 네뷸라가 만들어진 것이다. 당연히 그녀는 원치 않았다. 하지만 그건 아무런 문제가 되지 않았다.

"가모라는 오브를 갖고 올 거야." 로난은 가모라를 믿었다. 어큐저는 무거운 망치를 들고 이렇게 생각했다. "그러지 못한다면 죽음이 기다리겠지."

"그건 타노스가 결정할 일이지요." 네뷸라가 말했다. "장군이 아니라."

로난은 네뷸라를 쏘아보았다. 로난은 눈빛만으로 누구든지 꼼짝 못하게 만들 수 있었다. 하지만 네뷸라는 그 '누구든지'에 속하지 않았다.

네뷸라는 로난의 밑에서 그의 변덕을 참아가며 일하는 동안, 결국 모든 것을 결정하는 사람은 타노스라는 사실을 알게 되었다. 만일 로난이 타노스의 허락 없이 그녀나 언니를 공격한다면 타노스가 가만히 있지 않을 것이다. 로난도 타노스의 보복이 뒤따르리란 것을 알고 있었다.

로난은 으름장을 놓으며 말했다. "타노스는 성공 말고는 무엇도 허용하지 않아. 가모라가 실패한다면 절대 용납하지 않을 거다. 너도 실패의 대가가 어떨지는 잘 알고 있겠지."

네뷸라는 잠시 생각했다. "잘 아는 정도가 아니죠." 그녀는 왼쪽 팔을 손가락으로 두드리며 말했다. 금속이 울리는 소리가 들렸다.

6

Eclector M-ship GK9

N42U K11554800 • 520405

Day 6

내가 기억하는 것이 몇 가지 있다. 대부분 나쁜 일이지만.

나는 듣는다는 것이 무엇인지 기억하고 있다. 말 그대로 듣는 행위. 소리에 담긴 의미를 전달하는 기계로 그 말의 의미를 파악하는 것이 아니라 정말 듣는다는 것이 무엇인지를 기억한다.

이것은 아버지가 주신 선물이다.

내가 그의 말에 한 번 대답하지 못했다고 내 귀를 교체해버린 것을 알고 있나?

단 한 번.

내가 어린아이였을 때, 처음으로 혼자 있을 때였다. 타노스는 내 이름을 불렀다.

나는 그가 무서웠다. 무력함을 느꼈고 아무 말도 할 수 없었다. 그는 다시 나를 부르지 않았다. 대신 벌레 같은 사아카르인에게 내 귀를 때리도록 시켰다.

그것이 내가 기억하는 마지막 진짜 소리였다.

7

가모라는 잔다르에 도착한 이후 어떤 보고도 하지 않았다. 그렇게 몇 시간이 지나자, 네뷸라는 가모라가 돌아오지 않으리라는 걸 눈치챘다. 당연히 오브도 찾을 수 없을 것이다.

네뷸라는 이를 포함한 세 가지 가능성을 예상했지만, 로난은 두 가지밖에 생각하지 못했다. 그래서 그는 가모라가 잔다르의 노바 군단에게 체포되었다는 전보를 입수했을 때 놀랄 수밖에 없었다. 가모라는 다른 여러 명과 함께 구금되어 있었다.

네뷸라는 다크 애스터호의 통신을 잔다르로 연결했고 트랜스미션을 통해 상황을 파악했다. 그녀는 애스터호로 전송되는 화면을 유심히 지켜봤다. 트랜스미션 화면에서 노바군은 제대로 보이지 않았지만 그녀의 언니는 똑똑히 알아볼 수 있었다. 가모라는 여느 범죄자처럼 잡혀 있었다. 마치 경찰 앞에 선 갱단 같았다.

한심하기는.

"가모라." 노바군의 목소리가 트랜스미션을 통해 들려왔다. "개조된 육체를 가진 숙련된 인간병기. 미치광이 신 타노스의 입양아."

'개조된 육체라니.' 네뷸라는 생각했다. '저 두 단어로 타노스의 잔인함을 너무나 간단히 상쇄시켜버리는군.'

"최근에 타노스가 그녀와 그녀의 동생 네뷸라를 로난에게 빌려줬다고 하는데, 이걸 보면 타노스와 로난이 함께 일하고 있다고 봐도 되겠군."

"봐도 되겠다고…?" 네뷸라는 가모라가 노바군에게 아무것도 얘기하지 않았다는 것을 알 수 있었다. 만일 그녀가 무슨 말을 했다면 노바군은 타노스가 자신의 목적을 위해 로난을 고용했다는 것을 확실히 알고 있었을 테니까.

이는 그들이 오브에 대해서도 모른다는 뜻이었다.

노바군 장교는 말을 이었다. "죄수 넘버 89P13. 로켓이라고 했지. 불법적 유전공학과 사이버네틱스 실험의 결과로 하등한 생명체의 모습이 되었군."

89P13은 마치…. 네뷸라는 무엇을 닮았다고 꼬집어 말할 수 없었다. 어떤 종류의 동물이었다. 그녀가 한 번도 마주쳐보지 못한 동물. 그것은 뒷다리로 곧게 서 있었고, 옷을 입고 있었다. 온몸이 털로 뒤덮인 이상한 짐승이었다.

"이건 또 뭐야?" 한 노바군이 다음 구금자를 보면서 말했다.

"그루트라고 부른대." 다른 노바군이 말했다. "인간 같은 식물이야. 최근에 89P13이 다육이 겸 보디가드 겸해서 데리고 다녔다는군."

'이 그루트는 걸어 다니는 나무 같아.' 네뷸라는 생각했다. 그루트 종족에 대해서 들어본 적은 있었지만 실제로 본 것은 처음이었다.

그루트가 걸어 나가자 인간이 들어왔다. 그는 짧은 갈색 머리에 수염을 덥수룩하게 기르고 가죽 재킷을 입고 있었다.

"피터 제이슨 퀼. 지구에서 왔고." 장교가 말했다. "욘두가 이끄는 라바저스라는 청부업자 무리에서 자랐군."

퀼이라는 지구인은 손으로 어떤 모양을 만들고 있었다. 네뷸라는 그가 무엇을 하는 건지 궁금했다. 그는 왼손을 주먹 쥐고 손등을 아래로 한 채 앞으로 들어올렸다. 그리고 오른손으로는 마치 왼손에 손잡이라도 달린 듯이 잡고 돌리는 시늉을 했다. 대체 뭐하는 거지?

지구인을 한 번도 만나본 적이 없었던 네뷸라는 이 모습을 보면서 지구인들은 하찮고 열등한 존재라고 생각했다.

네뷸라는 트랜스미션을 끄고 생각했다. 노바 군단은 가모라를 어디로 데려가는 것일까? 그녀는 오브를 갖고 있을까?

8

노바 군단이 가모라와 그 공범들을 어디로 데려가는지는 곧 알수 있었다. 노바군의 통신 시스템을 해킹해서 가모라를 킬른이라는 매우 보안이 높은 잔다르인 감옥으로 이송한다는 사실을 알아낸 것이다.

네뷸라가 이런 정보들을 입수하고 있을 때 생츄어리에서 온 교신이 도착했다.

생츄어리는 타노스의 영토였다.

"아빠가 부르시네." 네뷸라가 말했다. "재미있어지겠는걸."

다크 애스터호에 있는 로난의 집무실에서는 타노스의 사자와 교신이 연결되었다.

"넌 배신당했어, 로난!" 예복을 입은 사자가 큰 소리로 말했다. 사자는 크리족의 전사를 비웃고 있었다.

"우리는 아직 그녀가 잡혔다는 것밖에 모른다." 로난이 단호하게 말했다. "가모라가 이미 오브를 찾았을지도 모르지."

네뷸라는 한쪽에 서서 이 광경을 지켜보았다. '로난은 타노스에게 책임이 있다는 것을 강조하는구나, 자신의 책임이 아니라고 말하려는 거지.' 그녀는 재미있는 상황이라고 생각했다.

"아니!" 사자가 소리쳤다. "킬른에 있는 정보원에 따르면 가모라는 이미 오브에 대해 따로 계획을 갖고 있었다는군."

'그렇다면 이미 오브를 찾아서 킬른 어딘가에 숨겨놓았다는 말인가?' 네뷸라는 생각했다.

"타노스와의 동맹관계가 위태로워졌다."

로난은 분노에 가득 차서 눈을 부릅뜨고 타노스의 사자를 바라보았다. 그가 다시 말을 꺼내기 전에 대화는 끝났다.

"타노스가 들라 하신다. 당장!"

트랜스미션이 꺼지자 그 자리에는 강렬한 빛만이 남았다. 빛은 순식간에 점점 길어지고 넓어졌다. 빛은 곧 원을 그리며 흩어졌다. 원 안에 타노스의 영토가 표시된 별과 행성들이 보였다. 로난은 네뷸라를 노려보다가 그녀를 함께 데리고 들어갔다.

둘은 빛나는 원 안쪽을 향해 걸었다. 그리고 생츄어리에 도착했다.

행성의 바위가 많은 지역을 통과하자 그들 뒤로 빛의 문이 사라졌다. 앞에는 바위로 만든 것처럼 보이는 작은 무대가 기다리고 있었다. 타노스의 가운을 걸친 사자가 무대 한쪽에 서 있었다. 그의 뒤로는 거대한 왕좌가 공중에 떠 있었다. 왕좌는 뒤를 향하고 있었지만 네뷸라는 타노스가 앉아 있다는 것을 잘 알고 있었다.

기다림.

로난은 타노스의 사자에게 다가갔다. 네뷸라는 무대 한쪽에 있
는 큰 바위 위에 앉아 왼팔의 계기반을 열고 안의 회로와 전선들
을 점검했다.

　네뷸라는 여성이라기보다는 기계에 가까웠다. 그녀는 타노스
의 사자가 그들을 부르길 기다리면서 주머니에서 레이저 장비를
꺼내어 팔을 수리하기 시작했다.

　"존경하는 타노스여, 계획을 망친 것은 당신의 딸인데 저를 소
환하시다니요."

　곧바로 네뷸라는 고개를 들어 로난을 힐끗 보았다. 그는 먼저
말했다. 네뷸라는 아버지와 대화할 때의 관례를 알고 있었다. 타
노스가 말을 걸면 대답하고, 절대 먼저 말하지 않는다. 지금 로난
의 행동, 즉 타노스의 사자가 그들을 부르기 전에 먼저 말하는 것
은 절대 용납되지 않는 일이었다. 이런 행동에는 처벌이 뒤따랐다.

　네뷸라의 예상대로 사자는 크게 화를 냈다. "목소리를 낮추어
라, 어큐저!"

　하지만 사자가 말을 잇기 전에 로난이 다시 말했다. "우선 그녀
는 어떤 원시적인 지구인과의 전투에서 졌습니다."

　"타노스께서는 가모라를 네 지휘에 맡겼다!" 사자가 고함쳤다.

　로난은 이 말을 못 들은 척했다. 아니면 신경 쓰지 않았거나.
"그리고 그녀는 노바 군단에게 체포당했습니다." 그는 차분히 말
했다.

　네뷸라는 팔뚝에 있는 전원 부분을 고치면서 이 대화를 듣고

있었다. '이건 아빠답지 않은데.'

"빈손으로 여길 온 것은 바로 너야!" 사자가 다시 화난 목소리로 소리쳤다.

어큐저는 사자에게 돌아서며 분노를 숨기지 않고 말했다. "당신의 정보원이 그녀가 처음부터 우리를 배신할 계획이었다고 말했다면서!" 로난이 고함을 질렀다.

"목소리를 낮춰라!" 사자가 경고했다.

네뷸라는 고개를 들어 다음에 벌어지는 일을 곁눈질로 보았다. 로난은 들고 있던 코스미-로드에서 망치에서 에너지를 발사했다. 코스미-로드의 충격파가 사자의 얼굴을 덮치자 사자는 순식간에 죽어버렸고, 시체는 뒤로 쓰러졌다.

"저는 그저 이 문제를 좀 더 진지하게 받아들이시길 바랄 뿐입니다." 로난은 자신의 생각을 꽤나 명확하게 밝혀서 만족스러운 듯했다.

'이건 정말로 아빠답지 않은데.' 네뷸라는 이렇게 생각하며 고개를 저었다.

이때, 하늘에 떠 있던 거대한 왕좌가 천천히 뒤로 돌기 시작했다. 그리고 타노스의 거대한 몸집이 모습을 드러냈다. 그의 피부는 마치 돌과 같았고, 눈에는 불이 타오르고 있었다. 그는 몸을 앞으로 숙이며 굴곡진 턱을 천천히 움직였다. 그리고 마침내 말을 시작했다. "내가 진지하게 받아들이지 않는 유일한 문제는, 꼬맹이, 바로 너다."

로난은 할 말을 잊은 듯했다. 하지만 네뷸라는 별로 놀라지 않았다.

"너의 전략들은 진부했다." 타노스는 말을 이었다. 그는 너무나 거대해서 그가 앉아 있는 왕좌가 작아 보일 지경이었다. 거대한 손으로 왕좌를 간단히 으깨버릴 수 있을 것만 같았다.

바로 이거지, 네뷸라는 검은 눈동자를 옆으로 흘기면서 생각했다. 네뷸라는 아버지를 잘 알고 있다고 생각했고, 실제로 아버지는 그녀가 알고 있는 그대로였다. 그보다 더 정확할 수는 없었다.

타노스는 로난을 바라보았다. 로난은 여전히 움직이지도 않고 말도 하지 않았다. 일그러진 미소만이 그의 입 한쪽을 채우고 있었다. "나는 우리의 계약을 기꺼이 이행할 것이다." 타노스는 말했다. "나에게 오브를 가져온다면."

로난은 타노스의 다음 말을 기다렸다. 네뷸라는 정확히 무슨 말이 이어질지를 알고 있었다.

"하지만 또다시 빈손으로 돌아온다면, 온 우주를 네 피로 물들일 것이다." 타노스의 목소리는 얼음처럼 차가웠다.

타노스는 자신의 왕좌에 기댔다. 알현 시간이 끝났다. 네뷸라는 팔의 계기반을 닫고 앉아 있던 돌에서 일어났다.

"고마워, 아빠. 그럼 되겠네." 네뷸라에게는 새로울 것이 없었다. 이것은 타노스가 일을 처리하는 표준절차였다.

로난은 무엇을 할지 모른 채 가만히 서 있었다. 네뷸라는 그에게 다가가서 조용히 말했다. "절대 이길 수 있는 싸움이 아니에요.

킬른으로 가요." 그녀는 최대한 태연한 목소리로 말했다.

9

Eclector M-ship GK9
N42U K11554800 • 520428
Day 11

난 그를 '아빠'라고 부르곤 했다.
그를 조롱하기 위해서였다.
그래서는 안 되었다.
아빠란 당신을 돌봐주고 당신을…
사랑해주는 사람이다.
하지만 그는 나를 돌봐준 적도, 나를 사랑한 적도 없다.
나는 그저 도구였다. 그의 목적을 달성하기 위해 사용하는 도구.
어쩌면… 나는 일종의 반항심으로 그를 '아빠'라고 불렀는지
도 모른다. 나만이 들을 수 있는 부드러운 말로 은근히 그를
조롱했다. 그렇게 생각하는 것은 위험하지 않았다.
타노스가 내게서 그 말마저 앗아갈 수는 없을 테니까.
하지만 이제는 그를 조롱하기 위해 '아빠'라고 부르는 것이 잘
못이라는 사실을 알고 있다. 그 말은 나 또한 타노스 같은 사

람으로 만들어버리는 것이기 때문이다.

10

다크 애스터호가 우주의 부분 공간을 지나 킬른의 궤도에 도착했을 때는 모든 것이 끝난 후였다. 네뷸라는 이미 늦었다는 사실을 알고 있었다. 가모라와 그녀의 동료들은 이미 사라지고 없었다. 그들은 감옥을 완전히 무질서의 상태로 만들어놓고 떠나버린 것이다.

킬른의 감옥에 가장 먼저 들어간 것은 네뷸라였다. 네뷸라는 들어가자마자 자신이 어둡고 음침한 방 위에 떠 있다는 것을 알게 되었다. 통로에는 비상등만 켜져 있을 뿐이었다.

"상황 보고하라." 컴링크로 목소리가 들려왔다. 로난이었다.

"전원 없음. 중력 없음. 모든 배전망을 죽여버린 것 같습니다."

"둘 다 복구해." 로난이 명령했다.

네뷸라는 입술을 깨물었다. 그녀는 방으로 내려가 벽을 짚고 지그재그로 몸을 움직이면서 앞으로 나아갔다. 그리고 감옥의 주 관제센터 앞 작은 장치로 다가가 컨트롤 패널을 조작해서 감옥의 인공적인 중력을 복구하고 기본적인 전원을 공급하도록 세팅했다. 굉음이 울리고 몇 분이 흐르자, 전원이 들어오면서 중력이 다시 작용되었다. 그러자 방 안을 떠다니던 물체들이 금속 바닥에 떨어지는 소리가 들렸다.

네뷸라는 시스템이 복구되는 동안 킬른에서 어떤 일이 일어났는지를 마지막으로 기록한 파일을 볼 수 있었다. 어떤 방법이었는지 알 수 없지만 가모라와 그 일행은 경비가 가장 삼엄한 관제탑을 장악했다. 그리고 감옥의 인공 중력을 무력화시켜서 관제탑을 땅에서 떨어뜨린 다음, 공중에 띄워서 탈출하는 수단으로 이용했다.

죄수들은 분명 간수들에게 대항했을 것이다. 네뷸라는 언니가 이런 재치 있는 계획에 참여했다는 것이 놀랍기도 하고 은근히 자랑스럽기도 했다.

아니, 자랑스러운 것이 아니었다. 질투였다.

감옥 바닥으로 내려오자, 주황색 점프슈트를 입은 생명체들이 여기저기 쓰러져 있는 것이 보였다. 죄수들이었다. 상당수가 머리를 밀고 있었고, 대부분은 온몸이 상처투성이였다. 처음에는 질서를 회복하려는 간수들에게 맞았을 것이고, 감옥이 중력을 잃고 난 후에는 이리저리 부딪혔을 것이다. 그리고 죄수들을 지키던 노바 군단 군인들도 보였다. 그들은 죄수들을 통제하고 감방으로 되돌려 보내려고 노력하고 있었다.

죄수들은 가모라가 탈출하는 동안 자신들도 도망치지 못해서 좌절했음이 틀림없었다. '어쩌면 내가 자기들을 풀어주러 왔다고 생각할지 몰라.' 네뷸라는 생각했다. '얼마나 말도 안 되는 생각인지.'

잠시 후, 로난과 몇몇 수하들이 감옥 중앙에 도착했다. 그리고 가모라가 어디로 갔는지 알아내기 위해 노바군과 죄수들을 심문하기 시작했다. 네뷸라는 어려서부터 타노스를 섬기면서 수없이 많은 잔인함을 보면서 자랐다. 하지만 그날 킬른에서 본 것은 그 잔인함을 넘어는 것이었다.

로난의 부하들은 죄수들과 노바군의 뼈를 부러뜨리고 폐에 구멍을 내는 것은 물론 척추를 끊으면서 끊임없이 고문했다. 하지만 그들은 아무것도 몰랐다. 살해 위협에도 아무도 말하지 않았다. 말할 것이 없었기 때문이다. 적어도 로난에게 가치가 있는 내용은 없었다. 네뷸라는 그들이 진실을 말한다고 생각했다. 킬른의 무력한 사람들을 공격해서 얻을 것이라곤 없었다. 하지만 로난은 집요했다. 그들이 원하는 대답을 하지 않을수록 로난은 네뷸라와 부하들에게 더 심한 고문을 하도록 명령했다. 결국 마지막 노바군을 심문하는 동안에는 네뷸라의 폭력성까지 고갈되는 것 같았다.

"정말이에요!" 노바군이 외쳤다. "그들이 어디로 갔는지 정말 몰라! 진짜야!"

네뷸라는 한숨을 쉬었다. 그녀는 두 칼로 노바군의 머리를 감싸서 칼날을 목 앞에 갖다 댔다. "그들이 어디에 있는지 안다면 벌써 말했을 겁니다." 네뷸라는 로난에게 실망스러운 목소리로 말했다. 그들은 정말 사라져버린 것이다.

"로난…." 네뷸라는 다시 그를 설득하려 했다. 그러나 그녀는 갑자기 말을 멈추었다. 다크 애스터호로부터 교신이 온 것이다. 나쁜 소식이었다.

"노바 군단이 감옥을 지키기 위해 함대를 보냈다고 합니다." 그녀는 말했다. 다크 애스터호가 잔다르인 전사로 구성된 군대가 오고 있음을 발견한 것이다. 그들은 겨우 킬른과 몇 분 거리에 있었다.

"그럼 좋아." 로난이 네뷸라에게서 관심을 거두며 말했다. "네크로크래프트를 각지로 출격시켜. 오브를 찾아라. 수단과 방법을 가리지 말고."

로난은 사납게 몰아치고는 다크 애스터호로 향했다.

"그럼 여기는요?" 네뷸라가 킬른을 돌아보며 말했다.

"우리가 뭘 하려는지 노바군이 알아서는 안 돼. 깨끗이 청소해."

네뷸라는 로난과 오래 일했기 때문에 '청소'가 무슨 뜻인지 잘 알고 있었지만 죄수들과 간수들은 몰랐다.

하지만 그들도 곧 알게 될 것이다.

11

Eclector M-ship GK9

N42U K11554800 • 520471

Day 15

나도 킬른에서의 일이 즐겁지는 않았다. 그 죄수들… 그들은 언니에 대한… 내 집착의 희생양이 되고 싶지는 않았을 것이다. 그들은 어쩌다 그곳에 있었던 것뿐이다.

난 뭐라도 했어야 했다. 어쩌면, 그들을 죽일 필요가 없다고 로난을 설득해야 했다. 그들을 풀어줘야 했다.

그들을 구해야 했다.

왜 그러지 않았을까?

이상하다. 나는 내 행동을 후회한 적이 없었다.

어쩌면 소버린에서 풀려난 것과 관계가 있을지도 모른다. 소버린에서 포로로 잡혀 있는 동안, 나는 그들이 내가 킬른의 죄수들에게 했던 짓을 나에게 할까봐… 걱정했다.

그들도 나처럼 무감정하고 차가울까?

나는 이미 너무나 많은 면에서 죄인이었다.

12

네뷸라는 가능한 몸을 쭉 펴서 늘이면서 등을 활처럼 구부렸다. 여전히 선실의 기둥에 손이 묶인 채였다. 앉을 수도 없었다. 힘들고 피곤했고 화가 났다.

배가 고팠다.

네뷸라의 앞쪽에 있는 조종실에서 소란스러운 소리가 들려왔다. 그 소리는 온몸이 문신으로 덮인 드랙스라는 남자가 퀼에게 고함을 지르는 소리였다. 조그만 설치류도 소리를 질렀다. '로켓이라고 했지.' 그녀는 생각했다. 비행선의 엔진 소리 때문에 무슨 말인지는 알아들을 수 없었지만, 대화가 격앙되었다는 것은 알 수 있었다.

소버린과 관계된 것이다. 그녀는 소버린에 대해 몇 가지 알고 있었다.

네뷸라는 쓴웃음을 지었다.

오브 사건 이후, 네뷸라는 제대로 된 인생을 살려면 타노스를 죽여야 한다는 사실을 깨달았다. 그러려면 무기가 필요했다. 무기를 얻기 위해서는 돈이 필요했고. 그래서 그녀는 소버린의 땅으로 향했다. 소버린의 애뉴랙스 배터리는 가장 순수하고 강력한 에너지의 근원으로 알려져 있었다. 몇 개만 훔친다면 암시장에서 상당한 금액을 받고 팔 수 있었다. 타노스를 없애버리기 위한 군함을 살 정도로 충분한 금액을.

물론 잡힐 거라고는 생각지 못했다.

소버린의 죄수가 될 거란 생각도 하지 못했다.

혹은 볼모가 될 거라고도 생각하지 못했다.

교환의 대상이 되리란 것도 예측하지 못했다. 배터리의 에너지를 흡수하려는 아빌리스크라는 괴물에게서 배터리를 무사히 되찾아온 그녀의 언니 가모라가, 소버린에게 배터리를 돌려주는 대가로 자신을 요구할 줄은 정말 몰랐다.

손목이 아파왔다. 오른쪽 손목이었다. 왼쪽 손목은 아프지 않았다. 왼쪽 팔은 결코 통증을 느끼지 않았다.

네뷸라는 진짜 왼팔이 인공팔로 교체된 이후부터는 고통을 느끼지 않았다. 물론 다치지도 않았다. 지친 적도 없었다. 그리고 그저 때리는 상상을 하는 것만으로도 다른 이를 때릴 수 있게 되었다.

'아빠의 사랑을 담은 또 다른 선물이지.' 그녀는 씁쓸하게 생각했다.

그녀는 지금 왼팔에 달려 있는 차가운 금속으로 오른쪽 손목을 문질렀다. 그 손길은 놀랍도록 섬세했다. 네뷸라는 살을 압박하고 있는 수갑을 찡그리며 바라보았다. 가모라가 수갑을 채울 때 너무 꽉 맞게 조인 것이다. 수갑이 아프게 할 줄 알면서 그녀가 고통 받기를 바란 것처럼.

당연히 아프리라는 걸 알았을 것이다. 가모라는 언제나 자기 말이 옳다는 걸 증명하려고 한다는 점에서 네뷸라와 무척 닮았으니까.

배에서 꼬르륵거리는 소리가 들렸다. 아무것도 먹지 않은 지 얼마나 되었을까? 며칠?

배가 고픈 상황에서 덜 익은 야로 뿌리를 보고 있자니, 어릴 때 있었던 일이 생각났다. 그녀와 가모라 사이에 있었던 일이었다. 마치 까마득한 옛날 일처럼 느껴졌다. 그때 네뷸라는 지금과는 다른 사람이었다.

말 그대로 다른 사람이었다.

몇 년 전, 네뷸라와 가모라가 타노스에 의해 '입양'된 지 얼마 되지 않았던, 아직 어린 소녀일 때였다. 타노스는 가모라와 네뷸라의 진짜 가족들을 죽이고 소녀들을 노예로 쓰기 위해 데려온 것이었다. 가모라와 네뷸라는 그곳이 어떤 곳인지, 살아남을 수 있을지 확신할 수 없었기에 서로를 의지하며 격려했고 늘 붙어 있었다. 처음에는 그랬다.

하지만 타노스는 둘이 친하게 지내는 것을 원치 않았다. 그는 아이들을 서로 싸우고 다투게 만들었다. 그들이 서로를 이기는 데 혈안이 된다면 절대 자신을 배신하지 않을 거라 생각했으니까.

타노스는 처음부터 '양육' 방식을 두 가지로 정했다. 한 가지는 실패한 아이에게 벌을 주고 성공한 아이에게는 상을 주는 것이었고, 다른 한 가지는 둘 모두에게 벌을 주는 것이었다. 그는 이런 방법으로 한 명이 다른 한 명에게 등을 돌리게 만들었고 끊임없이 둘을 경쟁시켰다. 타노스는 소녀들에게 전투에 대비한 훈련으로 가장하여 치명적인 암살 기술과 낯선 무기를 사용하는 방법을 가르치면서 서로 싸우도록 강요했다.

이것은 누가 더 유능한지를 가리는 생존을 건 경쟁이었다. 소녀들은 타노스를 무서워했고, 서로를 두려워했다. 그리고 졌을 때 겪게 될 고통을 두려워했다.

이것은 사람을 살인기계로 만드는 아주 좋은 방법이었을지 모른다. 하지만 아이를 기르기에는 끔찍하고 잔인한 방법이었다.

한번은 이런 일이 있었다. 타노스는 가모라와 네뷸라에게 3일

동안 계속해서 싸우게 했다. 소녀들은 일정한 시간마다 아주 적은 양의 물만 마실 수 있었으며, 잠은 하루에 한 시간씩만 잘 수 있었다. 음식은 없었다.

싸움이 계속되고 시간이 지날수록 소녀들은 점점 지쳐갔다. 몸은 녹초가 되었고, 절실하게 먹을 것이 필요했다.

그리고 3일이 지나가고 4일이 되었다.

그리고 5일이 되었다.

마침내 6일째 되는 날 타노스는 아이들에게 음식을 주겠다고 약속했다. 하지만 한 명만이 먹을 수 있었다. 그날의 전투에서 이기는 사람에게만 야로 뿌리를 주라고 명한 것이다.

큰 덩어리도 아니고 작은 조각이었다.

하지만 어린 네뷸라에게는 충분한 동기가 되었다. 그녀는 그날 스스로도 놀랄 만큼 언니를 사납게 공격했다. 네뷸라는 마치 자기도 몰랐던 내면의 악마를 발견한 것처럼 싸웠다.

가모라는 어린 나이에도 이미 숙련된 전사였고 그날도 승리할 것처럼 보였다. 하지만 승리는 네뷸라의 것이었다. 그녀는 집요하게 끝까지 물러서지 않았고 결국 가모라를 굴복시켰다.

네뷸라는 언니의 항복을 받고 눈물을 흘렸다. 한편으로는 그녀를 꺾고 아버지의 상을 받게 되어 기뻤고, 다른 한편으로는 가모라에게 미안했기 때문이었다. 소녀들은 모두 굶주렸다. 네뷸라는 야로 뿌리를 언니와 나누어먹기로 결심했다.

그러나 그때 타노스가 네뷸라에게 마지막 공격으로 가모라를 죽이라는 명령을 내렸다. 네뷸라는 어떻게 해야 할지 몰랐다. 언니에게 미안하기는 했지만, 한편으로는 아버지의 명령을 무시하면 그가 얼마나 화내는지도 알고 있었다. 결국 네뷸라가 무기를 들고 가모라를 쏘려는 순간 타노스가 네뷸라의 손을 잡았다.

"잘했다." 타노스에게 입양된 이후 처음 듣는 말이었다. 네뷸라는 자신이 무언가를 해냈다는 성취감을 느꼈다. 아버지를 자랑스럽게 만든 무언가를 해냈다고.

그 말이 자신을 향한 말이 아니란 것을 깨닫기 전까지는 그렇게 생각했다.

"일어서라 가모라. 배가 고플 테지." 그리고 타노스는 가모라에게 야로 뿌리를 주었다. 한 조각이 아니라 한 뿌리를 통째로 준 것이다.

네뷸라는 엄청난 충격에 휩싸여 그대로 서 있었다.

"하지만 아버지." 그녀는 믿을 수 없다는 듯이 말했다. "제가 이겼어요."

"네가?" 타노스가 물었다. "넌 약하고 물렀어. 넌 가모라를 살려주려고 했다. 하지만 이 테이블이 돌지만 않았다면 가모라는 널 주저 없이 죽였을 거야. 이걸 교훈으로 삼아라." 타노스는 이렇게 말하고 만족스럽게 야로 뿌리를 먹고 있는 가모라를 데리고 걸어갔다. "우주는 불공평하고 냉정한 곳이다. 잘못을 허락하지 않아. 이걸 기억해야 할 거다."

가모라는 아버지의 각본에서 확실히 주인공 자리를 맡은 것처럼 보였다. 가모라는 큰소리를 내며 바닥에 쓰러지는 네뷸라를 한 번도 돌아보지 않았다. 그리고 네뷸라에게 야로 뿌리를 권하지도 않았다.

네뷸라는 굶주림에 지쳐 바닥에 쓰러져 있으면서 자신의 나약함을 원망했다. 그리고 그날, 네뷸라는 타노스의 교훈을 매우 잘 배웠다.

너무나 잘 배운 나머지, 그녀는 바로 그 우주처럼 변해갔다.

13

가모라의 잘못이었다. 네뷸라가 겪은 끔찍하고 지독한 모든 일들은 분명 가모라 때문이었다.

네뷸라는 우주처럼 냉정하고 무자비한 사람이 되겠다던 맹세를 지켰다. 그녀는 어떤 감정도 느끼지 않았고 드러내지도 않았다.

그녀의 감정은 단 하나만을 위한 것이었다.

네뷸라는 깨어 있는 모든 순간마다 분노로 가득 차 있었다. 분노가 그녀의 모든 행동을 지배했고 모든 결정에 영향을 미쳤다. 분노가 그녀를 살아 있게 했다. 그녀는 어린 시절부터 시련과 고난을 통해 분노를 배웠고 이 분노가 그녀를 성장시켰다. 그녀와 가모라의 경쟁은 성인이 된 후로 점점 잔인하고 폭력적으로 변했고, 네뷸라는 그 분노를 이용했다. 그녀는 분노 때문에 언제나 잔인하고 야만적으로 행동했고, 자신이 그런 사람이 되었다는 사실을 알아차리지 못했다.

그녀는 오로지 이기는 것에만 집착했다. 그것은 단순한 승리가 아니었다. 생존이었다. 살아남는 것이 무엇보다 중요했다. 그러지 않으면 다른 사람이 살아남을 테니까.

네뷸라와 로난은 오브의 행방을 찾아 우주를 헤맸다. 로난은 킬른을 떠난 후에 부하들을 우주 각지로 보내 오브를 찾도록 했지만, 그들은 아무것도 찾지 못한 채 돌아왔다. 우주는 너무나 광대한 곳이었다. 로난의 군대가 그 광활한 우주에서 오브를 찾는 것은 불가능해 보였다.

"타노스가 왜 오브를 찾는지 궁금하지 않나요?" 네뷸라는 로난에게 물었다.

크리족의 군인은 창문 밖의 우주를 바라보았다. 그는 네뷸라를 쳐다보지도 않고 대답했다. "난 질문을 하지 않아. 해야 할 일을 할 뿐이지. 그래야 타노스가 약속을 지킬 테니까."

네뷸라는 자신의 왼쪽 팔뚝을 두드렸다. "그렇군요." 전에도 많은 이들이 아버지를 위해 일했지만 다들 오래가지 못했다. 하지만 로난만은 타노스에게 아무런 질문도 하지 않고 이토록 오래 일해왔다. 네뷸라는 그것이 그의 몰락으로 이어질지 궁금했다.

그때 이상한 일이 일어났다. 노웨어에서 교신이 온 것이다. 노웨어는 셀레스트리얼로 알려진 거대한 존재의 잘려진 머리 안에 세워진 은하계 광산 식민지였다. 불법적 행위와 도박 그리고 여러 가지 악행으로 넘쳐나는 악명 높은 곳이기도 했다.

네뷸라는 교신을 통해 광폭하고 온몸이 문신으로 뒤덮인 드랙스라는 남자가 노웨어에 있다는 것을 알 수 있었다.

"로난!" 교신 너머로 남자가 소리쳤다. 그는 가만히 서 있지 않고 몸을 흔들며 말했다. "노웨어로 와서 네 죽음을 맞이해라!"

로난은 고개를 뒤로 젖히며 흥미롭다는 듯이 드랙스를 바라보았다.

드랙스는 넘어질 듯이 비틀거리며 입을 벌렸지만 곧 화면이 정지되고 교신이 끊겼다.

로난은 네뷸라를 바라봤다.

"저 사람이 킬른에서 죄수들이 묘사했던 그 남자예요." 네뷸라가 말했다. "가모라가 탈출하는 것을 도와준 사람 말입니다. 그가 노웨어에 있다면 그녀도 거기 있을 겁니다."

"그렇다면 오브도 거기 있겠군. 모두들 집합시켜. 노웨어로 간다."

로난의 함대가 어둡고 음침한 땅 노웨어에 다다르자 거리의 시민들이 뿔뿔이 흩어졌다.

한 명을 제외하고.

로난의 우주선 출입구가 열리고 연결계단이 땅으로 내려왔다. 네뷸라는 로난의 뒤를 따랐다. 거리에는 몸에 문신을 한 드랙스라는 남자가 서 있었다. 그는 더 이상 몸을 흔들지 않았다.

"로난 디 어큐저!" 드랙스가 큰 소리로 고함쳤다. 그는 양손에 큰 칼을 들고 휘둘렀다.

크리족의 전사는 앞으로 걸어가 고개를 살짝 돌려 드랙스를 노려보았다. 그의 시선은 흔들림이 없었다. "우리에게 메시지를 보낸 게 너냐." 로난이 말했다.

"넌 네 아내를 죽였어." 드랙스가 가슴을 펴며 말했다. "넌 내 딸을 죽였어!"

네뷸라는 드랙스가 몇 년 전 로난에게 간발의 차이로 끔찍한 패배를 당할 뻔했다는 것을 알고는 연민을 느낄 수도 있었다. 하지만 지금은 그런 감정을 느낄 겨를이 없었다. 언니를 봤기 때문이다.

저기, 드랙스의 뒤쪽으로 좀 떨어진 곳에 가모라가 있었다. 그녀의 언니는 둥그런 광산용 파드로 급히 올라탔고 다른 두 파드와 함께 하늘로 날아올랐다.

네뷸라는 속이 끓어올랐다.

"저기 가모라입니다!" 그녀는 로난에게 끼어들며 말했다. "가모라가 오브를 갖고 도망치고 있어요!"

"네뷸라." 로난이 말하는 순간 드랙스가 공격해왔다. 로난은 드랙스가 공격하는 걸 보지 못한 듯했지만 쉽게 피했다. "오브를 찾아와."

네뷸라는 로난의 부하들을 데리고 우주선으로 돌아갔다. 로난이 드랙스와 거의 일방적인 싸움을 하는 동안, 그녀는 하늘을 날아 세 개의 파드를 찾아 나섰다. 네뷸라는 하늘을 누비며 광산용 파드를 추적했다. 가장 먼 곳에 있는 파드에서 에너지 신호가 나오고 있었다. 신호는 너무나 강렬했다. 그녀는 그 이유를 알고 있었다. 오브에서 나오는 신호였다. 오브의 안에서.

인피니티 스톤. 가늠할 수 없을 정도로 강력한 힘을 가진 물체. 인피니티 스톤은 우주에 존재하는 여섯 개의 스톤 중 하나였다. 타노스는 세상 무엇보다도 그 스톤들을 갈망했다. 스톤을 갖기 위해 다른 행성들을 가루로 만들 수도 있을 정도였다.

"가장 멀리 있는 파드에 스톤이 있다." 그녀는 가모라의 1인용 우주선에서 눈을 떼지 못했다. "가져와!" 그녀는 명령했다.

우주선 옆에 있던 전투기들이 불을 뿜기 시작했다.

14

Eclector M-ship GK9
N42U K11554800 • 520471
Day 23

난 성공하고 싶었다. 스톤을 가져오고 싶었다. 타노스를 위해. 내가 원한 것은 그녀의 죽음뿐.

나는 둘 다 너무나 간절히 원했다. 바로 그곳, 노웨어에서 나는 그 기회를 만났다. 그녀는 내 시야에 있었다.

나는 거리낌 없이 그녀에게 발사했다. 다른 이들에게도 그렇게 명령을 했다.

왜?

그녀를 죽인다고 해도 아무것도 해결되지 않을 것이다. 이제 나는 알고 있다.

그녀를 죽인다고 해도 아버지는 나를 인정하지 않을 것이다. 내가 스톤을 가져간다고 해도 그는 나를 사랑하지 않을 것이다.

나는 그녀를 향해 발포했다.

그리고… 오랜 시간이 흐른 후… 소버린에서의 그 사건 이후… 내가 언니의 포로가 되고 나서야… 나는 내가 무엇을 향해 쏘았는지 알게 되었다.

그리고 나는 그것이 마음에 들지 않았다.

15

펑.

밀라노호가 갑자기 격렬하게 흔들렸다. 네뷸라도 흔들렸다. 우주선이 흔들릴 때마다 네뷸라는 이쪽과 저쪽을 왔다 갔다 해야 했다. 그리고 그때마다 그녀의 오른쪽 손목의 수갑이 점점 더 살을 파고들었다. 네뷸라는 얼굴을 찡그렸다. 그리고 그 아픔이 그녀 안의 타오르는 분노에 기름을 부었다.

네뷸라는 조종실에서 들리는 대화의 일부분밖에 듣지 못했다. 하지만 적들의 함대가 밀라노호를 공격하고 있다는 사실은 분명히 알 수 있었다. 네뷸라가 있는 선실은 전망이 좋긴 했지만 뒤쪽으로는 막혀 있었기 때문에 상황을 제대로 볼 수 없었다. 그녀가 알 수 있는 것은 우주선이 오른쪽과 왼쪽, 위아래로 방향을 바꾸면서 급박하게 움직인다는 것뿐이었다.

레이저가 우주선을 난사했다. 네뷸라는 레이저에 맞아 배의 좌현이 뜯겨나가자 움찔했다. 폭발과 함께 큰 소리가 들렸다. 마치 밀라노호에 재앙이 닥친 것 같았다.

조종실에서 들리는 고성과 동요로 미루어 네뷸라는 퀼이 조종하고 있다고 짐작했다. 그녀는 퀼이 모두를 죽일 수도 있는 끔찍한 조종사이거나, 죽음을 피해서 최선을 다하는 매우 숙련된 조종사이거나 둘 중에 하나라고 생각했다. 하지만 지금으로서는 어느 쪽인지 확신할 수 없었다.

전투가 격렬해지면서 어떤 생각이 네뷸라의 뇌리를 강타했다. 지금 벌어지고 있는 전투에서 자신의 역할이 없다는 것이었다. 지금 이 순간, 그녀의 교활함과 포악함, 전사의 용기는 아무런 소용이 없었다. 할 수 있는 것이라곤, 무기력하게 서서 배가 흔들리는 대로 왔다 갔다 하는 것뿐이었다.

네뷸라는 언니에게 복수하고 싶었다. 그녀는 일생 동안 자신이 가모라보다 우월하다는 것을 증명하기 위해 노력했다. 하지만 지금, 가모라는 밀라노호에 타고 있는 모두와 함께 죽을 위기에 처했다. 가모라가 죽어버린다면 언니에게 복수할 수 없다. 그녀를 지금까지 살아 있게 한 분노가 가모라의 죽음과 함께 사라져버릴 수도 있는 것이다.

네뷸라는 이런 생각에 순간 두려움을 느꼈다. 그녀는 평생 타노스를 위해 악착같이 일했고, 그의 눈에 들기 위해 언니와 경쟁하기만 했다. 자신에게서 모든 것을 앗아간 가모라를 이길 기회를 잡기 위해, 아버지와 언니에게 자신도 똑같이 훌륭하다는 것을 증명할 기회를 잡기 위해 그녀는 이렇게 녹초가 되어버렸다. 그런데 이렇게까지 힘들게 노력했는데 가모라가 죽어버린다면? 그래서 아무것도 이루지 못한다면? 네뷸라의 마음에 지금껏 느껴보지 못했던 낯선 감정들이 피어올랐다.

공허함.

그리고….

…슬픔.

배가 레이저에 맞을 때마다 네뷸라는 땅에 내동댕이쳐졌다. 손목과 무릎의 족쇄가 느껴졌다. 잠시 균형을 잃었다가 네뷸라는 수갑이 달린 쇠기둥을 보았다. 그녀는 재빨리 똑바로 일어서서 주변을 둘러보았다. 수갑을 힘껏 당겨보았지만 움직일 수 없었다.

'내가 왜 슬퍼하지?' 네뷸라는 의아했다. 그녀가 이렇게 느낀 것은 정말 오랜만이었다. 사실 마지막으로 슬픔을 느낀 것이 언제인지 기억도 나지 않았다. 어린 시절, 가족에게서 떨어져 타노스를 위해 살게 된 이후로는 이런 감정은 느끼지 못했다. 그녀가 '언니'라고 부르는 단 한 사람과 경쟁하도록 강요받은 이후로는.

"몸을 굴릴 때는 고개를 완전히 숙여야 해. 그래야 잘 구를 수 있어." 가모라가 말했다.

어린 소녀는 고개를 숙이고 구르는 시범을 보여주었다. 가모라는 몸을 굴려서 벌떡 일어나 서서 긴 칼을 잡았다. 그리고 오른쪽과 왼쪽으로 칼을 휘둘렀다.

네뷸라는 샐쭉하게 쳐다보곤 오른발로 돌멩이를 걷어찼다.

"언니한테는 쉽겠지." 네뷸라가 툴툴대며 말했다. "내가 하면 제대로 못할—."

"넌 제대로 할 거야." 가모라가 끼어들었다. 그리고 칼을 바닥에 놓았다. "내가 도와줄게."

그들은 생츄어리의 돌로 덮인 행성에서 훈련을 받고 있었다. 타노스를 아버지라 부르며 그곳에서 살게 된 지 몇 달쯤 된 것 같았다. 실제로는 며칠밖에 되지 않았지만, 타노스와 함께하는 시간은 마치 영원과도 같았다.

"왜 나를 도와줘?" 네뷸라는 물었다. "타노스는—."

"아버지." 가모라가 바로잡았다.

"…아버지는 우리가 서로를 싸우길 바라잖아. 우리는 적이 되어야 해, 친구가 아니라."

"적, 친구." 가모라는 손사래를 치며 말했다. "그 전에 우리는 자매야. 내가 너를 돌봐줄게."

네뷸라는 부끄러운 표정으로 작은 미소를 지으며 물었다. "항상?"

"항상. 자, 이제 한번 굴러봐."

16

Eclector M-ship GK9
N42U K11554800 • 520471
Day 23

나는 그 순간을 몇 년 동안 생각해본 적이 없었다. 단 한 번도.
어쩌면 내 어린 시절 유일하게 행복했던 기억일지도 모른다.
정말 '어린 시절'이라고 부를 수 있는 시절.
가모라와 내가 경쟁이나 고통 같은 것에 연연하지 않고 교감
했던 유일한 순간이었다.
타노스는 그 모든 순간을 보고 있었다.
다시는 그런 순간이 없었다는 것도 보았을 것이다.
가모라… 나의 언니…. 내가 어떤 삶을 살았는지 알고 있는 유
일한 사람. 나를 이해할 시도라도 할 수 있는 사람.
비록 서로가 멀리 떨어져 있다고 해도…

내가 아는 모든 것을 아는 사람….

…그런데 왜 나는 그렇게 방아쇠를 세게 당겼을까?

17

배는 여전히 공격을 받고 있었고, 쉽게 멈출 것 같지 않았다.

네뷸라는 악담을 퍼부었다. 그녀는 이것을 끝내고 싶었다. 바로 지금, 바로 여기서. 가모라는 광산용 파드를 타고 네뷸라와 함께 하는 사아카르인 전투기보다 앞서 달렸다. 파드에는 무기가 없었지만 부수기가 쉽지 않았다. 또 파드는 다른 배에 부딪힘으로써 그 배를 공격할 수도 있었다. 즉 파드는 말 그대로 무엇이든 때려 부수면서도, 그 자신은 피해를 입지 않았다. 저기 저 부서진 배들을 보면 알 수 있었다.

가모라의 동행자, 퀼과 설치류는 다른 두 파드를 타고 로난의 전투기들을 파괴하고 있었다. 그중 하나는 보이지 않는 속도로 돌진하여 차례차례 배들을 파괴했다. 네뷸라는 전투기들이 빌딩에 부딪혀 깨지고 폭발하면서 조종사들이 죽는 것을 보고 주춤했다.

가모라가 그녀를 피할 때마다, 파드가 총격에서 살아남을 때마다, 네뷸라는 점점 심장이 빨리 뛰는 것을 느꼈다. 가모라를 멈추고 오브를 되찾을 기회가 점점 멀어져가고 있었다. 기회의 문이 닫히고 있었다. 만약 가모라가 탈출한다면 타노스의 끔찍한 형벌이 그녀를 기다리고 있을 것이다.

마침내 네뷸라는 그녀와 가모라의 파드 사이의 거리를 줄이기 시작했다. 가모라가 사정거리에 올 때까지 그녀의 배는 천천히, 하지만 확실히 다가갔다. 그녀는 통신기를 켜고 교신을 시도했다. 언니가 무슨 말을 하는지 알고 싶었다.

"정말 실망스러워, 언니." 네뷸라는 악에 받혀서 말했다. "난 내 모든 형제 중에서 언니를 가장 덜 싫어했어."

그녀는 몇 년간 다른 형제들에 대해 생각해본 적도 없었다. 사실 네뷸라는 가모라에게 너무 집중한 나머지 다른 형제들의 존재조차 잊고 있었다.

잠시 침묵이 흘렀다. 그리고 네뷸라는 가모라의 목소리를 들었다. "네뷸라, 제발." 그녀는 말을 시작했다. "만일 로난이 스톤을 갖게 되면… 그는 우리 모두를 죽일 거야!"

"전부는 아니지. 넌 그전에 죽을 테니까."

네뷸라는 그 말을 마지막으로 가모라의 광산용 파드를 향해 발사했다. 포탄은 작은 비행선을 맞혔고 폭발과 함께 불길이 타올랐다. 파드는 산산조각 났다. '아무도 그런 폭발 속에서 살아남을 수 없어.' 네뷸라는 생각했다. '매력적인 언니조차도.'

네뷸라는 이미 숨을 거둔 것처럼 보이는 가모라의 시체가 하늘을 떠다니는 것을 응시했다.

"그녀는 죽었다." 네뷸라는 혼잣말을 중얼거렸다.

네뷸라는 아무것도 느낄 수 없었다.

네뷸라는 가모라가 탔던 파드의 파편 사이에서 오브를 발견했다. 오브는 우주를 떠다니고 있었다. 그녀는 트랙터 빔으로 오브를 낚아채서 배로 가져왔다. 타노스에게 바칠 상품이 드디어 도착한 것이다.

"약속대로 오브를 찾아왔습니다." 로난은 지직거리는 타노스의 얼굴이 보이는 화면에 대고 말했다. 그는 고개를 살짝 끄덕이고 코라스에게 손짓해서 타노스가 볼 수 있도록 오브를 높이 들게 했다. "가져와라."

네뷸라는 로난이 죽음의 계약을 실행하기 위해 오브를 즉시 그녀의 아버지에게 가져갈 것이라고 생각했다. 그래야 타노스가 만족하고 그들의 끔찍한 약속을 지킬 테니까.

그녀는 너무나 당연히 그렇게 생각했다.

"알겠습니다." 로난이 말을 이었다. "그게 우리 계약이었죠." 그는 코라스의 손에서 오브를 건네받았다. "오브를 가져가면 절 위해 잔다르를 파괴해주는 것."

로난은 오브를 오른손에 쥐고 그것을 갈망하는 눈빛으로 응시하며 바닥을 걸었다. "하지만 전 이미 이 안에 인피니티 스톤이 들어 있다는 것을 알고 있는데 당신이 필요할까 싶네요."

네뷸라는 그 순간 로난이 결국은 아버지에게로 가지 않으리란 걸 깨달았다. 로난은 타노스에게 선전포고를 한 것이다.

"이 꼬맹이가!" 타노스는 큰소리로 말했다. 그의 분노가 솟구치고 있었다. "다시 생각하는 게 좋을 것이다!"

로난은 말없이 오브의 양쪽을 비틀어 안에서 빛나는 인피니티 스톤을 드러냈다.

"주인님!" 코라스가 겁에 질린 목소리로 소리쳤다. "그러시면 안 됩니다!"

네뷸라도 같은 생각이었다. 그녀는 인피니티 스톤에 대해서 들은 적이 있었다. 어떤 존재도 스톤의 힘을 지배할 수 없으며, 스톤의 에너지를 휘두르려는 자는 누구든 삼켜버린다고 했다.

코라스의 호소는 받아들여지지 않았다. 로난은 넋을 잃고 인피니티 스톤을 바라보았다.

"타노스는 우주에서 가장 강한 존재입니다!" 코라스가 항의했다.

"더 이상은 아니지." 로난은 이렇게 말하고 왼손으로 인피니티 스톤을 꺼냈다. 스톤은 그의 손을 파고들어가서 손바닥에 박힌 것 같았다. 로난은 괴성을 질렀다. 스톤에서 나오는 에너지로 바닥이 흔들렸고 초자연적인 빛이 그를 둘러쌌다.

네뷸라는 고개를 기울이고 이 광경을 지켜보았다. 그녀는 로난이 두렵지 않았다. 그녀는 그저 궁금할 뿐이었다. 로난이 이 상황에서 살아남으면 어떤 일이 생길지, 그리고 아버지가 이런 도전을 어떻게 받아들일지.

스크린 위로 이 장면을 보고 있는 타노스의 모습이 보였다. 로난은 코라스에게서 코스미-로드를 건네받고 타노스를 응시하며 만족한 듯이 웃음을 지었다. 그리고 인피니티 스톤이 들어 있는 왼쪽 손바닥으로 코스미-로드를 머리 위를 내려쳤다.

"날 '꼬맹이'라고 불렀겠다?" 로난이 우레와 같이 말했다. "내가 직접 잔다르에 천 년 크리의 심판을 내리고 잔다르를 잿더미로 만들어버릴 것이다!"

네뷸라는 말없이 가만히 서 있었다.

"그런 뒤 타노스, 당신에게로 가겠다." 로난이 덧붙였다.

타이탄은 아무런 대답도 하지 않았고 화면이 곧 검게 바뀌었다.

로난이 뒤돌아서자 그제야 네뷸라가 말했다.

"잔다르를 파괴한 다음에, 내 아버지를 죽이겠다고요?" 그녀는 주저하는 목소리로 말했다.

"네가 감히 날 막으려고?" 로난이 소리쳤다.

네뷸라는 고개를 저었다. 그는 완전히 잘못 알고 있었다. "그가 날 어떻게 만들었는지 알잖아요. 그를 죽이면, 천 개의 행성들을 파괴하도록 돕겠어요."

18

다크 애스터호가 잔다르의 대기권에 들어가자 네뷸라의 눈앞에 푸른 세상이 펼쳐졌다. 잔다르는 평화로웠고 생명으로 가득 차 있었다.

곧 죽음을 맞이할 생명들로.

네뷸라는 희망이 어떤 느낌인지 잊은 지 오래였다. 마치 안 적이 없었던 것처럼. 하지만 로난이 인피니티 스톤을 손에 넣고 잔다르를 파괴하겠다는 자신의 숙명을 이루려는 지금, 네뷸라는 희망을 갖게 되었다. 네뷸라는 잔다르와 잔다르인에 대해 별로 신경 쓰지 않았다. 그녀의 머릿속에는 오직 로난이 잔다르를 파괴한 후의 계획만이 가득 차 있었다.

타노스를 파멸시키는 것.

네뷸라는 처음으로 타노스의 끔찍하고 잔인한 지배에서 벗어나 자유로운 인생을 살 수 있을지도 모른다는 생각을 했다. 인피니티 스톤의 힘은 무적이었다. 로난이 스톤의 초강력한 힘을 이용해 타노스에 맞선다면 제아무리 타이탄이라고 해도 살아남을 길은 없었다. 인피니티 스톤이 그를 갈기갈기 찢어서 그의 영혼을 우주의 네 귀퉁이로 던져버릴 것이다.

드디어 누구와도 나누지 못했던 비밀스러운 꿈을 실현할 가능성이 생겼다.

만일 성공한다면….

…그다음에는?

타노스가 더 이상 존재하지 않는다면, 그녀는 무슨 의미일까? 네뷸라는 누구일까?

네뷸라는 답을 할 수 없었다. 그녀는 잠시 이런 생각으로 얼어붙은 것 같았다.

그때 경고음이 들려와 네뷸라의 주의를 돌렸다. 그녀는 스캐너를 체크하고 문제가 생겼다는 것을 깨달았다. 여러 물체들이 다크 애스터호에 빠르게 접근하고 있었다. 물체들은 잔다르에서 온 것이 아니었다. 그것들은 로난의 배 뒤의 우주 공간에서 나타났다. 네뷸라는 갑자기 나타난 물체들의 정체를 파악하기 위해 빠르게 스캐너를 살폈다. 그리고 곧바로 로난의 방으로 향했다. 크리족의 전사는 불도 켜지 않고 어둠 속에 앉아 있었다.

"함대가 다가오고 있습니다. 라바저스 같아요." 네뷸라가 말했다.

라바저스는 스타 로드의 동료로 알려져 있었다. 은하계의 청소부이자 도적떼라고 할 수 있다. 네뷸라는 그들이 거칠다는 것은 알고 있었지만, 로난 정도의 사람에게 특별히 위협이 되지는 않을 거라는 점도 알고 있었다. 보통은 그랬다. 하지만 라바저스가 스타 로드 팀과 합세한다면, 이것은 진짜 문제가 될 수 있었다. 어쩌면 라바저스가 로난이 잔다르에 착륙하지 못하게 막아서 그의 계획을 무산시킬지도 모른다. 그러면 타노스는 여전히 살아 있을 것이다.

로난의 계획을 성공시키려면 인피니티 스톤이 실제로 잔다르의 지표면에 닿아야 했다. 스톤이 잔다르의 땅에 닿는다면 잔다르의 모든 생물은 생명을 잃을 것이다. 식물. 동물. 사람. 눈 깜빡할 사이에 모든 것이 사라져버릴 것이다.

네뷸라는 로난이 어떤 반응이라도 해주길 기대했다. 그는 항상 자신의 감정을 억누르지 못했기 때문이다. 하지만 이번에는 달랐다. 어쩌면 인피니티 스톤의 절대적인 힘이 그를 바꾸어놓았는지도 모른다. 이유가 뭐든 간에 로난은 그의 의자에 차분히 앉아서 라바저스 전투기들이 공격해 날아오는 것을 거대한 창문으로 바라만 보고 있었다.

전투기들은 플라즈마 광선으로 다크 애스터호를 쏘아댔다. 네뷸라는 광선이 자신의 배로 향하는 것을 보고 있었다. 광선이 다크 애스터호에 맞기 직전이었다. 로난은 총격을 피하려는 어떤 움직임도 없었다. 네뷸라는 큰 충격이 있을 것이라 생각하고 이에 대비했다. 그리고 플라즈마 광선이 배에 충돌하는 것을 놀란 눈으로 바라보았다. 창문은 번쩍이는 총격으로 인해 발생한 폭발로 가득 찼다. 불길에 시야가 가려졌다. 네뷸라가 본 것은 그것이 전부였다.

그녀는 선체의 표면이 벗겨질 거라고 예상했지만 총격들은 곧 분산되었다. 네뷸라는 광선이 다크 애스터호의 투명 보호막에 맞았을 거라고 생각했다. 보호막 때문에 광선이 다크 애스터호에 피해를 입히지 못한 것이다.

폭발이 끝나자, 네뷸라는 다시 앞을 볼 수 있었다. 라바저스와 밀라노호는 다크 애스터호 바로 밑을 날고 있었다. 그녀의 걱정대로 그들이 합류한 것이다.

그녀는 왼쪽 귀에 착용한 통신기를 통해 명령을 외쳤다. "모든 조종사는 하강하라. 적들이 우리 밑에 있다!"

1인용 전투기들이 네뷸라의 명령에 따라 다크 애스터호에서 일제히 출항했다. 그들은 재빠르게 라바저스의 전투기를 조준했다.

잔다르의 명운을 건 공중전이 시작되었다.

"앞으로 발사!" 네뷸라가 명령했다. 로난의 부하들이 다크 애스터호의 엔진을 조종하자 배가 굉음을 내기 시작했다.

네뷸라는 당시에는 몰랐다. 당연히 모를 수밖에 없었지만. 라바저스를 이끌고 있는 것이 우스꽝스럽게 생긴 유전자 조작 설치류였고, 그들이 다크 애스터호에 구멍을 냈다는 것을.

그녀가 알 수 있었던 것은, 너무나 훤히 보이는 것이라 알 수밖에 없었지만, 잔다르의 함대가 적들을 돕기 위해 도착했다는 것이었다. 함대가 로난의 배를 향해 발포했다. 그들은 마치 다크 애스터호로 향하는 항로를 열고 있는 것 같았다.

누구를 위한 항로지? 네뷸라는 의아했다.

그리고 그때 그녀의 눈에 밀라노호가 보였다. 밀라노호는 다크 애스터호 오른쪽으로 다가오고 있었다. 그것은 빠르게 움직였고 곧 네뷸라의 시야에서 사라졌다. 그리고 갑자기 다크 애스터호가 옆으로 기울어졌다. 마치 무엇과 충돌한 것 같았다. 하지만 네뷸라는 곧바로 라바저스가 다크 애스터호에 구멍을 뚫었고, 그 구멍으로 밀라노호가 들어왔다는 사실을 알게 되었다. 이것은 곧 피터 퀼과 그의 친구들이 다크 애스터호에 오르고 있다는 뜻이었다.

네뷸라는 다른 도전에 직면했다. 하지만 그들 중 그녀의 언니 가모라는 없을 것이다. 가모라가 노웨어의 우주 속에서 죽는 것을 자신의 눈으로 보았기 때문이다. 그녀는 적어도 그 일에서만

큼은 승리했다.

그런데 왜 이겼다는 기분이 들지 않을까?

그리고 이제 타노스를 없앨 수 있는 희망이 그녀의 눈앞에서 영원히 사라지려 하고 있다.

"우현 날개에 구멍이 났습니다!" 네뷸라는 로난에게 외쳤다. 네뷸라는 자신의 목소리에 담긴 다급함에 스스로도 놀랐다. "적들이 배에 탔어요!"

"계속 진격하라." 로난이 의자에서 일어나며 명령했다. 하지만 그의 목소리는 여전히 침착했다. 그의 마치 인피니티 스톤을 지키려는 듯이 오른손에는 거대한 망치를 들고 있었다.

"하지만 노바 군단이 개입했다고요!"

"우리가 땅에 닿기만 하면 그건 아무 문제가 안 돼." 로난은 냉정하게 말했다.

네뷸라는 로난의 자신감을 이해할 수 없었다. 그녀는 그가 직접 행동에 나서지 않을 거라고 생각했다.

"보호문을 폐쇄해!" 그녀가 로난의 부하에게 명령했다. "당장!"

문이 닫히기 직전, 네뷸라는 부하들에게 소리쳤다. "길을 비켜!" 그녀는 자신의 미래를 지키려는 의지로 문을 통과해서 달렸다.

19

Eclector M-ship GK9
N42U K11554800 • 520516
Day 29

나는 그날 뭔가를 배웠다.

적어도 내 생각엔 그런 것 같다.

나는 다른 사람을 믿을 생각이 없었다. 그렇기 때문에 직접 그 자리를 박차고 나간 것이다. 코라스나 로난도, 아무도 믿지 않았다.

내가 했던 모든 일들이 그랬듯이, 나는 앞으로도… 모두 나 혼자의 힘으로 이루어낼 것이다.

누구의 도움도 없이. 다른 사람들이란 기껏해야 믿을 수 없는 존재들이고 최악의 경우에는 무능하거나 교활한 것들이다.

하지만 역설적이게도 그때 가모라가 나를 소버린에서 되찾은 이후, 밀라노호가 공격받기 시작한 이후, 나는 그녀를 믿어야 했다. 그리고 그녀의… 동료들을.

나는 그녀가 친구들을 어떻게 생각하는지 알고 있다. 하지만….

음.

20

네뷸라가 할 수 있는 건 아무것도 없었다. 냉정하지만 그게 현실이었다.

밀라노호 조종실이나 배 밖에서 무슨 일어나고 있든 분명 상황은 그전보다 나빴다. 밖에서 들려오는 폭발음은 점점 더 잦아졌고 더 가까워졌다. 게다가 조종실에서는 끊임없는 말다툼이 벌어지고 있었다. 네뷸라는 배 밖의 큰 소음에도 불구하고 퀼이 설치류에게 고함치는 소리와 설치류가 퀼에게 고함치는 소리를 들을 수 있다는 사실에 충격을 받았다.

배는 정신없이 앞뒤로 움직이다가 갑자기 멈추고 다시 움직이길 반복했다. 배가 심하게 덜컥거리는 것이 마치 두 조종사가 번갈아가면서 배를 모는 것 같았다. 그리고 네뷸라는 곧 그것이 실제로 벌어지고 있는 일이라는 사실을 깨달았다. 퀼과 설치류는 지금같이 심각한 상황을 타개할 사람은 자신밖에 없다고 믿었기 때문에 서로 배를 몰려고 한 것이다. 하지만 둘의 싸움이 모두를 죽게 할 수도 있었다.

"저놈들은 바보들이야!" 그녀는 큰 소리로 말했다. 하지만 누구도 듣는 사람이 없었다. 실제로 아주 오랜 시간 동안 그녀의 말을 들어주는 사람은 아무도 없었다.

네뷸라는 이를 알고 있었다. 사실 가모라와 네뷸라는 끊임없이 싸웠지만, 둘은 함께였다. 언니는 늘 동생의 말을 들어주었다. 들기 싫을 때에도 들어야 했다. 언제나 함께 있어야 했으니까. 그럼에도 가모라가 네뷸라를 떠나 새로운 가족을 만났을 때 네뷸라는 개의치 않는 것 같았다.

아픔을 느낄 줄 몰랐기 때문이다. 하지만 만일 느낄 수 있었다면, 아프다고 했을 것이다. 아주 조금은.

무언가가 밀라노호에 부딪히는 충격으로 네뷸라의 고개가 뒤로 젖혀졌다. 무엇에 부딪혔는지 바로 알 수는 없었다. 우주선인가? 소행성? 네뷸라의 위치에서는 제대로 보이지 않았다.

하지만 그녀의 궁금증은 곧바로 해결되었다. 그 충격으로 인해 밀라노호 선체의 일부가 우주로 떨어져 나가 네뷸라가 있는 선실에 구멍이 생긴 것이다.

선실이 진공 상태가 되자, 모든 것이 우주공간으로 빨려 나가기 시작했다. 옷, 안경 그리고 음식도 날아갔다. 네뷸라도 마찬가지였다. 손목에 있는 망할 수갑이 그녀와 우주선을 이어주는, 또 삶과 이어주는 유일한 것이었다. 하지만 덕분에 수갑은 그녀의 손목을 더더욱 파고들었고 네뷸라는 고통으로 인해 비명을 질렀다. 마치 오른팔이 떨어져 나가는 것 같았다. 아주 오래전 인공팔로 교체했던 경험을 다시 느끼는 것 같았다. 그리고 산소가 느껴졌다. 혹은 산소가 부족해지는 것이라 해야 하나. 선실에 난 구멍으로 산소가 빠져나가고 있었던 것이다. 네뷸라는 헐떡거렸지만 숨을 쉴 수가 없었다.

그때 갑자기 노란 봉쇄 필드가 나타나서 배의 구멍을 막았다.

그러자 선실의 기압이 다시 원상복구 되었고 공중에 떠 있던 네 뷸라는 수갑을 찬 채 바닥으로 떨어졌다. 그녀는 산소를 허파 깊 이 들이마셨다.

"머저리들!" 그녀는 소리쳤다.

네뷸라는 분명 설치류가 하는 말을 들었다고 생각했다. "뭐, 퀼 이 조종하면 저렇게 된다고." 하지만 엔진의 굉음 때문에 무슨 말 인지는 알 수 없었다.

21

Eclector M-ship GK9
N42U K11554800 • 520589
Day 33

나는 그들을 머저리라고 불렀다.

'가디언즈 오브 갤럭시.'

만일 은하계의 다른 사람들이 그날 내가 겪은 일을 알게 된다 면 그들을 그렇게 칭송하지 않을 것이다.

하지만….

가모라는 완전히 낯선 그 넷에게서 무엇을 본 것일까. 그들은 나에게 없는 어떤 것을 갖고 있었을까?

나는 우리가 자매이길 바랐다. 모든 의미에서.

그런데 내가 가질 수 없다면, 뭐….

22

"가모라!" 네뷸라는 바닥으로 떨어지며 소리를 질렀다. 그녀의
신발 한쪽이 금속 바닥에 부딪히는 소리가 났다. "네가 무슨 짓
을 했는지 봐."

그녀의 앞에는 퀼과 드랙스 그리고 걸어 다니는 나무가 서 있
었다.

그리고 가모라.

어찌 된 영문인지 가모라는 살아남았다. 네뷸라는 그 방법을
알 수 없었지만 알려고 하지도 않았다. 지금 중요한 것은 언니가
갑자기 살아 돌아와서 자신의 단 하나의 기회를 위협한다는 것이
었다. 제대로 된 삶을 살 기회를.

다크 애스터호의 조종실은 어두웠고, 나무가 내는 이상하고
반짝이는 빛만이 그곳을 밝히고 있었다.

"넌 항상 나약했어." 네뷸라는 공격할 준비를 하며 말했다. "이
멍청한 배신자…."

그때 포탄이 네뷸라의 배를 맞췄다. 그녀의 머리가 차가운 금
속바닥으로 떨어졌고 의식이 희미해지는 걸 느꼈다. 마치 모든 것

이 암흑 속으로 사라지는 것 같았다. 그리고 그때 드랙스의 목소리가 들렸다. "아무도 내 친구한테 그런 말을 할 수 없어."

그녀는 깜짝 놀라서 눈을 떴다. 얼마나 의식을 잃고 있었을까? 몇 초? 몇 분? 알 수 없었다.

네뷸라가 일어서자, 그녀는 오른팔이 비틀리고 뒤로 꺾여 있는 것을 느꼈다. 네뷸라는 통증 때문에 움찔했다. 오른팔은 아직 살과 피로 구성되어 있어서 탈골된 뼈를 제자리로 맞출 때 아픔이 느껴졌다. 반대편의 인공 팔은 공격의 충격으로 완전히 찌그러졌지만 서서히 다시 펴지고 있었다. 팔 안에 있는 엔진이 신속하게 모든 것을 적합한 상태로 되돌린 것이다.

네뷸라는 일어나서 가모라를 보았다.

"네뷸라, 제발." 가모라가 말했다.

네뷸라는 가모라의 어떤 제안도 받아들일 생각이 없었다. 그녀의 언니는 타노스에게서 자유로워진다는 것이 어떤 뜻인지 이해하지 못할 테니까. 적어도 타노스의 기준에서 가모라는 언제나 편애하는 자식이었으며, 사랑을 독차지하는 딸이었다. 그러니 가모라는 그를 파괴하기 위해 어떤 위험도 무릅쓰지 않을 것이다.

하지만 네뷸라는 달랐다.

그녀는 왼팔을 휘둘러 언니를 공격했다. 가모라가 뒤로 물러나자 네뷸라는 다시 오른 주먹을 휘둘렀다. 가모라는 이를 피하고 네뷸라를 붙잡아 내동댕이쳤다. 가모라는 무릎을 꿇고 있는 네뷸라 옆을 지나서 뛰어갔다.

네뷸라는 두 손으로 지휘봉을 들고 길게 폈다. 가모라는 다크 애스터호의 전원장치로 향하고 있었다. 대체 뭘 하려는 거지?

네뷸라는 지휘봉으로 언니의 뒤를 공격했다. 지휘봉에서 전류가 폭발하며 가모라의 몸에 전류가 흘렀다. 네뷸라는 가모라가 고통을 참을 수 없을 거라고 생각했다.

그러기를 바랐다.

둘은 이전에도 여러 번 싸운 적이 있었다. 그리고 거의 언제나 가모라가 이겼다. 하지만 오늘은 네뷸라가 우세했다. 그녀는 지휘봉으로 언니를 계속 찔렀다. 지휘봉에 찔릴 때마다 가모라의 신경 체계를 통과하는 전기 충격이 가해졌다. 충격이 거듭될수록 가모라의 몸에 불에 탄 자국이 생겨났다.

'하지만, 내 언니는 쓰러지지 않을 거야. 잔다르를 지키려고 죽음까지 각오하지는 못할걸? 분명 죽을 수도 있다는 것을 깨달았을 텐데.'

네뷸라는 승리를 앞두고 있었다. 마침내 언니를 이길 수 있게 된 것이다. 네뷸라가 이긴다면, 로난은 자신의 목적을 달성할 것이다. 잔다르는 파괴될 것이고, 다음은 타노스 차례가 될 것이다.

하지만 네뷸라가 진다면, 가모라와 그녀의 친구들이 로난을 막고 인피니티 스톤을 되찾을 것이다. 그렇다면 네뷸라는 어떻게 될까. 그녀는 우주에서 아무것도 아닌 존재가 되어버릴 것이다.

네뷸라는 그저 타노스의 장기판의 말일 뿐이었다. 쓰고 버리는 하찮은 말.

네뷸라는 가모라를 강타해서 쓰러뜨렸다. 하지만 가모라는 여전히 강력한 전사였다. 가모라는 두들겨 맞은 상태에서도 있는 힘을 다해 네뷸라의 손을 쳐서 지휘봉을 빼앗았다.

자매의 무기들이 충돌했다.

'절대 지지 않을 것이다.' 네뷸라는 맹세했다. '더 이상은. 절대로.'

네뷸라는 다시 가모라에게 전류를 쏘았고 가모라는 손에 든 지휘봉을 놓치고 말았다. 가모라가 놓친 지휘봉은 배 밖으로 난 구멍으로 떨어져버렸다. 결국 가모라는 무기도 없이 다시 일어서야 했다.

네뷸라는 무자비했다. 그녀는 지휘봉으로 가모라를 사정없이 때렸다. 가모라는 지휘봉이 자신의 배를 찌르기 직전에 무기의 끝을 잡아서 가까스로 지휘봉을 멈추었다. 이제 지휘봉은 그녀의 얼굴 바로 앞에 있었다. 네뷸라가 그때 다시 전기를 쏘았다. 전류가 가모라의 몸을 통과했다. 네뷸라는 가모라의 살이 타는 냄새를 맡을 수 있었다. 전류가 너무 세서 가모라의 에메랄드색 피부 밑으로 뼈대가 보일 정도였다.

거의 다 끝났다. 네뷸라는 생각했다. '잘 가, 언니.'

네뷸라는 자신의 눈앞에 펼쳐진 미래를 보았다, 타노스가 없는 우주.

하지만 가모라는 이대로 쓰러지지 않았다. 가모라가 다시 지휘봉을 낚아채자 네뷸라의 미래는 사라져버렸다. 가모라는 남아 있는 힘을 다해 네뷸라를 걷어찼다. 그 순간 배가 갑자기 기울어지면서 네뷸라는 배에 난 구멍으로 미끄러졌다. 네뷸라는 팔을 위로 뻗은 채 미끄러지다가 갑자기 공중에 매달려버렸다.

구멍에 있는 금속 파편 사이에 왼쪽 손목이 걸린 것이다. 덕분에 밑으로 떨어지지는 않았지만 이제 한손으로 배 밖에 매달려 있어야 했다. 그녀의 밑에는 잔다라의 토양과 공기만이 있을 뿐이었다.

"네뷸라!" 가모라가 소리쳤다. 네뷸라가 고개를 들자, 언니가 가까이 다가오는 것이 보였다. 가모라는 파편더미 위를 기어오고 있었다. 그녀는 동생에게 손을 뻗으려 했다. 왜? 비웃으려고?

"네뷸라, 로난과 싸우는 것을 도와줘." 가모라는 손을 뻗으며 말했다. "너도 그가 미쳤다는 걸 알잖아!"

네뷸라는 믿을 수가 없었다. 그 모든 일들을 겪고도, 특히 지금 이 순간에… 가모라가 여전히 나를 구하려 한다고?

우리는 적이 아닌 걸까?

네뷸라는 가모라를 미워했다. 가모라도 네뷸라를 미워했다. 원래부터 그랬다.

아니면… 어쩌면… 그게 전부가 아니었던 것일까?

"너희는 둘 다 미쳤어." 네뷸라는 이렇게 말하고는 자신의 왼쪽 손목을 자르고 하늘로 떨어졌다.

"안 돼!"

네뷸라는 떨어지는 자신의 위로 가모라의 외침을 들었다. 귀를 스치는 공기의 소리에 가모라의 목소리가 점점 멀어져갔다.

사실 네뷸라는 배에 매달려 있으면서 밑을 보며 무언가를 찾고 있었다. 아래에는 그녀가 원하는 것이 있었지만 정확한 시간에 떨어져야 했다.

네뷸라가 찾던 것은 라바저스의 전투기였다. 네뷸라는 라바저스 전투기 위로 정확하게 떨어졌고, 왼팔을 조종실에 넣어 조종사를 끌어냈다.

"꺼져!" 그녀는 조종사를 들어 올려 밑으로 집어던졌다.

이제 라바저스 전투기는 네뷸라의 것이었다. 그녀는 언니와 언니의 친구들, 라바저스 그리고 로난과의 전투를 뒤로 하고 날아갔다.

네뷸라는 무슨 일이 벌어질지 알고 있었다. 로난은 질 것이다. 패배를 피할 수 없다. 그녀는 이미 그 패배가 시작되는 것을 보았다. 그리고 타노스는 그의 딸에게 실망할 것이다.

가모라에게 말고. 가모라는 절대 아니었다.

타노스는 네뷸라에게 실망할 것이다. 그리고 네뷸라는 여전히 그를 실망시킨 것을 견디지 못할 것이다. 네뷸라는 처음으로 도망쳤다.

23

Eclector M-ship GK9

N42U K11554800 • 520591

Day 33

내가 원했던 모든 것은 그저 너무 멀리 있었다.

어쩌면 내가 원한다고 '생각했던' 모든 것?

나는 그날 가모라를 죽일 수 있었다. 나에게는 기회가 있었다.

하지만 나는 그러지 않았다.

나는 도망쳤다.

나는 그녀를 죽일 수 없었다.

나는 타노스를 마주할 수 없었다.

나는 그저⋯ 역부족일 뿐이었다.

24

아주 조금 모자랐다. 거의 손이 닿을 것 같았다. 만일 조금만 더 멀리 팔을 뻗을 수 있다면⋯.

그때 갑자기 검은 부츠가 나타나 야로 뿌리를 걷어찼고 야로 뿌리는 바닥을 가로질러 날아갔다.

"덜 익었어." 드랙스가 말했다.

네뷸라는 문신을 한 남자를 바라보며 갑자기 언니보다 그를 더 싫어할 수 있을 것 같다고 생각했다.

드랙스는 벽에 붙어 있는 밧줄 코일로 다가가 밧줄을 잡아당겨 한 쪽 끝을 자신의 허리띠에 부착시켰다. 그리고 벽에 붙은 선반에서 손바닥만 한 검정 디스크를 꺼냈다. 선반에는 이렇게 쓰여 있었다.

비상용 우주복.

그 아래에는 갈겨 써놓은 글씨가 보였다.

아님 말고.

'대체 이 사람들은 뭐야.' 네뷸라는 생각했다.

드랙스는 디스크를 자신의 견갑골 사이에 부착시켰다. 그러자 디스크에서 나오는 푸른빛이 그의 온몸을 감쌌다. 드랙스는 이 우주복으로 진공의 공간을 잠시 견딜 수 있을 것이다. 하지만 그가 무엇을 할 생각이든 성공할 수 있을 정도로 충분한 시간을 벌 수는 없었다.

도대체… 뭘 하려는 거지?

네뷸라는 일어서서 드랙스가 벽에 붙어 있는 총포에서 라이플을 꺼내 드는 것을 보았다.

미친 건가?

하지만 곧 그가 무엇을 하는지 알 수 있었다.

드랙스는 라이플을 들고 배에 난 구멍에 쳐진 노란색 봉쇄 필드를 향해 섰다. 그리고 벽에 있는 크고 네모난 버튼을 눌렀다. 그러자 네뷸라와 드랙스 사이에 노란색의 봉쇄 필드가 하나 더 생겨났다. 두 봉쇄 필드 사이에 서 있던 드랙스가 천장의 버튼을 눌렀고 그 순간 배의 구멍을 메우던 봉쇄 필드가 사라졌다.

그리고 그는 우주 속으로 몸을 던졌다.

네뷸라는 놀란 표정으로 이 모습을 바라보았다. 드랙스는 밀라노호에 매달린 줄에 자신의 생명을 의지한 채로 우주 속을 날아다니고 있었다. 밀라노호를 쫓아오는 전투기들을 라이플로 맞히려는 것이었다.

네뷸라는 밀라노호의 무기가 제대로 작동하지 않는 거라고 생각했다. 그렇지 않았다면 쫓아오는 배들을 공격했을 것이다. 하지만 그렇다고 사람을 배 밖으로 보낸다고? 라이플만 들고?

'언니 친구들은 미쳤구나.' 네뷸라는 속으로 생각했다.

그런데 왜 감탄을 하며 보고 있는 것일까? 드랙스가 배에 매달려 앞뒤로 흔들리고 소행성에 부딪혀가며 적들의 주위를 끌려고 노력하는 모습을, 네뷸라는 감탄하면서 바라보았다.

그가 라이플로 적들의 전투기를 명중시키자, 적들의 배가 폭발했다.

'언니 친구들은 미쳤어. 하지만… 멋있어.'

너무나 순식간에 벌어진 일이라 네뷸라는 무슨 영문인지도 알 수 없었다. 분명 드랙스가 라이플로 적들의 전투기를 파괴하고 있었는데 어느 순간 어딘지도 모르는 곳의 입구를 향해 들어간 것이다. 그리고 다시 그들은 우주 외곽에 어딘가에 도착해서 밝은 하늘 위에 떠 있었다. 하지만 곧바로 밀라노호는 땅으로 추락하기 시작했다.

드랙스는 여전히 배 밖에 매달려 있었다.

밀라노호는 그 입구를 빠져나오면서 너무 큰 피해를 입었기 때문에 일부 시스템이 작동하지 않았다. 네뷸라가 있던 선실의 봉쇄 필드의 작동이 가장 먼저 중단되었다. 네뷸라는 벽을 손으로 잡고 기대어야 했다. 선체에서 떨어져 나간 금속판들이 그녀의 앞을 날아다녔다. 판들은 하늘로 뚫린 구멍으로 나가서 드랙스를 거의 맞힐 뻔했다.

드랙스가 매달려 있는 밧줄 코일은 덜렁거리고 있었다. 코일 뭉치는 곧 벽에서 떨어질 것 같았다. 코일 뭉치가 떨어져 나가면 드랙스는 죽을지도 모른다.

네뷸라가 선실 밖으로 날아가는 금속판을 다시 피하고 뒤를 돌아보았을 때 가모라가 뛰어오고 있었다. 밧줄 코일이 벽에서 떨어지려는 순간 가모라가 코일을 잡았다. 하지만 밖으로 당겨지는 힘 때문에 가모라 역시 배 밖으로 끌려 나갔다. 그리고 밖으로 떨어지기 직전, 가모라가 다른 한 손으로 선실 구멍 입구에 삐져나온 금속 막대를 겨우 잡았다.

네뷸라는 언니가 비상용 우주복만 걸치고 우주선 밖으로 나가 라이플을 쏘는 미친 사람을 살리기 위해 몸이 두 동강 나는 위험을 무릅쓰는 것을 보았다. 미친놈을 살리려고.

그 순간 네뷸라는 이 사람들이 정말 자신을 대신했을지도 모른다고 생각했다. 이제는 가디언들이 가모라의 가족일지도 모른다고.

왜 이런 생각만으로도 고통스러운 걸까?

'그녀는 나를 구하려고 한 적이 없었어. 자신의 동생을.' 네뷸라는 생각했다.

25

네뷸라는 지금 이 상황을 믿을 수가 없었다. 밀라노호는 정말 처참한 모습이었다. 배는 산산조각 나버렸다. 정확히는 두 조각으로 갈라졌다. 아니 더 정확히 말하자면 남아 있는 것이 두 조각이었다. 오른쪽 날개는 완전히 부서져 아예 선체에서 떨어졌고, 다행히 왼쪽 날개는 아직 붙어 있었다.

어찌 됐건 기적적으로 배에 타고 있던 모든 사람이 살아남았다. 착륙할 때 실제로 배에 타고 있지 않았던 드랙스조차도 무사했다. 밀라노호는 베르허트 숲의 나무 위를 거의 1킬로미터 넘게 스치면서 날아갔고 지면에 닿자마자 즉시 부서졌다.

네뷸라는 나무가 쓰러져 숲이 갈라진 한가운데에 서 있었다. 그녀의 뒤에는 밀라노 호 잔해에서 나는 연기로 자욱했다. 퀼, 드랙스, 설치류 역시 함께 있었다. 또 작고 거의 아기 나무 같은 사람도 옆에 있었다. 다크 애스터호에서 봤던 그 나무의 아기 같았다. 같은 생물인가?

그리고 가모라가 보였다. 그녀는 연기가 나는 잔해 주변을 걷고 있었다.

"이거 봐! 우리 우주선 반쪽이 날아가버렸어!" 가모라가 소리쳤다.

피터 퀼은 침착하려고 애쓰면서 불쑥 대답했다. "내 우주선이지."

가모라는 퀼의 대답을 무시했다. "너희 둘이 싸우는 바람에 우리 모두 저 땅에 처박힐 뻔했잖아."

'내가 맞았군.' 네뷸라는 생각했다. '퀼과 설치류의 어처구니없는 경쟁 때문에 결국 이렇게 된 거야.'

"피터… 우리는 너의 자만심 때문에 죽을 뻔했어." 가모라가 말했다.

퀼은 화난 표정으로 설치류를 가리켰다. "그것보단 쟤가 애뉴랙스 배터리를 훔쳤기 때문이겠지!"

'잠깐.' 네뷸라는 생각했다. '설치류도 애뉴랙스 배터리를 갖고 있다고?' 사실 네뷸라는 애뉴랙스 배터리 때문에 가모라의 포로가 된 것이나 다름없었다. 네뷸라는 소버린에서 그 배터리들을 훔치려고 했었다. 소버린은 애뉴랙스 배터리의 전원으로 그들의 문명을 유지하고 있었다. 그래서 그 배터리는 엄청난 값어치를 지니는 것이었다.

"너도 내가 왜 그랬는지 알잖아, 스타-먼치? 응?" 설치류가 퀼을 쿡쿡 찌르며 말했다.

"난 스타-먼치에는 대답 안 해." 퀼이 걸어 나가며 말했다.

그리고 설치류는 퀼의 얼굴에 똑바로 대고 소리쳤다. "그래, 난 훔치고 싶어서 훔쳤어! 지금 이런 이야기를 할 필요가 뭐 있어? 방금 조그만 남자가 소버린 배를 50척이나 넘게 격추시키고 우리를 구해줬잖아!"

'조그만 남자?' 네뷸라는 생각했다. '대체 저 미친 털북숭이가 무슨 얘길 하는 거야?'

여기에 대답하듯 드랙스가 물었다. "얼마나 작은데?"

설치류는 왼손의 검지와 엄지로 꼬집는 모습을 만들었다.

가모라가 눈을 흘기면서 말했다. "3센티미터짜리 남자가 우리를 구해줬다고?"

설치류가 어깨를 으쓱했다. "뭐, 물론 가까이서 보면 훨씬 크겠지."

대화는 이런 식으로 몇 분이 이어졌다. 네뷸라는 지금껏 여러 가지를 보고 경험했지만 이런 상황은 처음이었다. 과도한 농담은 아무 소용이 없어 보였다. 그들은 서로의 신경을 긁는 말을 해댔다. 그녀는 왜 그들이 몸싸움을 하지 않고 말다툼만 하는지를 이해하지 못했다.

마침내 퀼이 설치류를 모욕하는 말을 했고, 털뭉치가 스타 로드를 덮쳤다.

'그래, 그래야지.' 네뷸라는 생각했다. '그래야 끝난다니까.'

둘이 치고 박고 싸우기 직전에 네뷸라는 하늘로 고개를 들었다. 아니 소리를 들었다고 하는 편이 맞을 것이다. 그녀의 인공지능 청력이 아무도 듣지 못하는 소리를 들은 것이다. 배 한 척이 위쪽 상공에서 그들의 정확한 위치로 빠르게 내려오고 있었다.

"누군가 너희를 쫓아오고 있어!" 네뷸라는 하늘을 가리키며 경고했다. 설치류는 무기의 안전장치를 풀었다. 그리고 드랙스는 등에 매고 있던 라이플을 들었다. 모두가 서로 등을 지고 바짝 붙어서 원을 만들고 하늘을 바라보았다.

"날 풀어줘." 네뷸라가 가모라에게 수갑을 찬 손목을 들어 올리며 조용히 말했다. "내 도움이 필요할 거야!"

"난 바보가 아니야, 네뷸라."

"싸울 사람이 필요하다는 걸 모르면 바보지."

머리 위로, 배가 빠르게 모습을 드러냈다. 흰색 달걀 모양의 배였다.

"풀어주면 곧바로 날 공격할거잖아." 가모라는 네뷸라의 요청을 묵살하며 말했다.

"아니, 안 그럴게." 하지만 네뷸라는 자신의 말투에 설득력이 없다는 것을 인정해야 했다.

"있잖아, 나쁜 악당들은 거짓말 잘하는 기술도 배우고 그러지 않아?" 퀼이 대답했다.

네뷸라는 가만히 있었다. 그녀는 거짓말에 서툴렀다. 거짓말 하는 법을 배운 적도 없었다. 아버지에게 거짓말하는 대가는 죽음이었기 때문에 당연히 그녀가 거짓말 잘하는 기술 따위를 갖고 있을 리가 없었다.

네뷸라와 가디언즈 오브 갤럭시는 달걀같이 생긴 우주선이 나무와 강하게 충돌하고 마침내 멈추는 것을 불안하게 바라보았다. 잠시 후에 문이 열리고 이마 위쪽에 안테나가 달린 인간처럼 생긴 여자와 인간으로 보이는 수염 난 남자가 나왔다.

"오랜 세월을 찾아 헤맨 보람이 있구나." 수염을 기른 남자가 퀼을 보며 말했다.

누구지? 네뷸라는 궁금했다.

"당신 대체 누구야?" 퀼이 물었다.

"남자답게 잘생긴 내 얼굴을 보면 쉽게 알 텐데. 내 이름은 에고." 수염 난 남자가 자비로운 미소를 지으며 말했다. "난 네 아빠란다, 피터."

'아버지들이란.' 네뷸라는 그를 힐끗 쳐다보며 생각했다.

26

"그냥 가버리는 거야?" 네뷸라가 믿을 수 없다는 듯이 말했다.

"난 '그냥' 가는 게 아니야." 가모라가 가방에 식량을 채우며 말했다. "만일 그가 진짜 피터의 아버지라면 피터는 아버지에 대해 더 많이 알아야 할 거야. 아버지와 시간을 보내야 할 거라고."

몇 시간 전, 자신을 피터의 아버지라고 소개했던 에고가 자신의 행성으로 피터를 초대했고, 피터는 그 초대에 응했다. 그래서 드랙스와 가모라가 피터와 동행하고 나머지 사람들은 밀라노호를 고치면서 남아 있기로 한 것이다.

네뷸라는 불만스럽게 말했다. "틀림없이 멋진 아버지겠지, 우리 아버지처럼."

"타노스 같은 사람은 아무도 없어." 가모라가 쏘아붙였다. 그녀는 가방을 싸느라 웅크리고 있다가 동생을 올려다보았다. "왜 다크 애스터호에서 내 도움을 뿌리쳤어? 그냥 내 손을 잡기만 하면 됐잖아."

네뷸라는 로켓을 올려다보았다. 그녀는 그 설치류를 부를 때 이름으로 불어야 한다는 것이 정말 싫었다. 로켓은 일을 하느라 바빴다. 그는 밀라노호를 한 조각 한 조각 붙여가며 재건하고 있었다. 다 고치는 데 며칠은 걸리겠지만, 언젠가 배가 복구되면 다시 우주를 항해할 수 있을 것이다.

"물으니까 하는 말이지만, 내가 이유를 말한다고 해도 언니는 이해할 수 없을 거야." 네뷸라는 언니를 보지 않고 말했다.

"내가 이해 못할 거란 걸 어떻게 알아? 나도 너처럼 타노스 밑에서 자랐잖아?"

"누구도 나처럼 자라진 않았어." 네뷸라의 말끝이 흐려졌다.

"날 저 여우랑 남겨놓고 간다고?" 네뷸라가 소리쳤다.

가모라는 가방을 메고 네뷸라의 앞을 걸어갔다. "허튼짓이라도 하면 쏴버려." 가모라는 로켓에게 말했다. 하지만 로켓은 너무 열심히 일하느라 가모라의 말을 제대로 듣지 못한 것 같았다.

네뷸라는 가모라가 다른 이들과 떠난 후에도 한참을 그곳에서 있었다. 그녀는 언니가 돌아올 때까지 며칠 동안 무엇을 해야 하나 고민이었다. 그녀는 털뭉치와 나무와 함께 배에 갇혀 있을 생각에 너무 불쾌했다.

'나한테 무슨 일이 생긴 거지? 나는 세상을 파괴하고 아버지를 파멸시킨 다음 우주를 다스릴 준비가 되어 있었어. 그런데? 한심하게도 소버린에게 잡혀 투옥된 것도 모자라 이제는 언니의 포로가 되어 그녀의 재미없는 친구들과 함께 지내야 한다니.'

왜 난 아직 언니를 죽이지 않은 것일까?

그리고 왜 난… 왜 모든 것에 의문을 가지는 것일까?

네뷸라는 언제나 분노와 증오에서 그 해법을 찾아왔기 때문에, 앞으로 어떻게 살아야 할지 알 수가 없었다. 인생의 목표를 잃어버린 것 같았다. 아버지를 기쁘게 하기 위해 언니와 경쟁할 필요도 없었고, 로난의 명령을 받을 필요도 없었다. 이제 그녀에게는 어떤 책임도 없었다. 혼자만의 인생을 살면 되는 것이다.

하지만 이런 생각이 그녀를 두렵게 만들었다.

네뷸라는 불편한 표정으로 천천히 의자에 앉았다. 벽에 있는 총포에 블래스터 라이플이 꽂혀 있었다. 저 총에 손이 닿을 것 같았다. 총을 잡아서 설치류를 조준하는 것은 일도 아닐 것이다. 그리고….

"라이플을 잡아서 날 쏘려는 거라면 다시 생각하는 게 좋을 거야." 로켓은 배를 수리하면서 그녀를 쳐다보지도 않은 채 말했다. "네가 방아쇠를 당기기도 전에 널 덮쳐서 물어버릴 거니까."

네뷸라는 의자에 기대어 한숨을 쉬었다. "나도 그럴 거라 생각해."

27

Eclector M-ship GK9
N42U K11554800 • 520634
Day 38

난 왜 가모라의 손을 잡지 않았을까? 그녀가 옳았다. 그게 더 쉬웠을 것이다. 그냥 손을 뻗어서 잡기만 하면 되는 거였다. 그녀에게 합류하고 다시 자매가 되고… 그러면 우리는 가족이 될 수 있었다.

그것을 원했다. 정말로.

나는 언니를 원했다. 오래전에 나를 도와주려 했던 언니를.

하지만 그렇게 하지 못했다.

다크 애스터호에 매달려 있는 동안, 나는 타노스로부터 자유로워지려던 나의 유일한 희망이 허공 속으로 사라지는 것을 보았다. 타노스를 없애고, 나를 지배하던 그의 권능을 파괴할 유일한 기회는 로난과 인피니티 스톤에 달려 있었다. 하지만 전투가 진행될수록 로난이 패배하고 인피니티 스톤이 그의 손을 떠날 것이 분명해졌다.

타노스를 멈추게 할 방법은 오직 인피니티 스톤뿐이었다. 그 것이 없이는….

언니의 손을 잡고 로난을 멈추게 도와줄 수 없었다. 그것은 내 인생을 구원할 유일한 기회를 망치는 것을 뜻하니까.

가모라가 로난을 막는다면 나는 다시 비참한 존재로 남겨질 것이다. 고의나 악의가 아니란 것을 알지만 그녀는 또다시 나를 비참하게 만들 것이고 나는 그녀의 눈을 볼 때마다 이 사실을 떠올릴 것이다. 그녀가 나를 비참하게 만들었다는 사실을. 그래서 나는 도저히 그녀의 손을 잡을 수 없었다.

이미 우리는 이런 일을 너무나 많이 겪었다. 말로 다 할 수 없을 정도로.

나는 그 리스트에 더 추가하고 싶지 않았다.

그래서 보내준 것이다.

라바저스의 전투기를 탈취하고 나서 나는 잔다르에서 최대한 멀리 날아갔다. 나는 도망치고 싶었고 어디론가 기어가서….

…숨고 싶었다.

하지만 누구로부터? 타노스? 가모라?

아니면 나 자신으로부터?

28

"넌 창문이 아니라 벽이야."

"뭐?"

이런저런 생각에 잠겼던 네뷸라는 갑자기 현실로 돌아왔다. 그녀의 앞에는 설치류가 서 있었다.

"내 말은 내가 널 뚫고 지나갈 수 없다는 뜻이지." 로켓은 짜증 난 듯 말했다. "좀 비켜줄래? 난 직접 봐야지 고칠 수 있거든."

네뷸라는 툴툴거리며 그녀가 서 있던 컨트롤 패널에서 비켜서 물러났다. 여러 가지를 생각하느라 시간 가는 줄 모르고 있었던 것이다. 사실 네뷸라는 사색이라는 사치에 익숙하지 않았다. 혼자만의 생각도 가져보지 못했다. 로난의 밑으로 보내지기 전까지 평생 타노스의 생츄어리에서 살았기 때문에 당연히 사생활이나 자신만의 생각 같은 것은 있을 수 없었다.

"뭐 하나 알려주자면, 난 말하는 거 별로 안 좋아해." 로켓이 컨트롤 패널을 고치면서 말했다.

"넌 항상 말하잖아."

"맞아, 근데 안 좋아해."

"그럼 왜 말하는 거야?"

"내가 말을 안 하면, 사람들은 내가 그저 말도 못하는 멍청한 동물이라고 생각할 테니까."

네뷸라는 잠시 생각했다. "넌 멍청한 동물이 아니야."

로켓이 하던 일을 멈추고 네뷸라를 쳐다봤다. "너 지금 나 칭찬한 거야?"

"아니." 네뷸라는 이렇게 말하고 로켓을 등지고 앉았다.

"될 말이 맞았어." 로켓은 이렇게 말하고 다시 수리를 시작했다. 털이 가득한 그의 얼굴에 매우 엷고 작은 미소가 보였다. "넌 정말 거짓말을 못해."

29

네뷸라는 총소리에 놀라서 일어났다. 한밤의 총소리가 얼마만인지도 모를 깊은 단잠에서 네뷸라를 깨운 것이다. 그녀의 손목에는 여전히 수갑이 채워져 있었다. 작은 나무 생명체는 창문 밖에 무슨 일이 일어났는지 살펴보고 있었다.

네뷸라는 로켓이 어디 있는지 찾아보았다. 하지만 그는 그곳에 없었다. 순간 네뷸라는 무슨 일이 생겼다는 것을 알 수 있었다. 누군가 그들을 잡으러 베르허트로 온 것이다. 로켓은 싸우러 나간 것이 틀림없었다.

갑자기 총성이 더 울렸다. 나무 사이에서 메아리치는 것으로 보아 배와 멀리 떨어지지 않은 곳에서 총격전이 있는 것 같았다.

그리고 지뢰가 터지는 소리가 들렸다. 비명이 뒤따랐다.

전투 소리는 밀라노호에 점점 더 가까워졌다. 하지만 수갑 때문에 네뷸라는 창문으로 가까이 가지도, 밖에 무슨 일이 일어났는지 보지도 못했다. 그때 그녀의 귀에 익숙한 목소리가 들렸다.

로켓이었다.

"잘 지냈냐, 파란 멍청아."

"나쁘진 않아." 그녀가 모르는 목소리가 들렸다. "우리가 꽤 괜찮은 일을 맡았지. 지체 높으신 금색 소녀가 너랑 네 친구들을 잡아오면 거금을 주겠대. 너희들을 다 죽이고 싶다나."

사람들이 웃는 소리가 들렸다. 많은 사람들이었다.

"네 친구, 적들이 너무 많아. 내가 가서 도와줘야 해. 로켓을 살리려면 날 여기서 풀어줘." 그녀는 그루트에게 자신의 손을 들어 수갑을 보여주었다. 나무는 자신이 어떻게 해야 할지 모르는 듯했다.

"그들이 로켓을 죽일 거야!" 네뷸라가 호소했다.

그녀는 스스로도 솔직하게 말한다고 믿을 뻔했다.

네뷸라는 머리에 붉은 띠가 있는 파란 남자와 그의 부하로 보이는 남자들이 로켓을 빙 둘러 서 있는 것을 보았다. 모두들 로켓을 향해 무기를 조준하고 있었다. 붉은 띠의 남자가 패거리의 리더라는 것을 알 수 있었다.

다만 그 패거리들이 반란을 일으키는 것 같았다. 그들은 욘두라고 불리는 붉은 띠의 남자를 두고 격렬한 논쟁이 벌였다. 욘두가 퀼이 원하는 건 뭐든 갖고 도망가도록 놔두는 등 퀼에게 너무 '부드럽게' 대했다는 것이었다. 그들은 라바저스가 분명했다. 그런데 분위기가 바뀌고 있었다. 네뷸라는 자신이 이 행성을 빠져나가서 원하는 것을 얻을 수 있게 해줄 열쇠가 욘두일지도 모른다고 생각했다. 하지만 여기서 큰 싸움이 벌어진다면 그 열쇠를 손에 쥘 수 없을 것이다.

네뷸라는 숨어서 첫발을 쏘았다. 총알은 욘두 머리의 줄무늬 오른편에 명중했고, 전기 충격이 일어났다. 욘두는 의식을 잃고 바닥에 쓰러졌다. 그리고 다시 총을 쏘았다. 이번에는 로켓을 향해서였다.

마침내 그녀가 모습을 드러내자 라바저스는 일제히 네뷸라를 바라보았다.

"안녕, 애들아." 네뷸라는 오른손에는 전기총을 들고 왼손에는 야로 뿌리를 들고 있었다. 정확히는 손에 꿰고 있었다. 그녀의 로봇 손은 여전히 다크 애스터호에 붙어 있을 것이다.

네뷸라는 야로 뿌리를 한입 베어 물었다가 곧바로 뱉어냈다.

"안 익었잖아." 그녀가 말했다.

30

Eclector M-ship GK9

N42U K11554800 • 520705

Day 44

나는 그 여우를 쏜 것을 후회한다.

아니, '여우'가 아니지. 이름이 있지.

로켓.

왜 그랬을까? 다른 방법이 있었을 텐데. 가모라였다면 다른

방법을 찾아냈을 것이다.

하지만 그것은 내가 아는 유일한 방법이었다.

사람은 자기가 아는 방식대로 행동한다.

그때 나는 그런 사람이었다.

지금은 다를까?

다른 사람이라면 좋겠다.

31

네뷸라는 욘두를 총으로 쏘았고, 폭도들이 원하는 것을 주었
다. 그들은 자신의 운명을 스스로 결정하고 그들의 배 에클렉터

를 지배하고자 했다. 그녀는 또 라바저스에게 로켓과 어린 그루트를 주었다. 라바저스는 로켓과 그루트를 소버린에게 넘기고 보상을 받을 것이고, 로켓과 그루트는 애뉴랙스 배터리를 훔친 대가를 치를 것이다. 아이러니하게도 그 처벌은 원래 네뷸라가 받았어야 했다.

라바저스는 그 대가로 네뷸라에게 그들이 가진 가장 빠른 배를 주었고, 내비게이션에 에고 고향의 좌표를 입력해주었다.

네뷸라는 도망친 것이다.

그녀는 배의 조종실에 앉아서 무엇을 해야 할지 생각했다. 무엇보다도 가모라가 죽어야 했다.

보통의 사람들은 형제에게 화가 났다고 해서 우주선을 몰고 동굴로 돌진하지는 않는다. 또 그 형제를 죽이겠다는 일념으로 동굴에 부딪혀 죽는 것을 감수하지도 않는다. 하지만 네뷸라는 보통 사람이 아니었다.

에고의 행성에 도착하자마자 네뷸라는 언니의 위치를 포착했다. 가모라가 내는 특정한 에너지 신호를 찾아내는 것은 어려운 일이 아니었다. 네뷸라는 가모라의 위치를 찾아내자 무기를 장전하고 언니를 조준했다.

가모라는 벌판 한가운데에 서 있었다. 혼자서. 도와줄 사람도 없이.

네뷸라는 그 느낌을 알고 있었다.

네뷸라의 배가 가모라를 급습했다. 그녀는 도망치는 언니를 쫓아 깊은 동굴로 돌진했고 선체는 동굴 벽에 부딪혀 부서졌다. 하지만 네뷸라는 개의치 않았다.

배가 동굴 벽에 부딪쳐 부서지고 네뷸라의 비명이 들렸다. 배는 동굴 안 널찍한 장소에서 멈추었고, 부서진 잔해들이 서로 부딪히는 굉음들이 동굴 안에 울려 퍼졌다. 네뷸라는 숨을 헐떡였다.

산산히 부서진 조종석에서 네뷸라가 신음소리를 냈다. 그녀는 잔해 밑에 깔려 나오지 못하고 있었다. 조종석 밖으로 가모라가 보였다. 여전히 살아 있었다.

언제나 살아 있었다.

네뷸라는 조종석에 앉아서 언니가 거대한 무기를 들어 올리는 것을 지켜보았다. 동굴에 충돌할 때 네뷸라의 배에서 튀어나간 총포였다. 그녀는 총을 어깨에 메고 네뷸라에게 발포했다.

그리고 가모라는 총을 내려놓았다.

가모라는 조종석으로 들어갈 수 있는 길을 만들고 배가 폭발하기 직전에 네뷸라를 잔해에서 꺼냈다. 둘의 뒤에서 배가 폭발하면서 불길이 쏟아졌다. 그들은 그 폭발로 튕겨져 나와 동굴 안의 딱딱한 돌바닥에 떨어졌다.

둘 모두 지친 나머지 신음소리를 냈다.

네뷸라로서는 공격하기에 완벽한 순간이었다.

"너 미쳤어?!?" 가모라가 소리쳤다. 네뷸라가 몸을 굴려 가모라 위로 올라가 몸을 눌렀다. 그리고 주먹을 난사했다.

서로 주먹질을 주고받은 후 네뷸라는 가모라의 목을 왼손으로 졸랐다. 그녀는 최대한 힘을 주어 졸랐고, 언니의 숨통이 막히는 것이 느껴졌다.

가모라는 숨을 쉬지 못해 헐떡였다. 네뷸라는 오른손으로 엉덩이에 찬 칼집에서 단검을 꺼냈다. 그녀는 칼을 들고 찌를 준비가 되었다. 가모라를 찌르고 그녀를 생명을 끝낼 준비가 되었다. 모든 것을 끝낼 준비가.

하지만 그때 네뷸라의 시간이 정지되었다. 마치 그녀의 영혼이 몸에서 빠져나가 이 모습을 보고 있는 것 같았다.

한 자매가 다른 자매를 죽이는 장면을.

만일 그녀가 조금만 더 세게 목을 조른다면… 만일 그녀가 언니의 눈에 단검을 박을 수 있다면… 모든 것이 끝날 것이다. 증오와 분노… 이 모든 것이 사라질 것이다. 그녀는 확신했다.

무엇을 망설였던 것일까? 타노스가 와서 보기를 바라서? "잘했구나, 네뷸라. 넌 자랑스러운 내 딸이다."라고 칭찬을 해주길 기다렸던 걸까?

그런 일은 절대 일어나지 않는다. 네뷸라가 아무리 노력해도 그녀는 절대 아버지의 성에 차지 않을 것이다. 그는 결코 그녀의 진짜 가족이 되지 않을 것이다.

진짜 가족이 되어줄 사람은 단 한 명뿐이었다. 그리고 지금 그 사람이 자신의 손에 목이 졸려 숨을 헐떡이고 있다.

네뷸라는 단검을 집어던지고 가모라를 풀어주었다.

"내가 이겼어." 그녀는 언니를 때려눕히느라 힘들었는지 짧은 숨을 몰아쉬며 말했다. "내가 이겼어. 내가 결투에서 언니를 이겼다고."

"아니." 가모라가 자신의 목을 잡은 채 기침을 하며 말했다. "내가 널 구해줬어."

"그건 언니가 바보라서 그래." 네뷸라가 대답했다. 그녀는 동굴의 돌바닥에 앉아서 헐떡이며 숨을 고르고 있었다.

가모라가 그녀의 동생을 노려보았다. "너도 날 살려줬잖아!"

"언니는 늘 나한테 이겨야겠어?" 네뷸라가 소리쳤다.

"이기고 싶어서 우주 반대편에서 날아온 사람은 너잖아." 가모라가 되받아쳤다.

"제대로 알지도 못하면서 말하지 마!"

"말할 필요도 없지." 가모라가 격분했다. "너무 뻔하니까!"

네뷸라는 가모라가 아무것도 모른다는 것을 알았다.

"언제나 이기려고 했던 건 언니야." 네뷸라가 피곤한 듯이 입을 열었다. "난 그저 언니를 원했을 뿐이라고."

갑자기 가모라는 할 말이 없어졌다.

"난 언니만 있으면 됐는데." 네뷸라가 감정에 북받쳐서 말했다. "언니는 언제나 이겨야만 직성이 풀렸잖아. 타노스가 내 머리에서 눈을 뽑고⋯."

네뷸라는 말을 겨우 이어갔다.

"⋯내 두개골에서 뇌를 빼내고⋯ 내 팔을 몸에서 떼어낸 건 모두."

가모라는 네뷸라를 보며 할 말을 잃었다.

"언니. 때문이야." 네뷸라가 말을 끝냈다. 두 자매는 서로를 말 없이 바라보고 있었다.

둘에게는 더 이상 할 말이 남아 있지 않았다.

32

네뷸라는 떠날 준비를 하고 있었다. 모든 것이 끝났다. 그녀는 가모라와 결판을 짓기 위해 에고의 세상으로 갔었다. 그리고 결국엔.

뭐? 고백으로 끝났다. 자신의 가장 깊은 내면을 드러낸 것이다. 그녀의 두려움. 네뷸라는 언니에게 자신의 약점을 보여주었다.

하지만 아직 그녀는 살아 있다. 아무런 끔찍한 일도 일어나지 않았다. 가모라는 네뷸라의 약점을 이용하지 않았고 이를 자신의 승리로 만들려고 하지도 않았다. 네뷸라의 몸의 일부가 떨어져 나가고 또 다른 인공 장기로 교체되지도 않았다.

그녀는 언니의 친구들과 함께 라바저스의 배 에클렉터로 돌아 갔다. 그들은 피터의 아버지 에고를 물리치고 에고의 세상을 파괴 했다. 그리고 이제 네뷸라는 불확실한 미래를 향해 떠나려 한다.

네뷸라는 라바저 M호가 있는 도킹실로 걸어갈 때 언니가 뒤에 서 자신의 이름을 부르는 것을 들었다.

"네뷸라."

그녀는 심호흡을 하고 뒤로 돌아섰다. 가모라가 말없이 서 있었다.

네뷸라는 기다렸다. 언니가 자신에게 할 말이 있다면, 지금이 그 말을 할 때일 것이다.

"나도 너처럼 어린아이였어." 가모라가 주저하며, 부드러운 목소리로 말했다. "매일 그다음 날까지 살아남는 것에만 집착해서 타노스가 네게 어떤 짓을 하는지 전혀 생각하지 못했어."

네뷸라는 언니가 그 말을 한다는 사실을 믿을 수가 없었다. 또 자신이 그 말을 듣고 싶어 했는지, 또 들어야 한다고 생각했는지조차도 알 수 없었다.

"난 이제 바로잡을 거야." 가모라가 네뷸라의 눈을 바라보며 말했다. "우주에는 너처럼 위험에 빠진 어린 소녀들이 있어. 우리와 함께 그 아이들을 도와줘."

집.

네뷸라는 새롭게 출발하고 싶었다. 언니와 함께.

하지만 그럴 수 없었다.

그것은 가모라가 할 일이다. 네뷸라에게는 다른 할 일이 있었다.

"나도 그들을 도울게." 네뷸라가 말했다. "타노스를 죽여서."

한줄기 슬픔이 가모라의 얼굴을 스쳐갔다. "그건 불가능해."

네뷸라는 말없이 뒤로 돌아섰다. 그리고 그 순간 가모라가 자신의 어깨에 팔을 올리는 것을 느꼈다. 네뷸라는 반사적으로 방어하기 위해 몸을 돌리다가 가모라가 자신을 공격하려는 것이 아님을 알고 흠칫했다.

가모라가… 자신을 끌어안고 있는 것이었다.

가모라가 그녀의 동생을 안는 것은 이번이… 처음이었다.

네뷸라는 어떻게 해야 할지 몰랐다. 그녀는 그저 아주 오랫동안 언니의 몸 옆에 팔을 붙이고 서 있었다.

그리고 마침내 가모라가 손을 떼고 말했다. 그녀의 눈은 눈물로 젖어 있었다. "넌 영원히 내 동생이야."

에필로그

Eclector M-ship GK9
N42U K11554800 • 520863
Day 50

그날 절대 일어나지 않을 것 같았던 일이 일어났다.
그리고 나는 내가 절대 하지 못할 것이라 생각했던 일을 했다.
내 언니가 나를 안았다.
나도 언니를 안았다.
언니를 뒤로 밀려고 하지도 않았다.
난 여전히 화가 나 있다.
여전히 증오로 가득 차 있다.
하지만 그 감정들은 이제 나의 아버지에게 향하고 있다. 오로지 아버지에게로.
이번에는 해낼 수 있을 것 같다. 그 어느 때보다도 성공에 가까이 왔다. 나와 아버지 사이에는 계산할 것이 있다. 타노스는 내 몸에서 떼어냈던 모든 장기에서 고통을 느낄 것이고, 절망을 배우게 될 것이다.
그리고 나면 마침내 나는 자유롭게 내 인생을 살 수 있을 것이다.
자유롭게.

1

집으로 오는 길에 교통체증 때문에 꼼짝없이 차에 갇혀 있으면서, 토니는 언제든지 아이언맨 슈트를 입고 자유롭게 날아다닐 수 있다면 좋겠다고 생각했다. 그는 최초로 테스트 비행을 하는 순간을 좋아했다. 새 슈트를 입고 긴장을 하면서도 자신을 한계까지 밀어붙이며 얼마나 멀리까지 갈 수 있는지 얼마나 빨리 날 수 있는지를 알고 싶었던 것이다.

그는 실제로 대기권을 벗어나 우주에 닿은 적이 몇 번 있었다. 뭐, 어찌 됐건 가까이 가긴 했었다.

우주 가까이에 갔던 첫 번째 순간은 토니가 만든 두 번째 슈트, 마크 II의 첫 비행 때였다. 마크 II 슈트는 아프가니스탄 사막에서 만들었던 마크 I 슈트처럼 덩치가 크거나 육중하지는 않았다. 마크 II는 말 그대로 기술적으로 또 디자인적으로 엄청나게 발전했다. 이후에 만든 모든 슈트는 기본적으로 마크 II를 기반으로 하고 있었다.

토니는 마크 II의 시험비행을 하던 그날 밤을 기억하고 있었다. 비록 아프가니스탄 사막 위를 날아본 적이 있지만 토니는 그것을 진정한 의미의 비행이라고 생각하지 않았다. 그도 그럴 것이 토니는 몸을 공중에 띄우긴 했지만 자유롭게 이착륙을 할 수는 없었다. 하지만 마크 II는 정확한 모습으로 발사하고 또 착륙할 수 있었다.

하늘을 나는 기분은 말할 수 없이 좋았다. 그는 산타 모니카 해변 위를 빙빙 돌고 로스앤젤레스의 거리를 날아다녔다. 토니는 하늘로 향할 때의 긴장감 때문에 신경이 날카로워진 탓에 자신이 얼마나 높이 날고 있는지 더 잘 볼 수 있었다.

자비스는 토니가 얼마나 높은 고도까지 올라갔는지, 또 지구 대기권 상층부에 얼마나 가까이 갔는지 알려주었다. 하지만 토니는 그보다 더 나아가 아이언맨 슈트가 우주 공간을 얼마나 견딜 수 있는지 궁금했다. 우주를 염두에 두고 만든 것은 아니었지만 아이언맨 슈트는 이미 애초에 생각했던 것보다 훨씬 좋은 기능을 갖고 있었다.

토니는 더 높이 올라갈수록 공기가 옅어지는 것을 느낄 수 있었다. 그리고 차가워지고 있었다.

사실 그곳의 온도는 거의 섭씨 영하 55도였다.

그 고도와 온도에 다다르자, 마크 II 슈트에 얼음이 얼기 시작했다.

자비스는 토니에게 경고했지만 토니는 듣지 않았다. 그는 자신이 어디까지 할 수 있는지 알고 싶었다. 언제나처럼.

그리고 언제나처럼 결과가 뒤따랐다.

이번에는 얼음이 계속해서 얼어붙어서 슈트의 전원이 완전히 꺼지는 결과가 따라왔다. 토니는 지구 대기권 중간층에서 전원이 꺼진 아이언맨 슈트를 입고 있었다.

50킬로미터 상공이었다.

떨어지는 데도 한참이 걸릴 높이였다.

하지만 토니는 운이 좋았다. 늘 그랬듯이.

지면에 충돌하기 바로 직전에 얼음이 부서지면서 전원이 들어왔고 자비스가 다시 연결된 것이다. 자비스는 곧 슈트의 비행 기능을 복구했고, 토니는 지면을 스치면서 가까스로 다시 날아올랐다. 그는 그날 거의 산산조각 날 뻔했다.

사실 어느 날이나 마찬가지였다.

하지만 그것이 토니가 사는 방식이다. 적어도 토니는 그렇게 말해왔다.

그것이 토니가 뉴욕 사태 전에 가장 우주에 근접했던 경험이었다. 토니는 또다시 그때를 생각하고 있는 자신을 발견했다. 깊은 우주에서 살아남을 수 있는 아이언맨 슈트를 만들 수 있을까? 대기권을 뚫고 나갔다가 다시 지구로 들어오는 것을 견딜 수 있는 슈트를?

토니는 확신할 수 없었다. 그가 아는 것은 시도해봐야 한다는 것이다.

2

어벤져스 본부는 조용했다. 대부분의 직원이 주말을 맞아 친구와 가족을 만나기 위해 집으로 갔기 때문이었다. 늘 이렇지는 않았지만 토니 역시 도전에 맞서 싸우려면 잘 쉬어야 한다는 것을 알고 있었다.

그런데 왜 자신에게는 그런 휴식을 주지 않을까?

토니는 제트기를 타고 멀리 이국적인 곳으로 가서 휴가를 즐기거나 머리를 비우고 리얼리티 쇼를 보는 대신, 주말 내내 작업실에 틀어박혀 나노 위성이 배치되는 것을 모니터링하고 있었다. 그는 여러 개의 스크린으로 나노 위성이 마이크로 엔진을 이용하여 목적지를 찾아가는 모습을 언제든지 정확하게 볼 수 있었다.

이건 말도 안 돼. 이게 가능할 리가 없어.

그는 앞의 테이블에 고개를 숙인 채 눈을 감고 잠시 휴식을 취했다.

"도움이 필요해."

토니는 갑자기 눈을 번쩍 뜨고는 의자를 박차고 일어나 문으로 향했다.

해피 호건이 이번에도 문 앞에 서 있었다. 그리고 이번에도 기름이 묻은 종이봉투와 붉은 빨대가 꽂힌 포장이라고 쓰인 컵을 들고 있었다.

"이게 생각하신 그거 맞죠? '필요한 도움'요." 해피가 말했다.

토니가 웃음을 터뜨렸다. "그거랑 비슷해. 그런데 여기서 뭐하고 있는 거야? 주말이잖아. 주말마다 하는 뭐 그런 거 없어?"

해피는 이번에는 컵을 재킷에서 멀리 떨어뜨린 채 조심스럽게 들어왔다. 그리고 토니 앞 테이블에 모두 내려놓았다. "우주 밖 문제를 푸는 동안 친구가 필요할 거 같아서요."

토니가 의자를 잡고 해피 앞으로 굴렸다. "앉아봐. 셰이크를 두 잔 사 온 것 같은데, 내가 두 잔 다 마시진 못한다는 건 알지?" 토니는 집게손가락으로 그의 관자놀이를 가리키면서 말했다. "머리가 띵해진다고."

해피가 웃으며 말했다. "초콜릿 맛은 제 거예요." 그는 종이봉투를 열고 햄버거 두 개를 꺼내서 토니 앞에 하나를 놓았다.

"있잖아요, 오늘 아침에 결국 개랑 통화했어요." 해피가 말을 꺼냈다. "그 꼬마요."

토니는 앞에 있는 햄버거를 집어서 종이 껍질을 벗겼다. 그는 햄버거를 한입 베어 물고는 입가에 묻은 머스터드소스를 냅킨으로 닦아냈다. "정말? 진짜 대화?"

해피는 셰이크를 한 모금 들이마셨다. "네, 좋았어요. 말이 많은 만큼, 올바르고 착한 아이더군요. 사장님처럼요."

토니는 미소를 지으며 자신의 가슴에 심겨져 있는 RT를 부드럽게 두드렸다. RT는 몇 년간 그와 함께 한 동료였다. 테러리스트의 공격을 받고 납치되었을 때, 토니의 심장에 유산탄의 파편이 박혔고, 그는 유산탄 때문에 천천히 멎어가고 있던 자신의 심장을 뛰게 하려고 RT를 발명했다.

아프가니스탄에서 돌아온 몇 년 후에, 토니는 유산탄 파편을 제거할 수 있었다. 그리고 RT 역시 함께 제거했다. 하지만 아이언맨으로 살아가기 위해서는 더 강력한 장치가 필요했고 결국 RT를 다시 장착할 수밖에 없었다. RT의 귀환은 오랫동안 알고 지낸 익숙한, 하지만 완전히 반갑지만은 않은 친구가 되돌아온 느낌이었다.

"고마워." 토니의 말에 해피가 미소로 답했다.

"그럼 이제 뭘 하죠? 그냥 기다리면 되나요?" 해피가 물었다.

토니가 입에 음식을 가득 물고 고개를 끄덕였다. "그렇다고 할수 있지. 난 아무 일도 일어나지 않았으면—"

그가 말을 맺기 전에 날카로운 핑핑 소리가 들려왔다.

"무슨 소리죠?" 해피가 눈을 크게 뜨며 물었다.

"음, 아마 아무것도 아닐 거야." 토니가 해피를 안심시키려는 듯이 말했다. "아마도 그냥 운석이거나 소행성, 혹은—"

핑.

토니는 다시 해피를 보다가 해피가 손을 아래로 내리고 있는 것을 발견했다. 포크로 테이블 다리를 때리고 있었던 것이다.

핑.

해피는 미소를 지으며 크게 웃기 시작했다.

"해피 호건, 자넨 해고야." 토니가 웃음을 터뜨리기 전에 말했다.

에필로그

그는 작업대 앞에 서서 자신의 손을 바라보고 있었다. 붉은 금속 장갑을 끼고 있는 손이었다. 장갑은 꽤 무거웠다.

"이걸 어떻게 끼고 다니지?" 해피는 큰소리로 중얼거렸다.

"그냥 손에 올려놓기만 하면 돼." 뜻하지 않은 대답에 놀란 해피는 재빨리 몸을 돌리며 손을 어설프게 뒤로 숨겼다.

"안녕하세요, 사장님." 해피가 말했다. "전화 받으러 나가신 줄 알았어요."

"그랬지." 토니 스타크는 문을 지나서 작업대로 걸어갔다. "그러고는 전화를 끊었지. 모름지기 통화란 시작이 있으면 중간이 있고 끝도 있는 법이잖아. 모든 이야기가 그렇듯이."

토니는 의자에 앉아 해피를 바라보았다. 그는 아무 말도 하지 않았다.

토니의 이런 행동은 해피를 상당히 불편하게 만들었다. 고문과도 같은 고통스러운 몇 분이 지나서야 해피는 결국 등 뒤로 숨겼던 두 손을 천천히 내보였다. 그러자 아이언 맨의 건틀렛이 모습을 드러냈다.

"그냥 한번 껴보고 싶었어요." 해피가 겸연쩍은 목소리로 말했다. "사장님이 신경 안 쓰실 줄 알았어요. 여기 안 계셔서 모를 거라 생각했거든요."

토니가 고개를 끄덕였다. "맞게 생각했어. 난 자네가 그걸 껴보려고 그렇게 오래 기다렸다는 게 더 놀라워. 그래도 연구실을 부수기 전에는 벗었으면 좋겠어."

해피는 웃으면서 건틀렛을 벗으려고 애썼지만 건틀렛은 꿈쩍도 하지 않았다.

토니는 웃음을 터뜨리며 의자에서 일어나 해피에게 다가갔다. 토니가 건틀렛의 숨겨진 장치를 만지자 작은 기계음과 함께 해피의 손에서 건틀렛이 떨어져 나갔다.

"감사합니다."

"별 말씀을."

"제 생각보다는 무겁네요."

토니는 잠시 생각하다가 말했다. "그래, 무겁지." 아까보다 훨씬 진지해진 말투였다. "슈트 전체가 내가 생각했던 것보다 무거워."

"그게 오고 있다는 걸 알잖아." 나타샤 로마노프가 샘 윌슨에게 말했다. 퀸젯의 엔진이 뿜어내는 부드러운 소리가 선실을 가득 채우고 있었다.

"조만간 그에게 말해야 할 거야."

"아마 그도 알고 있을걸." 샘이 말했다.

"'그'는 바로 여기에 있거든." 스티브 로저스가 그들의 뒤에서 말했다. "이제 날 없는 사람 취급하면서 내 얘기하는 건 그만하는 게 어때?"

나타샤는 샘을 바라보며 말했다. "웁스."

"토니는 우리가 어떤 입장인지 알아." 스티브는 말을 이었다. "또 그가 우리를 필요로 하면 언제든지 달려가리란 것도 알고 있어."

"토니가 그 일들을 모두 다 잊고 그렇게 빨리 우릴 용서할 수 있을까?" 나타샤가 물었다.

스티브가 어깨를 으쓱했다. "용서해달라고 할 수는 없지."

"그다음으로 중요한 일은 그 모든 걸 다 잊어버리는 거야." 샘이 끼어들었다. "너희는 너무 많은 일들을 함께 겪었어."

"네 말이 맞았으면 좋겠네." 나타샤의 목소리는 회의적으로 들렸다.

"나도 그랬으면 좋겠어." 스티브는 이렇게 말하고 조종실 창문 밖으로 빛이 가득한 하늘을 바라보았다.

도서관은 조용하고 고요했다. 웡은 도서관의 이런 점이 좋았다. 스티븐 스트레인지가 갑작스럽게 나타나지만 않는다면 이 평온한 공간에서 몇 시간 정도는 자신에게 할애할 수 있을 거라 생각했다. 그에게는 시간이 필요했다. 할 일이 너무나 많았다. 웡은 최근에 반납해서 미처 정리하지 못하고 책장에 쌓아놓은 책들을 둘러보았다.

그는 칼카르소에게 거둔 승리를 회상하며 책장 사이를 걸어갔다. 어찌 됐든 운이 좋았다는 생각을 지울 수가 없었다. 하지만 다음번에는 그 운이 다할지도 모르는 일이었다.

이런 생각이 그를 괴롭혔다.

윙은 과거에 연연하는 편이 아니었다. 물론 과거는 그 자체로 배울 점이 있긴 하지만 집착할 필요는 없다고 생각했다.

하지만 아직 더 큰 도전이 남아 있다는 생각에 마음이 편치 않았다. 윙은 아직 끝난 것이 아니라고 느꼈다. 자신이 보지 못하는 저 너머에 뭔가가 있는 것이 분명했다.

Eclector M-ship GK9
N42U K115030311 • 592008
Day 63

나는 아버지를 추적해왔다. 그리고 이제 거의 근접했다.
궁금하다. 내가 자신을 찾아왔다는 것을 아버지는 알고 있을까? 안다면 나를 두려워할까?

타노스는 아무것도 두려워하지 않는다. 어쩌면 아무것도 두려워하지 않는다고 주장하는 것뿐일 수도 있다.

하지만 내 계획을 알게 된다면 그는 두려울 수밖에 없을 것이다. 내 손으로 그를 영원한 침묵 속에 던져버릴 테니까.

그 배는 갑자기 어디선가 나타났다. 아스가르드인들이 타고 있는 큰 배가 작게 보일 정도로 거대한 배였다.

"아는 사람이야?" 로키가 토르를 바라보며 물었다.

아스카르드의 새 왕은 천천히 고개를 저었다.

토르는 그 배에 누가 타고 있는지 몰랐다. 하지만 곧 알게 되리란 것은 분명했다.